契机

何常在 著

中国出版集团　现代出版社

图书在版编目（CIP）数据

契机 / 何常在著 . -- 北京：现代出版社，2021.2

ISBN 978-7-5143-9011-7

Ⅰ . ①契… Ⅱ . ①何… Ⅲ . ①长篇小说—中国—当代

Ⅳ . ① I247.5

中国版本图书馆 CIP 数据核字 (2021) 第 079216 号

契　机

作　　者	何常在
责任编辑	姜　军　王志标
出版发行	现代出版社
地　　址	北京市安定门外安华里 504 号
邮政编辑	100011
电　　话	010-64267325　64245264（传真）
网　　址	www.1980xd.com
电子邮箱	xiandai@vip.sina.com
印　　刷	三河市宏盛印务有限公司
开　　本	710mm×1000mm　1/16
印　　张	23.75
字　　数	314 千字
版　　次	2021 年 5 月第 1 版　2021 年 5 月第 1 次印刷
书　　号	978-7-5143-9011-7
定　　价	49.80 元

目　录

崭露头角

　　没有在一个城市打开局面、站稳脚跟，也不必气馁不必失望，那是你还没有真正地将自己放对位置，也是你还没有遇到一个可以让你一展才华的机会。每个人的一生之中，总会有一次可以一飞冲天的机会，就看在机会来临之时，你有没有抓住了。

士别三日，刮目相看

"我喜欢生活有规律的人。"姚常委赞许地冲连城点了点头，"一个生活有规律的人，是一个自律的人，而一个自律的人，会有很强的组织性和纪律性。而一个遵守交通规则的人，是一个有高度社会责任感的人。所以综合下来，遵守交通规则和生活有规律的人，如果再有足够的能力，就是一个可以托付重任的人。"

契机

打开局面

  我不知道他们是好人还是坏人,我只就今天的事情就事论事。在灌醉段见的事情上,苏姐先开了一个不好的头,陈于祥顺水推舟,假装身体不好诈了段见一杯,而胡书扬则用激将法激段见在错误的道路上越走越远,最后用白酒临门一脚把段见彻底葬送。从表面上看,和段见硬拼的苏姐讲究正面对敌,是一个喜欢短兵相接的人,而示敌以弱的陈于祥喜欢迂回战术,示敌以弱,是以退为进的战术。以逸待劳的胡书扬喜欢集中优势兵力,趁敌人疲于奔命之时,对敌人以点穴手法发动致命一击,是狙击战术。从酒品见人品来推论,苏姐是个喜欢事事摆到明面上的亮堂人,陈于祥是个遇事讲究策略、喜欢隐藏自身优势、深藏不露的阴谋家,而胡书扬则是一个面对对手不会心慈面软的狠角色。

目
录

经营人脉，拓宽交际圈

　　有些人一辈子都放不对位置，你用三年时间找到了方向放对了位置，已经很不错了。这么看来，你这三年没有当上副总监或是总监，也不算虚度，失之东隅，收之桑榆，磨刀不误砍柴工。别看和你同时进公司的同事当上了副总监甚至是总监，但你现在一步就追上他们几年的努力。有些人是将才，适合负责具体事务，但有些人是帅才，可以统领全局。

契
机

事业与爱情双收

连城摇了摇头，姚常委先给他画了一幅美好前景，却又为他挖了一道鸿沟，只有跳过鸿沟他才能抵达美好的彼岸。如果说齐全是一座高不可攀的冰山，苏先卉是一座风景如画但忽远忽近的灵山，那么段见就是一座怪石嶙峋崎岖难行的恶山。想要征服冰山，需要一往无前的勇气和高超的攀登技巧。想要登上灵山，需要耐心、细心和信心，并且投入足够的感情。而想要翻越恶山，除了身强体壮，还必须要有斗智斗勇的决心以及不怕艰难困苦的勇敢。

目
录

崭露头角

　　没有在一个城市打开局面、站稳脚跟，也不必气馁不必失望，那是你还没有真正地将自己放对位置，也是你还没有遇到一个可以让你一展才华的机会。每个人的一生之中，总会有一次可以一飞冲天的机会，就看在机会来临之时，你有没有抓住了。

第1章　机会总是留给有准备的人

春天，春光明媚，风和日丽，阳光铺满大地，万物迸发勃勃生机。

正午的阳光透过落地窗照在连城的脸上，让他本来就英俊的脸庞呈现一层金黄的光晕，看上去明亮而温暖。

"如果一个人一没有背景二没有钱三没有关系，还有没有在北京成功的可能？"连城左边的嘴角上翘，一脸坏笑地问坐在身边的美女同事罗亦。

"有。"罗亦回应了连城一个浅浅的笑，笑容中，有说不出的不以为然。她的眼神迅速在连城身上转了一转，又说，"在梦里有。"

"哈哈。"连城大笑，笑过之后，从容地说道，"告诉你一句话吧，罗亦，你要听好了，最好能记住，并运用到实际的工作和生活中——职场上成功的宝典是三分运气、五分背景、七分运作。"

二十六岁的罗亦长了一张娃娃脸，乍一看，似乎才二十岁出头，圆脸可爱而俏皮，一双大眼睛眨动之间，灵动而含情脉脉，穿一身得体的裙装，细腰长腿，身材一流，站如芍药亭亭玉立，坐如玫瑰摇曳生姿，安度公司第一美女的称号名不虚传。

"说来说去，还是背景最重要，对不？"罗亦呵呵一笑，"没有背景再有本事也一事无成，你是不是想表达这样一个意思？"

"你怎么就理解不了我的意思呢？"连城摇了摇头，很有耐心地解释道，"一个人如果二十岁的时候没钱，不要紧，很正常。如果三十岁的时候也没钱，可能是没有良好的家境，不是富二代，也不要紧，只是需要付出更大的努力。但如果到了四十岁的时候还没钱，就不要怪出身和背景了，只能从自身寻找原因了，说明他没有能力或是没有把自己放对位置。"

"那一个人要是五十岁的时候还没有钱呢？"罗亦眯着眼睛问道。

"五十岁的时候还没有钱呢，就穷啊穷啊穷习惯了。"连城直视罗亦的双眼，罗亦的双眼如水如雾，必须承认她的一双美目确实迷人，但现在他的心思却不在罗亦的美貌上，为了今天的宴会，他准备了很长时间，胜负成败，就在此一举了，今天是一个难得的机会，或者说，是三分运气的开端。有了三分运气，再加上他的七分运作，他不信不能成功，"罗亦，你想一直习惯穷人的生活吗？"

　　"谁不愿意当有钱人哪？可是有钱人不是谁想当就能当的。"罗亦白了连城一眼，心想连城今天怎么怪怪的，以前的连城总爱和她开一些暧昧的玩笑，说一些不着边际的话题，试探她对他的感觉，从来没有像今天一样，不停地说一些关于成功的话题。成功这种事情是做出来的，不是说出来的，再说连城来北京三年了，一直在底层打转，别说成功了，能勉强维持温饱就不错了。

　　"所以如我和你一样的平头百姓，想在北京成功，就只能绕开五分背景，借助三分运气和七分运作，也有希望赢得十分的成功。"连城从罗亦疑惑的目光中猜到了她的心思，同事三年，他太了解罗亦的性格了。他今天的用意不是说服罗亦接受他的理论，而是想让罗亦帮他一个忙。

　　"三分运气，五分背景，七分运作……原来是这么个意思？"罗亦若有所思地想了想，又摇头笑了，"说到底，离开了五分背景，哪里会有三分运气和七分运作？连城，你省省吧，宴会快开始了，等下好好表现，能让姚董的目光在你身上多停留一秒钟就是你最大的幸运了。"

　　话一说完，罗亦的目光就飘向了连城身后，不再在连城的身上停留。她的眼睛转来转去，多数时间都落在人群中明显是"高富帅"的青年才俊身上。今天是一个极其重要的聚会，对她来说，也许是一个千载难逢的结识"高富帅"的良机，一旦错过，说不定就遗憾终身了。

　　也是，连城虽然长得不差，方正的脸形，浓眉大眼，耳朵又长得周正，尤其是一双耳垂十分有福相，确实有几分帅气，但出身农村的他是典型的凤凰男，在北京是没房没车没钱的"三无"人员。在残酷的生存面前，英俊只能欣赏，不能当饭吃，更不能当房住、当车开。所以对于连城对她流露出来

　　崭露头角

003

的明显的好感，罗亦一直视而不见，尽管她对连城也有好感，但可惜的是，她也是普通百姓出身，不是生于富裕家庭、从小生活优裕不用考虑赚钱的孔雀女。

孔雀女配凤凰男正好，孔雀女从来不知道金钱的重要性，择偶时，也不把男人的经济实力当作首要的标准。她们崇尚并向往纯真的爱情，更看重男人的能力，并注重男人的家庭责任感。在她们天真而纯洁的心里，钱财如粪土。她们深信，只要人有能力就可以创造财富，创造美好的生活。

深知金钱的重要性的罗亦对孔雀女单纯的想法向来是投以呵呵一笑，不是说人有能力就可以创造金钱、获得成功，她们太年轻、太简单了，在北京有多少人做着成功的美梦却始终一无所获，为什么？不是没有能力，也不是没有奋发图强的上进心，而是没有机会！

机会是什么？机会就是背景，就是关系，就是人脉！连城什么都没有，还想泡她？想得美！这年头的男人，不管是长得帅的还是长得丑的，不管是有钱的还是没钱的，都有一个共同的特点——想得美。

罗亦的心中一直有一个灰姑娘的美梦，是呀，谁不想鱼跃龙门、咸鱼翻身？她觉得女人同男人一样打拼太辛苦了，一心希望靠脸蛋和婚姻翻身。还好，她天生有本钱，不但长得好，事业线也说得过去，不依靠自身的优势拼上一把，难道还要去拼才华、等机会？

况且就算她满腹经纶、才华横溢，没有机会也是白搭。连城的三分运气、五分背景、七分运作的理论，乍一听似乎有几分道理，仔细一想就知道是谬论，先不说背景的重要性有多大，也不说七分运作是不是一定可行，就说打开局面的三分运气就是一个站不住脚跟的前提。运气是什么？没有背景没有资本的人，谁会高看你一眼。

没有人高看你一眼，你哪里来的运气？就如同说不要让孩子输在起跑线上一样可笑。富二代不但拥有更多的财富，还拥有更多的社会资源，比如，更好的教育更好的医疗以及更好的人生规划。

当然，罗亦也不是完全否认先天不足后天努力的成功，只不过实例太少了，不能用个别人的成功以偏概全，认为所有人都可以凭借自身的努力成为坐拥数百亿美元的超级成功人士。

连城知道罗亦的心思落在了哪里，嘿嘿一笑："罗亦，现在但凡有几分姿色的女孩们都想钓一个金龟婿，可惜的是，这个行业竞争太激烈了，还不如靠自己努力奋斗赢得成功的可能性大。我们打个赌好不好，今天的宴会，我会一鸣惊人，抓住一个关键的机会，一举进入姚董的视线之中，你信不信？"

姚董本名姚常委，是公司的董事长兼 CEO，实打实的一号人物，他可以一言决定公司上下 1000 多号人的命运。换句话说，连城是小小的业务员还是销售总监，甚至是副总，都不过是他一句话的事情。或者说，连城月收入 3000 元还是 10000 元，也全在姚常委对他的器重程度。

见连城一脸兴奋和期待，罗亦从众多"高富帅"的身上收回了目光，不无调侃地看了连城一眼，哈哈一笑："机会？机会总是留给有背景的人，你有什么背景？醒醒，大白天的，别做梦了。再说今天的宴会是年会，又不是什么重大谈判。当然了，就算是重大谈判，也轮不到你参加，是不是？"

今天的宴会是安度公司一年一度的年会，公司高层全部与会不说，还邀请了公司的重要合作伙伴马踏飞燕集团和三信影视等几家合作公司，虽是公司的内部年会，但也是极其难得的在公司高层和重要合作伙伴面前露面的机会。

"你错了，我纠正一下——机会总是留给有准备的人，而不是有背景的人。"连城自信地笑了笑，"而且我再强调一下，机会并不都是重大转折或是重大事件，机会有时只是一个微不足道的小细节。小细节，大文章，懂不懂？"

"不懂。"罗亦掩嘴一笑，语气中不无嘲讽之意，"漂亮话好说，实事难做，三年了，连城，你混成什么样子了？三年前，你从一个业务员起步，到今天，你还是一个业务员，每月的收入刚够吃饭，别说攒钱买房了，就是地铁涨价后怎么坐地铁最省钱，还得拿计算器算上半天，你觉得以你目前的状况，还能有成功的机会？或者说，还会有人高看你一眼，给你机会？你觉得对那些成功人士来说，你有什么值得他们器重的地方？别说什么小细节大文章的屁

崭露头角

话了，不管用。"

连城最欣赏的就是罗亦有什么说什么的直爽性格，他哈哈地笑了："你算说到点子上了，如果我没有让大人物器重的地方，我不管怎么溜须拍马，不管怎么低到尘埃里，也没用，在商场之上，除了用能力说话之外，还要凭自身价值说话，也就是说，每个人都要放对自己的位置，都要对别人有用才行。你对别人没用，你永远不会、也不可能成功。"

"你既然这么聪明，怎么还做不切实际的美梦？"罗亦对和连城聊天失去了兴趣，回头一看，见一个一袭黑色风衣的男子正从门外走进来，她激动地站了起来，扔下连城，一路小跑朝穿黑色风衣的男子奔去。

连城无奈地摇头笑了笑，穿黑色风衣的男子他也认识，是北京有名的富少齐全。齐全的老爸齐风名下拥有十几家豪车的4S店，当然，仅仅是4S店的产业也不会让齐风成为举足轻重的人物，齐风还拥有几家房地产公司并且控股参股了数家大型集团公司，身家至少百亿元以上！

齐全虽然天生富贵，什么都不用干就一辈子衣食无忧，每天花十万元，几辈子都花不完，但他在富二代圈中名声极好，是出名的不坑爹的富二代。而且传闻齐全洁身自好，从不乱来，在男女关系上十分自律，既没有万花丛中过，也不包养女明星，是一个不折不扣的金牌钻石王老五。

名声如此之好的富二代，罗亦还想贴上去，想打齐全的主意，真是利令智昏，连城深深地摇了摇头，虽然他很是喜欢罗亦，但他还是在心里鄙夷罗亦的饥不择食，见到一个"高富帅"就扑上去，事先不做好功课，不经挑选，没有针对性，失败的概率高达百分之九十九点九九。

"高富帅"和"高富帅"的差距太大了，虽然是同一个物种，但性格和人品上的差异，可以用天渊之别来形容。

虽然连城来北京三年也是一直没混出名堂，直到现在还是一个不名一文的小角色，但他相信一句一直激励他奋进的话——今天的我或许是一个笑话，明天的我，会是一个神话。

三年的时间说长不长说短不短，足以让一个人对一个陌生的城市熟悉，足以让一个人所有的才华展现在别人面前，更足以让一个人通过充分展现他的能力来获取别人的认可。但以上的一切还不够，如果三年的时间你还没有在一个城市打开局面、站稳脚跟，也不必气馁不必失望，那是你还没有真正地将自己放对位置，也是你还没有遇到一个可以让你一展才华的机会。

每个人的一生之中，总会有一次可以一飞冲天的机会，就看在机会来临之时，你有没有抓住了。

连城也是经历过了无数次失败之后才终于知道了他最大的优势是什么，为了今天的年会，他做好了充分的准备，希望在今天的宴会上正式进入姚常委视线，期待着命运中转折的一刻！

不出连城所料，罗亦激动万分地想要制造一起她和齐全浪漫的偶遇事件，不料不等她近身到齐全身边三米之内，就被齐全的助理巧妙而不着痕迹地推到了一边。显然，对方助理对于处理各路莺莺燕燕飞蛾扑火一般的举动驾轻就熟，也不见怎么用力，手一挥就放在了罗亦的肩膀上，轻轻一送，罗亦就原地打了一个转，险些摔倒在地。

等罗亦脸红过耳、一脸羞愧地回到座位上后，连城伸手拍了拍她的肩膀，语重心长地说道："罗亦，不管做什么事情，在行动之前，一定要谋定而后动，不要贸然行事。"

"说人话。"罗亦正没好气，她还以为刚才是一个极好的可以和齐全近距离接触的机会，没想到别说和齐全握手给他留下好印象了，结果还没等齐全正眼看她一眼，她就被推到一边了。罗亦心里窝了一团火，现在又被连城摆出长者的姿态教育，更是火冒三丈，"别理我，一边儿去。"

连城也不恼，反倒嘻嘻一笑："你没有注意到一个细节，刚才齐全进来的时候，他身边有两个助理，一男一女，男助理在左边，女助理在右边，根据一般的常识推断，男人比女人力气大，反应也更快，所以刚才如果你是从右边接近齐全的话，成功的可能性要大上许多。"

听连城这么一说，罗亦忽然想到了什么，转身朝齐全的方向望去，果然，齐全身边一男一女两个助理，男左女右，严阵以待，随时做好了挡驾的准备。

崭露头角

再仔细一看，右边的女助理远不如左边的男助理人高马大，而且长得瘦弱娇小，还不如她壮实，如果她刚才从右边接近齐全，硬闯的话，女助理肯定挡不住她。

没看出来，平常没什么出奇之处的连城还有这种观察入微的本事，罗亦不由得多看了连城一眼，心中忽然闪过一个念头，不由问道："哎，连城，能不能制造一个机会让我接近齐全，然后我被齐全看上，齐全被我迷得神魂颠倒，最后让我收了他？"

"制造机会让你接近齐全，问题不大，但如果让齐全看上你……没有可能。"连城不假思索地摇头说道，"你和齐全不是一路人，或者说，你不是齐全的菜。"

"哼，你怎么知道我不是齐全的菜，你又不认识齐全。"罗亦对连城的武断十分不满，白了连城一眼，"信口开河，胡说八道。"

连城不慌不忙地笑了笑："我是不认识齐全，当然了，齐全更不知道我是哪根葱哪棵蒜，但我不认识他他不知道我，并不妨碍我通过对细节的观察了解他的为人和爱好。"

"又来了，没完没了了是吧？"罗亦很是不满地瞪了连城一眼，"你的小细节大文章的理论，翻来覆去说了一千遍一万遍了，也没见你成功过一次，你就别再自以为是了。"

连城不理会罗亦的嘲讽，自信满满地说道："刚才齐全进来的时候，目不斜视，对宴会上的美女们没有多看一眼，就说明他不是一个好色的人，或者说，最起码不是一个特别好色的人。最关键的是，他的目光不但没有落在美女身上，也没有落在 VIP 贵宾席上，这就说明了两个问题……"

第2章　赌　　注

"哪两个问题？"罗亦本来对连城故弄玄虚的说法嗤之以鼻，但越听越觉得连城的话似乎还真有几分道理，最主要的是，连城一脸的煞有介事，不由她不信了几分。

"第一，齐全对女人不感兴趣，或者说，至少现阶段他的心思不在女人身上。第二，齐全现阶段对事业也兴趣不大……"连城一边说，一边朝不远处的齐全投去了好奇的目光，虽然他今天的目标并不是齐全，但如果有机会认识齐全并进入他的视线，也不失为一件好事。

"一个男人对美女和金钱都不感兴趣，他还是不是男人？"罗亦并不认同连城的分析，但还是禁不住好奇地问，"你到底是真了解齐全，还是瞎猜的？"

齐全是不是男人的话题压根儿不用讨论，他当然是男人，但男人和男人不同，有的男人热衷于追逐女人，有的男人醉心于事业，也有的男人对女人和事业都不太上心，从某种意义上讲，热衷于什么的人，都是缺少什么的人。以齐全什么都不缺少的现状，他现阶段对事业和女人不感兴趣也可以理解。

"当然是猜的。不过我相信我的猜测就是真相。"连城一边笑，一边朝齐全投去了好奇加探究的目光。齐全的座位在贵宾座上，紧邻姚常委的座位，由此可见他在姚常委心目中的分量有多重，当然连城也知道，齐全是姚常委邀请的三名重量级的贵宾之一，是姚常委一直想要拿下的目标人物。

"喊！"罗亦对连城的说法不屑一顾，"懒得理你，没见过你这么自以为是的人。"

"要不要打个赌？"连城见罗亦终于被他绕了进来，就再次抛出了诱饵，他笑得很开心很轻松，要的就是让罗亦不设防，觉得他没有恶意没有危险，"赢了，你也许可以实现接近齐全的梦想，当然了，我只负责让你接近齐全，是不是可以赢得齐全的好感，我不管，你自己去努力。输了，你又没有什么损失，只需要帮我一个小忙就行。”

“好……吧，怎么赌？”罗亦还以为连城和她讨论了半天小细节大文章的话题，只不过是没话找话，是等候时的无聊，没想到，连城还来真的了，她才不信连城真能帮她接近齐全，开玩笑，连城如果瞎猜也能猜对齐全的爱好和为人，他还能混到今天都一事无成？不早就飞黄腾达了。

“很简单……”见罗亦动心了，连城暗暗一笑，不动声色地说道，“等一下如果我帮你成功地接近了齐全，你也要帮我一件事情，好不好？”

“什么事情？”罗亦还没有被可以成为灰姑娘的幸运冲昏头脑，警惕地看了连城几眼，“先说好了，不许提出过分的要求，比如，要我答应当你的女朋友，等等。”

“不会。”连城微笑着摇头，尽管他是真心喜欢罗亦，但事业和爱情之间非要做一个选择的话，他会先选择事业，男人就要有男人的样子，事业有成，还愁没有爱情？何况罗亦到现在一直对他爱理不理，不就是因为他是一穷二白的穷小子吗？

“那我就放心了。”罗亦掩嘴一笑，“不是我不喜欢你，连城，说实话，你还真有几分讨人喜欢，但你太穷了，穷得连自己都养不起，怎么养活我？如果你现在别说是千万富翁了，就是你有一百万，我也会立马答应做你的女朋友……说吧，要我帮你什么事情？”

“昨天的你对我爱理不理，明天的我让你高攀不起！”连城在心中默念了一遍他的座右铭，虽然罗亦的话稍微刺激到了他的自尊心，但他的脸上依然保持着春风般的微笑，“就一件小事，等一下向姚董敬酒的时候，你假装不小心洒姚董一身酒……能不能办到？”

罗亦一下子愣住了，连城是什么意思？让她洒姚董一身酒，不是能不能办到的问题，而是敢不敢的问题。洒酒谁不会，问题是洒谁。姚董既没有骂她也没有调戏她，更没有开除她，好好的，她为什么要洒姚董一身酒？不是自找不自在吗？

"办不到。"罗亦坚决地拒绝了连城，"你没事儿吧？让我洒姚董一身酒，你想我死是不是？"

"嘿嘿，嘿嘿……"连城一阵干笑，看了看时间，距离姚董出场不足十五分钟了，如果能说服罗亦最好，实在说服不了，他还有备选方案，"你也知道姚董的脾气，他是一个温和大度的人，你洒他一身酒，他不但不会责怪你，还会觉得你喝多了憨态可掬，说不定还会因此更加重用你。"

"别扯了。"罗亦无比轻蔑地上下打量了连城一眼，瞬间对连城的好感降到了冰点，"你洒姚董一身酒试试？既然洒酒是好事，你干吗不自己去？连城，你想坑我就明着来，别玩阴的。"

连城见罗亦误会了他的意思，挠了挠头，不好意思地一笑："罗亦，你真的误解了我的意思，算了，不和你解释太多了，这么说吧，如果你洒了姚董一身酒，姚董生气了，我除了信守承诺帮你接近齐全之外，再额外赔偿你一万块钱，怎么样？如果姚董没有生气，一万块钱就不给你了，怎么样？"

"这样啊……"一万块钱的诱惑力实在太大，罗亦犹豫了，她低头认真地想了想，动心了，姚董的性格她不敢说非常了解，但至少也知道一二，公司上下谁不清楚姚董是出名的好人，从不发火从不红脸，许多进公司五年以上的同事都没有见姚董冲谁嚷过，她一个美女，酒后失态洒他一身酒，他好意思当众让她下不来台？

当然了，最主要的是就算姚董冲她发火了，也不是什么大不了的事情，以姚董日理万机的状态，肯定无暇记恨，转身就忘得一干二净，不会对她秋后算账。有一万块作为姚董发火的精神补偿，也算是一笔非常划算的生意了，何况除了一万块之外，连城还要帮她接近齐全。

拼了，这么好的机会不能错过，罗亦一咬嘴唇，下定了决心，她伸出右手："不过我可有言在先，如果姚董生气了，一万块。如果你没能帮我接近齐全，也是一万块，你答应的话，就成交。"

"成交！"两万块对连城来说，是一笔巨款，最少也要省吃俭用攒上一年多，但为了今天的一出好戏，赌了，人生难得几回搏，连城一咬牙，右手用

崭露头角

力击在了罗亦的右手上，"一言为定！"

"你要敢耍赖，我就敢和你没完没了。"罗亦怕连城事后赖账，故意将他一军，"想要成功，就得拿出一往无前的勇气，连城你要连两万块的投资都不舍得，你注定当一辈子小人物。"

"哈哈……"连城大笑，当即从钱包中拿出银行卡交给了罗亦，"放心吧罗亦，我虽然没钱，但两万块的赌注还赌得起。"

罗亦也不客气，嫣然一笑，伸手接过银行卡收了起来："既然你这么有诚意，我就帮你一帮好了。不过我还是想不明白，你让我洒姚董一身酒到底是打的什么如意算盘？你又怎样帮我接近齐全？"

连城神秘地一笑，摇了摇头："别问那么多，罗亦，你只管等着看我成功进入姚董视线的一出好戏就行了，至于怎样帮你接近齐全，嘿嘿，等下再告诉你。"

"故弄玄虚。"罗亦白了连城一眼，正要再说几句，一抬头，见一个人从连城身后走了过来，她二话不说起身就走，"木恩来了，我不想理他，你来应付。"

"罗亦，怎么我一来你就走，太不给面子了，怎么着，我还能吃了你？"木恩脸上堆着笑，一步三晃地来到连城的身后，亲热地一拍连城的肩膀，"连城，你刚才和罗亦嘀咕什么呢，你们俩是不是有情况啊？我早看出来了，你对罗亦有意思，不过呢，罗亦对你不冷不热，你肯定不知道，罗亦心里早有人了，是谁你更是猜不到，是我！"

"滚！"罗亦干脆利索地回应了木恩一个字，转身就走，"我会看上你？别逗了木胖子，难道你忘了我最讨厌的三种人里面，你一个人全部命中？"

木恩今年30岁，身宽体胖，肥头大耳，头顶微秃，走路的时候左右肩膀随着脚步晃动，显得很笨拙、滑稽。他是连城的顶头上司，位居总监之位，收入比连城高了不少，但长相却比连城差了许多，之前谈过三个女朋友，都以失恋而告终。至于失恋的原因是什么就不得而知了，但有一个共同点——都是对方甩了他。

契机

罗亦最讨厌三种男人，一种是走路晃肩膀，用她的话说就是跟熊二一样走路的男人，能有多大出息？走路肩膀不晃、上半身不动的男人，才是稳重可靠的男人。第二种是秃顶的男人，因为外表有碍观瞻。第三种是胖男人，她最不喜欢夏天胖人像火炉一样了，即使在开放了冷气的室内也总是满头大汗。

失恋三次的木恩对罗亦早就有了不安分的想法，几次想约罗亦都被罗亦拒绝了，作为罗亦最讨厌的三种男人一人全中的特例，别说木恩是总监了，他就是副总，她也不会喜欢上他。

罗亦虽然想当嫁入豪门或富贵之家的灰姑娘，但她也不是没有原则，对方除了有钱之外，至少也要让她看得顺眼才行。就算木恩是如齐全一样的富二代，她也不会对木恩有什么好感，更不会想要嫁给他，看一眼就够了，如果天天生活在一起，她不疯了才怪。

木恩望着罗亦窈窕的背影，自嘲地笑着摇了摇头："罗大美女脾气真大，虽然说她长得不差，走路的时候风摆杨柳，屁股扭得挺好看，不过不是说长得好就能嫁得好，对不？"

罗亦的背影确实好看，细腰长腿永远是男人的最爱，而且她走路的时候，肩膀不动，腰臀左右晃动，极具美感，颇有风吹桂花满院香的摇曳风姿，不得不让人感慨，美女确实是上天送给男人的最好礼物，只是远观就足以给人赏心悦目的享受了。

女人的长相是天生的，男人的机会就要靠自己创造了。

"总监，姚董快到了，邀请的三位贵宾，就齐全到了，还有两个没到，要不要催一下？"连城没接木恩的话，而是转移了话题，他和大多数男人一样，虽然也喜欢在背后谈论女人，但他不喜欢和木恩一起谈论。

"说不定姚董在路上已经联系他们了，就不用我们催了，再说负责今天会议安排的是总裁办，我们业务部门插手不太好。"木恩笑眯眯地一拍连城的肩膀，"连城，你到楼下停车场迎一下姚董，你想，姚董一下车第一眼看到的人就是你，肯定会对你留下深刻的印象。"

"好哇，我这就去。"连城就像真不知道木恩的真正用意一样，木恩话一说完，他起身就走，其实他心里清楚得很，木恩是在故意支开他，走了几步，他又站住，回头对木恩笑了笑，"谢谢总监对我的照顾。"

刚认识木恩的人，都会认为木恩是一个说话就笑、语气和善、人畜无害的人，接触久了才会知道其实不然，木恩是一个地地道道的笑面虎，当面一套背后一套是他惯用的伎俩。

连城在公司三年，也不是没有业绩，之所以一直没有进入中层和高层的视线，倒不是因为完全没有机会，其中也不乏木恩从中作梗的因素。木恩对连城一向看不顺眼，也不知道是因为连城长得帅还是因为连城喜欢罗亦，总之，木恩总是千方百计地阻挠连城的进步。

见连城十分听话地下楼而去，木恩心满意足地笑了，笑过之后，目光又落在了罗亦身上，微一迟疑，他还是迈开粗胖的双腿，朝罗亦走去。他不服气，连城哪一点儿比他强，罗亦对连城虽然不冷不热，但至少还有几分笑脸，对他却是冷嘲热讽，连多说几句话都嫌烦，还说他是她最讨厌的三种男人全中的典型，他心中就极度不平衡，就一心认定罗亦对他的态度如此恶劣，绝对是连城在背后煽风点火的缘故。

其实一开始木恩并没有当连城是真正的对手，连城初来公司时，土气未脱，举手投足还明显带有农村大学生初到大城市的谦卑和惶恐，他就从内心深处看不起连城，不就长得帅一点儿吗？这年头，男人长得帅有什么用？没本事没背景一样是窝囊废。

虽然木恩不算是真正的富二代，但他却是地道的北京人，从小生长在首都的他，总有高人一等的优越感，看谁都觉得对方是来自二三四五线城市的小地方的人，仿佛全国除了上海之外，没有一个城市可以和北京相提并论。

心理上的优越感加上职务上的优越感，木恩在连城面前往往会忘记他脑满肠肥的形象，觉得他比连城有风度有魅力多了，总是抓住一切机会打击连城的自信心。尽管说来，三年的时间连城成长了许多，当年的土气已经消失不见，不但成熟稳重了许多，还多了几分男人应有的沉稳的魅力，但这更让

契

机

木恩觉得连城面目可憎了。一个还不到三十岁的小年轻，一个还挣扎在温饱线上一无所有的北漂，哪里来的沉稳和成熟的男人魄力？

装，肯定是装的，木恩对连城的厌恶在连城越来越成熟稳重的进步中，也一点点达到了顶点，他早就想找一个理由开了连城，让连城从他的眼前消失。只不过连城做事情一向谨慎，让他始终抓不到把柄，为此他很是苦恼。

好在功夫不负有心人，机会总算来了——本来年会都会在春节前举行，今年特殊，姚董春节前出国未归，再加上姚董邀请的三个贵宾也都时间不凑巧，年会就改在了今年的春天。今天的年会，本来一开始他不想让连城参加，想随便安排一个工作让连城去忙，只要连城不出现在会场不被管理层注意到就行，后来他想到了一个可以让连城当众出丑的主意，就临时改变了支开连城的想法，又让连城参加年会了。

嘿嘿，连城，别怪我对你下狠手，实在是你太讨人嫌了，谁让你长得比我帅又讨公司的美女喜欢呢？谁让你没什么本事却又喜欢吹牛呢？谁让我不管怎么看都看你不顺眼呢？

崭露头角

第3章　对　　峙

木恩一边腹诽连城，一边继续朝罗亦走去，罗亦正和几名同事说笑，她灿烂的笑容和曼妙的身姿让他心痒难抑，一想到刚才连城和罗亦嘀咕了半天，也不知道都说了些什么，再想到连城把银行卡交给罗亦的一幕，他就更加肯定了自己的判断——说不定连城已经快要追上罗亦了。

不行，不能让连城拿下安度公司第一美女，罗亦只能是他的女人，怎么能让连城先下手为强？木恩越想越气，就在他距离罗亦还有五六米远的距离时，手机及时响了。

正是他盼望的电话。

"段少，到了？连城刚下去，应该已经到停车场了，好，好，只要段少出气了，别人怎么样我就不管了，哈哈。"木恩收起电话，眼中闪过一丝阴狠，冷冷地一笑，一抬头，蓦然发现罗亦正大睁着一双眼睛直直地看着他。

木恩心中一跳，刚才他说话的声音不大，罗亦应该没有听到才对，怎么看罗亦的表情，好像听到了什么似的？他一时心虚，冲罗亦勉强一笑，问道："罗亦，看到郝楼了吗？"

郝楼是木恩在公司的跟班小弟，是木恩最忠实的追随者，也是连城的同事，每天上班都坐在连城的对面，连城的一举一动都在他的眼皮底下，毫不夸张地说，连城就算不经意说一句木恩的坏话，木恩也会第一时间知道。

"好 low 呀？没看到。"罗亦非常讨厌木恩肥胖的身躯和一张满是讪笑的胖脸，如果不是因为木恩是上司，她都懒得和他说上一句话。正是因为对木恩没什么好感，连带对木恩的跟班郝楼也是十分厌恶，她就一直称呼郝楼为"好 low"。

刚才木恩的电话罗亦并没有听清楚，只是隐约听到几句，大概也猜到了木恩想对连城不利，木恩事事针对连城又不是一天两天了，虽然他的刁难每次都能让连城灰头土脸，但连城也有极强的抗打击能力，每次都能挺过去。

"木哥，你找我？"木恩还想借机和罗亦聊几句，还没有开口，郝楼的声音在身后响起了。

尽管木恩知道罗亦反感他，但罗亦越是反感他，他越是上劲，内心充满了想要征服罗亦的欲望。男人就喜欢得不到的东西，得不到的才是最好的，容易得到的反而不会珍惜，他天生就是一个喜欢拧着来的人。

郝楼来得真不是时候，木恩微微皱了皱眉，他正想好好和罗亦谈一谈，想告诉罗亦连城马上就要倒霉了，说不定还会被公司除名，不想还没来得及开口，就被郝楼硬生生打断了。

强忍心中不快，木恩回头看了郝楼一眼，没好气地说道："郝楼，你能不能注意一下形象？这么重要的场合，你看你穿个西服连领带都不打，裤子皱巴巴的不说，还配了一双休闲鞋，你会不会搭配衣服？就你这形象让姚董看见了，还以为你是看大门的保安！真是一个土鳖！"

郝楼不知道木恩哪里来的火气，自己虽然穿得混搭了一些，但也不至于被姚董当成保安，并且沦落到土鳖的地步，木恩哪根筋不对了，怎么突然就冲他发火了？对，肯定是因为他的出现影响木恩讨好罗亦了。

"木哥，有什么吩咐？"郝楼嬉皮笑脸地将木恩拉到一边，一脸讨好的笑容，压低了声音说道，"是不是……连城？"

木恩微微地点了点头，又回头不舍地看了罗亦一眼，才说："连城已经下去了，段少马上到，你赶紧下去，在关键的时候推上一把，让连城死个彻底。"

"没问题。"郝楼一口应下，也朝罗亦投去了意味深长的一眼，暧昧地一笑，"木哥，罗亦早晚是你的人，连城算个鸟，过了今天，他就失业了，别说没有资格追求罗亦了，连饭都吃不上了，哈哈。"

木恩没说话，只是阴着脸推了郝楼一下："少废话，赶紧行动起来。"

郝楼飞奔下楼而去，木恩回头再寻找罗亦时，却发现罗亦不见了，他环顾可以容纳数百人的大厅，人头攒动，哪里还有罗亦的影子！

崭露头角

怪事了，罗亦去哪里了？木恩心中忽然闪过一丝不安，莫不是刚才他和郝楼的对话被罗亦听到了，罗亦向连城通风报信去了？不应该呀，虽然连城对罗亦有意思，但谁都知道罗亦对连城不冷不热，并没有太大的兴趣，难道说就刚才一会儿，罗亦就对连城改变了印象？

木恩一边想，一边朝外走，准备亲自下楼一趟，去看个究竟，为了今天的一出好戏，他精心筹划了很长时间，不能容一点儿意外出现导致功败垂成。

才走到门口，一阵清脆而婉转的笑声迎面传来，人未至，香风已到。

"哎哟，阿童木，哪里去？过来，陪姐聊天。"

木恩顿时头大了，苏先卉来了。

苏先卉是姚董邀请的和齐全并列的三名贵宾之一，是三信影视的总裁。三信影视依托三信基金，是一家新兴的影视公司，实力雄厚，资源丰富。而苏先卉以二十八岁的年龄就能位居三信影视的总裁之位，虽然和她"白富美"的出身不无关系，但也不得不承认很大程度上还是因为她自身的能力和实力。

毕业于美国一所著名大学的苏先卉，是北京久负盛名的真如典当行创始人苏言之的独女。苏言之名下有五十多家典当行，个人资产超过十亿。苏先卉美国留学归来，没有女承父业，帮父亲打理典当行的生意，却投身到影视行业，自己闯出了一片天地，也算是富二代中的有志青年了。

苏先卉的姓名虽然谐音贤惠，但她的性格和贤惠差了十万八千里，熟悉苏先卉的人都知道，作为北京女孩，她性格直爽，说话直接，办事干脆利落，不要说和南方女孩的温婉完全不能相比，就是一般女孩应有的温柔，在她身上也丝毫不见。

深知自己性格的苏先卉也一向自称女汉子，尽管她长得貌美如花，是个一等一的大美女，但她从来不让别人称呼她女神，她的名言是——女神和女神经，只有一步之遥。

说实话，木恩对苏先卉有几分畏惧。没错，一向信奉"我是流氓我怕谁"的木恩，几乎谁也不怕，却单单怕苏先卉，倒不是因为苏先卉可以决定他的命运，而是苏先卉一开口就喋喋不休的性格让他头大如斗，却又因为苏先卉对公司对他来说都无比重要，他又不敢得罪苏先卉。

"苏姐……"木恩硬着头皮迎了上去，尽管他比苏先卉还要大上几岁，但苏先卉喜欢以姐自居，他就投其所好称呼她"姐"，木恩紧走几步，来到苏先卉面前，他笑得阳光灿烂，"要说最会陪人聊天的人，不是我，是连城。"

木恩习惯性地有什么坏事就第一时间想到连城。

"连城会聊天？赶紧的，叫他上来陪我聊一会儿，不然和一群不会聊天的人坐一起，没劲死了。"苏先卉不耐烦地挥了挥手。

"不知道他跑哪儿去了。"木恩含糊地应付了一句，一边陪苏先卉朝贵宾席走去，一边想，段见现在也应该到了，也不知道和连城的第一个回合开始了没有。

齐全、苏先卉和段见是姚常委邀请的三位重量级贵宾，虽然同是贵宾，但在姚常委心目中的分量显然不尽相同，如果非要排个先后的话，应该是齐全第一，苏先卉第二，段见第三。和苏先卉、齐全一样，段见也是一个不折不扣的富二代，他的老爸段东笑名下有近十家KTV、酒吧，资产少说也有几个亿。当然，几个亿的身家在北京不算什么。

和苏先卉自己奋斗、齐全无所事事不同的是，段见既不是自己奋斗也没有无所事事，他属于典型的无事生非的坑爹富二代。

段见的经历堪称传奇，先是创办了一家游戏公司，结果投入了500万元，只收获了几十台二手电脑和一堆耗材，连一款最普通的页面游戏都没有做出来，公司就夭折了。后来，他又拿出300万元投资了一家版权贸易公司，高价收购了一些在他眼中极具商业价值的版权，最后却全部砸在手中，无人问津。再后来，他还跟投过一部电影，是一部跟风之作，总共投入了300万元，谁知电影拍是拍出来了，却连公映的机会都没有，直接尘封进了垃圾箱。

三次折腾一共赔了1100万元，段见依然不思悔改，还想再玩一次大的，拿出4000万元的资金投拍一部连续剧，业内人士都笑称段见的名字起得不好，段见短见，以段见短视的眼光永远不可能成功，他本身就是一个笑话。

按说以姚常委的为人，应该不会邀请段见，他和段见根本就不是一路人。

崭露头角

但为什么他偏偏邀请了段见，连城也想不明白。但他清楚的一点儿是，木恩让他下楼的本意不是让他来迎接姚董，是想让他和段见狭路相逢。

段见很不喜欢他，甚至很讨厌他，他清楚得很，至于段见为什么看他不顺眼，他就不得而知了。随便吧，反正总有人喜欢你也总有人讨厌你，世界的公平之处就在于，你不可能讨所有人喜欢。

来到楼下的停车场，看看时间，距离姚董到场只有十分钟了，十分钟时间也应该足够应付段见了，连城深吸了一口气，感受到空气中弥漫的花香，心情丝毫没有因木恩对他的刁难而受到影响，相反，他莫名地有一种跃跃欲试的情绪。

知难而退从来不是连城的性格，迎难而上才是他的风格，何况在他发现了他最大的优势之后，他有理由相信，今天和段见的会面，将会是一次别开生面的交手。

停车场并不大，一眼可以望到头，连城刚刚站定，就见一辆保时捷卡宴风一般地冲了过来，以时速接近80公里的速度，直朝他撞来。

如果是以前，连城会吓得惊慌失措地跳到一边，以免被车撞上。但今天他却一动不动，因为他目光一扫就看清了坐在驾驶位上的段见一脸似笑非笑的神情，三分调侃七分嘲弄，分明是故意向他示威。尽管段见的表情中有几分假装的凶狠，但他有理由相信段见再浑再二，也不敢拿人命开玩笑。

细节决定成败，之前连城总是会被表象吓住，现在他明白了一个道理——不管是什么人，富二代也好，平民百姓也好，在交往的时候都会刻意掩饰自己最真实的一面，但掩饰得再好，不经意流露出来的细节也会出卖他最真实的意图。

连城今天就是要赌上一赌，赌段见不敢胡来。有时候人和人的交往，气势很重要，谁气势上先占据了上风，谁就掌握了主动。以前他在段见面前，总是低声下气，现在他要一改以前的颓势，以正面面对段见的挑衅。

汽车轰鸣，如一头猛兽一般直朝连城撞去，眼见距连城还有不到五米的距离，速度稍微减了几分，却没有要停下来的迹象。连城屏住了呼吸，心跳加快，手心出汗，有一瞬间甚至产生了退缩的念头——万一段见一时昏了头，真的撞了上来，就算撞不死他，撞一个双腿骨折也不是好玩的事情。

犯得着下这么大的赌注吗？连城只是犹豫了一下，随即又坚定了信心，段见绝对不敢撞他，他从段见看似狠绝的眼神中看出了闪烁和犹豫，段见不过是在虚张声势！

一咬牙，连城挺直了身子，原地站立不动，就在他下定决心的一瞬间，伴随着一声刺耳的刹车声，段见的保时捷停住了。

作为豪华汽车，不管是加速性能还是刹车性能都是一流的，连城没开过保时捷，却也知道保时捷采用的是陶瓷复合制动系统，再配合六个活塞固定卡钳，光是一套刹车系统就价值十万元，如果保时捷刹不住，别的车就更刹不住了。

连城感觉腿上传来一阵疼痛，车是刹住了，但由于距离过近，还是碰到了他的腿。虽然撞得不重，但根据力度判断，腿上应该青肿了。连城强忍疼痛，表面上不动声色，也没有移动半分，目光平静地注视车内的段见。

段见端坐不动，瘦长的脸上挂着一丝玩世不恭的微笑，似乎刚才发生的一切不过是一件轻描淡写的小事，但他放在方向盘上轻微颤抖的双手还是出卖了他，连城知道，段见怕了，心虚了。

心虚就好，心虚就证明段见没有料到他会真不怕死。俗话说，横的怕愣的，愣的怕不要命的。段见在气势上输了一着，连城就第一次在段见面前占据了上风。

"段总，车技真不错。"连城等了大约半分钟后，见段见稍微平静了几分，知道时机成熟了，他才来到车前替段见打开了车门，笑眯眯地说道，"不愧是保时捷，刹车真好，是吧段总？"

段见强自镇静，其实他惊魂未定，刚才他怎么也没有想到平常谨小慎微的连城居然突然胆大包天了，难道连城真不怕他撞上去？还是连城认定他不敢撞他？不管怎样，刚才的一幕确实吓得他胆战心惊，现在双腿还微微发抖。投资赔上一两千万也没什么，钱亏了可以再赚，但万一出了人命麻烦就大了，

崭露头角

就没法再玩下去了。

连城的目光在段见的身上转了一转，注意到了三个细节，一是段见今天和往常一样西装革履，不同的是，段见一身黑色西装下，却穿了一件红色的衬衣，打了一个紫色的领带，记得平常段见多半是黑西装配蓝衬衣、灰领带，而今天的搭配如此鲜艳，说明他精心打扮了一番。俗话说女为悦己者容，其实男人也一样，男人在出席重要场合或是会见重要人物时，也会注重装扮。

红衬衣紫领带，虽鲜艳却失之庄重，可见段见精心的打扮不是为了今天的宴会，也不是为了尊重姚常委，而是另有所图。连城心思一动，目光又落在了段见手腕上露出的卡地亚金表上，18K 黄金表壳、真皮表带、方形表盘，很绅士很文雅，尽管和段见油头粉面的长相并不相配，但也不得不承认，一块好表确实可以提升一个人的品位。

第三个细节是，段见身上喷了香水，而且还是 CK 的飞跃男士香水，香气浓烈而持久，差点呛得连城打喷嚏。以前连城也会不时见到段见，印象中段见虽然长得伪娘了一些，但很少用香水，今天是他第一次发现段见香气袭人。

三个细节其实指向了同一件事情——段见今天是想给人留下一个良好的印象，给谁？既然不是姚常委，也就肯定不会是商场上的其他人，因为今天的宴会姚常委是主角，那么稍一分析就可以得出结论，段见的红衬衣、紫领带、卡地亚金手表以及 CK 香水，全是为了一个对他来说至关重要的人物而准备的。

是谁呢？连城猜不到名字，但连城可以肯定的是，对方是一个女人，而且还是让段见心动并且想要追到手的女人！

第4章 掌握谈判筹码

每个人都有他最在意的事情，最在意的事情就是他的弱点。

"连城，你小子不要命了，见我的车冲过来也不躲开，怎么着，觉得我不敢撞你是不是？不是我吹牛，就算撞死你，大不了赔个百十万了事，你信不信，你的命顶多就值一百来万，还不如我的车值钱。"稍微恢复了几分镇静之后，段见的火气又上来了，心想连城算什么东西，也敢和他叫板，不好好收拾收拾连城，他的面子就找不回来了。

何况他一直看连城不顺眼，今天也和木恩约好了，要找连城的麻烦，没想到连城一反常态，先下手为强，逼得他不得不紧急刹车，还让他受了惊吓，他越想越气愤，故意拿话刺激连城。

如果是以前，连城肯定会被段见的话刺激到，自尊心会让他非得和段见理论一番不可，但现在他心中有了底气，一点儿也不气恼了。平常总听人说，过分自尊其实是自卑的表现，他还不信，现在信了。段见说他不如一辆车值钱，虽然有贬低他的自尊之嫌，但从某一方面来说，现在的他确实还创造不出一辆豪车的价值，也就是说，他人不如车。

"段总说什么是什么，我现在月薪5000元，年收入6万块，20年的全部收入还买不了一辆豪车，20年后，我都快50岁了，也该退休了。也就是说，我人生最好的20多年，也就值一辆保时捷，想想也是悲哀。"连城的话，半是自嘲半是自我激励，一个人只有真正认清了自身的位置和价值，才能更好地面对挑战和机遇，"不过话又说回来，段总，再卑微的露水也有闪光的一刻，只要有阳光。"

"哈哈，连城，你都快成诗人了。"段见讥笑一声，脸色迅速由晴转阴，冷冷地看了连城一眼，"不过我还是要明明白白地告诉你，连城，别觉得刚

崭露头角

才你敢挡在我的车前就说明你敢和我叫板了，我劝你最好赶紧离开安度公司，北京的公司那么多，何必非在一棵树上吊死？如果你识趣的话，现在主动离开安度公司,我高兴了,也许还可以帮你介绍一两家公司。如果你非赖着不走，碍人眼讨人嫌，就别怪我不客气了。"

连城知道木恩和段见关系密切，他更清楚段见虽然一直看他不顺眼，他和段见之间却没有根本的利益冲突，段见却直截了当地提出让他离开安度公司，由此可见，木恩是想借段见之手让他滚出安度了。好吧，连城虽然也多少猜到木恩是因为对罗亦有兴趣才对他大为不满，但他也没有追到罗亦，更没有在公司表现得十分抢眼而威胁到木恩的位置，木恩何必非要对他赶尽杀绝呢？

不管那么多了，木恩到底出于什么心理非要置他于死地，他没必要去猜个没完，他需要做的就是施展聪明才智，保住自己的工作并且更上一层楼。

不过连城秉承与人为善的原则，尽管木恩处处刁难并想置他于死地，但他却并不想以牙还牙，只是想提升自己、不断进步，而不是踩着别人的肩膀上位。

踩别人上位虽然快捷，但难免会制造一堆对手，对手一多，就得处处提防、时时小心，以免被人拉下马，那样活得太累了。连城为人处世的原则是，必要的正直，必需的善良，必有的良心。

"有句话说，多个朋友多条路，段总为了一个朋友而得罪另外一个朋友，也不是一笔划算的生意。"连城面对段见的咄咄逼人，不慌不忙地笑了笑，"也许段总觉得别人可以帮你讨一个女孩欢心，不妨再拓展一下思路，说不定我也可以帮段总完成梦想。"

别人是指木恩还是另有所指，连城就不管段见是怎么想了。

段见一愣，如果连城说别人可以帮他达成目标之类的话他也许还不会动心，但连城却一语中的说中了他的心事，就不由他不多看了连城几眼："帮我完成梦想？你知道我的梦想是什么？哼，自以为是。"

是不是自以为是连城不敢肯定，但这是他从三个细节之中推断出来的结论，他却愿意试上一试，三分运气有时候也需要勇气去创造、去冒险，他淡淡地一笑："如果我没有猜错的话，段少今天来，不是为了捧安度公司的场也不是为了给姚董面子，而是为了一个女孩……"

段见本来正要迈步朝大厅走去，一听此话顿时站住了："你说什么？我为了一个女孩？别逗了，有什么女孩值得我这么隆重出场？"

尽管段见矢口否认，但连城却敏锐地捕捉到了段见眼神中的闪烁和不自信，他暗暗一笑，心中更加坚定了自己的判断——段见此来，确确实实是为了一个女孩，而且他在这个女孩面前，没有足够的自信，或者说，他没有把握赢得这个女孩的好感。

看破而不说破是一个人应有的处世智慧，连城点头附和段见的话："也是，放眼北京城，有哪个女孩值得段少亲自出面追求？但凡段少看上的女孩，只要段少稍微暗示一下，她就会主动倒追段少。"

话虽然说得夸张，但好话人人爱听，段见的心情总算舒展了几分，不过还是板着脸瞪了连城一眼："少拍马屁，连城，别以为你说几句好听的话就可以过关了，刚才我说的话你别当成耳旁风，现在主动离开安度，也许还有路可走，如果非要左耳进右耳出的话，不知道会发生什么不愉快的事情……"

看来段见是吃定他了，连城也清楚以木恩对他的反感和段见对他的成见，不可能几句话就扭转印象，让段见对他由成见变成欣赏。一个人对另一个人印象的改观是建立在具体的事情上面，而不是几句轻飘飘的漂亮话。

"要说离开安度公司也不是不可以，不过离开之前也可以替段少办成一件事情，大事办不了，跑腿或是传话的小事，还是没问题的……"连城的态度好得出奇，丝毫没有被段见刀光剑影的话影响情绪，依然是一脸无害的笑容，"不说安度公司上下的美女我都认识，比如罗亦，比如莫莉，就是公司以外的'白富美'总裁或是 CEO，我也认识一些，比如苏先卉，比如叶非花……"

说话的时候，连城紧盯着段见的眼睛，每说出一个名字，他都仔细观察段见的反应，一个男人在听到自己最在意的女人名字时，就算再会伪装，眼

神也会出卖他内心的真实，流露出柔情蜜意。

如果说罗亦是安度公司第一美女，公司上下除了一人不服气之外，其他人都没有异议，这个人不是别人，正是莫莉。罗亦和莫莉是安度公司的两朵花，罗亦是圆脸细腰长腿，莫莉则是长脸长发长腿外加细腰，也就是说，罗亦是可爱加萝莉型的美女，莫莉则是优雅加知性型的美女。二人各有所长，各有千秋，如果非说谁更胜一筹的话，就看个人的审美眼光了。

相比之下，连城更喜欢罗亦多一些，罗亦多了一些纯真和直爽，虽然她爱做灰姑娘的美梦，并且一心想嫁给有钱人，但谁没有向往美好生活的梦想？不能因此就指责罗亦爱慕虚荣不是一个好女孩。

莫莉虽然比罗亦性子更恬淡一些，但她的优雅和气质不比任何一个当红的明星差，甚至她的知性美让许多徒有美貌没有内涵的明星也望尘莫及。只不过过于优雅从容的女子，会有一种清新出尘之意，会让大多数世俗的男人望而却步，所以在安度公司，还是沾满了人间烟火气息的罗亦更有人气，呼声更高。

罗亦和莫莉的名字，没有使段见的眼中激起半点波澜，说明段见在意的人不是她们，当听到苏先卉的名字时，连城明显从段见的眼神中察觉到了一丝波动，尽管很微小，只是眼神不经意的一次跳跃，但却明白无误地向连城透露了一个信息——段见今天的精心打扮，是为了苏先卉。

居然是苏先卉，段见真是重口味，居然受得了苏先卉如野蛮女友一样大大咧咧的性格！不过再一想连城也就释然了，段见长得很伪娘，长相有几分阴柔，细眼淡眉，乍一看还真有几分像女人，或许他性格不够大气，才会喜欢性格直爽的女汉子苏先卉。

其实连城大概也猜到了段见多半喜欢的是苏先卉，只是他不敢肯定，所以才先用罗亦和莫莉作为试探，之所以再加上一个叶非花，是为了不至于让苏先卉显得单调，红花总要绿叶陪衬才更娇艳。

当然了，叶非花虽然名字是非花，却也不是绿叶，而是名副其实的一朵娇艳的名贵之花，是京城有名的美女 CEO。虽然她不是如苏先卉一样的富二代出身，却是出身诗书之家的小家碧玉，自小熏陶在诗书的氛围之中，出落得亭亭玉立，犹如一朵莲花飘然出尘，是美女之中少见的拥有智慧的另类，同时也是高智商女性中罕见的美女，一句话，她是极其难得地集美貌和智慧于一身的女神。

不过今天的年会，姚常委并没有邀请叶非花，而且说实话，连城也只和叶非花有过一面之缘，远不如和苏先卉熟悉，就连叶非花是什么性格，他也不是很清楚。

段见眉头微蹙，不耐烦地看了连城一眼："你认识苏先卉和叶非花？认识她们的人多了，问题是，她们认识你吗？"

这话对了，认识北京两大美女 CEO 的人多了去了，可是能被两大美女 CEO 记住名字的，却寥寥无几，以连城的身份和地位，也确实如段见所说，他是认识苏先卉和叶非花，苏先卉和叶非花肯定不知道他是何许人也。

"叶非花认识不认识我，不好说，苏先卉肯定认识我。"连城含蓄地笑了，笑得很有内容很意味深长，"我们打个赌好不好，段总，如果我能请动苏先卉和我一起吃饭，请你出面作陪，不知道段总肯不肯赏光？"

"你能请动苏先卉吃饭？"段见一脸鄙夷，冷笑一声，"别做梦了，连城，就凭你也能请动苏先卉，你是不是觉得苏先卉说话直爽就好约？我还就和你打这个赌了，如果你请不动苏先卉怎么办？"

"如果我能请动苏先卉呢？"连城知道现在不是示弱的时候，必须一鼓作气地攻克段见，让段见无路可退。

"你如果能请动苏先卉，我不但出面作陪，还负责买单。"段见就不信了，连城算什么东西，他能请动苏先卉，开什么国际玩笑，真以为苏先卉是什么阿猫阿狗都可以请动的？

连城心知段见对苏先卉有意，如果真能和苏先卉共进晚餐，别说买单了，让他付出更大的代价他都在所不惜，所以必须加大筹码："除了负责买单之外，如果段总能帮我在姚董面前美言几句，我就会更有动力和信心了。"

段见眨了眨眼睛，总算听明白了连城的意思，原来连城是借机和他讲条

崭露头角

件，他心中顿时火起，连城也配和他讨价还价？不过又一想，他压下心中的怒火，嘿嘿一笑："好，我答应你的条件，不过我们可丑话说到前头，如果你请不动苏先卉，是不是任由我处置？"

"可以，如果我请不动苏先卉，段总说什么是什么。"连城笑得很坦诚、很阳光，"除了杀人放火之外，只要段总开口了，我肯定照办。"

段见心中嘀咕，连城胸有成竹的样子，似乎真的有把握请动苏先卉一样，他到底凭什么这么有底气？谁不知道苏先卉表面上是大大咧咧的女汉子，实际上却是一个很有原则和底线的人，和你聊天聊得再好再开心，一说到吃饭或是约会的事情，立马毫不犹豫地拒绝，没有任何回旋的余地。

最让段见大为不解的是，苏先卉长得漂亮，出身好，而且事业有成，但从来没有传出过什么绯闻，甚至连一个固定的正牌男友都没有，一度让人怀疑苏先卉的性取向是不是有问题。后来经过多方打听他才得到了确切消息，苏先卉性取向没有问题，而是她的眼光太高，择偶标准太挑剔，没有人入得了她的眼。

男人都喜欢征服没有人征服过的山峰，纵横花丛数年，见多了庸脂俗粉的他开始厌倦了采花生涯，想停靠一个安稳的港湾，苏先卉就进入了他的视线，成了他的首选目标。

可惜的是，几次暗示或是主动邀请，苏先卉都不为所动，要么一口拒绝，要么推托有事，总之，他没有一次成功地邀请到苏先卉赏光和他吃饭，这让他大为郁闷的同时又有深深的挫败感。想他万花丛中过，多少美女呼之即来挥之即去，何曾有过这样的碰壁？

越是得不到的越美好，苏先卉的拒绝反倒更加激发了段见的征服欲，他发誓一定要拿下苏先卉，甚至有一次在和朋友喝酒时，喝到半醉的状态下，他当众宣称，如果他拿不下苏先卉，他决定一辈子单身。

虽是醉话，但也表明了段见对苏先卉痴迷的心声。当然，段见的痴迷之中有多少是真情又有多少是面子的成分，就不好说了。男人和女人的不同之处在于，女人在感情之中，完全听从感觉，很少会被理智或是感觉之外的事

情影响直觉。男人则不同，男人除了感觉之外，还会考虑到女人的身份相貌社会地位，等等，也就是说，有太多外在的附加因素会影响到男人对一个女人的定义。

比如，同样漂亮的两个女人，一个是小家碧玉，一个是大家闺秀，那么毫无疑问对一个男人来说，征服一个大家闺秀才更有成就感也更能满足一个男人的虚荣。如果说段见对苏先卉的痴迷之中有三分感情因素的话，那么剩下的七分全是征服欲的驱使和面子的动力了。

连城当然不知道段见对苏先卉的好感中掺杂了太多复杂的因素，他也没有必要知道，他只清楚段见很渴望和苏先卉一起吃饭就行了，只需要抓住一个点，他不但可以渡过眼前的难关，而且还有可能打开一扇成功的大门。

不过说实话，连城和苏先卉并不熟，对于能不能真的请动苏先卉，他也是心里没底。但他坚信，只要他将他的三分运气、五分背景、七分运作的理论运用到极致，一定可以无往不利。

木恩的排挤和段见的刁难，表面上看是霉运，但如果运作得当，也可以化霉运为好运。只要充分发现每一个人的弱点并且善加利用，让你成为对方信赖和依赖的人，那么你就可以绕过五分背景，从而展开七分运作，迈上成功的光明大道。

连城见段见不说话了，只是低头沉默地上楼，他心中暗暗一喜，段见被他说动了，好事，这等于说，他成功地逆转了段见对他的狙击，变被动为主动，由一个任人摆布的棋子摇身一变，终于坐在了段见的对面，成了和段见平起平坐的对弈者了。

当然，如果他输了，他会输得一败涂地，但他现在已经无路可退了，不赌，也会一无所有，何不赌上一把？何况很多时候，不管做什么，其实都是赌博。还有一点儿连城也清楚，他虽然现在这一局和段见平起平坐了，但实际上他和段见并不是一个级别的对手，他输了会很惨，而段见输了，几乎没有任何损失。

崭露头角

第5章　最长远的投资是感情投资

许多时候不要苛求平等，人生有太多的不公平，在你没有能力要求公平之前，只能多付出、多努力，除此之外，别无他法。再者说了，别人所具备的优势，也是别人努力打破不公平的规则之后赢得的奖赏。

穿过大堂，来到电梯前，连城按了电梯，在电梯门打开的一瞬间，段见的眼睛亮了一亮，忽然开口了："如果你输了，立马滚出安度公司，再跪在地上向我磕三个头，叫我三声爷爷，怎么样，敢不敢答应？"

"敢！"连城几乎没有犹豫就一口应了下来，"为什么不敢？我又不会输。"

"哈哈！"段见被连城过分的自信逗乐了，丝毫没有察觉到一个事实——他本来是受木恩之托来灭连城的，没想到却被连城一个赌约带进了坑里，尽管连城的坑对他来说没有任何危险，相反，却很有可能埋了连城自己，让连城遭受灭顶之灾，但他却还是没有意识到，他今天没有按照约定让连城答应马上滚出安度公司，他其实已经先输了一局。

连城没有想到的是，就在他和段见一前一后迈进电梯的一瞬间，姚常委正好步入了大堂，将连城和段见有说有笑的一幕尽收眼底。

段见旁边的年轻人是谁？有点儿眼熟。姚常委一时想不起连城是谁，也难怪，安度公司上下1000多号人，如连城一样的最底层员工，大部分他都没有印象，更叫不上来名字。

倒是姚常委的助理连耳记得连城是谁，不是因为同姓的缘故，也不全是因为连城长得帅，而是因为连城与人为善的性格。同姓、阳光、帅气、善良，所以还不到三十岁的单身美女连耳记住连城也不足为奇。

"姚董，段少旁边的人叫连城，是木恩部门的员工。"见姚常委流露出疑惑之色，连耳忙解释道，"一个小职员，没什么成绩，也不出色，不过……"

"不过什么？"现年五十多岁的姚常委保养得极好，头发浓密，瘦脸大眼，戴白框眼镜，不胖不瘦，穿一身深蓝色西装，乍一看不过四十岁出头的样子，很有几分儒雅之意。他见连耳欲言又止，就想问个清楚，"有什么话就说完，不要说一半。"

连耳微微一笑，很职业地说道："不过连城在公司很有女人缘，许多女孩都喜欢他，不仅仅是因为他长得阳光帅气，还因为他很善解人意。但有一点儿，可能是太受女孩欢迎的缘故，公司许多男员工不太喜欢他，比如说……木恩。"

如果让连城知道连耳和姚常委的一番对话，他一定会感谢连耳，不仅是因为连耳让他的名字第一次进入了姚常委之耳，而且还在于连耳有意无意对他的介绍，进一步加深了他在姚常委心目中的印象，从而为他接下来的计划奠定了一个良好的基础。

连城在公司虽然是最底层的职员，但他在大部分同事眼中是一个健康阳光的年轻人，倒不是完全因为他长得帅，还因为他和人交往时坚持与人为善的原则，愿意照顾别人的感受，同时在处世时宁肯吃亏，也要坚信最长远的投资是感情投资的理念，不计较一时的得失，吃点小亏多些付出也不在意。久而久之，他的形象就在同事之间树立起来了。

连城和连耳的交往并不多，但有一件事情却让连耳印象深刻。有一次集体郊游，公司一共出动了三辆客车，连城和连耳正好在同一辆车上。一上车，木恩就大马金刀地坐在了前面靠窗的位置，然后自顾自地玩起了手机。连城虽然上车较早，却没有占一个好座，而是先站在门口为每一个上车的人发水。

发完水之后，他又站在前面大声问谁晕车，晕车的人最好坐到前面靠窗的位置。连耳容易晕车，就从后面来到前面，想找一个靠窗的座位。连城就请木恩为连耳让座，木恩虽然让了座，但脸上还是流露出一丝的不情愿和不耐烦。

连城的热心助人和木恩的只顾自己形成了鲜明的对比，也让二人在连耳的心中留下了截然不同的印象。所以在听说了木恩很不喜欢连城的传闻之后，

崭露头角

031

连耳就先入为主地认为肯定是木恩的不是。

正是由于她对木恩的印象不好，她能在姚常委面前说木恩的好话才怪。当然出于职务的原因，她不会明显流露出对连城的偏向，但含蓄地抬高连城贬低木恩，还是会不经意间就从言谈中流露了出来。

"木恩？"姚常委当然知道木恩是谁，到了总监级别，他都会有印象，微微一想，他没有再说什么，只是轻轻点了点头，"好，好。"

到底是什么好哪里好，他不明说，连耳也不会问个清楚，不过连耳心中却很开心地在想，连城，你以后一定记得要好好谢谢我才行，要不是我，姚董怎么会记住你的名字？如果你因此而喜欢上我并且追求我的话，我会认真考虑的。

只是让连耳怎么也没有想到的是，接下来发生的事情，不但让她大吃一惊，而且还让她对连城刮目相看！

年会随着段见的到来，以及姚常委的最后出场而正式开始了。

在连城和段见同时现身会场的时候，会场上许多人没有注意到二人的出现，只有正在和苏先卉说笑的木恩，目光落在连城和段见的身上时，忽然笑容一滞，一下愣住了。

本来木恩被苏先卉强行拉来聊天就已经不爽了，而且更让他郁闷的是，苏先卉来到一群女人中间，聊的话题居然是化妆品和女性身体养生，他一个大男人听也不是不听也不是，实在是尴尬至极。想走，又怕惹苏先卉不满，不走，又插不上嘴，而且女人们说到女性身体养生的时候，口无遮拦，什么都敢说，他一向自认脸皮比较厚听了都脸上发烧。

好在在无奈和无聊之余，还有段见收拾连城的事情让他满怀期待，他就耐心地等待段见的好消息。谁知才过了没多久，郝楼一脸慌张满头大汗地回来了。

"木哥，不好了，出事了。"郝楼不顾苏先卉在场，一溜小跑来到木恩面前，小声向木恩汇报情况，"我刚到停车场，还没有站稳，就看到段少的车撞在了连城的腿上！"

"啊！"木恩吓了一大跳，不是吧，段见收拾连城，直接威胁连城让连城滚出安度公司就行了，犯不着开车撞人，"撞得重不重？"

　　"应该不重吧？一见出事了，我赶紧上来向木哥汇报情况了，后面发生了什么，就不知道了……"郝楼还以为他做得很对，一脸邀功请赏的表情。

　　真是笨得跟猪一样，如果不是有苏先卉在场，再加上场合不对，木恩恨不得一脚踢倒郝楼，怎么就这么没脑子呢，撞人了不赶紧救人或是再观察一下事态发展，却跑上来告诉他有什么用？他翻了翻白眼，一把推开郝楼："一边儿待着去，别在这里碍眼。"

　　郝楼不知所谓地咽了一口唾沫，心想他难道又做错了？木恩这个死胖子现在越来越变态了，心思难猜不说，还动不动就打人，是不是更年期提前了？不对，男人似乎没有更年期。不管了，随便吧，反正他完成任务了，死胖子爱高兴不高兴，他还不高兴呢？年会是多好的吃喝玩乐的机会，谁愿意在外面吹风晒太阳，还是坐在美食和美女中间享受才是人生乐事。

　　郝楼愤愤不平的想法，木恩自然不会知道，他只是想不明白段见怎么就撞了连城，又深入一想，应该是撞得不重，否则现在肯定乱成一团了。不过，连城为什么要让段见撞上，他又不傻，干吗不躲开？不对，肯定是哪里不对。刚才被他指挥下去的时候，连城的表现很怪异，以连城的智商，他不会不知道他是有意摆弄他。

　　越想越觉得事情似乎偏离了预定的方向，木恩目光一扫，居然看到段见和连城一同步入了会场——其实二人同时步入会场也没什么，最让木恩接受不了的是段见和连城边走边说，虽然不是谈笑风生，但二人亲密的交谈似乎是达成了什么共识，让木恩充分意识到了一个事实——二人之间并没有发生他所期盼的事情！

　　也就是说，段见并没有灭了连城，相反，连城反而说服了段见，进一步得到了段见的认可！

　　怎么可能！木恩在脸上的笑容凝固之后，心情瞬间跌落到谷底，明明段见最烦连城，别说和连城一起说笑了，就连和连城并肩走在一起，他也觉得

崭露头角

033

有失身份，怎么段见突然就改变了对连城的态度？

到底发生了什么变故？如果说木恩的好心情因为苏先卉而变差了，那么现在他的差心情又因为段见和连城的同时出现而变得更差了。

正当木恩按捺不住心中的好奇，想要上前向段见问个明白时，一阵热烈的掌声让他回过了神，姚常委出场了。

作为安度公司创始人兼董事长的姚常委，其自身经历堪称一部传奇的励志教科书，据说姚常委是在经历过十几次创业失败之后，才走向了创立安度公司的成功之路。在创立了安度公司之后，短短十几年时间就积累了十几亿元身家，现在安度公司是基金业内最负盛名的公司之一，姚常委在业内名声也不错，素以资本运作高手而著称。

可以容纳五百人的大厅座无虚席，所有人都起立鼓掌，向姚常委致意。姚常委微笑挥手朝人群表示感谢，他一脸淡然的微笑，步伐从容而坚定，在众人的簇拥下来到了台上。

站在台下的连城一脸羡慕地望着台上的姚常委，对旁边的罗亦说道："当年秦始皇南巡，仪仗万千，威风凛凛，风光无限，刘邦和项羽看到之后，各说了一句话，你知道他们说的是什么吗？"

罗亦目不斜视，目光只盯着贵宾席的齐全不放，漫不经心地答道："你当我傻呀？真以为我什么都不知道？刘邦说，大丈夫生当如此；项羽说，彼可取而代之……哼，这话你都说了几百遍了，我听都听烦了。"

"等下你用手机好好搜搜刘邦和项羽的事迹，能做到对二人的生平了如指掌最好，做不到，也要记住一个大概。然后再用最快的速度尽可能多背一些佛珠的知识，比如，菩提分为金刚菩提、星月菩提、凤眼菩提、龙眼菩提，等等，重点是金刚菩提和星月菩提，一定要弄清它们之间的区别，以及两者在把玩之后会有什么样的变化。还有，要了解一些佛珠的基本常识，比如，一串佛珠有佛头、隔珠、配饰，等等。"连城一边说，一边笑眯眯地上下打量了罗亦几眼，"一会儿工夫不见，又换了一身衣服，你参加一个年会，随身带了几套衣服？"

"要你管？"罗亦不以为然地冲连城翻了翻白眼。

刚才木恩没找到罗亦，罗亦并不是下楼向连城通风报信去了，而是去更衣室换了一身衣服，由一身绿色的裙装换成一身浅黄的旗袍。如果说绿色的裙装让她如春天的绿色给人心旷神怡的美感，那么黄色的旗袍衬托得她曼妙的身材如枝头的春色，格外俏皮又分外引人注目。

尤其是旗袍的收腰和开叉，挺拔的山峰和弧度优美的细腰，将罗亦身材最好的部分展现得一览无余，不得不说，罗亦是一个很会打扮的女孩，她懂得如何才能将自身的优势以最完美的姿态展现出来。连城感叹，如果他可以将他的才能如罗亦的打扮一样毫无保留地让赏识者尽收眼底，他也不会三年一事无成。

所以有时要学习每一个人的长处，比如，会打扮会展示自己的美，也是生存的必要技能和才华的一种。

"为什么要了解刘邦和项羽？又为什么要研究佛珠的知识？"罗亦用手一抚平坦的小腹，尽力收了收腰，更显胸前的山峰高耸了几分，她斜了连城一眼，"看什么看？看也白看，又不是你的。"

"那可不一定，说不定有一天，还真成了我的了。"连城搓了搓手，目光中流露出一丝玩味和暧昧，嘿嘿一笑，故意假装要流口水的样子，"要不要和我打个赌，万一有一天你成为我的人……"

"打住，打住。"罗亦忙做了一个暂停的手势，她实在受不了连城一脸色眯眯的坏样，忙说，"赶紧的，说正事，为什么？"

"因为你想让我帮你接近齐全，就必须照我说的去办。"连城收起色眯眯的目光，一本正经地说道，"想要接近一个人容易，但要谈得投机，难。话不投机半句多，就算我成功地帮你接近了齐全，几句话后，没有找到共同话题，齐全就会再一次把你拉进黑名单。"

"你的意思是，齐全喜欢历史和佛珠？你是怎么知道的？消息来源可靠不？"罗亦总算明白了连城的用心。

"我是怎么知道的并不重要，重要的是，你现在只有半个小时的时间了。"

连城的目光又落到了远处的姚常委身上，笑了笑，"半个小时后，就要实施我们的洒酒计划了。洒酒之后，我就会帮你接近齐全。"

见连城说得笃定，罗亦只好压下了心头的疑问，拿起手机搜索起来，就听连城一次也无妨，反正押了连城的银行卡，不怕他赖账。

"对了连城，告诉你一个好消息，刚才你不在的时候，莫莉问你去哪儿了。看出来了，她对你挺感兴趣，一定要抓住机会哟。"罗亦搜索了几下，忽然想起来了什么，用力一拍连城的肩膀，"看好你和莫莉。"

连城笑了笑没说话，平心而论，莫莉不管是相貌还是性格，都更符合他的审美观，但不知道为什么，他就是对莫莉不来电。或许是莫莉过于淡然的性格让他感受不到年轻的激情，又或许是别的原因。

有时连城也会审视自己，为什么明明觉得莫莉比罗亦好却不喜欢莫莉？也不知道想了多久，他终于想出了一个答案，和男人不坏女人不爱的道理相通，有时候稍微有点儿叛逆精神的女孩才更招人喜欢。

不过话又说回来，连城喜欢罗亦，只是想和罗亦在一起享受恋爱的过程，但如果真要上升到结婚的高度，在他看来，莫莉才是贤妻良母的最佳选择。

不过关于喜欢谁的问题，连城只是想了一想就抛到了脑后，现在的他顾不上去深思别的问题，眼前就有三个难题等着他去解决。

三个难题，每一个都是天大的难题——第一个难题是要借助罗亦之手进入姚常委的视线，第二个难题是要帮罗亦接近齐全，第三个难题是要请动苏先卉。毫不夸张地说，不管哪一个难题，连城都没有绝对的把握，不对，应该说是连三成把握都没有。

好在连城坚信今天是他三分运气的开端，有了三分运气，相信只要经过他的七分运作，会让许多不可能的事情变成可能。

第6章　过人之处

台上姚常委的讲话很简短，先是感谢了各位贵宾的光临，又感谢了各位员工的辛苦工作，最后总结了去年的成绩展望了今年的工作，总共也就是不到十分钟的时间就结束了讲话。

姚常委的讲话，全程脱稿，而且讲话风格生动有趣，既不刻板也不是套话，这让连城暗暗叫好，心想姚常委能有今天的成功，绝非偶然，除了自身的能力和实力之外，口才也是了得。

讲话完毕，按照惯例应该请嘉宾上台讲话，但今天邀请的三位嘉宾都不是喜欢抛头露面的主儿，嘉宾讲话的环节就省了，改成了公司的几位副总发言。

几位副总的发言就远不如姚常委的讲话精彩了，几乎都是照本宣科地在台上读了一段台词，走了走过场就完事了。

然后就到了敬酒的环节。

"等一下洒姚董一身酒，你真有办法帮我解围？"罗亦抓住了连城的胳膊，底气不足地问道。事到临头，她又退却了，毕竟姚常委是公司的一把手，气场太强大，而且还可以一言决定她的生死，为了两万块钱和一个接近齐全的机会，真值得吗？她忽然又犹豫了。

"你有没有注意到一个细节？"连城并没有正面回答罗亦的问题，而是用手一指正在贵宾席上敬酒的姚常委，"姚董今天穿的是藏青色西装和浅色休闲裤，戴的是劳力士探险家表，而不是百达翡丽……"

"没注意，有关系吗？"罗亦不明白连城何出此言，见连城正经八百的样子，她只好耐着性子又问，"这说明了什么问题？"

"你仔细回想一下，一般公司有什么喜庆的事情时，姚董都会穿藏青色

西装出席。而只有出席非正式场合的宴会时，他才会不打领带、不戴百达翡丽的正装表，虽然劳力士探险家属于商务休闲表，但毕竟不是正式的正装表，以上细节就足以说明一个至关重要的问题……"连城的眼睛亮了一亮，闪烁着自信的光芒。

一瞬间，罗亦被连城眼中的亮光击中，心中忽然一阵昏眩，如此清澈透明并且纯净的目光，记忆中，她从高中之后就很少再见过了，没想到连城在步入社会多年之后，还能保持一份难得的纯真善良。也许，这份纯真善良才是最珍贵的财富，比起豪车别墅都更值得拥有。

这个念头只是在罗亦的脑中闪了一闪，就迅速消失不见了，想要接近并且认识齐全的欲望淹没了她对美好的向往。

"说明了什么问题？"罗亦回到现实，会场之上的灯红酒绿再一次提醒了她一个必须面对的现实——只有拥有了财富才能拥有想要的生活，"快说呀，别卖关子。"

"说明今天姚董的心情很好，很休闲很放松。在姚董心情好的时候，你别说洒他一身酒了，就是洒他一身汤，他也不会责怪你半分。"除此之外，连城还从细节中发现了姚常委的一个秘密，只不过他没有点破，一是没必要让罗亦知道，二是作为他的独家本领，过分炫耀的话，容易引来不必要的麻烦。

"好吧，就信你一回。"罗亦犹豫了片刻，又瞬间下定了决心，她倒满了一大杯红酒，站了起来，见姚常委已经敬完了贵宾席和管理层，正朝普通员工区走来。她就伸手一拉连城，"来了，准备好了没有？"

"早准备好了。"连城也站了起来，手中端了一杯红酒，他站在罗亦的左首，距离罗亦只有半米的距离，二人就如一对亲密的情侣一样，"你尽管放心向前冲，我已经准备好了所有的善后工作。"

"哎哟喂，离得这么近配合得这么好，这是牵手成功了？"正当连城深呼吸一口，准备迈出关键的一步时，身后一个令人厌烦的声音响起，随后，一只胖手落在了他的肩膀上，"连城，什么时候拿下了罗亦，也不说一声，让别人以为罗亦还名花无主呢，真不够意思。"

不用回头只听阴阳怪气的声音连城就知道不是别人，正是木恩。

在马上就要实施计划的节骨眼上，木恩不早不晚地出现了，真是让人无语，连城本不想理会木恩，却又没有办法，正要回头应付几句时，罗亦已经抢先一步开口了。

"木恩，你说什么？什么叫连城拿下我了？你会不会说话？不会说话就一边儿凉快去，别在我面前晃来晃去让人心烦。"罗亦对木恩才不会留情面，不客气地还击了木恩，如果不是手中的酒是准备洒姚常委的，她说不定就直接泼木恩身上了。

"木总监，刚才我们正说要向你敬酒呢，没想到你跑这里来了，快回去，都等你呢。"木恩还没来得及回应罗亦的机关枪，又一个婉转动听的声音在他的身后响起，清脆之中，又有一股软绵绵的味道，很有江南水乡的韵味。

木恩的身后，站着一位一身青色长裙的女孩，长裙长发长腿再加瘦长脸形，一双如水如雾的眼睛蒙眬而迷离，特别是小巧的鼻子犹如点睛之笔点缀在精致的五官上，乍一看，就如一幅精美的江南水乡工笔画，幽静而闲逸，清新而脱俗。

正是和罗亦齐名的安度公司两大美女之一的莫莉。

连城曾经和莫莉开过一个玩笑，说莫莉的名字很有意境，莫莉莫离，是不要分离的意思，莫莉当时就脸红了，幽幽地看了连城一眼说："我和你莫离，你会和我莫离吗？"

虽然莫莉的暗示含蓄而隽永，连城不傻，听得出来莫莉是在向他示爱，他嘿嘿一笑，故意假装腼腆地挠了挠头："我最喜欢的一首歌是《漂洋过海来看你》……"

漂洋过海来看你，说明两个人距离遥远，莫莉的温情迅速冷却了下来，她幽怨地回应了连城一个意味深长的眼神："有时候男人就是贱，越是得不到的东西越觉得美好，反倒对身边的美丽视而不见，忽略了最近的风景。"

不得不说，莫莉的话很有诗意也很有深意，连城听懂了她的意思，却只是笑了笑没有回应。倒不是连城故作深沉，而是他不知道该怎么回答莫莉，有时候沉默反而比语言更有回味。

和罗亦一样，莫莉在公司的知名度极高，追求者也众多，连城不喜欢莫莉，不代表别人不喜欢。相反，如果真要做一个统计的话，表面上罗亦在公司的人气最高，喜欢她的人最多，实际上，真要说走心的喜欢，还是莫莉更有市场。

毕竟罗亦的漂亮是招摇式的漂亮，虽然招摇式的漂亮更容易让男人喜欢，但男人是一种激情来得快退得也快并且很喜新厌旧见异思迁的生物，最初的新鲜感过后，还是优雅、知性和有内涵的女人更能激发男人长久欣赏的原动力，换句话说，优雅从容的女人，才是男人愿意停靠的归宿。

更通俗一点儿讲，大多数男人愿意和罗亦谈恋爱，却只会和莫莉结婚。

连城回身，目光正好迎上莫莉朝他投来的三分幽怨七分期盼的目光，他心中一颤，急忙收回了目光，只是朝莫莉点了点头，没有说话，算是打了招呼。

罗亦见状，接过莫莉的话，一推木恩："快走吧你，莫大美女都召唤你了，你就别在我面前丢人现眼了。走你！"说完，她手上用力，想要推开木恩。

木恩体重足有 90 公斤，别说罗亦了，就是连城也别想推动木恩硕大的体型。木恩哈哈一笑，纹丝不动，就不肯走，他其实看出来了连城和罗亦似乎有什么计划，就想故意捣乱："干吗非要赶我走？罗亦，是不是嫌我碍事，影响你和连城打情骂俏？现在不是谈恋爱时间，年会也是工作，工作时间，就得我说了算。"

见木恩故意赖着不走，连城心中着急，姚常委在邻桌已经快敬完酒了，很快就要过来了，如果木恩在的话，肯定会影响他的计划实施，说不定被木恩看出了什么，木恩还会出手搅局，怎么办？

再一看，姚常委一行就要走过来了，几米远的距离，也就是半分钟的时间，连城的目光迅速在木恩的脸上扫了一扫，又打量了莫莉一眼，脑中瞬间跳出一个念头。

时不我待，关键时刻要的就是当机立断的勇气，连城向前一步，近身到木恩半米之内，紧靠在木恩肥胖的身体上，凑到木恩的耳边耳语了几句。

"真的？"木恩本来是一脸的无赖和看热闹的表情，听了连城的话后，表情立刻大变，变成了惊喜和难以置信，他瞪大了眼睛，"你没骗我？"

"骗你是小狗！"连城哈哈一笑，用力一拍木恩的肩膀，"木哥，男人就要有男人样，机会来了，就要毫不犹豫地抓住，等错过了再后悔的话，也没屁用了，是不是？"

"是，是。"木恩笑开了花，眼神丰富地看向了罗亦，"罗亦，连城的话是你的真实想法？"

罗亦正要开口问个明白，她都不知道连城对木恩说了什么，她怎么回答？不料还没开口，忽然感觉脚下一痛，知道是被连城踩了脚，她立刻就明白了什么，风情万种地一拢头发："讨厌，问什么问？该怎么做你心里有数。"

"有数，有数。"木恩一听罗亦半是撒娇半是嗔怪的话，骨头都软了，点头哈腰地笑道，"马上，马上去办。"

话一说完，他转身就走，粗壮的双腿奔走如风，带动一身肥肉，速度飞快，居然也有了几分洒脱之意。

荷尔蒙的力量果然伟大，连城不无恶意地笑着摇了摇头，认识木恩时间也不短了，还从未见过木恩跑得跟兔子一样快，看来，木胖子为了爱情，也有奋不顾身的勇气。

"你又捉弄木恩了吧？"莫莉看出了连城和罗亦默契的配合，心中隐隐有一丝失落，不过她还是保持了应有的微笑和优雅，"能不能透露一下，到底是什么动力驱使木恩跑得飞快？对了，刚才我见木恩过来，就知道他想找你的麻烦，想过来解围，没想到，我水平有限，没能说动他……"

连城知道莫莉的心意，也清楚莫莉对他的好，心中微有触动，又一看，莫莉化了淡妆，没有如以前一样戴美瞳，也没有画眼影，清丽如雨后远山，不由让他想起了一句诗——欲把西湖比西子，淡妆浓抹总相宜。

"姚董来了。"见连城发愣，罗亦踢了连城一脚，"先办正事要紧，要和莫大美女谈情说爱，以后有的是时间。"

罗亦一脚踢醒了连城，连城脚步一动，忽然做出一个令罗亦大吃一惊的举动——他一伸手抓住了莫莉的胳膊，一低头，俯身到莫莉耳边……

莫莉先是一惊，出于女性本能的防卫，身子一退，头一歪，就要避让，不料只是动了一动，就又停了下来，轻咬嘴唇，仿佛下定了多大的决心一样，不再害怕连城的逼近，脸上迅速飞上了一层红晕，流露出欲拒还迎的娇艳。

等连城的耳语说完之后，她脸上的红晕迅速消退了，愣了一愣，没说话，朝连城投去了疑问的目光。迎着她的目光，连城坚定地点了点头，她迟疑了片刻，也冲连城点了点头，转身款款地走了。

罗亦虽然十分好奇连城到底对木恩和莫莉说了什么，但她就是大大咧咧不喜欢刨根问底的性子，连城不主动说，她才不会主动问，她只是撇了撇嘴，不以为意地说道："干什么这么神秘，有什么事情不能大大方方地说出来，非要说悄悄话？是见不得人还是见不得光？"

连城知道罗亦是有口无心的性格，才不理她，用胳膊一碰罗亦："姚董来了，下面就是你的 show time，准备好了没有？"

"早准备好了。"罗亦白了连城一眼，深呼吸一口，拍了拍胸口，"好紧张啊，万一姚董大发雷霆，连城，到时别怪我卖了你，说是你让我洒他一身酒的……怎么样，你没意见吧？"

对于这种事到临头还不忘事后出卖队友的恶劣行径，连城一向深恶痛绝并且十分不齿，但现在他只是露出白净的牙齿冲罗亦一笑："行，没问题，成功了，算你的功劳；出事了，算我的过错。"

"够哥们儿。"罗亦开心地笑了，一拍连城的肩膀，"等下你就瞧好吧，姐一定会演得天衣无缝。"

连城点了点头，见姚常委一行已经来到了近前，心情反而平静了许多，决定他命运的一刻来临了，他的目光平静地落在了姚常委的身上。

姚常委满面春风，眼中闪烁着光彩，似乎心情大好，就连他身边负责倒酒的助理连耳，也是神采飞扬，顾盼生姿，比平时多了几分迷人的风采。

连城一桌一共十人，按照惯例，只有向管理层敬酒时，姚常委才会和每一个人碰杯，一桌十人全是普通员工，姚常委一到，众人都纷纷站了起来，谁都清楚自己不够资格让姚董单独敬上一杯。

姚常委举起酒杯，透明的酒杯装满了无色的液体，应该是白酒，他微笑示意："感谢大家一年来对公司的辛勤奉献，希望在新的一年里，再接再厉，为公司也为你们自己创造新的辉煌。"

众人纷纷举杯和姚常委碰杯，姚常委一一碰杯，不错过每一个人，在和连城碰杯时，他明显停顿了一下，大有深意地打量了连城一眼："连城是吧？"

此话一出，众人皆惊。

在座的都是公司最底层的员工，能被中层管理层记住就不错了，没想到姚董居然知道连城的名字，怎能不让所有人都震惊莫名，怎么可能？怎么回事？什么时候连城进入姚董的视线了？不是吧，被姚董记住了名字，以后想不发达都难，谁不知道姚董白手起家，从无到有创下了安度公司，他经历丰富、命运坎坷，所以对手下的要求也十分严格，提拔员工一向挑剔，除非特别优秀特别有能力又特别能吃苦耐劳，否则一般员工想被他记住，难如登天。

从某种意义上来说，姚常委的性格和华为的总裁任正非有相似之处。曾经有年轻人应聘华为的工作，问节假日是不是正常休息，任正非当时就告诫年轻人说，一个人如果不趁年轻的时候干事业，难道要等老了再干？上来不问有没有发展空间却问有没有节假日的年轻人，华为不欢迎你们。

一个吃过苦受过累并体会过创业不易的人，通常都会对自己要求严格。而对自己要求严格的人，也会对别人要求严格。

所有人的目光都落在了连城身上，有质疑有不解，也有羡慕和嫉妒，就连罗亦也是一脸惊讶，不敢相信自己的耳朵，什么情况这是，姚董怎么会知道连城的名字？是她听错了还是姚董叫错了，又或者是她出现幻觉了？

连城在公司最没有存在感了，除了长得帅被公司的女同事经常议论之外，他完全就是一个无足轻重的角色，以姚董挑剔的眼光和苛刻的提拔标准，连城完全就是姚董眼中的废人，他的名字怎么可能被姚董记住？或者说，他有什么值得姚董记住名字的过人之处？

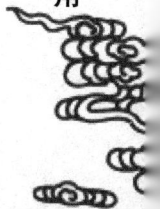

第7章　配　合

不管别人怎么不解，也不管罗亦怎么腹诽连城，事实就是事实，连城被姚常委当众叫出名字，也是无比震惊，震惊过后，大喜过望，忙谦逊而热情地说道："姚董，我是连城。"

"好，好呀。"姚常委微笑着点了点头，特意再次和连城碰了一下酒杯，"有些年轻人有冲劲有干劲，能吃苦肯吃苦，是好事。也有些年轻人似乎没什么冲劲也没什么干劲，而且又不能吃苦不肯吃苦，似乎一无是处，其实也不是，有冲劲干劲并且能吃苦肯吃苦的年轻人，是务实型的人才，可以做业务，是冲锋陷阵的将才。而似乎没什么冲劲也没什么干劲，而且又不能吃苦不肯吃苦的年轻人呢，如果有观察入微的眼光，又有与人为善的性格，再有统筹全局的大局观，也许会是一个十分难得的帅才。"

平常姚常委在公司的讲话，一向以言简意赅著称，在公司大大小小的宴会上，他更是沉默如金，多一句话也不肯说，就连业内也流传了一句话——姚常委是一个一字千金的实干家，今天他罕见地用长篇大论和连城闲聊，看似闲聊，实则话里话外大有深意也似有所指，更让在场众人无比惊讶。

姚董怎么突然对连城这么感兴趣了？连城到底交了什么狗屎运，怎么就引起了姚董的重视？姚董的话是什么意思，莫不是在暗示，连城文不成武不就，却是一个可以统领全局的帅才？帅才是什么？如果说总监副总是将才，那么总经理不就是帅才吗？

罗亦睁大了眼睛，张大了嘴巴，不敢相信眼前发生的一切！

就连连城也弄不清楚状况了，怎么了这是，他还没有在姚董面前展现他与众不同的能力，怎么姚董就对他寄予厚望了？到底是哪里出了差错？或者是……谁在姚董面前替他说好话了？

对了，一定是连耳，连城心中有了计较，朝连耳投去了疑问加感激的目光。

连耳轻轻一拢头发，回应了连城一个意味深长的眼神，悄然一笑，意思是让连城从容应对就好，不必想得太多。说实话，就连连耳也暗暗奇怪，她不过是向姚董简单说了一句关于连城的事情，后来就提也没有提过连城，到底她的话在姚董心目中有没有留下印象，她也心里没底。没想到，一见到连城，姚董却意外说出了一番鼓舞人心的话，到底姚董是因为她的话而对连城有了好印象，还是姚董之前就注意到了连城，现在时机成熟了适当地鼓励连城一番，她就不得而知了。

"呵呵，今天喝了不少，有点儿高了，各位多担待……"正当众人面面相觑，不知道该怎样回应姚常委的话时，姚常委却呵呵一笑，自嘲地说道，"醉了，醉了。"

一边说，他一边摆了摆手，脚步摇晃，就要离开。

姚常委会醉？连城心中顿时疑惑大起，谁不知道姚常委酒量惊人，一斤半的高度白酒都不在话下，何况今天上的白酒都是 42 度的低度白酒。更主要的是，他早就看了出来，连耳手中的酒壶大有文章，想出白酒就出白酒，想出白水就出白水，刚才姚常委喝下去的，分明是酒精含量为零的白水！

再联想到刚才他观察到的姚常委在贵宾席时的细节，连城更坚定了他的判断——他企图进入姚常委视线并成功地引起姚常委注意的洒酒计划，是一举两得的妙计。

那么刚才姚常委那番鼓舞人心的话，肯定不是专门针对他一人了，而是针对在场的每一个人，同时也是说给连耳听，如果连耳够聪明的话，可以领悟到姚常委的言外之意，她就应该及时而巧妙地帮姚常委解围。

遗憾的是，连耳虽然身为姚常委的助理，跟随姚常委也有三年了，随机应变的能力是有，及时落实姚常委在工作上的指示精神的能力也有，但要说从细节和暗示中领悟到姚常委心情好坏和情绪起伏的本事，还欠缺几分火候，所以刚才姚常委的一番话，尽管最后姚常委特别强调喝醉了，她也只是心中不解地想了一想，姚董今天没喝多少酒，怎么就喝醉了呢？随后就没再深思

崭露头角

姚常委为什么要这么说，这么说究竟是在暗示什么。

姚常委迈步要走，连城知道机不可失，就轻轻一推罗亦。罗亦早就蓄势待发了，她虽然有过犹豫，但她是一个说到做到的人，而且刚才姚常委的一番话让她错误地认为姚常委对连城高看一眼，既然如此，她还有什么好怕的？当即一手提裙一手举杯，快步如飞，就要追赶姚常委。

"姚董……"罗亦一声娇呼，刚要说些什么，不料跑得过急，高跟鞋被地毯一绊，她顿时站立不稳，身子朝前一扑，手中的酒杯就脱手飞出，在空中划过了一个近乎完美的弧度，不偏不倚正中姚常委的胸口。

没有玻璃破碎的响声，也没有惊呼，酒杯落在姚常委的胸口，一杯酒尽情地挥洒在了他藏青色西装和衬衣上，红红的酒染红了一大片，犹如血染一样触目惊心，随后酒杯无声地跌落到地毯上，打了几个滚，居然又滚回到罗亦的脚下。

"Perfect！"连城在心中欢呼一声，好一个近乎完美的洒酒动作，虽然他也看出其实罗亦是失误了，并没有按照原定的计划直接将一杯酒倾倒在姚常委的身上，但必须得说，罗亦的失误让洒酒之举由人为变成了真正的意外，反倒更天衣无缝，不会让人疑心是精心设计的演戏。

"哎呀！"罗亦惊呼一声，双手捂住了嘴巴，惊呆了。

她怎么也没有想到人为的计划会因为她的失误而变成意外，更巧的是，意外带来的效果反而更好，她的惊呼之中，就有三分惊讶七分惊喜了。

"真不好意思，姚董，对不起，真对不起，我本想向您敬酒的，没想到洒了您一身酒，都怪我，都怪我，您骂我打我都行，不过骂我别说我丑，打我别打脸，成不？"罗亦愣了一愣之后，忙不迭地跑到姚常委面前，手忙脚乱地拿出纸巾就要帮姚常委擦酒。

连城哭笑不得，罗亦的道歉哪里是道歉，分明是耍赖加撒娇，倚仗身为美女的优势，居然还为姚常委设了一个打骂的底线，真有她的。不过又一想，这样才显得罗亦真实而可爱，换了别人，比如说莫莉，就不会有罗亦刚才胡闹的效果。

相信在罗亦的胡搅蛮缠下，姚常委就算有气也生不出来，何况身为董事长，也不可能冲一个娇滴滴的美女大发脾气，尤其姚常委又是一个有涵养的人，更何况罗亦确实不是故意为之。果然不出连城所料，姚常委只是微微一怔，眼中隐有不满一闪而过，随即又云淡风轻地笑了："不要紧，不要紧，酒是雅物，春风大雅能容物，秋水文章不染尘，何况又是红酒，一洗了之。"

一边说，姚常委一边不着痕迹地退后一步，不让罗亦的手落到他的身上。他是公司的董事长，如果在众目睽睽之下让罗亦在他的身上摸来摸去，即使是事出有因，都知道罗亦是在帮他擦酒，也是好说不好听，传来传去说不定就变味了。

突如其来的变故，顿时引发了众人的关注，不少人纷纷朝姚常委和罗亦投来了疑问和探究的目光。

在众多目光之中，也有段见和木恩的目光。

段见坐在贵宾席上，他在苏先卉的右首，苏先卉的左首是齐全。坐在他和齐全中间的苏先卉不时和齐全说笑几句，然后又不忘和他打趣几句。如果他不是早就领教过苏先卉的脾气，说不定还真天真地以为只要他一开口邀请，苏先卉就会立马答应赴约。

聊了一会儿，段见还是按捺不住心中跃跃欲试的想法，主要是连城信誓旦旦地保证一定可以请动苏先卉让他愤愤不平，内心极度不平衡，连城算个毛，如果连城都能请动苏先卉而他请不动，岂不是显得他太没水平太没本事了？他就不信邪了。

"苏总，等下年会结束了，能不能赏光一起喝茶？我有个项目想和苏总聊聊。"段见试探着向苏先卉抛出了邀请，他语气诚恳态度真诚，拿出了十足的诚意。

"哎呀，真不好意思段总，下午和晚上都有约了。"苏先卉的笑容就如三月的阳光一样明媚而纯净，不带一丝杂质，两个酒窝如两朵白云点缀在明净的天空，带来心旷神怡的美感。

作为土生土长的北京女孩，苏先卉有着北京女孩特有的大气和爽朗，又

崭露头角

047

因为有留学经历和良好家庭环境的熏陶，她又比一般的北京女孩多了优雅和从容。她就如北方辽阔草原和南方小桥流水完美结合的艺术品，如果不开口说话，只当前一站，绝大多数人会认为她是一个温婉如玉、优雅如风的女子。

又被拒绝了，段见心中很不痛快："苏总，太不给面子了吧？我都约你十几次了，你一次都没有答应过，怎么着，看不起我是不是？"

"你都约我十几次了，我都没有答应你一次？"苏先卉夸张地哈哈一笑，"不是吧段总，你怎么这么没魅力？一般约我三次以上的，我通常都会给一次面子，你居然约了我十几次都没有约到，到底是你太有毅力了，还是我太没心没肺了？"

"取笑我？"段见眉毛一挑。

"没有，真没有。"苏先卉摆了摆手，"我是想说，你约了十几次都没有约到，也该想明白什么了，怎么还这么天真无邪，又来约？人最难得的就是有自知之明，段总！"

"你！"段见见苏先卉一点儿面子也不给，不由火起，"苏先卉，不要觉得你有多了不起。"

"你错了，段总，我从来没有觉得自己有多了不起，只不过我有一个原则就是，不喜欢和 loser 在一起，尤其是不知道自己有几斤几两的 loser！"苏先卉话一说完，举起酒杯朝齐全示意，"齐公子，我敬你一杯。"

齐全点头一笑，对刚才苏先卉和段见的冲突视而不见，他轻轻和苏先卉一碰酒杯："苏总的性格很真实很丰满，我就喜欢坦诚的人，我敬你。"

二人你来我往，将段见扔到一边，让段见十分尴尬并且极度不满，苏先卉居然说他是 loser，不就是有过几次投资失利的经历吗，谁的人生没有过失败？等他以后成功了，失败的例子都不过是成功道路上的点缀。

又一想，刚才他和苏先卉都翻脸了，连城还怎么可能请动苏先卉和他坐在一起？到时连城如果不能兑现他的大话，一定要让他好看！

段见下定了决心，在苏先卉身上受的气，要让连城加倍还回来。

想到了连城，他的目光就朝连城的方向望去，同在一个大厅之中，虽然座位的位次不同，待遇不同，但基本上可以一眼望到。段见的目光越过人群，落在不远处的连城身上之时，正好是罗亦洒了姚常委一身红酒之际。

姚常委居然被洒了一身红酒？还有这么好玩的事情？段见被苏先卉嘲讽的坏心情顿时好转了，饶有兴趣地跷起了二郎腿，抱起了双臂，准备看一出好戏。他倒要看看，罗亦怎么收场。

看到姚常委后退一步躲开罗亦时，段见暗暗赞赏，姚常委此举很有风度也很有涵养，而且还很得体，不愧是久经江湖的人物，遇事不慌，进退有度。

不过……段见注意到就在姚常委后退的同时，连城一个箭步向前，第一时间冲到了姚常委身边，伸手扶住了姚常委的胳膊，他顿时睁大了眼睛，心中瞬间跳出一个念头——罗亦洒酒连城善后，配合得如此天衣无缝，难道洒酒是精心策划的一个局？

谁精心策划的？除了连城还能有谁！

如果让连城知道了段见的想法，他肯定会吓上一跳，因为段见居然一下就猜中了他精心设计的一局，可见段见为人也确实有高明之处。

当然，连城不知道的是，段见在最初的念头过后，随即又否认了自己的猜测，他注意到了罗亦是脚下一绊才脱手飞出了酒杯，说明洒酒之举是一次意外，并不是人为的安排，他长出了一口气，连城除非脑子坏掉了才会策划一出洒姚常委一身酒的闹剧。

连城脑子当然没有坏掉，但他就是策划了一出洒姚常委一身酒的闹剧，不过别说段见不敢相信洒酒事件的背后真有连城的影子，就连木恩也是一时愕然，目瞪口呆地看着罗亦洒酒连城善后的一幕，他站在人群之中，手上拿着几个哈根达斯，脑中一片空白。

什么情况这是？他刚离开才几分钟，不过下楼去买罗亦最爱吃的哈根达斯，怎么转眼间就发生了罗亦洒了姚董一身酒的大事？他是不是错过了最精彩最关键的部分？

不对，刚才连城指使他下楼去买哈根达斯，说是只要他为罗亦买了哈根达斯，罗亦就答应陪他看一场电影，他信不过连城，还特意暗示了罗亦，在得到罗亦肯定的答复之后，他才满怀欢喜地下楼，却怎么也没有想到，事情居然就这么巧，偏偏在他离开的时候发生了惊人的意外。

此时的木恩刚刚上楼，手中拿着一堆哈根达斯，花了他几百元，扔掉肯定舍不得，而且就算他扔掉手中的哈根达斯，再奋力分开众人，以百米冲刺的速度冲向姚常委来救场，也来不及了。因为就在他一愣神还没有想明白到底是怎么一回事儿的工夫，连城已经出手了。

连城的出手迅速而果断，就在众人还没有从震惊中回过神来时，就在罗亦手忙脚乱地想要帮姚常委清理而被姚常委巧妙地拒绝时，就在连耳刚刚反应过来向前一步想要扶住姚常委时，连城已经抢先一步扶住了姚常委的胳膊，同时在姚常委的耳边小声说了一句："姚董，现在正是借机离开的好机会，我陪您去洗手间。"

如果连城仅仅是说陪姚常委去洗手间，姚常委也不会太过惊讶，但连城的第一句话却说正是借机离开的好机会，不由他不大吃一惊！怎么？难道连城察言观色，看出了他强颜欢笑之下隐藏的不耐烦？

没错，谁都以为今天姚常委一身休闲打扮再配以休闲款的劳力士手表，轻松随意应付自如，一定会心情十分舒畅，其实不然，姚常委的心情实在是糟透了，恨不得赶紧离开会场，一刻也不想再停留。

但再不想停留，也得留下来继续应酬，谁让他是公司的董事长呢？谁说身为高高在上的第一人就可以随心所欲、为所欲为了？完全不是。作为第一人，有时象征意义大于实际意义，也就是说，只要他在，哪怕他不发一言，也会让人感觉宴会意义重大。如果他不参加，就会无端让人猜测和议论，以为他或公司出了什么事情。

其实姚常委的心情一开始还挺好，来之前刻意的休闲装扮也是他真实心情的外在流露，但宴会开始之后，有两件事情的发生让他的心情迅速由晴转阴了。

第一件就是段见和苏先卉的矛盾。

第8章 善于把握机遇，精于制造机会

姚常委在北京的朋友很多，不管是生意上的还是私交深厚的，远不止段见、苏先卉和齐全三人，但今年年会只邀请了三人参加，自然有他的深意。以公司今年的发展方向和规划为出发点，他希望和三人建立更广泛更密切的合作关系，共同营造一个双赢的局面。

尽管他也知道段见对苏先卉有意思而苏先卉对段见没感觉，但他并不认为身为商场中人，会把感情和生意混为一谈。也不知道到底是他年纪大了，和现在的年轻人有代沟看不透现在的年轻人了，还是身为富二代的苏先卉和段见太任性了，二人从坐在一起时就开始互相攻击和拆台，以致发展到后来，居然言语不和而闹到翻脸的地步了，这让他大为恼火的同时又大感无奈，他的本意是想联合苏先卉、段见和齐全三人，再加上安度公司，一共四家联手投资一个项目，现在看来，由于段见和苏先卉感情问题上的冲突而导致二人不可能再联手合作，他的设想也因此而遭受重挫。

如果仅仅是段见和苏先卉之间起了冲突也就罢了，姚常委在商场多年，早就练就了养气功夫，不至于因此而沮丧生气，但让他更加失望的是，当他将重点转移到齐全身上，想和齐全就今年的合作简单谈一谈设想时，却悲哀地发现，齐全最近的心思完全不在事业上，不管他怎么说，齐全都是一副神游物外的神情，对他的话要么笑而不语，要么答非所问地嗯嗯几句，完全就是不过心的敷衍。

也就是说，他精心设想的大有前景的思路在齐全的眼中，不过是几句无关紧要的废话而已，而段见和苏先卉则是因为生气，对他的设想连听都听不进去，现在的年轻人，要么因人废事，要么无所事事，怎么都一点儿上进心也没有？事业不是游戏更不是儿戏，怎么都和没有长大的孩子一样想怎么样

崭露头角

就怎么样，任性，太任性了！

姚常委今天一身休闲装，就是想在有意营造的休闲轻松的氛围之中初步和段见、苏先卉、齐全达成合作意向，他原以为就算苏先卉和段见不和，也会放下成见求同存异以谋求发展，在商言商，谁会因为言语冲突或是所谓的面子问题而不做生意呢？都不是小孩子了，在利益面前，面子并不重要。

他也以为，齐全就算是最无所事事的富二代，也不会没有一点儿进取精神，如果送到眼前的好项目也不抓住，齐全还是男人吗？也太颓废太没出息了！但齐全的表现还是大大出乎姚常委的意料，别说齐全对他精心设想的项目不感兴趣了，他似乎对所有的事物都不感兴趣，美食美酒美女，在他眼中都像不存在一样。

没想到，万万没想到，今天精心安排的一场宴会，结果没有换来任何一人的积极回应，姚常委的心情迅速回落并且一路下滑，跌落到了谷底，他坐在三人中间，忽然间就觉得意兴阑珊，对周围的一切都失去了兴趣，只想逃离会场，到一个安静的地方静一静。

但他又不能走，按照惯例，他必须依次敬酒，哪怕只是走走过场，也必须让每一个员工都感受到他的存在和诚意，作为一家之主，他很清楚员工不患寡而患不均的心思。

姚常委自认涵养功夫十分到家，尽管心情极度不爽，相信脸上依然是春风拂面的笑容，不会让任何人看出他内心真实的情绪变动，却没想到，连城一语道破了他隐藏最深的心情，怎不令他无比震惊？

连城怎么就看出了他一刻也不想再待下去的真实想法？

对于连城，姚常委还是只停留在记住了连城名字的初步印象上，并没有对连城有什么更深的认识，刚才酒桌上的一番话，也并非特意针对连城所说，而是泛泛之谈，是给在座的每一个人以激励和鼓励，同时，也是为了后面自嘲喝醉了埋下伏笔，更是为了暗示连耳，好让连耳听出他的言外之意，寻一个理由让他脱身。但让他失望的是，连耳没有领会他的意思，难道说，连城是从他刚才的一番话中听到了他的弦外之音？

不应该呀，连城和他又没有深入地接触过，怎么可能从他的言行中了解到他的所思所想，除非连城有细致入微的观察力和善于从小细节发现问题的本事。

这么一想，姚常委对连城的兴趣就越来越浓了，他见连耳向前一步，想要对他说些什么，便伸手阻止了连耳，说道："让连城陪我去洗手间，你代我继续敬酒。"

连耳目光闪动，心想连城的殷勤献得真是时候，这么罕见的机会居然被他抓住了，以前还以为他只是一个除了人长得好、心地善良之外并没有出奇之处的一般人，原来还真是小瞧他了，他竟然还是一个很善于发现机遇的人。

看来，连城的运气来了。

如果让连耳知道连城不但是一个善于发现机遇的人，而且还是一个精于制造机会的人，她肯定会更加佩服连城。

不过在连城看来，机遇都不是凭空出现的，时间地点以及恰到好处的出现，都是平常多留心多准备的结果。好运气也是一样，一个无所事事从来不思索的人，好运气肯定不会降临到他的头上。

连城心中大喜，朝连耳点了点头，又朝罗亦悄然示意，然后在众人的注视之下，陪着姚常委向洗手间走去，一时之间，在公司默默无闻了三年之久的连城，一举成名，瞬间成为公司上下人人羡慕的幸运儿！

到洗手间的距离不过几十米，但就是这几十米的距离，无数或羡慕或嫉妒或不解或不屑或眼红的目光，纷飞如箭，无一例外地射中了连城。不少人心中在羡慕嫉妒恨的同时，都不无遗憾地想，为什么在姚董身边的人是连城而不是我呢？如果是我该有多好，多好的可以和姚董走近并且让姚董记住的机会，怎么就落在了连城的头上？连城到底交了什么狗屎运？

木恩的目光中几乎喷出了怒火，是嫉妒得发狂的怒火，也是咬牙切齿的怒火，连城，你小子真有一套，真是运气好，不过你别得意得太早了，陪姚董去一趟洗手间并不能说明姚董就真的赏识你器重你了，如果你没有真本事，就算你天天陪姚董上洗手间你也不过是一个跳梁小丑！

和木恩的愤怒不同的是，段见再看连城时的目光，多了些玩味和思索，他饶有兴趣地紧盯着连城和姚常委的身影，一直等连城和姚常委消失在了洗手间的门口，他才收回了目光，心中闪过一个突如其来的念头，连城这小子，难道真的要撞大运了？

"连城，你为什么说现在正是借机离开的好机会？"一到洗手间，姚常委一边脱下外衣，一边直截了当地问出了心中的疑问，"你这话是什么意思？"

姚常委的语气平和，但平和之中，却有一股不容置疑的威严，身为一家一千多名员工的大公司的第一人，又是白手起家的创业者，他从经历之中历练出来的自信和成熟，就足以让连城拜服了，更不用提他自身所在的位置带来的威严和权势了。

连城脱下了自己的外套——是一件深灰色的西装，小品牌，价值300元，他接过姚常委的名牌西装，将自己的西装披在了姚常委身上，恭敬地说道："姚董心乱了，不想再应酬下去，如果有一个可以借机离开的机会，姚董肯定不会错过……我的意思是，被洒了一身酒，姚董就可以以回去换衣服为由，既不失礼又不着痕迹地离开了。"

姚常委强压心中的惊愕之意，目光在连城的脸上转了一转："连城，有时一个人太自作聪明了反而不是好事，聪明反被聪明误。"

连城见姚常委不肯承认他的猜测，就知道以姚常委的身份，即使被人看出了心事，也不会轻易承认，一旦承认就等于暴露了自己的弱点。他知道，如果说他陪姚常委来到洗手间是三分运气，那么接下来如何让姚常委信任他并且认可他，就全看他七分运作的本事了。

现在才是见真章的时候，来不得半点虚假和滑头，如果他不露出他的最高水平并且赢得姚常委认可的话，那么三分运气给他带来的就可能不是七分运作之后的十分成功，而是厄运的开始。

"姚董……"连城深吸了一口气，他知道在目光如炬识人无数的姚常委面前，说谎肯定会被识破，而且还会被姚常委当成投机取巧的奸猾之人拉入黑名单，从此永无翻身的可能，所以他只有一条路可走——实话实说，"我不是自作聪明，只是从一些细节上发现了姚董的真实想法，所以就自作主张想替姚董分忧。"

姚常委没有拒绝连城的外套，他用纸巾擦了擦胸前的红酒，扔掉纸巾，漫不经心地看了看连城："从细节上发现了我的真实想法？说，我还真不知道我有哪些细节被你引申解读了。"

"刚开始的时候，姚董的心情还不错，和齐全、段见、苏先卉谈笑风生，应该是聊了一些轻松的话题。"连城清楚他现在有几分本事就得显示几分，现在不是藏拙的时候，更不是低调的时候，只有让姚常委充分认识到他的价值所在，他才有可能赢得姚常委的认可，"后来不知道说到了什么话题，姚董虽然表面上依然云淡风轻，但心情却明显变差了，从一些小动作上就可以看出姚董的情绪变化……"

"哦？哪些小动作？"姚常委心中既有三分愠怒又有七分好奇，愠怒的是，他自以为经过多年的历练，不敢说已经修炼到喜怒不形于色、炉火纯青的境界，至少也达到了不动声色收放自如的程度。没想到，他没有被同桌久经商场的几名副总发现状况，也没有被身边的齐全、苏先卉和段见三位商界精英察觉到情绪波动，却被远离他的一个不知名的小人物连城看出了端倪，所以他在愠怒之外，更加好奇的是，连城从哪些小动作中准确地得知了他心不在焉很想逃离会场的真实想法？

连城下意识地摸了摸鼻子，他一紧张就会习惯性摸鼻子，然后又搓了搓手，谦逊地笑了笑："每个人都会有一些习惯性的小动作，正是由于习惯了，所以往往自己不会察觉，就像我一紧张就会摸鼻子，一焦虑就会搓手一样，姚董也有一些习惯性的小动作，比如，姚董在觉得憋闷的时候，就会松开衣服上的一个扣子，如果姚董不耐烦了，或是觉得不舒服了，就会将衣服上的扣子全部松开……"

姚常委一下愣住了，他真有这个习惯吗？低头想了一想，还真是，他在刚来的时候，三排扣的西装他系了两排，后来和齐全聊得话不投机时，松开了一个，再后来段见和苏先卉争吵时，他又松开了最后一个，刚才罗亦洒他

一身红酒的时候，他西装的扣子确实一个也没有系上。

连城……真这么厉害，真有如此细致入微的观察力？姚常委下意识地朝连城投去了一丝赞许的目光，不过随即又迅速收回，依然语气淡然地说道："松开衣服上的扣子也未必就说明我不耐烦了，也许只是我觉得太热了……"

好吧，连城深吸了一口气，虽然他早有心理准备，知道姚常委不会轻易认可他，却还是没有料到姚常委这么固执，当然了，也可以说姚常委不是固执，而是较真，是想弄清他到底是有真本事还是误打误撞猜对了。

"是，如果只有松开衣服扣子一个细节就得出姚董不耐烦的结论，也未免太武断了，还有两个细节可以说明姚董的心思确实不在宴会上了。"连城环顾了一下洗手间四周，再次确定洗手间中除了他和姚常委之外，再无别人，一颗心就放到了肚子里，虽然和姚常委在洗手间谈论事情总有些不伦不类的感觉，但姚常委没说什么，他也不必计较那么多了。

"第一个细节是姚董在和齐全说话的时候，一只手不停地拨弄筷子，有两次还把筷子弄到了地上，也没让服务员换新筷子。一般情况下，一个人内心焦躁的时候，手里总喜欢摆布一些小东西，比如钢笔，比如手机，或者是离手边最近的小物件。筷子掉在地上也不换一双新的，就说明姚董不想再吃东西了，而现在宴会才开始不久，由此推断，姚董已经不想久留了。"

姚常委没有说话，回想他当时的举动，确实如连城所说的一样，筷子掉在地上，他自己捡了起来，连耳想让服务员再换一双，他摆手说不用，确实是不愿意再待下去，心里已经动了要离开的念头。好一个连城，目光犀利到了如此地步，太厉害太惊人了，第一次他对连城高看了一眼，有了惜才之心。

"说下去。"姚常委的语气还是一样的平和，只不过平和之中，多了几分赞许之意。

尽管是十分微小的变化，但在细致入微的连城眼中，却是无比巨大而可喜的变化，连城立刻察觉到了姚常委对他态度上的转变，大受鼓舞，喜形于色："第二个细节是姚董在敬酒的时候，没喝白酒而喝的是白水。姚董心情大好或是在重要场合的时候，通常都会喝白酒，今天的宴会就是重要场合，但姚董滴酒未沾，就说明姚董心情不好。滴酒未沾，却还说喝醉了，就更说明姚董是想借醉离开会场……"

连城的话说完，姚常委脸色平静如水，甚至眼神都没有什么变化，他只是站立原地一动不动，只有水池传出水滴的叮咚之声，敲击在连城的心上。

连城焦虑地等待姚常委最后的判决，尽管他在回答姚常委的问题时从容应对，但他还是摸了摸鼻子，过了一会儿，又搓了搓手，微微紧张地盯着姚常委不放。

"连城，你知道我从你的两个细节中发现了你什么问题吗？"过了差不多有一分钟，就在连城几乎要绝望的时候，姚常委终于开口说话了，他一开口连城就是一脸轻松的笑容。

"嘿嘿，我关心则乱，紧张了。"连城倒也诚实，实话实说。

"没错，你的养气功夫还不到家，还需要再多练练，你一是紧张了，二是一高兴就容易喜形于色。遇到事情不管是大事小事，至少要做到喜怒不形于色才不会被人一眼看穿。一个人，不但要学会控制自己的怒火，更要学会控制自己的喜悦。喜悦比愤怒更难控制，很多人没有被怒火烧毁，却被得意冲昏了头脑，最后一头栽倒了。"姚常委一拍连城的肩膀，加重了语气，"以后一定记住，不管得到了什么样的成功，都不可得意忘形！"

第9章　京城女汉子

连城心中大喜，姚常委对他语重心长的教导，是对他认可的表示，他当即郑重地点头："谢谢姚董的教诲，我还年轻，相信还有很大的进步空间，一定不会辜负姚董的厚望。"

"你今天喝酒了没有？"姚常委突兀地转移了话题，抬脚就朝外面走去。

"没喝。"连城不是不喜欢喝酒，而是为了保持清醒的状态，除非实在推托不了的以酒说话的酒局，否则他一般情况下不喝酒。

"好，给我当一次司机，送我回去。"话一说完，姚常委一把推开洗手间的门，扬长而去。

三分运气七分运作，这么说，借三分运气为开端，再有刚才的七分运作，他迈出了成功的第一步……连城愣在了当场，片刻之后，一阵巨大的喜悦如潮水一般将他淹没，尽管姚常委有言在先，要学会控制自己的快乐，但他到底年轻，心性还是不够沉稳，一下跳起，右手用力在空中挥舞一下，心中大叫一声："太好了！"

当连城紧跟在姚常委身后，二人一前一后穿过大堂一同下楼而去时，会场上几乎所有人都睁大了眼睛看着眼前发生的一幕。没人知道在洗手间里面发生了什么事情，但毫无疑问几乎每个人都可以猜到一个结论——连城因洒酒事件正式进入了姚常委的视线。

木恩的看法比众人的看法更现实更深刻，他已经顾不上将手中的哈根达斯送给罗亦了，只顾呆呆地站在人群中，眼睁睁看着连城和他擦肩而过，然后消失在门口。以前连城在他眼中渺小而卑微的背影，忽然之间变得高大且神秘莫测了许多。

连城……真的要飞黄腾达了？木恩咽了一口唾沫，正茫然之时，忽然被人拍了一下肩膀。

"谁这么手欠？"他吓了一跳，张口就骂了一句，"滚一边儿去！"

"说谁呢？说谁呢？！"

木恩话音刚落，脑袋上就挨了一下，他回头一看，顿时矮了半分，忙赔着笑脸说道："段少，我不知道是你，得罪，得罪。"

段见也没心思和木恩计较，他朝门口指了指："你要小心了，说不定不用多久，连城就骑到你的脖子上了。到时候，嘿嘿，你以前对他的种种刁难，他都会加倍还回来。"

"段少，先不说连城以后怎么着，就说连城现在，他答应你的事情能兑现吗？如果连城只是随口一说逗你玩玩，你怎么收拾他？"木恩虽然震惊于连城以势不可当之势赢得了姚常委的认可，但他也清楚一个事实，姚常委不是一个任人唯亲的人，如果连城没有真本事，不能为公司创造价值，他再讨姚常委的欢心，也不会坐到高位。

"哼，别说他现在还什么都不是，就算他被姚常委提拔成副总了，敢忽悠我，我要让他滚出安度公司，也照样不过是一句话的事情！"段见冷笑一声，"对姚常委来说，一个副总又算得了什么？只要我答应和他合作，我让他换掉两个副总，他也会同意。"

段见的话虽有气话的成分，但也不是夸大其词，他以前也干过这样的事情，和一家公司合作的时候，公司的一个副总无意中得罪了他，他就要求对方公司开除副总，否则合作免谈。最后对方公司在他的巨额投资的诱惑下，权衡利弊，最终还是做出了开除副总以换取合作的决定。此事让段见在圈内着实风光了一阵，不过也更因此坐实了他短见的外号。

"段少觉得连城真有本事请动苏先卉？"木恩有意煽风点火，刚才段见和苏先卉的言语冲突他也听说了，他才不相信连城真有可以说动苏先卉的本事，尽管连城已经露了一手赢得了姚常委的认可，但他只是认为连城是凭泼酒事件而交了狗屎运，而狗屎运往往只有一次，"好吧，退一万步讲，就算他又撞了大运请动了苏先卉，你刚才才和苏先卉吵了一架，苏先卉知道你要去，

崭露头角

059

她不和连城翻脸才怪。"

"连城能不能请动苏先卉是他的事情，请动了，苏先卉和我翻不翻脸，就是我的事情了。"段见虽然有时无赖嚣张了一些，但还算是一个讲道理的人，他哈哈一笑，"我和连城打的赌就是他请动苏先卉，并没有要求他请动苏先卉后，还要说服苏先卉对我态度好一些。所以你就别操心了，木恩，我只管连城能不能请动苏先卉，请动了，算他赢，请不动，他就输了。"

木恩见鼓动段见干掉连城的办法没有奏效，只好无奈地说道："好吧，我倒是希望连城可以成功，这样段少就有机会和苏先卉握手言和了，说不定还有机会进一步深入交往。"

段见嘿嘿一笑，没说话，转身走了。

木恩愣了片刻，抬头见苏先卉正和莫莉热聊，就动了念头，回头一看罗亦一个人坐在桌前，没人陪伴，他犹豫了一下，想要破坏连城好事的念头战胜了追求罗亦的念头，他迈步来到莫莉和苏先卉面前。

"苏总，才几天不见，又漂亮了，皮肤细腻了不少，而且还有光彩了，尤其是眼神，更有杀伤力了，真是可喜可贺。莫莉，虽然我天天见你，但你每天都比昨天漂亮一点点，真是服了你了，快告诉我，你是怎么做到的？"木恩上来就先大拍马屁，女人最喜欢别人夸她漂亮，男人最喜欢别人夸他成功，是百试不爽的经验，他充分相信，在他的马屁攻势下，不管是高高在上的苏先卉苏总，还是小女人莫莉，都会被他一举攻克。

不料话音刚落，苏先卉就哈哈一阵大笑："木恩，我的漂亮有目共睹，不需要你说。莫莉的女人味也是天生就有，也不需要你夸。说吧，你无事献殷勤，非奸即盗，想打什么鬼主意？"

被苏先卉直接呛了一句，木恩脸厚如墙，才不会不好意思，他嘿嘿一笑："我哪里敢打苏总的主意，苏总可是名动京城的女汉子，我就是想向苏总打听一个人……"

"谁？"苏先卉一边说，一边举起酒杯朝木恩示意，"别光说话，来，干一杯。"

苏先卉喝的是红酒，高脚酒杯里面有多半杯红酒，红红的颜色在灯光的照耀和酒杯的映衬下，娇艳欲滴，在她洁白如玉的手掌下，颇有一种美酒如魅、美人如夜的魅惑之意。

　　木恩的目光在苏先卉近乎完美的手上停留了片刻，又沿着她细长的胳膊上升，依次在她性感的锁骨和双肩之上扫过，最后落在了她胸前的一抹洁白之上，然后久久停留，不肯收回目光。

　　莫莉注意到了木恩贪婪的目光，眼中闪过鄙夷之色，轻轻"哼"了一声，将头扭到了一边。反倒是作为当事人的苏先卉，不但没有躲闪，而且还有意挺了挺胸，故意朝木恩抛了一个媚眼，笑意盈盈。

　　木恩反倒有些尴尬，和苏先卉一碰杯，一扬头一饮而尽，然后一言不发地转身走了。他想抹黑连城的话也咽了回去，怕再说下去会被苏先卉调戏得无地自容。

　　木恩一走，压抑已久的莫莉才笑出声来："苏总，你简直太厉害了，谁不知道木恩脸皮最厚了，经常和女同事胡闹借机揩油，没想到被你一招制服了……你就是我的偶像！"

　　"哼，你们都太装了，放不开，才会被木恩一类的男人调戏。所以我从来不当女神，女神和女神经只有一字之差一步之遥，天天端着多累呀？还是当女汉子好，想哭就哭想笑就笑，管你是谁，只要我看不顺眼了，一律回敬他一句话——什么玩意儿，赶紧滚蛋，别在我面前狗屁倒灶。"苏先卉朝木恩的背影竖起了中指，"我最烦胖子了，尤其是秃顶的胖子，丫的，又胖又秃，还敢在我面前晃悠，也不知道丢人多少钱一斤？幸亏他溜得快，再敢赖着不走，信不信我让他做噩梦？"

　　莫莉笑得都直不起腰了："我估计木恩今天晚上就会做噩梦了……对了苏总，你真的是天秤座吗？我怎么觉得你的性格很像白羊座？"

　　"其实，我是矛盾座女生。"苏先卉爽朗地笑了，一拢头发，露出了手腕上定制的卡地亚星座手表，正是天秤座，"都说我长相是天秤座，性格是白羊座，有时候连我自己都分不清我到底和哪个星座更吻合，对了，你说连城

崭露头角

对星座学很有研究，他是真有研究还是忽悠？还有莫莉，我说多少遍了，别叫我苏总了，见外，叫我苏姐。"

"苏姐……可是你还没我大呢。好吧，你说什么就是什么了，连城确实是星座学高手，我刚认识他的时候，他从星座学的角度点评了我的性格和感情经历，全部说中了，当时我就惊呆了。"莫莉是受连城之托来说服苏先卉，想让苏先卉接受连城的邀请，可以和他一起喝茶或者吃饭。她不清楚连城怎么知道苏先卉非常痴迷于星座学，更不知道连城对星座学有研究，但受人之托忠人之事，何况又是连城，她就想尽她所能为连城办好这件事情，主要也是她和苏先卉关系还算不错，一直很聊得来。

至于连城点评她的性格和感情经历一事，纯属虚构，说完之后，她心跳加快脸上发烧，也不知道这样吹嘘连城到底是对他好还是会害了他。不过对于连城到底懂不懂星座，她也说不好。反正她不是很懂，也不信。在她看来，所谓的星座学其实和中国传统的属相学是一样的道理，都是画地为牢人为归属的理论。

不懂归不懂，不信归不信，莫莉和大多数女人一样，喜欢的男人所喜欢的事情，她也会去喜欢，谁让她就是喜欢连城呢？在和苏先卉聊起星座之前，她还特意手机百度了一下星座的知识，算是做到了心里有数。

苏先卉是天秤座，按照星座学的说法是——谁都知道天秤座最优雅、迷人，她们又善于打扮，美貌似乎是天生的。她们文质彬彬，而且性情温柔，爱好和平，几乎是十全十美，她们的美丽简直迷死人——她看了之后乐不可支，苏先卉的漂亮和迷人确实符合天秤座的特征，但漂亮和迷人并不一定优雅，优雅并不是漂亮的衍生品，有太多漂亮的女人不优雅。

更让她啼笑皆非的是，文质彬彬、性格温柔以及爱好和平如果用在苏先卉身上，完全就是风马牛不相及的张冠李戴，苏先卉不但不温柔不文质彬彬，她简直就是女汉子中的战斗机，性格大大咧咧不说，喝醉了还会骂人还敢打人，如果说她温柔，全世界百分之八十的女人都会举双手反对。

好吧，除了天生美丽符合天秤座的特征之外，苏先卉的性格很符合白羊座的特征——白羊座的女生给人的印象是热情和大方，而她们本身也不是很漂亮、迷人，所以更多的是豪爽、勇敢。再说大多数白羊座女生内心都是很善良的——热情、大方、豪爽、勇敢，用在苏先卉身上再恰当不过了，而且她也是一个看似女汉子其实内心善良的女生。

莫莉当初也是因为工作关系认识了苏先卉……有一次她去苏先卉的公司办事。到了前台，询问前台小姐苏先卉的办公室在几楼，前台小姐是一个长得很漂亮但穿着很简单随意的女生，既没有穿职业装，也没有化妆，穿了一身休闲装素面朝天，给人的感觉好像连脸都没有洗就从家里出来上班了。

当时她还想，苏先卉对公司的员工也太放纵了，前台是一家公司的门面，是窗口，前台小姐必须端庄，着正装并且遵守职业规范，哪有这么随便的前台小姐？到底是苏先卉的管理风格就是如此，还是她的管理方法有问题？

带着疑问，莫莉跟随前台小姐上了楼。除了穿着简单随意之外，前台小姐礼节倒是十分到位，客气地领她到了总裁办公室。进了总裁办公室却不见苏先卉，前台小姐为莫莉倒了水，却不离开，而是坐在了莫莉的旁边，突然就问了一句："你找我有什么事情，现在可以说了。"

莫莉一下没反应过来："我不是找你，我找苏总。"

"你找的苏总是不是叫苏先卉？"前台小姐笑意盈盈。

"是呀，三信影视只有一个苏先卉苏总。"莫莉一头雾水，一个小小的前台小姐，不但不知道怎样做好前台招待工作，怎么还这么多事？

"那就对了，我就是苏先卉。"前台小姐，不，苏先卉一拢头发，露出手腕上的卡地亚手表，她嫣然一笑，"说吧，别耽误时间了。"

"啊！"莫莉一下站了起来，没想到被她腹诽了半天的前台小姐，居然就是三信影视的 CEO 苏先卉，她震惊得无以复加，不但震惊于苏先卉身为堂堂的 CEO，一个一等一的美女，居然如此素面朝天，更震惊于苏先卉一点儿架子也没有亲自领她上楼的举动。

第一次见面苏先卉就给莫莉留下了无法抹掉的深刻印象。

后来接触多了，慢慢熟悉了，莫莉才发现穿着简单素面朝天上班的小事，

崭露头角

和苏先卉在奔放的生命之中做出的无数疯狂事相比，简直微不足道。

虽然莫莉是女孩，但她也不喜欢心思过于细腻并且动不动就要小性子的女生，苏先卉女汉子的性格，很合她意，而她有时细腻有时狂放的性格，也很受苏先卉喜欢，一来二去，二人就成了无话不谈的朋友，或者说，成了闺密。

估计连城也正是清楚她和苏先卉有着闺密一般的友谊，所以才请她出面替他在苏先卉面前打前站，让苏先卉对他有一个先入为主的好印象，莫莉心中喟叹一声，想起刚才连城和罗亦密切的互动，心想也不知道她这么帮连城是对是错，如果最后连城选择了罗亦而不是她，她又该何去何从？

这么想了一想，莫莉忽然又释然了，算了，不管最后连城是不是选择她，至少她真心地喜欢过连城并且愿意为他无悔地付出，一个人的一生之中，总要投入地爱一个人，哪怕没有结果，爱过痛过也就足够了。

"苏姐，想不想和连城坐在一起讨论一下星座学？他很渊博，人也很好，说不定还真能给你带来一些启发。"见时机成熟了，莫莉抛出了她今天谈话的主题，"我可以帮你约他。"

"不约，莫莉，我们不约！虽然我最爱聊星座学了，但我不会随便就和陌生人聊！"苏先卉一口喝干杯中酒，微有三分醉意的她目光迷离地笑了，"说实话，莫莉，连城是不是你的男朋友？"

莫莉没想到苏先卉会一口回绝，心中一急，脱口而出："是，连城是我的男朋友，苏姐，你给我一个面子好不好，约吧。"

第10章　情场如战场

"你是不是想让我替你把把关？"苏先卉不松口，她其实早就看出来了莫莉对连城的好感，一提到连城的名字，莫莉就会有三分紧张七分欣喜，明显是恋爱的节奏，她才不会放过这么好的审问莫莉的机会，"如果是，我就约，如果不是，就不约，就这么简单。"

苏先卉是何许人也，她表面上大大咧咧，其实心细如发，岂能看不出来莫莉对连城有意思？她就是要让莫莉当面承认。

莫莉被苏先卉逼到了墙角，退无可退，一咬牙："是。"

"好，明天下午三点，菩提树，不见不散。"苏先卉麻利地定下了时间地点，她举起酒杯和莫莉碰杯，"等有一天喝上你们喜酒的时候，你是不是要好好感谢我这个媒人哪？"

莫莉顿时红了脸："乱说什么呢，才刚刚开始，谁知道以后他结婚的人是谁？万一你不小心看上了他，说不定你会抢走他。"

"怎么可能？"苏先卉哈哈大笑，笑得花枝乱颤，全然不顾周围人群诧异和惊奇的目光，她一拍桌子，"我对男人的态度是宁缺毋滥，追求我的人，没有一千也有八百了，为什么我现在还单身？你又不是不了解我，在择偶标准上的挑剔，许多人说我比处女座还处女座。所以你放一百个心，你喜欢的男人，我肯定不会喜欢，因为你是双鱼座，你喜欢浪漫，爱幻想，而我是一个超级务实的现实主义者。"

星座学对双鱼座女生的评价是——最迷糊、最可爱的女生绝对非双鱼座莫属！她们柔情似水，性格温柔、浪漫、富有幻想。她们表面上纤细柔弱，内心也脆弱不堪，这样的一个十足的女人味星座怎么可以难看——尽管莫莉不信星座，但也得承认她确实符合一部分双鱼座女生的特征，比如柔情似水，比如性格温柔，再比如浪漫爱幻想，等等，但也有不相符的地方，她表面上纤细柔弱，其实内心十分坚强。

外刚的人多半内心柔弱，外柔的人大多内心坚强，就和柔软的果实必定有一颗坚强的核，而外壳坚硬的果实往往有柔软的果肉是一样的道理。

"好吧。"莫莉咬着嘴唇，含蓄而满足地笑了，"是你说的，你不会喜欢连城，你一定要记住你说的话，千万不要和我抢连城。"

"一言为定。"苏先卉伸手和莫莉击掌，"谁抢谁是小狗。"

罗亦一个人坐在座位上，心情有几分欣喜也有几分不安，欣喜的是，她的洒酒计划十分顺利，姚董没有怪罪她，她从容过关，而且连城也成功地进入了姚董的视线，还陪姚董下楼了，说明连城达到了预期的成功。不安的是，连城临走的时候十分匆忙，并没有和她打个招呼，也没有告诉她什么时候帮她接近齐全。

连城一走应该就不会再回来了，等年会结束之后，再找机会接近齐全，会比现在难上一百倍。会不会是连城一时高兴，忘记了她的事情？如果真是这样的话，她今天不是白忙了一场？

越想越觉得心里没底，罗亦想了想，拿出电话拨打了连城的号码，她不是一个有耐心的人，一定要问个清楚，连城今天到底还帮不帮她接近齐全了！

连城的电话是打通了，但一直响，却没人接听。连城不接她的电话？到底有什么重要的事情，连电话都不方便接？还是故意不接她的电话？罗亦气呼呼地挂断了电话，想了想，给连城发了一条微信："连城，如果你不兑现你的承诺，小心我和你没完！"

"怎么不接电话？"听到连城的电话响个不停，见连城没有要接的意思，坐在后座的姚常委有意提醒连城一声，"说不定是什么重要的事情。"

连城正在专心致志地开车，他回头冲姚常委笑了笑："多半是罗亦的电话，她找我一般情况下没什么要紧事，等下再回她电话。"

"你还挺遵守交通规则，开车的时候不打电话。"姚常委注意到了一个细节，一上车，连城就系上了安全带，不管是变道还是拐弯，连城必定先打转向灯，而且也绝不超速，规规矩矩得像一个新手。

但从连城从容的变道以及干脆利落的超车动作来看，他明显不是新手，至少有三年以上驾龄了，姚常委暗中赞许，他最欣赏遵守交通规则的人，从是否遵守交通规则的细节就可以看出一个人的基本素养。

"遵守交通规则不光是为了自己，也是为了大家。"连城目不斜视，认真地开车，"人人都遵守交通规则，就不会出现混乱的路口。许多人觉得交通规则只要别人遵守就行了，自己是不是遵守无所谓，而且往往存在侥幸心理，认为车祸不会发生在自己身上。但问题是，如果换位思考的话，别人也会这样想，这样一来，你不遵守交通规则，我也不遵守交通规则，最后乱成一团了，却又都指责对方的过错。"

"你的话倒让我想起一个故事，说是有一个瞎子晚上走路，拿着一盏灯，有人看到了就笑话他，说：'你是一个瞎子，反正也看不见，点灯不是白白浪费吗？'瞎子却说：'我是看不见，可是有了灯光，别人就会看见我，就不会撞到我了。'"姚常委深有感触地说道，"现代人在许多方面的素质都有待提高，据调查研究发现，许多交通拥堵的原因不是路况差，而是有个别司机在开车的时候不考虑别人，在快车道上当散步一样开车，一辆车的速度一放慢就影响几辆车的速度，几辆车都慢下来，就会产生连锁反应，就和波浪一样一圈圈放大，放大到后面，就会造成大范围堵车。"

"连城，你是哪里人？"姚常委话题一转，问起了连城的个人问题，"有没有谈女朋友？"

"我是河北人，还没有女朋友，北京米贵，成家不易呀。"连城心里清楚，闲聊可以拉近两个陌生人之间的距离，由陌生转向熟悉，但共同感兴趣的话题才能让两个陌生人迅速地走近，这种话题需要发现，怎么发现？从最开始的漫无目的的闲聊中寻找。

尽管在年会之上通过对细节的观察，连城准确地把握了姚常委情绪的变化和波动，但实话实说，他并不知道姚常委最感兴趣的话题是什么，毕竟他和姚常委距离差太远，不了解姚常委在事业上的所思所想，更不了解姚常委

崭露头角

在生活中的爱好和兴趣。

"成家立业，成家在先立业在后，说明不一定非要事业有成才可以成家，可以先成家后立业。一个男人只有成家了，心才安稳，人才踏实。"姚常委调整了一下坐姿，让自己坐得更随意舒服一些，"对女朋友的要求，有没有什么标准，也许我有合适的女孩可以介绍你认识，既有温柔贤惠的普通女孩，也有事业有成的'白富美'。"

姚常委要为他介绍女朋友？不是吧，他没听错吧？本来连城能开上姚常委的奔驰 S600 已经很是满足了，毕竟是两百多万元的豪车，他还是平生第一次开百万元以上的汽车，而且他从小就有一个三叉星之梦，梦想有朝一日可以拥有自己的奔驰汽车，因为他一直对奔驰三叉星商标由来背后的故事十分喜欢⋯⋯

1873 年，担任 Deutz 发动机技术部主任的戈特利布·戴姆勒，在给妻子寄去的明信片上，信手画上了一颗三叉星以代表他当时的住处，并特别声明：总有一天，这颗吉祥之星会照耀我毕生的工作。1926 年，奔驰公司和戴姆勒公司合并，合并后生产的汽车叫作"梅赛德斯－奔驰"（Mercedes-Benz），各自的商标也被结合起来重新设计成为新的标志：星形的标志与奔驰的麦穗合二为一，下有"Mercedes Benz"。这是一次伟大的结合，再经过两次修改，奔驰车标终于被简化为我们今天看到的形似方向盘的三叉星。

现在手握奔驰 S600 的方向盘，三叉星的标志近在咫尺，感受到奔驰厚实的底盘功力以及一流的隔音技术，连城正陶醉在驾驶的乐趣中，似乎实现了自己的奔驰梦⋯⋯

姚常委的话瞬间将他拉回了现实，他愣了一下才反应过来，意识到姚常委的话肯定不是随口一说，而是大有深意，因为一个男人的择偶标准可以从侧面反映他的人生观和价值观，或者说，选择什么样的女人就说明他是一个什么样的人。

姚常委是在考验他——连城微一沉思，说出了心里话："我希望找一个大方、大气的女孩，不一定在事业上特别优秀，但一定要有自己的事业，不一定特别顾家特别会做饭，但一定要会顾家会做饭。女人的温柔贤惠要有，安分守己更要有。其他方面没有太多要求了……"

"哈哈，你的要求看似不高，其实挺高。"姚常委笑了，"对于长相你难道没有什么要求？"

"长相说得过去就行了，漂亮不漂亮无所谓，但一定不要丑，否则影响心情和食欲就是自己跟自己过不去了，呵呵。"

"这么说来，罗亦还不是很符合你的标准，倒是莫莉似乎更合你的意，是不是？"姚常委含蓄地笑了，从连城的择偶标准中他对连城有了一个大概的直观判断——安分但不守成，本分但不传统，是一个可靠的年轻人。但总体来说，还是冲劲不足，激情不够。

当然，也可以理解为连城还没有放对位置，如果给他一个更大的舞台，他也许就会激发潜力，迸发出应有的冲劲和激情。

连城并没有被姚常委的话绕进去，虽然他确实有点儿飘飘然，刚才甚至一度认为姚常委身边真有认识的"白富美"要介绍给他，但后来转念一想又清醒了，姚常委今天心情不好，哪里还有闲心给他介绍女朋友？再者他毕竟刚和姚常委认识，就算姚常委出于对下属的关心，也不至于上来就关心他的婚姻大事，那么姚常委绕来绕去，目的又是什么呢？

让姚常委心情不好的原因是什么，连城多半也能猜个八九不离十，无非是今天邀请的三位贵宾没能让姚常委满意。三位贵宾之中，就有一位未婚的"白富美"苏先卉，莫非姚董是想借罗亦和莫莉说事，引出苏先卉？

连城猜对了，姚常委今天在苏先卉、段见和齐全面前没有得到想要的答案，心中很不痛快，本来他差不多要放弃和这三人合作的想法了，想再想想别的办法，却没想到，突然就冒出一个连城出现在了他的视线之内。

最主要的是，连城细致入微的观察力和对细节的判断力，让他突然发现原来公司里还隐藏了这样一个可堪大用的人才，如果让连城出面和苏先卉、段见以及齐全打交道，说不定连城会从细微处入手捕捉到三人的兴趣点，从而和三人建立一种良好的互动关系，再进一步说服三人加入他的项目之中，也许也不是什么不可能的事情。

正是有了这样的心思，姚常委才以要给连城介绍女朋友为由，慢慢地引出话题，要的就是最终引到苏先卉身上。不过他心里也没底，不知道他绕了一个大圈，连城会不会及时领悟到他的言外之意。

"姚董这么说，倒让我觉得有一个人比莫莉更适合我……"连城会心地笑了，虽然不能完全猜透姚常委的心思，但他自认也不笨，岂能猜不到姚常委所说的"白富美"是谁？

"谁？"姚常委忽然觉得他和连城的对话似乎一直没有怎么掌握主动，当然，也不是说连城始终掌握了谈话的节奏，而是他总觉得他刚想到了什么，连城总能及时领会到他的意图，怪事，真是咄咄怪事，怎么连城比跟了他三年之久的连耳还更了解他？

"苏先卉。"连城大着胆子说出了他的猜测，其实他对苏先卉真没有感觉更没有想法，他离苏先卉的距离太遥远了。

"也对，苏先卉其实也挺适合你。表面上苏先卉大大咧咧，其实她也是一个内心细腻的女孩子，哈哈。"姚常委哈哈大笑，笑声中，既有调侃之意，又有对连城猜到了他的用意的开心，"怎么样连城，敢不敢追苏先卉？你也别觉得她高不可攀，其实她再是'白富美'，再是美女 CEO，你只需要记住一点儿，女人就是女人，外在的身份掩饰不了她们身为女人的共性。女人的共性是什么？就是在爱情面前，她们可以牺牲一切。只要她喜欢你，不管你是什么身份，她都不在乎。"

连城乐了："姚董是鼓励我去追苏先卉了？"

"我很乐意促成一段佳话，是不是信心不足？不要怕，只管放心大胆地去追，有困难尽管来找我，我会帮你解决。"姚常委大手一挥，很有指点江山的气概，"如果你能追到苏先卉，连城，你以后在事业上不管遇到什么困难，都会迎刃而解。情场如战场，可以打胜一场不对等的爱情战争的人，肯定也可以打赢一场不对等的商业战争。"

好嘛，恋爱都上升到了战争的高度，连城很佩服姚常委的引申，不过话

契
机

又说回来，姚常委虽然有利用他达到某种目的之嫌，但如果他真能追到苏先卉，对他来说也确实是一次难得的考验，更是一次挑战。虽然他很愿意接受挑战，也不怕失败，问题是，他对苏先卉没有感觉，对一个没有感觉的女孩，怎么去追？

"追一个女孩和追一个项目不一样，追项目需要的是事业心和拼搏精神，追女孩除了需要拼搏精神和锲而不舍的厚脸皮之外，还需要感觉。我对苏先卉没有感觉怎么办？姚董，总不能让我去追一个完全不来电的姑娘吧？"连城其实想要的是姚常委的一个承诺，或者说，一个说法。

"感觉是可以培养的，你以前和苏先卉都没有过接触，怎么知道接触之后不会喜欢上她？所以，做人要有勇于尝试新事物的勇气。"见连城挺上道，可以跟上他的思路，姚常委心中愈加喜欢这个年轻人了，既然他和连城是以感情问题为切入点，就不妨继续围绕追求苏先卉的主题展开讨论，"这样吧，连城，你近期放下手头的所有工作，全力以赴去追苏先卉，追上了，算你今年的考核达标，追不上，你也没什么损失，怎么样？"

应该说姚常委还是没有拿出足够的诚意，不过连城也知道，饭要一口一口吃，路要一步一步走，事情要一点一点来，心急不但吃不上热豆腐，也追不到姑娘，更没有机会成功，他微一思忖说道："如果当成一项工作去追苏先卉，我倒是愿意，也会付出全部努力，不过我担心的是，万一真的追上了，要怎么收场？"

其实对于能不能追到苏先卉，连城心里一点儿底也没有，但他还是故意这么一说，其实他想表露的意思是如果他和苏先卉关系密切到了一定程度——不一定非是男女朋友——他可以作为姚常委和苏先卉合作的中间桥梁时，姚常委愿意委托他什么重任。

崭露头角

071

士别三日，刮目相看

　　"我喜欢生活有规律的人。"姚常委赞许地冲连城点了点头，"一个生活有规律的人，是一个自律的人，而一个自律的人，会有很强的组织性和纪律性。而一个遵守交通规则的人，是一个有高度社会责任感的人。所以综合下来，遵守交通规则和生活有规律的人，如果再有足够的能力，就是一个可以托付重任的人。"

第11章　人脉积累

"如果你真的追到了苏先卉，哈哈，连城，到时你需要考虑的不是怎么收场，而是怎么样才能一直发展下去永远不要收场。"姚常委还是没有给连城一个正式承诺，他不是不想承诺，而是想考验连城的耐心和信心。

而且作为领导者，他也不会轻易许诺，只要员工真正做出了成绩，他肯定不会没有表示。连城也一样，如果连城真能追上苏先卉，不用连城开口，他也会重奖加重用连城。

不过平心而论，姚常委对连城能否追上苏先卉，不抱太大希望。苏先卉的性格他了解，很随性很任性，如果是她不喜欢或是看不顺眼的人，她一概不将就不迁就，如果连城不是她喜欢的类型，连城一点儿机会也没有。

除了段见之外，姚常委还知道有几个"高富帅"也在苦追苏先卉，别看苏先卉很任性很要劲，但偏偏就有人喜欢她的范儿，以能够追到她为荣。和众多"高富帅"相比，连城除了长得帅之外，一无所有。好在对连城来说，追苏先卉没什么代价，成功了，算是意外之喜；失败了，也没什么损失。

"既然姚董也支持我追苏先卉，要不……我就试试？"连城岂会不知道以姚常委的为人，让他接近苏先卉绝对不仅仅为了促成他和苏先卉的佳话那么简单，但既然姚常委不说破，他又何必非要问个清楚？索性装糊涂，事成了，肯定是好事；事不成，就当什么都没有发生过，对他对姚常委来说，都好。

不过……连城心中还是微有一丝遗憾，他精心运作一番，好不容易进入了姚常委的视线，而且还成功地和姚常委建立了一种微妙的私人关系，却没想到，姚常委并没有对他委以重任，却只是半玩笑半正式地布置了一个追苏先卉的任务，也不知道三分运气打开的七分运作之门，门后的世界是不是他期盼中的一马平川的风光。

士别三日，刮目相看

算了，不去想了，连城也理解姚常委的顾虑，他只管完成任务就行了。只是他心中隐隐不安的是，为了事业，真要去追一个不喜欢的人，是不是很没节操？

怎么又和节操扯上关系了？连城自嘲地安慰自己，反正他现在也没有正牌女友，试着去喜欢苏先卉也不算什么伤天害理的事情，而且苏先卉也是单身，单身男女互相爱慕追逐也合乎情理……就这么定了，就算他和苏先卉接触之后没有喜欢上苏先卉，和苏先卉因此成了关系不错的好朋友，对他来说也没有损失，相反，却是莫大的收获。

何况他还和段见有赌在先，即使没有姚常委布置的任务，他也必须接近苏先卉。

姚常委住在五道口，五道口号称宇宙中心，房价高得离奇。连城送到小区门口，姚常委自己开车回家，走的时候，姚常委拍了拍连城的肩膀："连城，你今天的表现不错。俗话说万事开头难，既然已经开头了，后面的路就更要大步地走下去，半途而废和前功尽弃都是不可原谅的错误。对了，你每天几点起床，几点休息？"

没想到姚常委会突然问到他的日常作息，连城如实回答："每天七点准时起床，然后跑步锻炼。晚上八点回家，看看书看看电视，十点准时上床睡觉。"

"周末睡懒觉吗？"姚常委又问，脸上的笑容亲切而生动。

"不睡，我不喜欢睡懒觉。也许是我有强迫症吧，反正不管什么时候不管在什么地方，总是会按时醒来。"连城嘿嘿一笑，摸了摸后脑勺，"生前莫久睡，死后自长眠。活着，就要努力奋斗享受生活，而不是把大把时间浪费在睡觉上。"

"我喜欢生活有规律的人。"姚常委赞许地冲连城点了点头，"一个生活有规律的人，是一个自律的人，而一个自律的人，会有很强的组织性和纪律性。而一个遵守交通规则的人，是一个有高度社会责任感的人。所以综合下来，遵守交通规则和生活有规律的人，如果再有足够的能力，就是一个可以托付重任的人。"

站在小区的门口，望着高达十万元一平方米的高楼，回想起刚才一路上开着奔驰S600和姚常委谈笑风生的经历，连城恍然如梦。三分运气已经来临，七分运作也正在开始，不知道有一天他会不会也可以在寸土寸金的五道口拥有一套自己的房子。

正做梦时，微信的提示音让他回到了现实之中，拿起手机一看，是罗亦发来的信息，才一会儿工夫，罗亦居然发来五六条。

"连城，如果你不兑现你的承诺，小心我和你没完！"

"连城，你死哪里去了？电话不接微信不回，你想死呀？"

"死连城，赶紧回话，我要齐全，我要齐全！"

…………

疯了，连城无奈地摇了摇头，罗亦也太没耐心了，不知道有一句话说——上杆子的不是买卖？一个女孩子太积极主动了，如齐全一样的"高富帅"不怀疑你动机不纯才怪！看了看时间，回去救场还来得及，就给罗亦发了一条微信："等着我，马上回去。如果齐全提前离场，拦住他。"

"怎么拦？"罗亦马上就回了微信，"我如果能让齐全听话不走，我还用你帮忙接近他？连城，你再不回来，我要杀了你。"

连城摇了摇头，正想调侃罗亦几句，又一条新微信来了，一看是莫莉的消息："连城，苏先卉答应和你约了，明天下午三点，菩提树。"

菩提树是一家茶馆，在朝阳区，离连城家不近，不过既然是苏先卉定下的地方，再远也得去，连城心中大喜，莫莉真是帮了他的大忙，回头非好好谢谢她不可。

事情的进展不错，比预想中的还要顺利，但连城却没有过于乐观，虽然说苏先卉、段见和齐全三人之中，最先约到的是苏先卉，但三人之中，苏先卉最有个性，约到不表示以后的进展会顺利，有一句话不是说女人心海底针？女人比男人更情绪化，也更难摆平。说起来他反倒对搞定段见最有信心，段见表面上嚣张，实际上只要事情办成了，段见倒是一个不会耍花招的性情中人。

三人之中，苏先卉最有个性，段见最嚣张，齐全最让人捉摸不定，三个

士别三日，刮目相看

075

人三种性格，对连城来说，相当于三次不同的挑战。

"谢谢莫莉，回头请你吃大餐。"连城回复了莫莉，高兴地挥了挥手臂。是得好好谢谢莫莉，如果不是因为莫莉和苏先卉闺密一般的友情，他也不会一口答应段见请动苏先卉了。人际关系中，想要成功就要有充分利用身边每一个人的人际资源的眼光。

三分运气要靠自己争取和创造，七分运作就全靠人脉资源了。平常连城在公司就是乐于助人有求必应的老好人，不管谁有事情，只要召唤一声，他立马出现，而且不怕苦不怕累不要报酬，保质保量地完成任务。因此，连城在公司人缘极好。

不用提连城除了乐于助人之外，还很细心很会照顾别人的感受，只要是集体活动，只要和连城一组，不用半天人人都会脱口而出：有困难，找连城；有麻烦，找连城。

也正是连城日积月累的人气，他才有足够的底气让莫莉出面去请动苏先卉。虽然他也知道莫莉对他有好感，喜欢他，但他更清楚的一点儿是，就算没有莫莉喜欢他的前提，她也会帮他。

底气，来源于之前润物细无声的点滴积累。

"只请吃饭吗？"

莫莉回了一句，还附带了一个委屈的表情。连城笑了笑，回复："还有什么要求，尽管提。"

"先欠着吧，总有让你还的时候。"莫莉又发了一个顽皮的表情。

欠钱还好，欠人情债难还，连城揉了揉鼻子，摇头笑了笑，见罗亦又发了一条信息："真不好了，连城，齐全要走了，怎么办呀？你快说话呀，猪头。"

姚常委一走，三位贵宾提前离场也在情理之中，连城赶回去还要十分钟左右，显然来不及了，怎么办？迅速设想了一下齐全离开时的场景，他打通了罗亦的电话。

"罗亦，你听我说，现在你先下楼，抢在齐全前面赶到停车场，你知道齐全的车是哪一辆吧？对，奔驰GL……你别挂电话，就一直在齐全的车前打电话。"连城坐在出租车上,一边遥控指挥罗亦,一边回想起他对齐全的观察,心想只能这样了,如果他在现场的话,可以随机应变,现在只能根据他对齐全的了解和刚才留意的一些细节来推测齐全的爱好了。

酒逢知己千杯少,话不投机半句多,所谓的好印象,无非两点:一是举止大方不让人反感,二是谈吐得体,有共同语言,所以罗亦想要引起齐全的注意并且成功地阻止齐全离开,就只有一个办法——抓住齐全最感兴趣的事情,让齐全停下离去的脚步。

尽管现在齐全对事业和女人都兴趣不大,但人生在世,总有精神寄托,总有感兴趣的事情,齐全现阶段最感兴趣的事情是什么,或许姚常委没有注意,罗亦没有留意,连城却从几个细节中得出了推断。

"我到他的车前了,他过来了,身边还跟着原先的两个助理,哎呀不好,男助理认出我了,他凶神恶煞一样朝我走了过来,肯定是想推开我,怎么办呀连城,你快想想办法呀……"罗亦急得都快哭了,她很清楚,现在也许是她接近齐全的最后一次机会了,如果不抓住,以后齐全回到他的生活之中,她再想见他一面和他近距离接触,就如同霓虹灯到月亮的距离,可望而不可即。

"不要急,现在我说什么你就跟着重复一遍,听见没有?声音要大,大到足够让齐全听到。"说实话,连城也有几分着急,但他知道急不管用,只有拿出真正的干货才能引起齐全的注意,才能成功地吸引齐全的目光,"跟着我下面的话说——所谓的拆房老料压根儿就是骗人的话,明朝中期以后,紫檀大料就已经很少见了,做个圈椅需要的独板尚且不太好找,何况盖房子了。到清朝中期以后,紫檀更是出现严重短缺,只好开始采用相对便宜的其他红木代替,比如红酸枝木……"

罗亦不知道连城的话是什么意思,以她的性格,不问清楚不会学舌,但现在是非常时刻,她只好强压下心头的疑问,跟着连城的话一字一句地重复了出来,而且声音足够大,大到连她自己都不敢相信原来她的嗓门竟然这么洪亮。

穿一身黑风衣的齐全戴了一副深色墨镜,在两个助理的簇拥下朝座驾走

士别三日,刮目相看

去，他目不斜视、旁若无人的傲然姿态，不知道的人还以为他是哪个当红的明星。还别说，身材标准长相英俊的齐全除了个子不太高之外，俊朗的外表和漠然的表情，还真和许多大牌明星不相上下。

黑风衣黑眼镜再加上冷酷的表情和匆匆的脚步，齐全和时下流行的暖男是截然不同的风格，但就是有人喜欢他对一切事物漠不关心的冷漠。罗亦以痴迷面无表情的都教授为开始，到喜欢上从来只是扮酷装冷的何以琛为高潮，再到发现生活中还有比都教授冷酷比何以琛英俊的齐全之后，她就一发不可收拾地爱上了齐全。

说是爱也不准确，没有经过了解和接触的爱，只是一种盲目的迷恋。

但盲目的迷恋也会带来非凡的勇气，罗亦都没想到她还有在大庭广众之下高门大嗓的本事，话一出口，连她自己都吓了一跳。我去，这嗓门完全是女高音的节奏呀，如果她去唱歌，来一首《青藏高原》会不会震撼所有人？

不过现在不是自恋的时候，罗亦竭尽全力的呐喊没有起到丝毫效果，齐全连看都没多看她一眼，从她身边擦身而过，伸手拉开了车门，就要上车。

罗亦的一颗心几乎要跳到了嗓子里，怎么办？齐全马上就要走掉了，她真的就要错失机会了。现在的她恨不得扑上去拉住齐全的胳膊，恳求他为她停下脚步，哪怕只给她几分钟的时间也行，她也有足够的信心在齐全面前表现自己，让齐全对她有一个直观的印象。可惜的是，齐全身边的男助理虽然没有动手推她，却紧盯着她不放，只要她有任何异动，不用想，他肯定会出手阻止。

"连城，快点说话呀，你可是答应我要帮我接近齐全的！"罗亦差一点儿对着电话喊出她的心里话！

"故宫都没有用紫檀做的梁和门，难道民间就能有？民间谁能奢侈到用紫檀做门板、做房屋大梁？退一万步讲，就算有，还能保存到现在？再退两万步讲，侥幸保存到现在了，怎么可能流落到民间？再退五万步讲，就那么侥幸流落到民间了，谁舍得拿出来拆掉锯开做成手串来卖？这得是多么天真的人才相信拆房老料这个说法啊！"正当罗亦急得就要不顾一切扑上去拦住齐全,哪怕被齐全的男助理摔个仰面朝天也要让齐全记住她时,连城的话又传了过来。她来不及多想,反正死马当活马医了,不假思索地就大声喊了出来。

没错,是喊,而且还是扯着嗓子喊。

一口气没有停顿地喊完,罗亦感觉几乎喘不上气了,有一种晕眩之感,也不知是气息不足,还是见到齐全已经坐到了车内却没有多看她一眼而带来的绝望,更让她感到绝望的是,她的话还是没有起到任何作用——汽车随后就发动了。

怎么会这样?连城不是说他一定可以帮她接近齐全吗?她不顾淑女风范声嘶力竭地喊了半天,别说可以引起齐全的注意了,齐全自始至终连多看她一眼都没有,失败,真是太失败了。罗亦几乎一点儿力气都没有了,如果不是硬挺着要保持美丽动人的风度,她说不定早一屁股坐在地上了。

齐全的汽车从她的身边驶过,带动一阵冷风,让她遍体生凉,她无比绝望地望着奔驰漆黑的车身闪耀冷峻的光芒从她身边如行云流水一般滑过,她的右手微微颤抖,差点拿不住手机,失手摔落。

忽然,罗亦又想起了什么,冲着齐全的汽车大喊了一声:“开奔驰了不起呀?当年秦始皇坐的轿子比奔驰威风多了,不一样被项羽和刘邦干掉?皇帝轮流坐,明年到我家。”

眼见齐全的奔驰开出了十几米之外,马上就要到停车场的出口时,罗亦已经彻底绝望,就要拿起手机痛骂连城之际,忽然,齐全的奔驰停了下来。

车在原地停了片刻,似乎是在思索什么,随后倒车灯亮起,又原路倒了回来,停在了罗亦的身边。车窗打开,露出了齐全漠然冷酷并且面无表情的脸。

“你刚才说什么?拆房老料都是骗人的话?你是真懂还是胡说八道?”齐全冷冷地打量了罗亦一眼,目光流露出一丝不屑和不满,“别拿项羽和刘邦说事,就算是皇帝轮流坐也轮不到你,你是女人。”

“我……”罗亦喜出望外,正以为她和齐全有了一个浪漫的开始,却突然被齐全的话问住了,不由得一时语塞,“我当然懂了,不要小瞧人。”

第12章 投　缘

其实罗亦别说懂了，连刚才说的是什么她都不清楚，虽然之前听了连城的话，了解了一些关于金刚菩提和星月菩提的知识，但也只是略知一二，别说入门了，连门槛都还没有摸到。不过她也知道，如果她说实话的话，说不定齐全还会转身就走，不再和她多说半句。

"我还真没有小瞧你，但以你的收入，你还真玩不起文玩。"齐全审视的目光在罗亦身上转了一转，轻蔑地笑了笑，"先不说拆房老料的话题了，说说金刚菩提和星月菩提，你又了解多少？"

齐全的话也不是看不起罗亦，文玩市场鱼目混珠，真正的好料好珠子好东西，价值之高，是罗亦想都想不到的，罗亦几个月甚至一年的收入，也许还买不到一颗珠子。

"星月菩提是黄藤的种子，特点是瓷实度高、树脂含量高、油性含量高。黄藤的种子经过打磨，分为很多种，根据'星'的密度和油度区分，分为：元宝菩提子、金蟾菩提子、浅色金蝉菩提子和摩尼子也就是冰花星月……"罗亦心中暗道了一声侥幸，幸好之前听了连城的话，突击学习了金刚菩提和星月菩提的知识，没想到真派上了用场，连城太神了，他怎么知道齐全会问到星月菩提的问题？

"就不要照本宣科地背百度百科了，说说你自己的见解。"齐全摆了摆手，打断了罗亦的话，不耐烦地说道，"你到底是真懂还是假懂？说实话，不要浪费我的时间。"

"我……就是真懂。"罗亦生怕被齐全识破，索性将错就错，"星月菩提第一追求密度和皮色，第二才是月，一个简单的判断方法就是月朗星稀为好。现在的星月菩提多是海南产的，而印度星月菩提由于油脂含量高、密度大、偶会出现玉化效果，是最好的一种，但由于真正的印度星月菩提产量极少，一般是海南星月菩提价格的十倍至数十倍，所以市场上并不多见。盘玩星月菩提有几种方法，一是文玩，二是武玩，三是朱砂贡盘玩，不管哪一种盘玩方法，都需要付出耐心，无数次的重复摩挲，加上时间的洗涤，自己精心养护，久而久之就会变成色泽温婉，并且带有你自身气息的独一无二的物品。"

每个人都有自己无法发现的潜力，在紧要关头往往会被突然激发，罗亦之前虽然百度了菩提子的知识，但毕竟只是初次接触，再加上她并没有太过于上心，只是死记硬背记住了一些知识要点，只限于皮毛，但在齐全的步步紧逼之下，她急中生智，不但回忆起了所有关于星月菩提的描述，还删繁就简，挑选了几个关键点综合在一起，力求可以让齐全满意。

话一说完，齐全冷漠的脸上终于微微流露出一丝赞许的笑意："有点儿意思，有点儿意思了，那么你再说说，你喜欢金刚菩提还是星月菩提？"

两种菩提都是什么样子，罗亦没有见过，何谈喜欢哪一种？她无比懊恼为什么以前就不喜欢手串只喜欢首饰这些俗物呢？现在好了，被问住了，如果她早有这样高雅的兴趣和爱好，说不定早就让齐全对她刮目相看了。

"我……"罗亦努力回忆金刚菩提和星月菩提的形状，虽然网上有很多两种菩提的图片，但纸上得来终觉浅，毕竟没有见过实物，也没有亲手盘玩过，她还真不知道她到底喜欢哪一种，或者更贴切地说，她不知道她回答喜欢哪一种更能拉近和齐全的关系。

齐全问了半天星月菩提，应该是他更喜欢星月菩提吧？罗亦决定赌上一赌，正要开口说她最喜欢的是星月菩提时，话还没出口，身后冷不防有人开口说话了。

"罗亦最喜欢金刚菩提，尤其是七瓣的金刚菩提。"

罗亦回头一看，身后一人一脸淡然笑意，意态从容身姿挺拔，不是连城又能是谁？她顿时惊喜交加，从认识连城以来，还从来没有和这一次一样如盼望阳光、雨水一样盼望着连城的出现。

"齐少好，我是罗亦的同事连城，和罗亦一样，也很喜欢文玩，尤其是手串，

士别三日，刮目相看

虽然盘玩的不多，但却是发自内心的喜欢。"连城及时赶到，先是替罗亦解围，冲罗亦微微点头一笑，又冲齐全彬彬有礼地做了自我介绍，"齐少左手金刚右手星月，而且都是极其罕见的品相，金刚是二十瓣的极品，星月是印度产的四杂色精品，对一般人来说，别说可以同时拥有了，能看上一眼也是福分。"

本来齐全是坐在车内隔着车窗和罗亦说话的，连城的一番话刚一说完，齐全就一脸惊喜，如同一个珍藏了多年孤品却苦于无人识货又想炫耀的小孩，忽然遇到了一个有眼光的知音一样，顿时双眼放光，他一把推开车门，从车上跳了下来。

齐全过于生猛的动作吓了罗亦一跳，罗亦本能地朝后退了一步，正好让出了连城。齐全看也不看罗亦，越过罗亦来到连城面前，站在连城面前愣了片刻，忽然朝连城伸出了双手。

罗亦"啊"了一声，以为齐全要打连城，不料连城却动也未动，似乎早就知道齐全要做什么似的。等齐全的双手伸出之后罗亦才明白过来，原来齐全是要让连城看他双手手腕上戴着的手串。

左手手腕是一串十二颗的金刚菩提手串，每颗金刚菩提色泽深红，油润如玉，颗颗都在二十瓣以上，毫不夸张地说，齐全手中的这串金刚菩提，价值至少在百万元以上。

右手手腕上缠绕了一串一百零八颗的星月菩提，是集黄绿白红于一身的四杂色印度高密星月菩提，已经玉化了，犹如玉石一般的光泽格外喜人。佛头是一块翠绿的翡翠，隔珠有金有银有珊瑚，搭配得非常漂亮。就算连城不太识货，也大概可以推算出这串星月菩提也得十几万元以上。

以连城的财力，自然玩不起太贵的手串，但他确实是真心喜欢，也有过系统而精心的研究。在齐全参加年会迈入大门的时候，他就注意到了齐全不但胸前挂了一串沉香的佛珠，两手之上还各戴了一串手串，走路的时候，齐全目不斜视，对周围的一切都不感兴趣，右手却不停地盘玩手串，连城由此推断，现阶段的齐全，痴迷文玩。

后来齐全坐在座位上之后，也是珠不离手，手中的一百零八颗的手串不停地被他捻来捻去,嘴里还念念有词。就连姚常委和他说话,他也是爱理不理,一副对所有事情都漠不关心的神态,于是连城进一步得出了结论,齐全现在不但痴迷于佛珠和手串,也信佛。

任何友谊的建立都有一个前提——共同的兴趣爱好以及共同语言,正是因此,连城才让罗亦学习手串知识,重点关注金刚菩提和星月菩提,因为在齐全吃饭的时候,连城认出了齐全手上所戴的手串分别是金刚和星月两种菩提。

不过他虽然认出了齐全手中佩戴的是什么手串,但毕竟离得远,只能看出形状却看不出品质和品相,现在齐全主动伸手让他看个清楚,他肯定不会放过这么好的机会,于是不客气地抓住了齐全的双手,认真地看了起来。

过了一会儿,连城长出了一口气,放下了齐全的双手:"齐少,不好意思,我见过不少精品,但都没有你手上的好。也许可以说,齐少这两串手串,估计整个北京城也找不到更好的了。当然,不是只从价值上来说,而是从用心程度上来比较。再贵的手串,如果不用心盘玩,不用真心对待,也不行,不管是金刚菩提还是星月菩提,都是有生命的,把自己的生命融入菩提之中,才能收获最宝贵并且只属于自己的宝贝。"

"说得好,说得太好了。"齐全面无表情的脸上终于流露出一丝高山流水遇知音的欣喜,他双手一拍连城的肩膀,"你叫连城是吧?下午有没有时间,一起喝茶聊聊?"

齐全相约,没时间也得创造出来时间,连城虽然很想一口答应,但有时适当的矜持可以增加个人魅力,他微一迟疑:"有时间是有时间,就是……"

罗亦在一旁急得几乎跳脚,连城装什么装,赶紧一口答应了齐全,这么好的机会,错过了就太傻了,若是以前,她早就开口批评教育连城了,平常她在连城面前,想怎么说他就怎么说他。但现在她急归急,却不敢开口说话,唯恐惹连城半点不高兴而耽误了大事。

此一时彼一时,现在是连城掌握了主动权,她清楚得很,如果不是连城出面为她解围,她早就被齐全拉入黑名单了。

不过罗亦还是按捺不住焦急的心情，趁人不备将右手伸到连城身后，悄悄拧了连城一下。

"就是什么？"齐全却很有耐心地看着连城，"有什么问题尽管说，解决不了的，我来解决。"

"佛家讲究缘分，缘来则聚，我的意思是，既然罗亦也在，让她和我们一起，也算是随缘而行了。"连城故意矜持一下，最主要的目的是带上罗亦，他担心贸然提出让罗亦一起去齐全会不同意，所以才欲擒故纵。

"随缘而行，随遇而安，连城，你也信佛？"齐全听到连城说出的话似有禅意，更是欣喜，和大多喜欢文玩只是纯粹把玩的人不同，他还信佛，他的手串和佛珠，盘玩是乐趣，用来念佛并且坚守内心的信仰才是目的。

"信，只不过不太深入，只知道一些粗浅的知识。"连城不是谦虚，而是实话实说，也确实如他一样还不到三十岁的年轻人，即使信佛也只是出于纯粹的精神需要，还很难将信佛和为人处世结合在一起。

"太好了。"齐全遇到的同好者，要么只是单纯的信佛，对手串一类的文玩不感兴趣或是了解不多，要么只是纯粹的文玩爱好者，并不信佛，难得遇到一个既信佛又懂文玩的志同道合者，他就如同发现了宝物一般，一把抓住连城的胳膊，"走，上车，我带你去一个地方。"

"我也去。"罗亦生怕齐全扔下她，忙举起胳膊，怯生生的样子如同一个向老师提问的学生，"我……我也想和你们一起去。"

"上车吧。"齐全懒洋洋地看了罗亦一眼，不管罗亦是真懂还是假懂文玩，现在他对她已经没太多兴趣了，认识连城的喜悦掩盖了一切，他的注意力全部落在了连城身上。

连城和罗亦上了齐全的奔驰，齐全坐在右后，连城挨着齐全坐在中间，罗亦挨着连城坐在左后，她和齐全中间隔了连城，让她在兴奋开心之余，又有几分不满，如果能和齐全坐在一起该有多好。

奔驰 GL 驶出了停车场，朝北五环而去。就在奔驰绝尘而去之时，三楼的宴会厅，有人站在窗前将连城和罗亦上了齐全奔驰的一幕，看得清清楚楚。

不是别人，正是木恩。

也是巧了，木恩本来在轮流敬酒，敬了一圈之后，敬到了副总包端杰。包端杰作为公司的高级副总裁，是位高权重的实权人物，是二把手。他平常喜欢板着脸，看谁都是一脸黑线，再加上长得也黑，跟包公一样，人送外号包二爷。包二爷有一个众所周知的特点就是爱喝酒，但还有一个更加鲜明的缺点就是酒品不好，更主要的是，他还逢酒必醉。一醉，必定大发酒疯，打人骂人是常事，吐你一身浇你一头的事，也没少干过。

正是因为他这些"优良"的品质和"优秀"的习惯，公司上下无人不知无人不晓，因此只要有宴会，只要包二爷参加，人人都会对他敬而远之，别说敬他酒了，连喝都不敢和他喝，怕的就是正好赶在他发酒疯的时候和他喝酒，就倒大霉了。

木恩今天诸事不顺，若是以前，他也不会主动去敬包二爷酒。但今天没黑了连城，反倒让连城隐隐有得志之势，这让他心里极度不平衡。一生气，就多喝了几杯，酒劲一上来，就酒壮尿人胆，他突发奇想想要敬包端杰一杯酒。

当然，木恩向包端杰敬酒的动机也不纯，他就是想看看包端杰发酒疯时的丑态。就算包端杰不发酒疯，乘机在包端杰面前说几句连城的坏话，防止连城由于受到姚常委赏识而上升过快，也是一件好事。包端杰别看只是副总，但他是公司的第二大股东，仅次于姚常委，在人事上有足够分量的发言权。而且木恩也早就知道一个不是秘密的秘密，包端杰和姚常委不和。

才来到包端杰面前，不想还真有不怕死的人已经先他一步在向包端杰敬酒，木恩就先站窗前等候，不经意间目光一扫，发现楼下停车场齐全的奔驰GL旁边站着连城和罗亦，他顿时就惊呆了——什么情况？出什么事情了？连城和罗亦在干什么？

随后更让木恩目瞪口呆的一幕发生了——连城和罗亦在齐全的邀请下，上了车，然后和齐全一同离开了，他几乎不敢相信自己的眼睛，用力揉了揉眼睛，直到奔驰而去的奔驰没有在中途停车扔下连城和罗亦，他才确信连城和罗亦确实被齐全带走了。

不是说齐全是有名的冷公子吗？连圈内的朋友都不轻易结交，何况如连城、罗亦一样的屌丝了。齐全吃错药了还是连城又撞大运了？

木恩想破脑袋也不会明白到底发生了什么，忽然之间心情更加郁闷了，酒意上涌，他就感觉有几分不胜酒力了，连向包二爷敬酒的心思都没有了，转身想走。

刚一迈步，却被人拉住了。

"木恩，来，陪我喝几杯。"包端杰拉住了木恩的胳膊，他已经有了八分醉意，见谁都想碰杯，"听说你酒量不错，我们再开一瓶红酒怎么样？"

木恩酒量是不错，不过是在心情好的情况下，现在他情绪低落，酒量就打了折扣，能达到平常酒量的八成就不错了，所以他不想再喝了："包总，我今天喝多了，喝不了了……"

"不行，我说喝就得喝，最少一瓶。要是不喝，就是不给我面子。"包端杰强行把木恩拉到了他的座位上，给木恩倒了满满一杯红酒，"一口喝干，年终奖我多奖你两千！"

看来是真喝多了，木恩喝也不是不喝也不是，端着酒杯一脸为难："包总，分三次喝干，成不？"

"不成！"包端杰二话不说，给自己的杯子也倒满了红酒，然后一仰头一口喝干，将空杯子递到了木恩的眼皮底下，"我干了，你干不干？"

木恩没办法了，就算包端杰不是上司，对方先干为敬，他如果不跟进就太不男人了，喝酒最怕遇到这种硬碰硬的主儿，他只好一咬牙，也一饮而尽。

满满一杯红酒下肚，木恩就感觉肚子里面翻江倒海，知道快不行了，站起来就走："不行了包总，我不行了。"

"先不要走，酒还没有喝完呢……"包端杰酒疯开始发作了，他用力一拉木恩，"你敢走，信不信我敢揍你？"

第13章　细节见高低，谈吐见人品

不是信不信的问题，是包端杰的拳头已经落在了木恩的身上，木恩再敬包端杰是上司，也不能白白挨打，他用力挣脱包端杰就想逃跑，不料才一挣脱，忽然感觉有一团东西从天而降，从头到脚将他淋了个精湿！

一股酒臭味扑鼻而来，木恩伸手一摸，我去，脸上全是黏黏的东西，有液体有固体，不是包端杰的呕吐物又能是什么？真是倒了血霉了，传说中的包二爷醉酒后逢人便吐的神功怎么就偏偏让他遇上了，而且又是在大庭广众之下。丢人丢大发了，木恩跳楼的心都有了。

众人被突如其来的意外事件震惊了，片刻的冷场之后，人群发出了哄然的笑声。在笑声中，包端杰倒是清醒了许多，他上前拉住了木恩的胳膊："好样的，木恩，我吐你一身，你没躲开，证明你是个有担当的男人。我决定了，下次提拔你当大区经理。"

木恩现在哪里还有心思听包端杰醉后的胡扯，他的经验是，男人酒桌上的话不可信，他一把推开包端杰，逃也似的离开了会场。

如果不是出现了木恩被吐了一身的意外事件，宴会也许还可以再进行一段时间，意外一出，许多人都没了心情，也是，姚常委已走，包端杰喝醉，三位贵宾也走了一位，宴会就没有了应有的氛围。正好苏先卉和段见也同时离场，宴会就悄然结束了。

宴会上发生的一出意外，连城第一时间就知道了，因为莫莉给他发了微信，告诉了他木恩出丑的一幕，莫莉用了一连串夸张加爆笑的表情来表达她欢呼雀跃的心情。

连城此时已经跟随齐全来到了北五环的一家古玩城，他回复了莫莉一句话："说不定木恩还会因祸得福。"

下了车，连城跟随齐全一路来到古玩城的二楼，齐全的两名助理亦步亦趋，跟随在左右。现在连城已经知道二人的名字，男助理叫龚家栋，女助理叫李樱花，二人是一对恋人。龚家栋长得人高马大，如同铁汉一般，身高足有一米八，李樱花却长得娇小玲珑，身高不到一米六，不过二人站在一起，倒也颇有几分夫妻相。

齐全不说话，只顾走个不停，连城和罗亦也不方便问个清楚，就沉默地跟在后面。走了半天，才七拐八拐来到二楼一个名叫雅室的店铺。

古玩城内都是出售各种手串、玉器以及文玩的店铺。雅室的布置和大部分店铺不太一样，里面只摆了一张旧船木改造的茶台，并没有摆放出售物品的柜台，整个房间显得空空荡荡的。在房间的一角，有一张桌子，桌子看上去很有些年头了，古朴而典雅。

再仔细一看，在桌子下面，扔了一堆乱放的木头。木头奇形怪状，有的是树根，有的是长条，有的是不规则形状，不知道是什么东西。

坐下之后，齐全也不发话，龚家栋和李樱花泡了一壶普洱，为每个人倒了一杯。

罗亦有几分局促，抿了一口茶，不知所措地东看西看，等齐全开口。齐全却似乎神游物外了一样，眼睑低垂，轻轻把玩手中的金刚菩提，一言不发。

齐全摆的是什么龙门阵？罗亦用脚踢了踢连城，沉默地对坐太尴尬了，她坐立不安，想让连城打破沉默。

连城却并不回应她的暗示，目光直直地盯着桌子下面的一堆木头，罗亦心中不解，一堆烂木头有什么好看的，连城是傻了还是故弄玄虚？于是她又悄悄碰了碰连城的胳膊。

连城早就看出了罗亦的不耐烦，他悄悄向罗亦做了一个少安毋躁的手势，然后继续沉默着打量桌子下面的木头。罗亦鼻子都气歪了，连城摆什么谱发什么神经，好不容易和齐全面对面坐在一起了，不说话聊天一个人发呆看木头算什么事儿？破木头有什么好看的？

但是不管罗亦怎样气愤和不解，连城依然不理她，甚至还站了起来走到木头跟前，蹲了下来，拿起一块木头仔细地端详起来。

连城的举动让罗亦气得差点骂他，如果不是齐全在场，她早就过去朝连城的屁股上踢上一脚，然后质问连城为什么这么二……

让罗亦怎么也没有想到的是，就在连城蹲在地上翻看一堆烂木头时，一直面无表情的齐全忽然露出了一丝会心的微笑，随后齐全也起身来到连城身边，和连城一样蹲在地上，翻看桌子下面的木头。

"这一块木头是我从一个老头手中收来的，是真正的拆房老料，你不要被表面的漆给骗了，看看侧切面，是上等的小叶紫檀，而且还有金星和牛毛纹，这可是真正的'五年一年轮，八百年始成材'的印度小叶紫檀，从汉代以来就被认为最名贵的木材，被世人称为木中之王……"说话间，齐全拿起一块十分不起眼的木头，长约一米，宽二十厘米，像是一段窗框，上面还涂了黄漆。他倒转过来，将侧面呈现在连城面前，哈哈一笑，"如果不是我识货，差点儿就错过了一块这么好的上等老料，连城，你说，这块老料如果做成珠子得值多少钱？"

"做成珠子就暴殄天物了。"

连城其实并不是真的对老料有研究，一眼就看出了齐全藏宝的地方。以他的财力，他不可能接触到真正昂贵的老料和好料，只是他从房子的布置和细节中发现了端倪，不说茶台所用的旧船木，就是角落里不起眼的桌子，也是价值不菲的黄花梨木。但连城可以认出旧船木和黄花梨，却认不出桌子下面的一堆木头都是什么材质，毕竟这堆木头胡乱地扔在桌子下面，木头上落满了灰尘，就像一堆随时会被清理出去的生活垃圾。

只是善于观察的连城在一进房间的时候就注意到了一个细节，房间内旧船木和黄花梨木的桌子，以及名贵的茶壶，或者是博古架上的花瓶、玉器和玉石，任何一个都在几万元甚至十几万元以上，齐全却没有多看一眼，反倒第一时间把目光落在了桌子下面的一堆木头之上，并且停留了几秒钟，直到确认桌子下面的木头安然无恙，他才收回了目光。

尽管齐全的动作不着痕迹，但在一向细致入微的连城眼中，一切都看得分明。每个人都有自己习惯性的动作，就算掩饰得再好，也会惯性成自然，在不经意间流露出来。同样，每个人都会有自己在意的东西，就算再假装不在意，也会有意无意地投入过多的关注。

房间中那么多价值不菲的东西，齐全并未多看一眼，却几次对一堆木头投去了关切的目光，就说明这堆木头比房间中的所有东西都宝贵。不管是实际价值宝贵，还是在他心目中的分量贵重，总之，整个房间中齐全最在意的东西，就是黄花梨桌子下面的一堆看似烧火棍的木头。

以齐全的眼界和财力，不用说，这堆木头都是极品好东西。

等齐全随便抽出一块木头，明确地告诉连城是拆房老料并且问连城做成珠子值多少钱时，连城听言观色，注意到齐全眼中闪过的得意和爱惜之色，他本想说如果做成珠子，至少可以再买一辆奔驰 GL 时，却脑中灵光一闪，话到嘴边又变了口气。

"为什么说做成珠子就暴殄天物了？"齐全还以为连城会报出一个天文数字，不想连城的回答既出乎他的意料，又让他心生惊喜，不由好奇地问道，"说说你的真实想法。"

"有这样一个故事……有一个商人花了两亿元竞拍了两件稀世珍宝，拍下后，他当着众人的面摔掉了其中的一件，许多人不解商人为什么要摔掉价值连城的珍宝，商人说，两件珍宝价值两亿，现在只剩下一件了，是孤品了，孤品至少价值十亿！"连城拿过齐全手中的老料，掂了掂分量，笑道，"做成珠子固然可以卖不少钱，但却流于雷同了，并且不管卖多少钱，总有一个数额可以衡量，如果保持原状，就是一个独一无二的孤品，就是无价之宝，而且升值的空间无限。以齐少的财力，不缺钱，所以保留一件无价的孤品，比换来有价的商品要合算得多。"

罗亦听了暗暗心惊，三年来，她以为连城一直在虚度光阴，既不见连城在事业上有什么成就，又连一个女朋友都没有，可以说是一事无成，除了人缘好点儿喜欢乐于助人之外，她眼中的连城，完全就是一个窝囊的老好人形象。却没想到，平常不显山不露水的连城，现在和齐全侃侃而谈，不但毫不怯场，而且还颇有见地，尤其是无价的孤品和有价的商品的道理，让人听了顿时豁然开朗……连城什么时候变得这么睿智了？

罗亦惊讶得张大了嘴巴，不认识一样看着连城，一时呆住了。怪不得连城一直强调，机会是留给有准备的人，而不是有背景的人，难道说，三年来，连城一直在准备着什么？

这么一想，她再看连城的目光，除了不解和惊讶之外，又多了一丝佩服和意味深长，她甚至想，除了出身不如齐全之外，连城不管是长相还是学识，也不比齐全差多少。

齐全没说话，一拍连城的肩膀，站了起来，回到了座位上，慢条斯理地喝了一口茶才说："连城，如果做生意的话，你肯定是一个精明的商人，你以前做过生意吗？"

"没有。"连城也坐回到了座位上，"大学一毕业就进了安度公司，一直干到现在。"

"没做过生意就有这样的长远眼光，你简直就是一个天才。"齐全朝连城投去了赞许的目光，点头说道，"你平常一定很爱看书吧？"

齐全猜得没错，连城因年龄原因肯定没有什么社会阅历，限于财力，肯定没有见识过太多好东西，那么他能一通百通，肯定是读书多的原因。

"我不是天才，只是平常喜欢看书，书看多了，就知道得多了。而且我分析问题，不是从商业的角度分析，而是从人性分析。一个人不管是商场中人还是官场中人，只要是人，所有的行为都在人性的规则之内。"连城见他和齐全的关系有进一步加深的迹象，心中更是信心十足了。一个人可以生而平凡，但只要有一颗不甘于平凡的心，并且愿意努力奋斗，就一定可以通过不懈的努力而活得不平凡，"一命二运三风水，四积功德五读书，古人是十年寒窗无人问，一举成名天下知，现在是知识改变命运。知识并不只是学校里所学的专业知识，而是走上社会之后，更要不断地读书以提高自己的修养、学问和见识。"

"从人性的角度分析问题……"齐全点了点头，表示认可，他一只手喝茶，

一只手捻动手串，"你觉得一个人的成功，是和学历能力有关，还是和情商有关？"

"社会是一本又大又厚重的书，想要完全读懂，很不容易。社会学其实就是成功学，谁都想成功，但为什么成功的人总那么少呢？"要说到理论上的成功，连城可以聊上一天一夜，他平常没事的时候就是不停地读书，成功学、人际关系学以及各种励志小说……但他知道，在齐全面前不能泛泛而谈，必须切中要点，"就是因为许多人并不知道这样的一个关系——社会学就是成功学，成功学就是人际关系学。"

"所谓高智商，就是让自己高兴。所谓高情商，就是让别人高兴。成功的人就是同时具备高智商和高情商的人，因为他们可以同时让自己和别人高兴。而失败者多半智商不高情商也低，所以他们往往自己不高兴还总让别人不开心。"连城一边说一边悄悄朝罗亦使了个眼色，暗示罗亦不要走神，要用心听，现在是难得地了解齐全为人的机会，千万不要错过，所谓细节见高低，谈吐见人品，对话最能透露一个人的品位。

罗亦刚才沉迷在对连城印象改变的幻想中，现在被连城拉回了现实，忙收回心思，又将目光落在了齐全身上。见齐全气度非凡，虽然表情依然冷漠，但在冷漠之中多了一丝人情味，更显男人魅力，她的花痴病就又犯了，心想果然是有钱的男人有底气有风度，别看连城侃侃而谈，说得头头是道，但和齐全相比，还是觉得欠缺了些什么。

欠缺什么呢？罗亦想了一想，对，是一种从容不迫的气度，是一切尽在掌握的自信。也是，别看连城现在和齐全平起平坐，谈论的是什么社会成功学、人际关系学的大问题，但实际上回到现实中后，齐全坐的是百万元以上的豪车，连城坐的是千万元级别的超级豪车——地铁。

你可以和成功人士谈论成功学，所不同的是，成功人士已经成功了，而你只是纸上谈兵——多么痛的领悟，罗亦轻轻摇了摇头。算了，她还是不等连城成功了，眼前就有单身的成功人士，她何必舍近求远呢？更何况现在的连城离成功还有十万八千里，而且最后能不能成功还不一定。

"人际关系学？"齐全一愣，随即摇了摇头，"你是在否定能力而夸大关系？"

　　"不是这个意思。我对成功的定义是，必要的能力、必需的人际以及必不可少的关系。或者说，三分运气、五分背景、七分运作。"连城又简单阐述了他的三分运气五分背景七分运作的理论，然后进一步解释道，"七分运作就是人际关系学，为什么说人际关系学在成功中占有这么大的比重呢？因为任何事情的主体都是人，谋事在人，人在社会之中，只有你让别人开心了，别人才会让你开心。只有你对别人有用了，别人才会对你有用。同样，只有你对社会有价值了，社会才会回报你财富和地位。"

　　"那你说，你对我有用吗？"齐全既不认可连城的理论，也不否定，而是直接反问了一句。

　　这句话颇有力度，如果回答不好，说不定会让连城在齐全面前精心树立的好印象毁于一旦，罗亦也一下收回了花痴心思，微微紧张地看向了连城。

　　"有用没用是世俗的说法，对于信佛的齐少来说，应该说有缘无缘。"连城注意到了罗亦对他的担心，转身一看，见罗亦迷人的双眼之中流露出难得一见的柔情，善于见微知著的他立刻察觉到了罗亦对他心思的转变，不由心中一动，不过片刻之后他还是迅速收回了旖旎的心神，又将心思放回到和齐全的对话之上。

　　如果说刚才的聊天是试探性的初步接触，那么现在连城把话题转移到了信佛之上，就是深入的交谈了。其实连城是在巧妙地回答齐全的问题，如果他对齐全有用，齐全就会和他讨论佛学，反之，齐全就会转移话题，他就可以判定他刚才和齐全的一番对话是成功还是失败了。

士别三日，刮目相看

第14章　节外生枝

因为齐全信佛，如果齐全愿意和他谈论佛学，就说明齐全真正接纳了他，并且他对齐全有用了。也只有齐全认为他对他有用了，他才能影响到齐全的决定。

或者说，只有他拥有了影响齐全决定的影响力，他在姚常委眼中才算有了分量。

"有缘则聚，无缘则散，既然相聚了，就说明有缘。"齐全不由自主多看了连城一眼，心中既惊又喜，他虽然朋友不少，但真正谈得来的朋友并不多，既懂文玩又信佛的更是少之又少。到了他的地位和境界，想要遇到一位真正聊得来的知音真是太难了，他既然信佛，自然深知许多事情可遇不可求的道理，"既然有缘，晚上就一起吃饭吧。"

龚家栋正在往茶壶里续水，听齐全主动邀请连城一起共进晚餐，他心中无比震惊，手一抖，水差点洒出来。自从齐少信佛以来，因为不再吃荤腥，就很少赴宴，更不会主动邀请别人一起吃饭，因为在外面吃饭，如果不点荤菜，似乎很是慢待客人，但点了荤菜，又让吃素的齐少为难。

近一两年来，齐少基本上完全断绝了荤食，全部吃素了，并且极少在外面吃饭，今天和连城一见如故，竟然要和连城共进晚餐。震惊之余，龚家栋不由暗想，这么说，连城算是被齐少接纳了？这小子运气真好，能得到齐少的认可，以后想不发达都难。

不过龚家栋只是以为连城是运气好，却没有深思连城之所以得到了齐全的认可，最主要的原因还在于连城的学识和眼光，如果不是连城知识储备丰富，可以和齐全聊得投机，只凭运气，连城哪里有机会得以来到齐全最喜欢的雅室一坐？

雅室是齐全收集存放各种文玩的据点，除非是齐全认可的人，否则齐全不会请来参观。

当然，龚家栋更不清楚的是，除了丰富的知识储备，连城还有观察入微的本事。仅仅只凭运气的话，连城的好运就到停车场和齐全的对话为止了，如果不是连城由表及里地对齐全的观察和分析，再加上他对人际关系学的运用，他连上车的机会都没有。

"谢谢齐少，晚上我请客。"连城虽然没钱，但请齐全吃一顿饭还没问题，"有一个地方齐少肯定喜欢，叫素心斋，全是素菜，没有荤腥。"

龚家栋倒好了水，站回了齐全身后，听了连城的话，心中暗想，也难怪齐少喜欢连城，连城这个年轻人确实有眼色，不但和齐少聊得投机，还知道齐少吃素，不简单。谁不喜欢聊得投机并且习惯相同的朋友？

不过龚家栋还是觉得连城结交齐少，有投机取巧的成分，目的不纯，而且连城也未必真知道什么是素食，他就有意刁难连城："连城，荤腥指的是什么？"

罗亦自从上车之后，就一句话没有说过，她干坐了半天，早就按捺不住了，一听这话就知道龚家栋是故意考连城，她就忍不住插嘴说道："荤腥谁不知道，不就是肉吗？"

"不说话没人当你是哑巴！"连城暗暗摇头，瞪了罗亦一眼，他见龚家栋面露讥讽之色，就接话说道："许多人确实望文生义，认为荤腥就是指肉，其实不然，腥是指肉类，荤是指五荤，五荤也叫五辛，是指大蒜、小蒜、兴渠、慈葱、茖葱五种植物。所以真正信佛的人不仅仅是不吃肉，也不吃葱蒜和韭菜一类有刺激气味的蔬菜。"

罗亦吐了吐舌头，不好意思地笑了："是我孤陋寡闻了，原来荤腥是指两种东西，我还以为就是指肉类呢。连城，你真厉害，知道得真多。来公司三年，你到底都干什么了？"

"三年，我只干了三件事情。"连城也有意让罗亦加入话题，他答应罗亦帮她接近齐全，虽然他有几分喜欢罗亦，但他还是信守承诺，想帮罗亦一把，

士别三日，刮目相看

095

至于罗亦最终能不能赢得齐全的青睐，就全看她自己的表现了。

"哪三件事情？"齐全十分好奇，问了出来。

"读书、学习、进步。"连城点头笑道，"许多人走向社会后就不读书了，其实他们不知道，走向社会后，才更应该读书，而且还要多读书。学校里学到的知识，只是专业知识。而社会上要读的书，才是真正的安身立命之本。"

齐全摇了摇头："读书是为了什么？为了成功。成功之后得到了什么？得到了金钱和名声以及社会地位。但从佛学的高度来说，世间的万事万物不过是一场虚幻，最终一场空，所以努力奋斗的最终结果，不管是成功还是失败，都毫无意义。"

"时间不早了，齐少，要不我们现在就动身去素心斋？"连城并没有接齐全的话，他早就看出来齐全现在的状态有些避世，如果不能说服齐全改变，他之前付出的努力全部白费。

况且在他看来，学佛是好事，但学佛并不意味着消极避世，虽然以齐全目前的状态来说，他一辈子什么都不用做也会衣食无忧。不过人生在世，总要为自己为别人留下些什么，才算没有白来一趟。

"好，现在就去素心斋。"齐全也没多说什么，接受了连城的建议，动身出发。

素心斋距离古玩城有一段距离，前去的路上，依然是和来时一样的座位，连城坐中间，罗亦和齐全坐两边。罗亦很想坐中间和齐全坐在一起，不是连城不给她机会，而是齐全上车之后明确要求连城坐在中间，连城想帮她也爱莫能助。

汽车一路南行，齐全话不多，偶尔说上一两句话，也是无关紧要的话题，大多数时间车内除了空灵的佛乐之外，五个人全部保持沉默。

罗亦耐不住寂寞，就不时做一些小动作，要么用手拧连城几下，要么用脚踢他两脚，连城一概沉默地接受，不反抗不抗议不还击，只是悄无声息地用眼神警告罗亦适可而止，别太闹了。

罗亦平常欺负连城欺负惯了，才不怕连城眼神的威胁，反正她百无聊赖，欺负欺负连城，就当消遣了，不料在拧了三下踢了五脚之后，连城做出了一个让她脸红心跳的举动……

在她第四次向连城出手的时候，手刚落到连城的腰上，还没有来得及用力，连城的手就及时出现了，一把抓住了她的手。

连城不但抓住，还紧紧握住，将她的手握在了手心里，她一开始也没觉得什么，只当连城是在还击，不料挣扎了几次没有挣脱之后，发现连城看她的目光炙热而充满了挑逗的意味，最主要的是，连城的目光还在她的胸上扫来扫去，肆无忌惮的样子，似乎看透了她的衣服一样。

连城什么时候这么胆大了？

被连城的大手紧紧握住，又被连城盯住不放，罗亦开始吃不消了。以前经常和连城打闹，欺负他，虽然也有过拉手的经历，但当时都是无心之举，也没觉得什么，现在她明显感觉到了连城手心的温热以及连城目光中流露出来的意思，心如鹿撞，脸慢慢地红了，身上也渐渐燥热了。

就这样被连城拉了一会儿手，罗亦挣脱了几次都没能成功，就慢慢地融化在了连城的手心之中，连挣扎的力气都没有了，只觉一股柔情蜜意涌上了心头，认识连城三年以来，在连城无数次向她表示好感之后，她第一次对连城有了感觉。

只是罗亦不知道的是，连城紧紧握住她的手，并且用色色的目光挑逗她，其实只是为了吓唬她，让她老实一点儿，不要捣乱，并没有别的意思，更没有示爱之意。只是谁也没有想到的是，连城以前多少次落花有意罗亦却是流水无情，这一次他是襄王无梦罗亦却神女有心了。

世间的事情总是如此，阴差阳错之间许多事情就错过了。

过了一会儿，连城觉得罗亦老实了，他才放开了罗亦的手，又悄悄弹了罗亦一个脑奔儿，警告罗亦不要再捣乱了。罗亦噘着嘴揉了揉脑袋，不甘心地瞪了连城一眼，却没再还手，老老实实地坐着不动了。

齐全一副眼观鼻鼻观心心观丹田的表情，对身边发生的一切视而不见，车到了素心斋，他不等助理开门，自己打开车门下去，对一位穿着旗袍很有

士别三日，刮目相看

古典韵味的美女服务生说道："玉儿，老规矩，老地方。"

"知道了，齐少。"服务员打扮的玉儿盈盈一笑，很优雅地做了一个请进的手势，"齐少先上去，我迎一个朋友，等下再和齐少说话。"

齐全微一点头，算是回应了玉儿，转身上楼。连城跟在身后，悄然打量了玉儿一眼，见玉儿骨骼匀称，身材高挑，眉清目秀而且神情冷傲，虽是服务员打扮，却没有服务员的谦卑。

不过连城也从齐全和玉儿的对话听出了端倪，他随口一说的素心斋，原来是齐全常来的地方，到底是有钱人，说话的口气就是不一样，老规矩老地方，显然是素心斋的贵宾。

"北京但凡有点儿名气的素斋馆，齐少都是贵宾。"李樱花看出了连城眼中的疑问，在连城身边小声说道，"而且齐少还是许多家素斋馆的股东，齐少还有一个梦想，希望打造一个全国连锁的素斋品牌，在全国范围内推广素食。"

港台一带，素食文化蔚然成风，大陆还欠缺素食的文化氛围，也是国人刚刚脱离温饱阶段，还停留在以吃肉为美的初级阶段，齐全的想法很美好，但也很难实现。在北上广等一线大城市推广，也许还有成功的可能，在二三线城市，怕是在三五年内，希望不大。

"推广素食餐馆，虽是功德无量的好事，但推广的难度比较大。其实齐总可以换一种思维方式，比推广素食餐馆更有意义也更有效果……"连城明是和李樱花说话，其实是说给齐全听。他也看了出来，齐全的一男一女两个助理，龚家栋是司机兼保镖的角色，李樱花瘦瘦弱弱，戴一副黑框眼镜，猛一看似乎像一个发育不良的高中女生，胸小个子矮，干巴巴的样子，像是一个没有长熟的青苹果，但如果谁小瞧了李樱花在齐全心目中的分量，谁就是没有眼光。

连城对李樱花的定位是——齐全的首席智囊！

没错，别看李樱花貌不惊人，作为一个女人，没有最强有力的第一杀伤力武器——美貌，但李樱花肯定拥有女人的第二杀伤力武器——智慧。绝大多数女人都梦想成为美貌与智慧并重的女性，但很遗憾的是，大部分拥有美貌的女人都没有智慧，同样，大部分拥有智慧的女人却没有美貌。世界上没有十全十美的事情，如果一个男人遇到了一个美貌与智慧并存的女人，那么恭喜你，你捡到宝了。

"是什么？"李樱花推了推眼镜，她走在连城的右侧，走路的时候头上的羊角辫晃来晃去，就如一个稚气未脱的中学生，单纯而懵懂。

连城很清楚李樱花的外表只是假象，她绝对是一个绝顶聪明并且很有个性的女人，否则也不会被齐全重用。

"推广素食文化。"说话间，来到了楼上的雅间，雅间的名字倒也别致，叫三戒，连城挨着齐全落座之后，又说，"如果一种文化推广之后，深入人心，比单纯地开素食餐馆更具影响力。"

李樱花似有触动，沉吟片刻，忽然问道："三戒是什么意思？"

连城刚才也注意到了雅间的名字，心中早有所想，李樱花一问，他心中已经想好了答案，正要开口回答，罗亦又迫不及待地跳了出来。

"这个我知道……"罗亦高高举起右手，如同抢答一样，"子曰：君子有三戒：少之时，血气未定，戒之在色；及其壮也，血气方刚，戒之在斗；及其老也，血气既衰，戒之在得。意思是说，人少年的时候，血气未定，要警惕贪恋女色；壮年的时候，血气正旺，要警惕好勇斗狠；等到年老了，血气已经衰弱，要警惕贪得无厌……我说得对吧？呵呵，怎么样，我也挺渊博吧？"

如果没有最后一句话，罗亦刚才的回答也算有模有样，可惜的是，最后一句话破坏了整体美感，让她知性美女的形象全无，连城真想闭上眼睛不去看罗亦一脸得意卖弄的表情，更不忍心揭露她刚才偷偷用手机搜索的事实。

"也对，也不对。"李樱花其实也注意到了罗亦用手机搜索的细节，只是她不想说破罢了，"三戒的说法有很多种，少年戒色，中年戒斗，老年戒贪，是儒家的说法，但素心斋推崇的佛学……"

"第一戒贪，第二戒嗔，第三戒痴，此为佛家三戒。"连城接过了李樱花的话，给出了答案，"其实真正的佛家戒律，不止三戒，而是八戒。八戒是八关戒斋的简称，一戒杀生，二戒偷盗，三戒邪淫，四戒妄语，五戒饮酒，六戒着香华，七戒坐卧高广大床，八戒非时食……"

罗亦夸张地张大了嘴巴："天哪，这么多戒律，这个不行那个不行，多不自在，还让人活不？"

齐全自从罗亦出现后，就没有正经八百和她说过几句话，也没怎么正眼瞧过罗亦，此时他眼神复杂地朝罗亦看了一眼："出家人有几百条戒律呢，不也照样活得挺好？戒律不是为了让人难受，而是为了让人活得更自在。"

如果换了别人，罗亦肯定会不甘示弱地理论一番，非要辩论得对方人仰马翻不可，但齐全不是别人，是她的梦中情人，她只能讪讪地一笑，尴尬地说道："齐少的理论太高深了，我理解不了。"

不多时，饭菜上来了，有蔬园三结义、玛瑙卷、五福素斋煲、功德圆满，等等，光听名称就很有意境，菜也做得色香味俱佳，让从来没有专门吃过素斋的罗亦大呼好吃。

"素食还真有必要推广，我还以为素食得多寡淡无味，没想到这么好吃。连城，你所谓的推广素食文化，是说姚董正在运作的项目？"罗亦也在职场混了几年了，慢慢地也醒过味儿了，想起姚常委正在着手运作的就是一档文化推广的项目，年会邀请了齐全、段见和苏先卉，说明姚董有意让三人加入，而连城和齐全虽然一直围绕着手串、佛学说事，但到了素心斋后，连城开始有意往素食文化的推广话题上引，她再不明白连城是在做什么她就太傻了。

不过罗亦自以为聪明地挑明了话题，却还是帮了连城的倒忙，她话一出口，齐全就脸色微微一变，摆了摆手，冷冷地说道："今天只聊天，不谈正事。"

事缓则圆，连城虽然也有意往姚常委的项目引一引，却不会挑明，毕竟他和齐全才刚刚认识，说多了有交浅言深之嫌，也显得他太没城府太迫不及待了，没想到，罗亦却节外生枝。

第15章　不速之客

罗亦被齐全呛了一句，十分尴尬，也知道自己过于爱表现了，话说多了，想要弥补，却又不知道该从何说起，只好向连城投去了求助的目光。

连城轻轻咳嗽一声，转移话题以化解罗亦的尴尬："齐少信佛，信的是净土宗？"

齐全点头，"你呢？"

"将此身心奉尘刹，是则名为报佛恩……净土虽然是求生西方极乐世界，但行的也是大乘道，大乘道的教义是自利利他，齐少现在要钱有钱要地位有地位，自利没有问题了，如果再能做到利他，就更是功德无量了。"连城的父母信佛，所以他对齐全避世的想法有切身体会，但佛教的教义本质上是积极入世的，"以出世之心行入世之事，才是最高明的佛学。有一个高僧也说过，佛教要适应时代，所以提出了人间佛教的说法。"

"自利利他？以出世之心行入世之事？"齐全似有所悟，喃喃自语，过了一会儿，他朝连城大有深意地看了一眼，"连城，你很有慧根，是不是家里有人信佛？"

"我爷爷奶奶还有爸爸妈妈都信佛，我受他们的影响，从小就接触了佛经。小时候我总觉得佛教消极避世，长大后我思路开阔了才发现，佛教太博大精深了。实际上，佛教是最入世的宗教，自利利他，就是说一个人要自己成功了之后，想方设法帮助别人成功，这就是佛教最提倡的菩萨道。有一个偈子不是说——愿消三障诸烦恼，愿得智慧真明了。普愿罪障悉消除，世世常行菩萨道。"

"自己成功后帮助别人成功，就是菩萨道？"齐全第一次听到这样的说法，顿时震惊了。

士别三日，刮目相看

101

说来齐全信佛多年，也一直在深思一个问题，佛教到底是提倡出世还是入世？只是佛教太博大精深了，典籍浩如烟海，他不可能全部看完，在大概看了一些经书之后，再加上自身的性格一向淡然，又因为家境的原因，钱多得什么都不用做也可以一辈子花不完，他就慢慢地觉得一切都无所谓，反正不管怎么努力都超不过父辈的成就，索性得过且过算了。

现在听连城这么一说，他眼前一亮，如同打开了一扇大门，心中豁然开朗了："以前听过一段关于李连杰的采访，说是有一段时间李连杰很想出家，一个高僧开导他说，出家的话只是自利，在世间利用自身的影响力和能力多做善事，多帮助别人，是利他。自利利他，用世间的说法就是助人为乐的雷锋精神，用佛教的说法就是菩萨。我当时还不理解，现在你一说，我想通了，自己成功了也要帮助别人成功，才是大道。"

连城见齐全心意松动了，不由大喜，继续加大了攻势，"所以说佛教是最积极向上的宗教，自利利他，不管在什么时候，都是永远的真理。"

"有道理，有道理呀！"齐全的脸上绽放出一丝舒展的笑容，说明他心里放下了一块巨石，连说话都轻松了几分，"真是听你一席话，颠覆人生观哪。"

"噗……"罗亦哑然失笑，"齐少的话是真话还是反话呀？我怎么听着像是讽刺？"

"你怎么理解是你的事情，只要连城理解对了就行了。"齐全对罗亦印象一般，不但不主动和她说话，而且就算被动回答，也是冷冰冰的态度。

连城暗暗摇头，他是帮罗亦接近齐全了，可惜的是，罗亦和齐全的三观差距太大，二人别说没有共同语言了，根本就是话不投机半句多。还是和他之前得出的结论一样，罗亦和齐全压根儿就不是一路人，不管罗亦再怎么挖空心思想要赢得齐全的好感，也是枉费心机。以齐全的价值观，罗亦长得再漂亮十倍，也不符合他的择偶标准。

许多女人认为长得漂亮就是一切，其实不然，一个女人的漂亮对成熟的男人来说，吸引力顶多支撑到上床为止，性格和人品才是长期交往的决定性因素。尤其是婚姻，归根结底两个人要有相同的人生观和价值观，以及相近或相补的性格，如果人生观和价值观相差太远，性格相对立，怎么也不可能走到一起。

以齐全的眼光和阅历来说，罗亦是什么心思他心如明镜，有太多和罗亦一样心思的美女想要接近他拿下他，想要成功上位，成为嫁入豪门的灰姑娘。对他来说，要么不谈恋爱，要谈就奔着结婚而去。他对结婚对象的要求很简单，第一，长相上说得过去；第二，品行好；第三，要和他有共同的兴趣和爱好，有共同语言和相近的人生观。

显然，罗亦的境界离他的要求差得太多。

此时夕阳西下，雅间"三戒"正好在西头，阳光透过窗户照进了房间，落在了罗亦的身上，将她青春美好的身躯映照得美不胜收。有一缕阳光打在了罗亦的左脸上，犹如白玉一般的肌肤美艳绝伦。连城心想，也难怪罗亦一心想嫁给有钱人，她也确实有这个资本，长得漂亮不说，皮肤还好得不得了。

只是罗亦还是太肤浅太急于求成了，如果只拼脸蛋，她的颜值和大部分美女相比，应该可以进入一线。但如果你只有脸蛋却没有内涵，别人既有脸蛋又有内涵，你就输了。而且和出身名门的"白富美"相比，罗亦除了漂亮之外一无所有，从小所受的教育和见识的场面相差太多，内涵和举止更是无法相提并论，她最大的不足在于除了化妆之外什么都不会。

不会钢琴，不会古筝，不会开车，不会跳舞，如果说家庭条件不好没有财力支持罗亦从小就有机会学习各种锦上添花的才能，但至少在大学期间和毕业之后，可以多读书以提高自身修养。相比琴棋书画等高投入见效慢的才能，读书是最廉价也是见效最快的捷径。

连城和罗亦一样，家庭条件一般，家里除了供他读书之外，没有余力再让他学习其他东西，他也知道自己的短板，除了学习成绩优秀之外，和从小学钢琴、学画画、练武术的富家子弟相比，他输在了起跑线上。但人生有许多东西无法选择，他既不会抱怨命运的不公，也不怪罪父母不是富一代，而是努力提高自身修养和素质，让自己尽力追赶遥遥领先的富二代们。

连城比谁都更能深刻地体会到读书是提高自身修养最廉价也是见效最快

的捷径，大学期间他就阅读了大量书籍，毕业后，也从来没有停止阅读。也正是因为读书，让他见识了许多需要花费大量时间和金钱才能见识到的场景，也学到了需要付出无数心血和汗水才能总结出来的人生经验。不管是从细节观察到一个人情绪变化的本事，还是和齐全侃侃而谈的手串知识以及佛教常识，都是他从书中汲取的财富。

书中自有黄金屋，书中自有颜如玉。古人的话不是说说而已，而是确实如此。连城始终坚信，读书使人进步。一个人可以无权无势，也可以一无所有，但只要读书，只要努力，就终究会有扶摇直上的一天。而且他一直用来鼓励自己的一句话就是——许多长得比你好、出身比你好、起点比你高的人都在努力，你还凭什么不努力？

"咚、咚……"

有人轻声敲门，敲门的声音既轻柔又很有节奏，闻声知人，敲门的人一定是一位懂得照顾别人情绪并且从容的人。

门一响，从外面进来三个人。当前一人，正是在门口迎宾的玉儿，玉儿的身后是两个年约三十岁的年轻人，其中一人又高又瘦，一米八以上的身高，体形却如麻秆一样，目测体重不会超过 60 公斤，脸上满是傲然之色。而另一人中等身材，体形不胖不瘦，方脸大眼，一脸平和。

"齐少，不好意思我自作主张带人进来，陈总和杜总听说你在，非要认识你，我不介绍一下，他们就要拆了我的素心斋，为了保住素心斋，给齐少在红尘中留一方净土，我只好请陈总和杜总当不速之客了……"玉儿的声音婉转清脆，带有江南女子特有的绵软，同时又有一股慵懒的味道，和她古典韵味之美相得益彰。

高瘦的男人不等玉儿说完，很没礼貌地向前一步，还推了一下玉儿的肩膀，越过玉儿来到了齐全的面前，主动伸出手去："齐少，我是陈占天，不知道你有没有听说过我，我是博闻的 CEO。"

也不知是陈占天用力过猛还是玉儿猝不及防，被人一推，她身子一晃就要摔倒。连城正好坐在她的旁边，眼疾手快的他迅速起身，双手一伸就抱住了玉儿的双肩，然后轻轻用力，扶住了玉儿摇摇欲坠的身子。

或许是玉儿身子倾斜的角度过大，连城怜香惜玉，没敢过于用力，以为扶住了玉儿，不料玉儿站稳之后，身子又晃了一晃，差点带动连城一同摔倒。连城一惊之下，双手用力，脚下退后一步，才勉强稳住了身形。

情急之下顾及不了太多，等站定之后再一看，连城才发现他的双臂紧紧将玉儿抱在怀中，就如抱住心爱的女人一样亲密。他一时尴尬，忙咳嗽一声松开了玉儿，摸了摸鼻子，不好意思地笑了，结结巴巴地说道："刚、刚才不是故意的，不、不是诚心要占你便宜。"

玉儿本来一脸冷傲，刚才被连城抱在怀中，脸红过耳，见连城一脸窘迫，又急切地解释，她反倒大方地笑了，摆手说道："一个大男人，比女人还小心眼，我哪里怪你了？我还得谢谢你救了我，要不是你，我非得摔倒不可。而且说实话，你的怀抱又温暖又厚实，很让人心安哟。"

连城也被玉儿的落落大方感染了，他原以为玉儿是冷傲的性格，接触了才发现，原来是外冷内热的类型。再想起玉儿刚才从容的姿态和优雅的气质，他大概猜到了，玉儿应该是素心斋的老板娘。

罗亦不无嘲笑地说道："哎哟喂，连城，你今天运气真好，连桃花运都来了。"

桃花运还在后面呢，连城心说，如果让罗亦知道姚常委交给他追苏先卉的任务，指不定会怎么想，算了，还是不说了，省得她大嘴巴到处乱说。不过话又说回来，刚才玉儿温香软玉抱满怀的感觉确实不错，柔嫩的肩膀和温热的躯体以及淡淡的体香，只从手感和香气判断就可以得出结论，玉儿比罗亦有女人味多了。

面对陈占天伸出来的手，齐全看也没多看一眼，更没有接住，他关切地问玉儿："玉儿，没事儿吧？"

玉儿淡然一笑，微一摇头："没事，见怪不怪了。"

陈占天的手悬在半空，十分尴尬，他收回了手，眼中闪过一丝愠怒之色，又努力克制了情绪，勉强一笑："齐少没听说过我也正常，和齐少比起来，

我什么都不是。不过我是诚心想和齐少交个朋友，齐少，你不会一点儿面子也不给吧？我好歹也有几亿元的身家，家里有三套别墅、四辆百万元以上的汽车，大小也算有点儿成绩了。"

陈占天的话，齐全听了当没听见一样，玉儿也是没什么反应，倒是罗亦眼睛一亮，如同发现了新大陆，露出了见猎心喜的表情。

也是，三套别墅和四辆百万元以上的汽车，怎么着也值一个亿，光是固定资产就有上亿元，说明陈占天的生意最少也有十几亿元的规模，既然齐全实在对她没有感觉，她也觉得即使再努力也拿不下齐全了，还不如转移目标，或许还有成功的机会。

"陈总是吗？我叫罗亦，是安度公司的基金经理。"罗亦抱着宁肯杀错不能放过的原则，主动伸手和陈占天握手，"还请陈总多多关照。"

"安度公司？姚常委？"陈占天见无人理他，正尴尬之时，罗亦出面替他解围，顿时让他对罗亦心生好感，再仔细一看，原来还是一个大美女，更是让他喜出望外，"我和姚董熟得很，是多年的老朋友了，回头我和姚董打个招呼，让他照顾照顾你。"

连城在一旁忍住笑，先不管陈占天是不是真有钱，也不管陈占天和姚常委的关系是不是真好，只说陈占天初次见面就自我吹嘘的做派将他的浅薄表露无遗。做人太显摆了，就浅了，人一浅，就容易被人一眼看到底。

罗亦却信以为真："真的呀？那太好了，谢谢陈总。"

"小事一件，客气什么。"陈占天就势坐在了罗亦的旁边，眼睛迅速在罗亦身上扫了一扫，心满意足地笑了，"罗亦，你还没有男朋友吧？我也没有女朋友呢……"

"啊，真的？别骗人了，以陈总的本事，还会没有女朋友？别开玩笑了，应该说没有固定的女朋友吧？"罗亦见陈占天和她一见如故，心情大好，也就不挑陈占天长得跟瘦猴一样的尊容了，毕竟和钱比起来，帅又不能当饭吃，如果她是认帅不认钱的人，早就选择连城了。

陈占天纵横花丛多年，一眼就看出了罗亦是什么样的女人有什么样的心思，当即哈哈一笑："以前是谈过几个女朋友，不过都吹了，现在百分之百是单身。不信你可以打听打听，谁不知道陈占天是一个专一的男人……"

二人你一言我一语，聊得十分投机，聊得旁若无人，直接当连城几人不存在一样，连城无奈摇头，罗亦又犯了冒进和急于求成的毛病——她没有观察陈占天在衣着上的品位，也没有分析陈占天的为人，上来就想贴上去。不管是有钱人还是穷人，都分好人和坏人——说不定被人卖了还要帮人数钱呢。

虽然只是短短一个照面，连城就从陈占天的衣着打扮上初步推断出了他的为人和品位，穿一身西装的陈占天初看还不错，全身阿玛尼，似乎有些品位，但过于油头粉面的造型以及干瘦的身材，再加上脸上还有残留的青春痘的痕迹，以及转个不停的眼珠，让他看上去颇有几分地痞流氓的气息。而手腕上若隐若现的劳力士金表，金灿灿亮晶晶的颜色，直晃人眼。

作为世界十大名表之一的劳力士，其实是一个很有品位很有文化的品牌，可惜的是，早年的港台片中，清一色的黑社会老大都喜欢戴一块金劳，久而久之金劳就成了暴发户和黑社会的标配，好好的一个品牌，硬生生被港台片给毁掉了。

连城并不是对劳力士有偏见，只是他也被港台片潜移默化地洗脑了，潜意识里认为戴金劳的人都是有钱没文化的暴发户。

士别三日，刮目相看

第16章 高手都低调

当然，除了金劳之外，让连城对陈占天印象极差的一个细节是——陈占天不但牙缝里还有菜叶，而且连鼻毛长出了鼻孔也不知道处理一下，这么一副形象就出来现眼，就算他浑身上下再是名牌手上再是名表，也会让他的形象大打折扣。

细节见高低，一个人连自身的细节都不注意都处理不好，肯定不是一个细心的人。一个不细心的人，也不会是一个精致的人，更不会有精致的想法和人生。

连城曾经有一个同事叫杨天，平常向来是西装革履，头发一丝不乱，皮鞋锃亮，似乎是一个很注意细节的人，但有一次参加一个谈判，他和几名客户坐在一起，说话的时候拿起餐桌上的纸巾揉成两根手指粗细的长条，然后放到了鼻孔里搅动，当时把连城恶心得够呛。

本来谈判已经进行了多次，前面一切顺利，马上就要签约了，但客户却突然改变了主意，找了一个理由无限期推迟了合同。连城不知道哪里发生了变故，为此，他还被木恩骂了几次。后来他通过私人的关系问到了原因，客户告诉他，因为杨天的举动让注重细节的老总非常反感，老总认为物以类聚人以群分，一个有杨天这样员工的公司，不会是一个可以把项目的细节做得尽善尽美的公司。

连城有几次想向上面反映杨天的问题，但还是碍于杨天的面子以及为杨天的工作着想，没有把真相向上面汇报。不久之后，有一次聚餐，杨天喝多了，去向姚常委敬酒，也不知道是怎么回事儿，姚常委没喝他敬的酒，而且还扔下他转身离去。

第二天杨天就被开除了，许多人不了解原因，四处打听，最后才知道原来杨天在聚餐的时候到处乱窜，以敬酒的名义到每一桌上找烟，找到后就顺手牵羊装进了自己的口袋。在向姚常委敬酒的时候，他浑身上下的口袋装满了烟，其中几盒还掉了出来。

姚常委最不喜欢眼皮子浅爱占小便宜的人，没有当场开除杨天已经是给他面子了。

一个人有没有品位有没有文化，不在于钱多钱少，也不在于是不是全身名牌，而是在于细节。细微之处，高下立判。就算一个人开奔驰穿名牌说英文，但指甲里面有泥，牙缝上有菜，走路的时候左右摇晃，也是没品位没教养的人。

更何况刚才陈占天蛮横地推了玉儿一把，差点把玉儿推倒，由此可见此人缺少家教，推人之后当没发生一样，既没礼貌又缺教养。更不用提他一来就自吹自擂一番，声称自己多有钱的浅薄了。

玉儿意味深长地看了罗亦一眼，又淡淡地收回了目光，向齐全介绍中等身材的年轻人："齐少，这位是杜京宴，龙马精神影视有限公司董事长兼CEO……"

北京大大小小的影视公司太多了，齐全漫不经心地看了杜京宴一眼，点了点头，并未说话，杜京宴微露激动的神情，不过没有冒失地伸手，只是微一弯腰，礼貌而不失恭敬地说道："齐少好，很荣幸认识您。我叫杜京宴，经营了一家影视公司，公司不大，成立后也就拍了三部戏，收视率也一般，如果有机会的话，请齐少多指点。"

杜京宴穿了一件休闲夹克，戴眼镜，脸微圆，白净而斯文。浑身上下虽然不是名牌，但皮鞋干净衣服整洁，颜色搭配得也很和谐，手上戴一块皮带款的宝珀，和他文雅的气质很是相衬。

宝珀也是世界十大名表之一。

"来，杜总，你坐这里。"玉儿知道齐全的脾气，既然她是主人，又是她领了陈占天和杜京宴进来，她就有必要圆场，刚才连城帮了她，她对连城印象不错，有意帮连城一把，引荐杜京宴和连城认识，她就有意安排杜京宴坐在连城的身边，"杜总，这位是连城，是齐少的朋友，也是罗亦的同事。"

在齐全眼中杜京宴或许不算什么，但对连城来说，杜京宴也是了不起的成功人士。连城听说过龙马精神，知道龙马精神的创始人是一个资本运营的高手。没想到今天竟能亲眼见到传说中的人物，连城的心情不免有几分激动。

连城忙站了起来："杜总好，我叫连城，叫我小连就行。"

"连城你好。"杜京宴热情地主动伸手和连城握手，"幸会，幸会。能够成为齐少的朋友，你一定不简单。"

"哪里，杜总过奖了。"连城对杜京宴印象不错，寒暄了几句，就开始天南地北地闲扯了。

"房地产市场不景气，许多热钱都投资影视了，杜总是资本运作的高手，预测一下未来的影视市场会不会一路高歌猛进？"连城很清楚一点儿，姚常委也是看中了文化产业的前景，所以想成立一家文化娱乐公司，正式进军文化影视行业，但由于文化影视行业投资资金大，他一个人玩不转，才有意拉苏先卉、段见和齐全加盟。

杜京宴的龙马精神成立以来，两三年时间内拍了三部戏，收视率还不错，虽然不是大火，但也算成功了，至少赚到了钱。最让连城佩服杜京宴的，是杜京宴本人没多少钱，他不管是成立公司还是拍戏，都是用别人的钱。

资本运作的高手玩的都是别人的钱，而不是自己的钱。

"房地产市场并不像外界所说的那样会崩盘，而且不出意外的话，今年的政府工作报告，会对房地产有一定力度的扶植，而不会再提调控了。"杜京宴对连城的印象也不错，觉得连城这个小伙子不但很有眼色，而且还很会办事，懂得照顾别人的情绪，不提连城出手扶了玉儿一把的仗义，就是连城很有分寸很有礼貌的谈吐，也让他大有好感，"影视行业的热钱是不少，就和现在手游市场的热钱很多一样，其中有许多是盲目地投入。现在国内每年的影视作品不是太少，而是太多了，其中很大一部分的投资都打了水漂。但怎么说呢？我认为在未来相当长的一段时间内，影视市场还是会有欣欣向荣的前景，但不会是井喷式的发展了……"

说话间，杜京宴的手机响了，他朝连城歉意地笑了笑，接听了电话。

放下电话后，杜京宴随手将手机放在了桌子上，是 iPhone 6 plus，当然，以手机论土豪的时代早已过去，一部几千元的手机并不能说明什么，连城的目光一扫，注意到杜京宴手机的电池还是满格。

　　喜欢一直将手机电量保持在充满状态的人，是上足发条随时准备冲锋的人，是精神状态饱满、不会遗漏任何一个重要来电同时也不会错失任何一个机会的人。连城拿出了他的手机，电量还剩下一半，他拿出充电宝充上了电，笑了笑："虽然我没有车，不能用车充随时充电，但我有充电宝。只要手机电量到了百分之五十以下，我就会焦虑。"

　　"哈哈，我也一样，有手机电量综合征，所以我不但每辆车上都有车充，而且家中还备了三十个充电器，每个房间都有一个，保证我不管在哪个房间，随手就可以充电。你说，我是不是有强迫症啊？"杜京宴哈哈一笑，从随身的手包中拿出了一个充电宝，"即使如此，我还常带一块充电宝，认识我的人都说我太二了。"

　　说者无心听者有意，连城敏锐地从杜京宴的话中捕捉到了一个信息，三十个充电器，每个房间都有一个，说明是三十个房间，按一套房子有六个房间计算，那么杜京宴至少有五套房子。先不管五套房子都位于什么地方，在北京可以拥有五套房子，杜京宴的身家至少一亿元起。

　　也不管杜京宴是有口无心还是有意透露，反正有钱人和有钱人的差距也是不小，如陈占天一样直白地说出自己有多少资产多少房产，就远不如杜京宴的含蓄更显得有品位有内涵。连城拿起手机，给罗亦发了一个微信："杜京宴比陈占天有钱多了，也有涵养多了，相信我，你看错人了，现在换人还来得及……"

　　正和陈占天聊得火热、眉来眼去的罗亦，拿起手机看了一眼连城的信息，回敬了连城一个多管闲事的眼神，然后又若无其事地和陈占天继续聊。

　　连城摇了摇头，算了，他只能帮罗亦这么多了，路还要自己走，随她吧。

　　饭后，连城一行人告别了玉儿，离开了素心斋。罗亦现在已经转移了目标，不再理会齐全，而是将注意力全部落在了陈占天身上，到了楼下停车场，

她拉过连城小声地说道："连城，陈总说送我回家，你不用管我了。"

啊，进展这么快？连城想提醒罗亦几句什么，不料罗亦却不给他机会，冲他摆了摆手，转身上了陈占天的宝马车，然后头也不回地绝尘而去。

随后，杜京宴也和连城握手告别。

"连城，很高兴认识你，以后我们常联系。对了，如果你能帮我搭上齐少的线，我肯定不会亏待你。"杜京宴话说得并不含蓄，也是因为他清楚如果现在不把话挑明，也许以后就没有机会了，他想借助连城中间桥梁的作用来构建他和齐全的联系通道。

杜京宴也看出来了，齐全对他兴趣不大，却对连城很是器重。连城到底因为什么得到了齐少的器重，他不知道，但他知道只有连城出面才有把握说服齐全。

"尽我所能。"连城紧紧握住了杜京宴的手，今天他收获颇丰，除了罗亦和陈占天迅速勾搭的事失控之外，他又结识了杜京宴，算是难得的意外之喜，基本上三分运气开端之后的七分运作，都在可控的范围之内。

"我就不送你了。"杜京宴走后，齐全上了车，打开车窗对连城说道，"今天认识你，对我来说是一个很好的机缘，连城，后会有期。"

连城站在素心斋的门口，望着消失在夜色之中的汽车尾灯，忽然摇了摇头，不知所谓地笑了。春风拂面，花香袭人，城市在纸醉金迷之中，每天都在上演不同的悲欢故事，也在制造一个又一个财富神话和成功的传奇。

也不知道什么时候他才能成为主角。

"有时间的话一起喝茶。"

连城正要迈步离开素心斋，忽然身后传来玉儿的声音，回头一看，灯光下，玉儿换了一身裙装长身而立，夜风吹动裙摆，飘然欲仙，有出尘之美。

"好哇，玉姐。"连城并不知道玉儿的大名，他就以玉姐相称了，刚才吃饭的时候他看出来了，玉儿对齐全有意，但齐全对她却是无心，"别怪我多嘴，玉姐，你其实还是穿裙装好看，虽然旗袍可以更好地衬托你的身材，但裙装更显你飘然出尘。"

112

"我知道。"玉儿冷傲的脸上浮现一层红晕，她微微低了头，"他喜欢旗袍……"

"其实……"连城犹豫一下，还是说出了他的看法，"我觉得齐少喜欢别人穿旗袍，未必就喜欢玉姐穿旗袍。如果玉姐愿意相信我，下次见齐少，就穿最简单的休闲装，不用刻意，越随意越舒适越好。"

"真的？"玉儿虽然和连城是初次见面，却和他一见如故，觉得连城就如亲弟弟一样亲切，更让她对连城大有好感的是，连城深得齐全欣赏，她认识齐全多年了，还从未见齐全对一个年轻人这么客气过。齐全为人，不是装不是傲慢，而是漠然，他是对许多人和事不感兴趣，并不是高高在上、拒人于千里之外，而是喜欢君子之交淡如水的平淡。

正是如此，能让齐全欣赏的年轻人，不能说绝无仅有，却也是屈指可数。

"我相信我对齐少的判断。"连城肯定地说道。

"好吧，听你一次。"玉儿的脸上露出了一丝浅浅的笑意，"谢谢你，连城，希望你可以成为齐全的好朋友，他……太孤独了。"

坐地铁回到家中，已经是夜里十点多了，连城忙碌了一天，无比疲惫，就想一头栽倒在床上呼呼大睡。不料刚进门，还没有洗澡，就传来了敲门声。

都快十一点了，谁这么没礼貌？连城皱了皱眉头，他其实已经猜到了是谁，迟疑着不肯开门，门外就传来了砸门的声音。

"连城，再不开门，我就直接开门进去了，信不信就算你脱衣服上床了，我也敢把你揪起来？"

声音很响亮很高亢，并且还……很好听，如果她去唱《青藏高原》未必就比原唱唱得差。可惜了这么好的一副嗓音，去唱歌多好，非要当什么女房东，真是白白浪费了一个天才歌手。

连城只好打开房门，如果他不开门，外面的人会一直敲个不停，即使邻居全部被吵得不耐烦地骂娘也不会罢休。

门口站着一个穿着睡衣拖鞋披头散发的女人，年龄三十岁出头，皮肤很白，样子也算不差，虽然不能说是第一眼美女，但绝对属于耐看的那种，而且还是越看越有味道的熟女，身材也不错，一双长腿又白又直，裸露在若隐若现的蕾丝睡衣之下，杀伤力十足。

现在是五月，春末夏初，天气还没有炎热到穿薄纱睡衣的地步，房东卫大姐的穿着也太清凉了吧？连城的目光在卫非非的腿上迅速瞄了一眼，说道："卫大姐，我不是说过了，再宽限一周，一周后，房租准时送上，外加利息。"

卫非非大摇大摆地进了房间，看也未看，回身一脚踢住了门，尖锐地讥笑一声："一周？你都说了几个一周了？连城，你是不是觉得我智商低比较好哄？告诉你，今天你不交房租，我还就不走了。"

若说漂亮，连城认识的女人之中，莫莉当属第一，罗亦与莫莉相比，也稍逊三分。要论性感，罗亦肯定居首，温婉的莫莉太过含蓄。但如果比较综合实力，自然是苏先卉胜出，莫莉性格不如苏先卉直爽，罗亦能力不及苏先卉超群。不过说到风情，以上三人都比不过卫非非。

卫非非别看不如莫莉、罗亦和苏先卉漂亮，但她与生俱来的女人风情以及举手投足之间流露出来的妩媚，三人望尘莫及。别看罗亦总喜欢人前人后展示她的女人魅力，但她的一举一动太刻意太做作，一看就是扭捏作态，而卫非非的风情却是天生，不管是一颦一笑还是怒气冲冲，她浑身上下无时无刻不流露出魅惑入骨的气息。

连城是正常的男人，他嬉皮笑脸地笑道："卫姐不走了？哎呀，求之不得。我这就去换新床单，一会儿我们一起滚床单，滚不滚？"

第17章　女房东催收房租

"滚！"卫非非被连城气笑了，抬腿踢了连城一脚，"想得美，姐这么冰清玉洁，是随便和男人上床的人吗？你就做梦吧。"

"对，我就是想入非非。"连城嘿嘿一笑，眼神中流露出色色的光芒，"想入……非非。"

"你就是想入非非。"卫非非还不知道被连城嘴上占了便宜，她又弹了连城一个脑奔儿，然后一屁股坐在沙发上，跷起了二郎腿，睡衣的下摆滑到了一边，露出了大腿，她犹自不知，"不是我说你，连城，你也老大不小了，事业上没什么成就，女朋友也没有，到现在连房租都交不起了，你说你得有多失败吧？你不觉得羞愧，不觉得丢人，不觉得对不起国家、对不起社会、对不起爸妈吗？"

卫非非是地道的北京人，大学毕业后在地税局找了一份安稳的公务员工作，不出意外的话，以后嫁一个同样有安稳工作的老公，再借助机关事业单位可以团购便宜房子的优势弄一套房子，成为没有大富大贵但也有房有车的中产阶级不成问题。

谁知就在卫非非工作两年之后，眼见就要和谈了三年恋爱的男友结婚之时，卫非非的人生突然出现了重大转折——她家中的两套旧房被拆迁了，由于地理位置好，开发商补偿了四套房子，两套四环内，两套四环外。

等于说，转眼间作为独生女的卫非非成为四套房子的主人，四套房子至少价值两千万元，她成了一名不折不扣的拆二代！

拆二代是指继承了父辈们留下的房产，在城市扩建的时候，由于拆迁补偿而一夜之间暴富的这样一个特殊的群体。比起富二代、官二代，拆二代更没有底蕴，也没有一个财富累积、职务升迁的渐进过程，因此，成为拆二代

士别三日，刮目相看

之后的人生巨变往往会导致心态也发生变化。

比起其他的拆二代，卫非非还算很快适应了身份的巨大改变，但她是适应了，男友却没有适应。不久之后，来自农村的男友因为自卑或是别的原因，向卫非非提出了分手，任凭卫非非如何挽留也无济于事。

卫非非在大哭一场之后，接受了现实。和男友分手后，她也辞去了工作，回家当起了专职的包租婆。四套房子，自己和父母住一套，租出去三套，每月光是坐收租金就有2万元。善于理财的她又拿出积蓄买了两套小户型租了出去，不出几年，又赚到了两套房子的首付，她就又买了两套。至此，她手中拥有了八套房子。

拥有八套房子的卫非非，现在每个月仅靠收租金就可以舒舒服服地过日子了，而且可以预见的是，她下半生也吃穿不愁了。按说卫非非这么年轻就不用担心未来，在大多数仍然挣扎在温饱线上为了一套房子而奋斗终生的有志青年眼中，卫非非简直就是幸福得无与伦比的女神。但卫非非却并不认为自己幸福，因为她忽然发现，虽然她富了，成为坐拥千万财富的富婆，但爱情却在跑了之后，再也没有回来。

几年间，卫非非再也没有遇到一个心动的人。虽然也在父母的催促之下相亲数次，但每次不是她对对方不满意，就是对方听说她是一个拥有八套房子的正宗北京姑娘时就被吓跑了。当然也有年轻英俊的小白脸想让她包养，上来就提每个月2万元到4万元的生活费，她看着对方英俊帅气却没有一点儿志气和男人味的脸蛋，差点当场吐对方一身。

现在的男人都怎么了，要么自尊心过度到了玻璃心的程度，见不得女人比他强，要么心甘情愿当女人的附属和玩具，难道她就遇不到一个有男人气概并且大度的男人？

在失望过无数次之后，卫非非基本对现在的男人不抱什么希望了，她的态度就是，有合适的就要，没合适的就一个人过也挺好，反正她又不是离了男人不能活。

当包租婆久了，见识的形形色色的人也多了，租房者大多数是从外地来

116

北京打工打拼的年轻人，女孩子就不说了，男孩子中，不管是比她年龄小的还是和她年龄相仿的，或者是比她大上几岁的，都不入她的眼。虽说不能以是不是租房论成败，但有时想得现实一些，她一个拥有八套房子的房姐，难道非得从租客中找一个一没钱二没房子三没车子的"三无"外地来京务工人员？

这么一想，卫非非也就熄了从房客中寻找结婚对象的心思，尽管有不少房客在得知了她的未婚单身待嫁身份后，对她展开了猛烈的攻势，但她还是保持了足够的理智，知道现在的社会人心叵测，追她的人看中的未必是她，多半是她的房子。

对于连城，卫非非有一种异样的心思，不是说她对连城有什么想法，而是说她对连城有好感。她总觉得连城和别人不太一样，许多和连城一样年纪的年轻人，不是浮躁得天天想一夜暴富成为千万富翁，就是想傍一个富婆一劳永逸，或者是做着不切实际的希望一举成名的明星梦，总之，没几个踏实工作埋头苦干的，但连城不同，他很沉稳很踏实，每天按时上下班，下班后也很少去夜店或是去看电影，总是躲在家里静静地看书。

这年头，安分的男人不多了，能安静看书的男人就更少了。卫非非就认定，连城以后一定可以出人头地。在别人都休息的时候他还在努力，在别人都娱乐的时候他还在学习，这样的人，时刻准备着机会来临的一天，他不能成功还有天理吗？

当然，对连城有期望是一回事儿，连城现在交不起房租她必须拿出应有的姿态来催又是另外一回事儿，卫非非虽然觉得连城已经不错了，但还是认为应该再好好教育连城一番。连城为了在年会上成功实施洒酒计划，精心留出两万元的筹码与罗亦做赌注，所以才拖欠了卫非非几周的房租。

"今天的我是一个笑话，明天的我，说不定就是一个神话了。"连城嘻嘻一笑，一点儿也不生气，他就势坐在了卫非非的旁边，伸手一抱卫非非的肩膀，"卫姐，我既不是官二代、富二代，也不是拆二代，而且在北京无亲无故，成长需要时间，赚钱也需要时间，只要你再宽限一周，你让我做什么我都答

应你……"

"少来，少套近乎，没用。"卫非非白了连城一眼，推开了连城的胳膊，"一周，不行，最多三天。"

"好吧，三天就三天。"连城一咬牙，一口答应下来。

第二天一早，连城赶到公司的时候，办公室里还没有几个人，倒是木恩早早到了。

除了木恩之外，办公室中还有两个人，一个是郝楼，一个是甄剑。

木恩是总监，有单独的办公室，连城自然没有。连城的对面是郝楼，郝楼的旁边是甄剑。

"连城，昨天陪姚董出去，干什么去了？"一见连城，木恩就赶紧迎了上来，抓住了连城的胳膊，半是玩笑半是质问，"老实交代，要不我非得收拾你不可。"

平常木恩和连城说话，也是半真半假的口气，今天虽然和往常一样，但其中却多了一丝酸溜溜和不自信的味道，连城呵呵一笑："什么也没干哪，姚董被罗亦洒了一身酒，正好我在旁边，自然要当仁不让地帮姚董收拾一下了。姚董下楼去取东西，我不放心，就陪他下去了……"

木恩不太相信连城的话："然后呢？"

"没有然后了。"连城眨了眨眼睛，朝甄剑使了个眼色。

"后来我怎么见你又坐上了齐全的奔驰？"木恩昨天一晚上没睡好，除了被包端杰吐了一身呕吐物之外，还翻来覆去地回想起连城陪姚常委下楼以及坐上齐全的奔驰的情景，他脑中一直有一个念头在盘旋——连城这小子凭什么撞大运？他凭什么？

连城心中一跳，他上齐全奔驰的事情，被木恩看到了？一想也是，在楼上可以看到楼下停车场上的情形，他笑了笑，也没隐瞒："没错，我是上了齐少的奔驰。"

木恩恨得牙根痒痒，连城只承认事实却不进一步说明细节，分明是故意吊他的胃口，他不满地说道："后来呢？你上了齐全的奔驰，又去了哪里？"

"木总，年会结束后就是工作之外的时间了，不管连哥去了哪里，都是个人私事，他没必要向你汇报个清楚吧？"甄剑绕过桌子来到了连城和木恩中间，他嬉皮笑脸的样子看上去很有几分猥琐，尤其是露出了一对黄黄的大板牙时，可爱而滑稽，他一拉连城，"连哥，我有事找你。"

"真贱，这里没你什么事儿，一边儿去。"木恩用力一推甄剑，不耐烦地说道，"少当别人的枪，省得什么时候死的都不知道。"

"就是，甄剑你可真贱。"郝楼也急忙加入了战团，想要为木恩摇旗呐喊，不想他走得过快，没注意脚下有一个转椅，被转椅绊了一下，身子一晃，就要摔倒。

眼见就要结结实实摔一个狗啃泥时，甄剑一弯腰，伸手抱住了郝楼，拯救他于水火之中，避免了他摔掉大牙的人生悲剧。

"不管是真贱还是假贱，在关键时候给你搭了一把手的人，就是你的命中贵人。郝楼，你以后走路要长长眼睛了，不要看不清路，要是没有我，你说你得摔多大的一个跟头。"甄剑对他"真贱"的外号一点儿也不在意，他咧开大嘴一脸憨笑，笑得很真诚很开心。

郝楼满脸通红，想说什么，张了张嘴又咽了回去，转身回去了。

木恩恨铁不成钢地转身狠狠瞪了郝楼一眼，等他再回头想找连城理论时，连城却已经和甄剑离开了，他盯着连城的背影看了半天，目光中流露出一丝阴狠。

"木恩，来我办公室一趟。"

木恩刚坐回办公桌前，才打开电脑，就听到有人叫他，他条件反射一样浑身颤抖，下意识一捂脑袋。

"哈哈，瞧你那熊样，我今天没喝酒，不会吐你一身。来，到我办公室，我有事情要和你说。"

"好嘞，包总。"木恩尴尬地摸了摸头，放下了手，跟随包端杰朝副总办公室走去，一边走还一边想，包端杰找他到底有什么事情，难道还是为了昨天吐他一身的窘事？这事儿已经过去了，最好提也别提，一提就反胃。

九点，人都到齐了，连城处理了一些手头的工作之后，朝东南角一看，嗯，罗亦没来上班，想起昨晚罗亦被陈占天带走时的情景，他有点儿后悔了，当时应该劝住罗亦，万一罗亦出了什么意外怎么办？

　　正胡思乱想时，有人轻轻一敲他的后背，回头一看，身后笑意盈盈犹如春水初生、春林初盛、春风十里的女子正是莫莉。

　　"哎，连城，你要怎么谢我呢？"莫莉用手支在连城的桌子上，身子微微前倾，她的长发散落下来，有一缕不安分的头发飘在了连城的脸上。

契

机

第18章 剑拔弩张

本来身材就一流的莫莉，此时更显得曼妙动人，不提凸凹的曲线让人心动不已，只是完美的颈部和锁骨就足以让许多男人迷醉。

连城脸上痒痒的，也不好意思躲开，就微微朝后一躺，露出了阳光般的笑容："你想让我怎么谢你？"

"还用我想？真没诚意。"莫莉意识到了她的头发飘在了连城的脸上，就微微侧了身子，靠在连城的桌子上，"不过我也是奇怪，你和苏姐又不熟，怎么知道她喜欢星座学？"

"哟，莫姐，居高临下地批评教育连哥，是不是他犯什么错误了？"一个同事路过，见莫莉和连城聊天聊得欢乐，就打趣二人。

"不对呀，如果真是连哥犯什么错误了，现在连哥应该是跪在地上才对，你看连哥坐在椅子上趾高气扬的样子，不知道的还以为他在给下属安排工作。连哥真有范儿，多有领导做派。"另一个同事阴阳怪气地说道。

"你还别说，说不定哪一天连哥还真成了我们领导了，哈哈。"

"哪一天？明天的明天的明天。哎，连哥，我们可是等你升职等太久了，升职了，别忘了我们哪。你不是常说，苟富贵，勿相忘吗？"

连城笑着冲两人挥了挥手，没有理会他们，莫莉却不高兴了："什么人都是，就会冷嘲热讽，真没水平。"

"别理他们，他们是嫉妒我和你聊天。"连城岂能不知道莫莉作为公司公认的女神，她青睐谁，谁就是公敌，"你想知道我是怎么知道苏先卉喜欢星座学的？"

"嗯。"莫莉忘了刚才的不快，用力点头。

"等下午见过了苏先卉之后再告诉你。"连城先卖了一个关子，哈哈一笑，

"想好了，周末请你去八大处玩，怎么样？"

"好哇。"莫莉笑着拍了拍手，"你不会叫上一大堆同事一起吧？人一多就没意思了。"

连城知道莫莉的心思，想了想："人不会多，也许就我和你，也许还有两三个朋友，不过不会是同事。"

"好吧。"莫莉咬了咬嘴唇，转身走了，走了几步又站住，冲连城举了举左手，露出了手上的手表，"别忘了，下午三点，菩提树。"

一上午很快过去了，姚常委也没有现身公司。昨天年会上洒酒的一幕，公司上下已经传遍，各种说法都有，有人说罗亦喝醉了，故意洒酒想引起姚董的注意，却没想到被连城摘了桃子。有人说罗亦不是故意洒酒，是意外事件，但阴差阳错之下，连城成了受益者。也有人说其实整个事件似乎是一出精心策划的闹剧，导演是连城主演是罗亦，堂堂的姚董姚常委不过是一个不知情的配角。

许多人都对连城产生了浓厚的好奇和兴趣，以前连城在公司是绝对的无名小卒，虽然人缘好，但知道他的人并不多，现在倒好，一上午的时间，以各种理由来"参观访问"连城的同事络绎不绝，让连城有一种被围观看猴子耍的无奈，他只好装聋作哑，不解释不反驳不回答任何问题，沉默得像一个闷葫芦。

中午吃饭的时候，有一个小道消息开始蔓延开来，迅速盖过了连城一举成名的风头——木恩因为被包端杰吐了一身，包端杰过意不去，决定提拔木恩担任销售总监兼人事总监，原人事总监杨颖因怀孕生子辞职了。

消息还未经正式公布，但小道消息的传播显然是有人故意为之，因为消息不但突如其来，而且传播的速度非常快，吃午饭加午休的一个多小时内，几乎公司上下人人皆知了。

"连哥，是不是真的？"甄剑搬了一把椅子坐在了连城的旁边，忧心忡忡地问道，"木恩真要再兼了人事总监，我们在公司就真的没有出头之日了。你说姚董会同意包端杰的提议吗？对了，不是说你被姚董看上了，怎么姚董不提拔你当一个总监呢？"

"唉，"连城无奈地摇了摇头，甄剑什么都好，人勤快，和他谈得来，维护他的利益，就是有一点儿不好，太简单太幼稚，姚董就算非常赏识他，也不可能没有任何缘由就提拔他当总监，公司必须有一个人人遵守并且公平的规章制度才能保证公司的良性发展。

木恩虽然人品上有缺陷，但有能力，业务水平也不错，包端杰想提拔他兼任人事总监，不出意外，姚常委不会反对，一是木恩资历够了，能力也够，二是包端杰在公司本来就是主管人事的，又是公司的三名大股东之一，他的提议除非太离谱，一般情况下姚常委不会反对。

不过传闻中的因为包端杰吐了木恩一身，过意不去才提拔他兼任了人事总监的说法，应该是有人故意埋汰木恩才这么添油加醋加作料的，以连城推断，就算包端杰吐了木恩一身觉得过意不去，大不了向木恩道个歉就算过去了，犯不着拿一个人事总监当成歉意的附属品，毕竟以包端杰久经江湖的阅历以及所处的位置，一个道歉完全可以让木恩无话可说。

包端杰提拔木恩，肯定有深层次的考虑。连城想不明白，索性也不浪费时间去胡思乱想，他笑着拍了拍甄剑的肩膀："木恩当上了人事总监，我们应该祝贺他才对，以木恩的能力，也算实至名归了。对了，怎么罗亦没来上班，她请假没有？"

"请了，说是感冒了，请假一天。"甄剑见连城不回答他的第二个问题，摇了摇头，叹了口气，"连哥，木恩想整你不是一天两天了，他兼任了人事总监后，手中的权力就更大了，不一定会怎么摆布你。唉，实在不行就辞职算了，北京这么大，到哪里还找不到一口饭吃？"

"说到吃饭，甄剑，我还真没钱吃饭了，借我五千块。"连城嘻嘻一笑，浑不在意，仿佛木恩当不当人事总监和他一点儿关系也没有一样。

"五千？够不够？"甄剑的收入不比连城多，好在他家在北京。他又是不乱花钱的好孩子，每个月的工资都花不完。

"够了，我交房租用。再不交，卫非非就把我扫地出门了。"想起了和卫非非的一场旖旎的意外，连城心中一动，打量了甄剑一眼，"甄剑，你还没有女朋友吧？"

"自从去年吹了最后一个女朋友后，到今天起整整一年了，哥还是一个纯洁的单身狗。怎么着，你想给我介绍女朋友了？好哇，把莫莉介绍给我就行了，别人我也看不上。不对，连哥，莫莉对你有意思，你对罗亦有意思，到底什么情况啊？"甄剑越说越激昂，几乎要拍案而起了，"不是我说你，连哥，你到底是怎么想的，罗亦漂亮是漂亮，她和你不是一路人，她想得太多，你玩不转，莫莉多好，温柔贤惠体贴，你怎么就看不到身边的风景非要围着罗亦转呢？"

连城双手一摊："我现在双手空空，还得靠借钱过日子，我拿什么去爱一个人？拿什么给她承诺未来？不说了，罗亦来了，我去问她点儿事情。"

"唉……"望着连城匆匆直奔罗亦而去的身影，甄剑摇了摇头，一脸惋惜，"连哥平常什么事情都门儿清得很，怎么就在感情上面走了弯路了？他如果不回头的话，早晚毁在罗亦手里。"

一上午没有露面的罗亦，在午饭之后，终于出现在了公司，她戴了一副大大的墨镜，低着头，脚步匆匆，谁也不理，径直来到座位上坐下，低头发呆。

"没事儿吧？"连城来到罗亦身边，轻轻一拍她的肩膀，轻声问道，"昨晚没回家？"

罗亦抬头看了连城一眼，又将头扭到了一边："我没事，不要你管，你让我待一会儿，我想静静。"

"静静是谁？"连城开了一句玩笑，他看出了罗亦心情不好，她不但戴了一副几乎遮住了半片脸的墨镜，而且还穿了一身深灰色衣服，上身是包裹严实的风衣，下身是牛仔裤，和昨天明媚阳光的裙装相比，就如同从春天一步迈进了冬天。

一个人心情愉悦时，会挑选颜色鲜艳的衣服，而心情低落时，会挑选灰色色调的衣服。而穿上包裹严实的衣服，则是受伤之后缺乏安全感的表现，想将自己躲在厚厚的衣服后面，躲避来自外面的伤害。

连城不用问就大概猜到，罗亦受伤了。

"走开！"连城的笑话没有让罗亦的心情好上半分，相反，却更让她难受了，她一推连城，"离我远点儿，别理我。"

连城一把拿掉罗亦脸上的墨镜，果然不出他所料，罗亦的眼睛青肿，显然被人打过，他大怒："是陈占天？"

罗亦急了，抢过眼镜戴上："你干什么？我是死是活不用你管！"

连城紧握十指，十指关节咯咯直响，他待了一会儿，想了想，一言不发地转身走了。

"连城，你去哪里？"连城正要下楼，被木恩叫住了。

"我出去办事！"连城铁青着脸，语气不善。

木恩没见过连城怒不可遏的样子，吓了一跳，随即又觉得被连城吓住太丢人了，顿时火起："你什么态度？你去办什么事情？我这里有一件事情交给你做，你去铸诚大厦一趟，送一份文件。"

"不去。"连城不容商量地回绝了木恩，"你找别人吧，我没空。"

"你！"木恩勃然大怒，"连城，你想造反？你还想不想要这份工作了？如果不想干了，立马写辞职报告，我成全你。"

木恩和连城的争吵顿时吸引了所有人的注意，众人的目光如灯光一样投射在木恩和连城身上，目光中，有惊讶有疑问有冷观也有幸灾乐祸。

"我为什么要辞职？我还有许多工作没有做，许多大事没有完成。"连城冷笑一声，冷冷地打量了木恩一眼，转身就走。

木恩在众目睽睽之下被连城扔在当场，哪里还受得了，何况他又升职在即，当即向前一步挡住了连城的去路，伸开双手："连城，不把话说清楚，你今天就别想走。"

连城本来就没有好气，心里憋了火，再加上他确实赶时间，见木恩非要当众欺负他，他忍了木恩三年了，现在忍无可忍了，向前一步，一把揪住了木恩的衣领："再不让开，信不信我揍你？"

连城的冲天一怒，让无数人瞠目结舌，印象中连城一向是一个阳光善良

并且温和的年轻人，许多人和他同事三年，别说见他怒不可遏了，连见他红脸的时候都没有，今天这是怎么了，连城吃错药了还是和木恩有什么仇什么怨？

就连罗亦也震惊了，她抬起头来，一脸愕然地看向了连城。

郝楼和甄剑对视一眼，二人心思各异却不约而同地站了起来，起身朝连城和木恩走去。

"松开！"木恩沉闷地说道，他的目光冒火，似乎要将连城燃烧一样，还从来没有一个人敢在同事面前对他如此放肆，何况是他一向看不起的连城，他觉得遭受了平生最大的屈辱，但越是愤怒反而越是镇静，就如暴风雨来临之前的平静，在平静中酝酿一个爆发的高潮，他一字一句地说道，"我数到三，一、二……"

木恩的声音低沉而有力，并且充满了威胁，虽然他没有明说数到三之后连城再不松开他会怎么做，但所有人都清楚，连城真的执意不松手的话，一场大战不可避免。而且很明显，以木恩的体型，连城肯定不是对手，讨不了好。

所有人的心都提到了嗓子眼，木恩数到"二"了，连城还没有松手的迹象，难道真要打起来不成？

"三！"木恩恶狠狠地数到了"三"，连城却还没有松手的意思，依然和他针锋相对，他早就想痛打连城一顿了，现在正是时候，他高高举起拳头，就要朝连城的脸上落下，"连城，今天不收拾了你，我就不姓木……"

"木恩，住手！"眼见木恩的拳头就要落到连城的脸上，电梯门打开了，姚常委一步迈了出来，一脸怒色，"胡闹，在公司打架，还有没有规矩了？"

连城不躲不闪，昂首挺胸，做好了承受木恩拳头的准备，姚常委的及时出现，让他松了一口气。不过他依然紧紧抓住木恩的衣领不松，要的就是让木恩记住，以后别想欺负他就欺负他，哪怕碰一个头破血流，他也要争一口气！

木恩再嚣张，也不敢在姚常委面前放肆，讪讪地放下拳头："姚董，不怪我，是连城挑事在先，他不服从工作安排也就算了，还想打人，我是被迫

契 机

126

无奈才还手的……"

"到底是怎么一回事儿？"姚常委的目光落在了连城身上，心想昨天连城表现得很沉稳很理智，今天怎么就冲动打人了。

连城用力一提木恩的衣领，勒得木恩喘不过气，然后他才松开手，还顺势帮木恩抚平了衣服的褶皱，转身恭敬地对姚常委说道："姚董，我下午约了苏先卉喝茶，跟进一个苏总和公司合作的大项目，木总监却非要让我去送一份合同，哪头重哪头轻，身为公司的管理层，木总监如果还分不清，就太没有大局观了。"

"苏……先卉？"木恩以为他听错了，"你约了苏先卉？别吹牛了，苏总知道你哪根葱哪棵蒜，还约苏总喝茶，连城，当着姚董的面你还敢胡说八道，我看公司也容不下你了……"

姚常委却是知道连城不会说谎，心中一跳，不是吧，昨天才说了让连城去追苏先卉，今天就约到了，连城真有这么大的本事？如果属实的话，和追苏先卉相比，连城手头的所有工作都可以放下。

"是不是真的？"姚常委虽然知道连城不会说谎，却还是不敢相信，因为他再清楚不过，苏先卉太有个性了，很难约到。

"连城、连城……"连城正要点头说"是"，莫莉手举手机匆匆跑了过来，"苏姐来电话了，特意交代让你准时到……"

莫莉故意打开了免提，苏先卉特征鲜明的声音传了出来，在场的每一个人都听得清清楚楚："莫莉，你告诉连城那个臭小子，如果晚到一分钟，我就过期不候了。我最不喜欢迟到的人，迟到是对人的不尊重，不尊重别人的人，也不值得别人等候……立刻马上告诉他！"

木恩脸色大变！

真的是苏先卉？怎么可能是苏先卉？但又听得清清楚楚，分明就是苏先卉！苏先卉在等连城，连城算什么东西有什么了不起，有什么值得苏先卉等他的地方？真是咄咄怪事，苏先卉是傻了还是怎么了，为什么不约他而要约连城？

姚常委心中大喜，好一个连城，还真的约上了苏先卉，真有他的，先不管连城是怎么约到苏先卉的，只要约到了，就是难能可贵的第一步胜利。

"既然这样，连城，以后你就负责和苏先卉对接，其他的事情，都可以放一放。"姚常委特意一拍连城的肩膀，加重了语气，"就这么定了，连城，你现在马上出发，别迟到了。连耳，派一辆车去送连城。"

契机

第19章　与美女CEO正式会面

姚常委的话在安度公司就是圣旨，一句话就奠定了连城在公司超然的地位——以后只要连城拿苏先卉说事，所有的事情都得让道，换句话说，就算木恩兼任了人事总监，以后想要任意摆布连城，也要顾忌三分，因为连城有了先斩后奏的尚方宝剑。

木恩目瞪口呆，觉得整个人都不好了，呆呆地望着姚常委离去的背影，大脑一片空白，思维都停顿了。到底发生了什么，怎么一转眼的工夫，不但连城约到了苏先卉，而且姚董还特许连城和苏先卉对接？等等，连城和苏先卉到底私下在谈什么大项目？他怎么一点儿也不知情？

姚常委走了后，连城想了想，觉得既然木恩已经不愉快了，出于善良的考虑，让木恩的不愉快找一个发泄口，才不至于憋出什么病来，他就向前一步，凑到了木恩的耳边。

木恩正在出神，见连城突然逼近，以为连城又要动手，吓得急忙后退一步，摆出架势要和连城决斗，连城呵呵一笑："木总别紧张，我们是自己人，要精诚团结。有件关于罗亦的事情，你想不想听？"

木恩犹豫一下，想起了今天罗亦一上午没有上班的异常，就点了点头。连城就凑到他的耳边，小声说了几句话。

"什么？真的？"木恩脸色陡然大变，一拳砸在了电梯上，"他妈的真不是东西，老子要废了他！"

众人以为木恩和连城又起了冲突，都瞪大了眼睛静观事态发展，却见木恩砸完电梯之后，飞奔到了罗亦面前，不由分说地摘下了罗亦的眼镜，然后和罗亦争吵了几句，就又扔下罗亦，一个人飞也似的下楼而去。

"走了。"连城冲莫莉点了点头，又冲围观的同事一抱拳，哈哈一笑，"你

士别三日，刮目相看

129

们看热闹也辛苦了，现在该安心工作了，各位同事，我去谈恋爱了，回见。"

"你真贫。"莫莉一推连城，嗔怪说道，"有你这么嚣张的吗？别人工作你谈恋爱，你这是拉仇恨哪。"

莫莉和连城来到楼下，连耳安排的专车已经准备就绪，莫莉笑道："不要忘了，是我帮你约到的苏先卉，你也因为苏先卉第一次享受了公司专车的待遇；这么说来，我是你的福气。"

连城岂能听不出来莫莉的言外之意，他替莫莉打开车门，做了一个请的姿势："是，是，你是我的福气，不过说不定以后我会是你的运气。"

刚刚还剑拔弩张的办公室，忽然之间因为木恩和连城的相继离去而变得安静了，巨大的落差让许多人一下难以适应。过了好大一会儿，才有人小心翼翼地开了一个八卦的头。

"木总是怎么回事儿？刚才的样子就好像被人戴了绿帽子一样……"

"应该是因为罗亦，我刚才注意到罗亦眼睛被人打肿了，也不知道出了什么事情，你想呀，木总最喜欢罗亦了，动了罗亦就和动了他的老婆没区别，他不急眼才怪。"

"问题是，罗亦连他的女朋友都不是，他吃的哪门子干醋，发的哪股子邪火？他去替罗亦出头，也师出无名啊。"

"话是这么说，但木总正在气头上，又被连城一激，不失控才怪。说了半天，连城才是笑到最后的一个。唉，这个连城，以前还真是小瞧了他，不显山不露水，突然一下子就冒了出来，真他妈的有一套。"

"我越想越觉得哪里不对，连城不是也喜欢罗亦吗，他为什么不替罗亦出头，却偏偏要让木总出头？连城八成没安好心，是想让木总跳坑。估计木总这下惨了，才被连城揪着领子羞辱了一顿，又被连城推进了火坑，说不定会摔一个头破血流再加上烧得遍体鳞伤。"

"嘘，快别说了，一会儿让包总听到了，又是事儿。包总对木总可是器重得很，木总现在风头正盛。"

"连城交了什么狗屎运，怎么还约上了苏先卉？这也太夸张了，段见想约苏先卉都约不到，连城难道比段见还帅、还有钱、还牛？"

"牛不牛什么的，这种事情是要看缘分的，说不定苏先卉就和连城看对眼了，怎么着吗？段见有钱怎么了，有钱能买来爱情？"

"行了，别争了，干活，干活。"

菩提树茶馆位于东四环，距离安度公司有一段距离，幸好姚常委有先见之明，安排了专车，紧赶慢赶，总算在三点之前赶到了菩提树。

按说以苏先卉的身份，不管是她约人还是别人约她，她都不用提前赶到等人。但苏先卉就是苏先卉，向来随性而为，才不会考虑商场上一些约定俗成的规则。连城和莫莉赶到的时候，苏先卉已经等候了将近半个小时了。

好在苏先卉也不是无事闲等，她带了笔记本电脑，是最新款的 ThinkPad X1 Carbon，炭黑色的电脑和她白皙的皮肤相映成趣，别有一种惊心动魄之美。

连城一进门就看到了苏先卉，不是因为苏先卉的惊艳之美，而是她选的位置非常靠近门口，不但靠近门口，而且还临窗。近门，方便一言不合时推门就走；靠窗，可以尽情地享受阳光，也可以观察外面的动静，等他再注意到苏先卉手中的电脑时，他更是断定——苏先卉是一个个性鲜明绝不将就的人，她喜欢就是喜欢，不喜欢就是不喜欢，喜欢和不喜欢之间，没有将就的灰色地带。

一般来说，许多人都喜欢苹果电脑的精美，但苏先卉的电脑却是一台通体黑色外观谈不上精美的 ThinkPad X1 Carbon，他因此断定，苏先卉和大多数外观控的女人不一样，她有自己的见解，是一个注重实用与内涵的人。

连城算是半个电脑专家，对各种型号的笔记本电脑不敢说了如指掌，至少也做到了心中有数。ThinkPad X1 Carbon 这款电脑是联想电脑中的高端型号，是可以全天候使用的、达到军工品质的笔记本电脑，而且外观沉稳低调，并且可适用更多环境、足够稳定。也就是说，是一款不足够漂亮但绝对足够强大的商用电脑。

由此可见，苏先卉是一个注重品质并且务实的人。当然，再从她精心挑选的可以随时结束谈话转身走人的座位来看，连城心里明白，如果他不能在

士别三日，刮目相看

最短的时间内找到苏先卉最感兴趣的话题并且成功地让苏先卉对他产生好感，他就会被苏先卉毫不客气地一脚踢开。

这么一想，连城的目光又落到了苏先卉的衣着上。女人的心情最容易在衣着上直接地表现出来，让他微感不安的是，苏先卉今天的衣着偏保守和灰暗，说明她心情不是很好。

浅灰色的呢子大衣，围了一条素色的围巾，下身是深蓝色牛仔裤，脚上是一双黑色的平底休闲鞋，整个人显得英姿飒爽，同时很有一股干练的中性味道。

但中性味道的服装透露出来的另一层含义就是，苏先卉今天虽然约的是茶馆见面，而且谈论的是轻松话题，但实际上她当成了一次正式会谈。

好嘛，连城心里立刻绷紧了一根弦，悄悄一拉莫莉的衣袖，小声说道："等下你拿我手机通知一下段见，让他先不要过来，等气氛合适了，他再动身。"

"怎么了？"莫莉一愣，刚才在路上连城打电话给段见，让段见过来菩提树，她也知道连城今天和苏先卉的会面，既有和段见的赌约，又是受姚董之托，可谓重任在肩，没想到连城一见到苏先卉，还没有说话就改变主意了，"如果你不帮段见约到苏先卉，他肯定不会放过你。"

"今天苏先卉情绪不对，等一下见机行事。"连城没有过多解释，而是径直朝苏先卉走去，"苏总好，不好意思让您久等了。"

苏先卉正在埋头处理工作，抬头见是连城，她欠了欠身子，没有起身也没有伸手，而是点了点头，用手一指对面："连城是吧？你和莫莉先坐，我手头还有一点儿工作要处理，等我一下。"

连城请莫莉坐在了外面，他坐在里面靠窗的位置，和苏先卉面对面。苏先卉话一说完，就不再抬头看连城和莫莉一眼，莫莉熟知苏先卉的为人，也不以为意，自顾自地为连城和自己叫了饮品。

二人等了苏先卉足足有半个小时，期间，莫莉借口上洗手间，用连城的手机悄悄发了一个信息给段见，段见回复了一句话："真事儿妈，连城，你给我放老实点，敢忽悠我，你死定了！"

莫莉看了信息很不高兴，悄悄对连城说道："段见真不是好鸟，你以后别和他打交道，讨不了好。"

连城没接话，只是淡淡地笑了笑，他一直在暗中观察苏先卉，从苏先卉手腕上戴的星座首饰到脖子上戴的星座项链，无一不说明苏先卉对星座的偏执热爱。

"好了，总算完成了。"苏先卉合上电脑，伸了一个长长的懒腰，很是好奇地打量了连城一眼，"连城，你是什么星座？"

"巨蟹座。"连城微微一笑。

"哇，不是吧？十二星座里面最顾家最用情专一的巨蟹座，原来你是巨蟹男，幸会幸会。"苏先卉夸张地笑了一声，伸手和连城握手，"我一直觉得和我最合的星座就是巨蟹座了，不过现实中巨蟹男太少了，总是遇不到。"

"不会吧？"连城见开篇似乎还不错，信心大增，"根据比例的话，你遇到巨蟹男的概率是十二分之一，怎么会少呢？"

"连城，你真的对星座很有研究？"苏先卉喝了一口红茶，洁白的茶杯、娇艳的红唇以及红色的茶水，就如一幅色彩斑斓的水彩画，无比动人。

"稍微知道一些。"连城谦虚地笑了笑，他注意到在一个良好的开头之后，苏先卉的情绪并没有被充分调动起来，相反，又有了低落的迹象，他才知道，万里长征才刚刚迈出第一步，"苏总想了解哪方面，婚姻还是事业？"

"叫我苏姐。"苏先卉纠正了连城的称呼，放下茶杯，拿出了手机翻看了几眼，"都随便说说吧。"

如果苏先卉明确一个主题，就直接表明了她兴趣的侧重点，连城可以快速地单刀直入，在最短的时间内找到和苏先卉的共同话题。但苏先卉却让他随便说说，其实是给他出了一个难题，因为他需要察言观色才能从苏先卉表情的微小变化中发现她最感兴趣的关键点。

尽管之前和莫莉有过沟通，大概也从莫莉嘴中了解了苏先卉的性格和为人，但转述总会有偏差，而且带有鲜明的个人色彩，只可参考不可全信。连城微一沉吟，联想到今天苏先卉一身中性打扮，外加在茶馆也不忘勤奋工作，就说明了一个问题——她在工作上遇到麻烦了。

工作上的麻烦，也就是用人的麻烦，任何工作都是由人来完成的，那么是否可以说，苏先卉加班加点的工作是在为别人善后？应该是的，作为三信影视的 CEO，苏先卉再忙，也不至于忙到分秒必争的程度，否则 CEO 就不是 CEO 了。

连城在脑中迅速分析并做出了判断，他很清楚的一点儿是，不管是齐全、段见还是苏先卉，他目前对他们来说，毫无利用价值，相反，他们却是可以决定他命运前途的贵人。但对方是不是愿意成为拉他一把的贵人，全在于他有没有让对方感到有价值或有潜力的本事。

每个人都渴望一个命中的贵人出现，实际上，每个人的一生之中都会遇到好几个贵人，但为什么大部分人最终和贵人擦肩而过，没有被贵人赏识和器重呢？原因就在于你的自身价值没有被贵人发现。贵人想帮你，你首先要让贵人感到你有可帮之处。

通常情况下，你对贵人有四种用处，第一种，能力。也就是说，你可以为贵人创造价值，他才会重用你。第二种，才学。才学就比较宽泛了，但有一点儿最关键，就是你能帮贵人解决困难和麻烦，他才会器重你。第三种，愉悦。你既不能为贵人创造价值，也不能帮贵人解决困难和麻烦，但你可以为贵人带来心灵上的愉悦，贵人也会赏识你。第四种，答疑解惑。你可以一无所长，但你学识渊博，贵人有人生形而上的困惑，只有你的解答最让他满意，贵人也会欣赏并且仰望你。

"从顾家和专一来说，巨蟹座当之无愧是第一，但从事业的角度来说，巨蟹座由于太喜欢四平八稳的生活，反而不容易出成绩。反倒是务实的摩羯座思维缜密、处事果断、忠诚果敢、责任心强，适合担任公司的骨干。他们对待工作的态度兢兢业业甚至废寝忘食，是优秀的员工和合格的管理者。"连城一边说，一边暗中观察苏先卉的反应，见苏先卉不但没有被触动，相反还微微蹙眉，似有不耐之色，他不免暗暗焦急，到底苏先卉最感兴趣的侧重点是什么呢？

"其实看一个人是不是能干，是不是可以委以重任，只看他是不是可靠就行了。用人之道，可靠第一，能力第二。从可靠指数判断，摩羯座和狮子座并列第一。不过话又说回来，星座学虽然有一定的道理，但具体到个人身上，并不一定适用。共性之外总有个性，只当作一个参考或是笑谈就行了，完全当真的话，就和以前老人们说的属相不和不能结婚又有什么区别？"

连城话说到一半的时候，莫莉就开始扯他的衣服，不让他继续说下去，苏先卉对星座学痴迷到了不管应聘员工还是交男友都要先看对方星座的地步，她之所以肯见连城，也是因为听说连城对星座学大有研究，连城却说出了星座不可信的话，他哪根筋不对了，这么说不是自绝于苏先卉吗？

莫莉急得直想踢连城几脚，她好不容易才请动苏先卉答应和连城见面，连城却不好好珍惜来之不易的机会，非要逆着苏先卉说，真让人着急。

只是不管莫莉怎么暗示，连城却当没有察觉一样，依然说个不停，一口气说完，他还停顿了一下，喝了一口水，意犹未尽地又补充了几句。

士别三日，刮目相看

第20章　不欢而散

"其实在我看来，星座学是画地为牢、人为划分属性的理论，星座学就是科学迷信。"连城说完后，一脸淡定的笑容，反客为主地招呼服务员续水，摆出了长谈的姿态。

莫莉生气了，用力一拧连城的胳膊，她很得拧人大法的精髓，用指甲尖拧住连城胳膊里面最娇嫩的一块地方，正向旋转一圈再反向旋转半圈。连城只觉一阵又疼又麻的感觉由胳膊里面开始蔓延，瞬间弥漫了全身。如果不是他意志坚强，他非得跳起来不可。

真没想到，看上去温良贤淑的莫莉，拧人的时候居然也这么疼，可见女人再温柔也是有刺的。

莫莉见一丝怒意在苏先卉眼中闪过，她暗叫一声糟糕，苏先卉可是一个个性十足的人，说翻脸就翻脸，丝毫不留情面，她算是比较了解苏先卉的，不用说，刚才连城的话触怒了苏先卉，苏先卉要发怒了。

果然，苏先卉的脸色迅速阴了下来，她麻利地收拾干净了桌上的东西，把电脑装进了电脑包，伸手招呼服务员："记我账上。"然后背起电脑包，冲连城和莫莉点了一下头，也不告别，居然就这么走了。

真走了？苏先卉动作太快，连城和莫莉还没有反应过来，她已经到了门外，上了车，一阵发动机的轰鸣过后，她的宝马车划过一道白色的流影，转眼消失在车流之中。

连城和莫莉面面相觑，半天都没有说出一句话，这……也太有个性了，就算是话不投机半句多，至少也要顾全基本的礼节说一声再走，苏先卉好歹也是大公司的 CEO，她难道一点儿也不通人情世故？

"都怪你，把人气跑了，这下没戏了，你已经被苏先卉拉进黑名单，再想加她好友，没有可能了。她这个人，从来都是只给别人一次机会。"莫莉气不过，用力捶打连城，"都怪你，都怪你，连城，你气死我算了，我，我，我恨不得杀了你。"

连城不躲也不还手，只是一脸憨笑，他望着窗外出神，自言自语地说道："不应该呀，苏先卉明明没有生气，怎么说走就走了呢？难道真是我的判断出错了？"

"当然是你错了。你气死人了！"莫莉不肯轻饶连城，抓住了他的胳膊，"不行，你一定得补偿我，我好不容易才请动苏先卉，说不定因为你让苏姐对我印象也不好了，我可就损失大了。"

想了一会儿不得要领，连城虽然有几分失落和沮丧，不过还是强打精神笑了笑："怎么补偿你？"

"请我吃饭外加请我看电影，再加上请我去酒吧。"莫莉倒没有太多沮丧，只要有机会和连城在一起，就一切安好，她一口气安排了连城几个小时陪她的时间。

"酒吧？"连城不认识一样打量了莫莉几眼，"想喝酒？不怕喝醉了？"

"喝醉了就去唱歌，怕什么，大不了明天请假不上班了。"莫莉抱住了连城的胳膊，"敢不敢陪我一醉方休？"

连城见莫莉小鸟依人一脸期待，他呵呵一笑："有件事情我得告诉你，莫莉，你听了可别生气。姚董给我安排了一个艰巨的任务，他让我追苏先卉……"

"……"莫莉愣了片刻，忽然哈哈大笑，"别逗了，连城，你追苏先卉？天哪，开什么国际玩笑，苏姐喜欢的是暖男，你不是她的菜，再说，她也不是你的菜，对不？"

平心而论，本来连城对苏先卉没感觉，当然，他和苏先卉没有过正面接触，有感觉才怪，不过人和人之间的缘分说来也怪，才第一次见面，才聊了没几句，苏先卉乖张的个性以及风风火火的性格，还真激发了连城的征服欲。

怪不得段见几次邀请苏先卉被拒，依然不肯死心，男人都有占有心和征服欲，越是得不到的越是想得到，倒不是连城对苏先卉一见钟情，而是很想

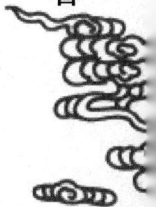

进一步了解苏先卉的为人，想和苏先卉成为朋友。苏先卉的性格虽然怪异，但越是个性的人，一旦认准了朋友之后，就会对朋友越好。

"要永远相信美好的事情即将发生。"连城感慨了一句，"一个人的口味不是一成不变的，会因为各种原因而改变，你小时候喜欢吃的菜，长大了就一定还喜欢吃吗？所以说，不要先下结论。好了，不说这些了，说说晚上想吃什么吧？"

其实此时天色还早，连城不过是转移话题。

"晚上吃火锅好了。"莫莉没多少心思，她又想到了木恩，"你对木恩说了什么，木恩好像受了多大委屈，他干什么去了？"

"他为罗亦讨还公道去了。"想起罗亦，连城隐有几分担心，虽然罗亦不肯说，但谁都能看出罗亦吃了亏，"冲冠一怒为红颜，冲这一点儿，木恩也算是个男人。"

连城简单地说了说罗亦一见到陈占天就迫不及待倒贴的所作所为。

"陈占天？我好像听苏姐说过这个名字。"莫莉想了想，又记不清了，摇头说道，"罗亦也真是，也不先了解一下，刚见面就敢跟人走，不知道自尊自爱的女孩，被男人当玩物也是自作自受。"

话虽然难听了一些，但也是无可争辩的事实，连城也是无话可说，正要和莫莉离开菩提树时，有电话打了进来。

"连城，你在哪里？"

"我在外面，有事儿？"是木恩，连城听木恩的声音气急败坏，知道出事了，忙问，"怎么样，罗亦没被欺负吧？"

"还好没有。那个浑蛋想欺负罗亦，罗亦不肯，他就动手打了罗亦。我替罗亦还了回来，现在他也成了乌眼青。"木恩愤愤不平，"妈的，真不是男人，不敢跟我单打独斗。如果和我单挑，我不弄死他我就不姓木。一群人打我一个，算什么事儿？"

"罗亦现在怎么样？"木恩为了罗亦挺身而出，罗亦就算再不喜欢木恩，也得承他的情，连城不关心木恩到底被打得有多惨，他只关心罗亦好点儿了没有。

"我正要问你呢，我到了公司后，她没在，问谁谁也不知道她去了哪里，打电话关机，她没跟你在一起？"木恩现在也明白上了连城的当，他被连城当枪使了，不过他不后悔，为了罗亦就算他被打得躺在床上，也值了。

"没有，我没和她在一起，也不知道她去了哪里。如果有她的消息，我再告诉你。"连城不等木恩再说什么，直接挂断了电话，想了想说道，"晚上陪我去一趟罗亦家里。"

"嗯。"莫莉听话地点了点头，心里涌动柔情蜜意，连城让自己陪他去罗亦家里，显然当自己是正牌女友了。

连城和莫莉走出菩提树，他不甘心地回头看了刚才的座位一眼，回想起和苏先卉对话的每一个细节，越想越觉得他的判断是正确的，可是既然正确，为什么苏先卉说走就走，没有一点儿回旋的余地？这么一想，他又不那么自信了，难道真是他判断失误，苏先卉还是想听星座学有多准确的假话？

连城并不是不承认失败也不是不敢面对失败，而是一直在寻找失败的原因，根据他的观察和分析，苏先卉今天情绪不高心情不好多半是星座学引起的，虽然她今天依然在手上和脖子上都戴了星座首饰，但却和上一次不一样，她没有不时地抚摩一下，而且偶尔看到手上的星座首饰时，她就会流露出复杂的目光，有怀疑、有不解、也有失望，正因如此，再结合苏先卉以一个 CEO 的身份急于想完成手头工作的迫切，似乎是亡羊补牢的善后，他就由此及彼大概推测出了什么。

当然，推测只是推测，有可能和事实存在着严重的偏差。但从根本上讲，哪一个人做出的决定不是某种意义上的推测呢？应聘到一家公司工作，是推测这家公司有前景，自己会有良好的发展空间。喜欢一个人想和她结婚，是推测她会爱他一辈子。决定投资一个项目，也是推测这个项目会有广阔的市场前景。

工作会有不顺心，婚姻会有失败，项目会有失利，连城安慰自己说，就算他对苏先卉的推测不正确，他还有机会再一次赢得苏先卉的认可，怕什么？

年轻就是最大的资本，年轻就不应该害怕失败，年轻就可以从头再来。

连城和莫莉在街头漫无目的地散步，阳光晴好，春光无限，正是北京最美的季节，气温也十分舒适，走不多时，连城就觉得浑身发热。

"连城，你说姚董想与苏姐、齐全和段见合作什么项目？公司不是不缺资金吗，为什么还非要拉苏姐他们加盟？"莫莉做行政工作，很少关心公司的大事，如果不是因为连城介入了公司下一步的重大项目之中，她才不会去操心离她太过遥远的事情。

"公司怎么会不缺资金？没有不缺资金的公司，如果哪一家公司现金流很充足，有很多钱没地方花，不是说明这家公司很有实力，而是说明这家公司暮气沉沉，行将就木了。"连城走在莫莉的外侧，作为一个男人最绅士的表现就是和女孩同行时，让女孩在自己的内侧，处在自己的保护之下，他的目光无意中落在莫莉的脖颈上，洁白如玉优美如荷，让人只看一眼就有了想一亲芳泽的冲动。

还好，连城克制了内心的冲动，摇头驱散了不安分的想法。

"钱多得没地方花还不是好事？"莫莉不解。

"钱只有流动起来才能产生价值，不流动只是废纸。对于一个公司来说，不断地有好项目才说明有前景有活力。去年我们公司的资金还算充足，今年不太好了，主要是去年有两个项目没有达到预期效果，资金没有回笼。姚董今年看好的这个项目，投资不小，以我们的实力，独资的话当然也没问题，但投资的原则就是分担风险，拉苏先卉几人加入，可以缓解资金压力，也可以共同分担失败的风险。同时还有一个关键的问题，姚董看中了苏先卉的渠道、齐全的资金和段见的资源。"

"听你这么一说，我也明白了。也是怪了，连城，你和我一样天天上班，做一些具体的琐碎的事情，你怎么就知道这么多？看问题这么透彻？"莫莉以前喜欢连城，是喜欢连城的帅气和乐于助人的善良，现在她又发现她更喜欢连城头头是道的分析，很有男人魅力，并且有一种让人痴迷的性感。男人什么时候最性感？不是西装革履油头粉面，而是侃侃而谈时不经意间流露出来的一切尽在掌握之中的自信！

自信是男人最迷人的性感！

"所有的失败，不过是一懒二拖三不读书。反过来，不懒不拖多读书，就成功了。"连城笑了笑，伸手一摸莫莉的脑袋，"你天天只做手头的一点儿工作，不看不听不想，跟个迷糊虫一样，怎么可能知道公司的动向？"

"我愿意，要你管？我才不要操那么多的心，多累呀，我就想活得开心一些轻松一些。"莫莉推开连城的手，还了他几拳，"讨厌，不许弄乱我的头发。"

连城还手，抓住了莫莉的双手："再打我，小心我收拾你。"

"你敢！"莫莉才不怕连城，心中柔情涌动，抱住了连城的胳膊，"女朋友是用来哄的，不是用来打的。"

"女朋友？谁的女朋友？我还没有女朋友呢。"莫莉娇羞如春光，连城怦然心动，有意逗逗她，"我想要的女朋友是一个既漂亮又笨笨的而且特能赚钱并且贤惠顾家的那种……"

莫莉扑哧笑了："你在做梦吧？漂亮好说，到处都有美女，但笨笨的怎么能赚钱？能赚钱的又怎么有时间顾家？你要找的不是女朋友，而是一个全能型的保姆。"

"南无、喝罗怛那、哆罗夜耶，南无、阿唎耶，婆卢羯帝、烁钵罗耶……"十分动听的《大悲咒》乐曲响起，连城的手机来电了。

莫莉一愣："你的手机什么时候换铃声了？"

"昨天见一个人的时候。"连城笑了一笑，没有过多解释他特意换了《大悲咒》的铃声是为了可以在细节上让齐全更快地接纳他，他见是段见来电，就忙接听了电话。

"连城，你小子到底怎么回事儿，耍我是不是？我他妈为了等你的电话，今天一天什么事情都没干，就等你了。你今天要是约不到苏先卉，我可告诉你，你死定了！"段见确实是推了几个饭局，就为了等连城的电话，他憋了一口气，非要见到苏先卉不可，哪怕是再和苏先卉吵一架。不想左等右等没有消息，他实在等不及了。

士别三日，刮目相看

141

"非要今天？"连城有点儿为难，他对接下来怎么再和苏先卉对话心中没底，苏先卉太个性，不能以常理论之。

"就得今天！过了今天，你就等着滚出安度吧，不，滚出北京。"段见撂了狠话，"三个小时内，如果我还没有接到电话，明天一早，我会找人替你搬家。"

同样是富二代，人和人的差距怎么那么大呢？连城无奈地摇了摇头，见莫莉一脸关切，他勉强笑了笑："没关系，就算今天约不到苏姐，段见也不敢真的拿我怎么样。安度又不是他的公司，他不想让我干我就不干了？北京更不是他的北京，他不想让我待我就不待了？"

"话是这么说，可是段见这个人听说很坏。"莫莉也听说过一些关于段见的传说，知道段见不是一个善茬。以前段见喜欢上了合作公司的一个四川女孩，非要女孩当他的女朋友，女孩不肯，他就以终止合作为条件要挟公司老总逼迫女孩同意。女孩一怒之下辞职了，段见却还是不肯放过女孩，女孩去应聘，他就去阻挠，女孩租房子，他出高价抢，结果女孩硬生生被他逼得走投无路，最后只有两个选择，要么屈服，要么离开北京。

至于最后女孩是屈服了还是离开了北京，她就不得而知了，但是知道了段见睚眦必报的为人。现在段见非要和连城过不去，连城怕是麻烦大了。

"要不，我再帮你想想办法，约约苏姐？我不信我一直求她，她不会心软。"莫莉拿出手机，正要拨号，被连城制止了。

"我有预感，苏先卉还会再找我，再等等。段见不是给了三个小时的期限吗？我们还有时间。"连城想起了苏先卉匆匆离去时嘴边挂着一丝若有若无的笑意，心想他就不信他真的判断错误。

"你可真沉得住气。"莫莉叹了一口气，"要是我，早就慌了。"

"慌也没用，不如不慌。"连城一拉莫莉，"走，去南锣鼓巷转转。"

"你还有心思逛街？"莫莉服了连城了，却又只能跟他走，"为什么要去南锣鼓巷不去后海？"

"因为南锣鼓巷离苏先卉的公司近。"连城拦了一辆出租车，和莫莉一起来到了南锣鼓巷。

打开局面

　　我不知道他们是好人还是坏人，我只就今天的事情就事论事。在灌醉段见的事情上，苏姐先开了一个不好的头，陈于祥顺水推舟，假装身体不好诈了段见一杯，而胡书扬则用激将法激段见在错误的道路上越走越远，最后用白酒临门一脚把段见彻底葬送。从表面上看，和段见硬拼的苏姐讲究正面对敌，是一个喜欢短兵相接的人，而示敌以弱的陈于祥喜欢迂回战术，示敌以弱，是以退为进的战术。以逸待劳的胡书扬喜欢集中优势兵力，趁敌人疲于奔命之时，对敌人以点穴手法发动致命一击，是狙击战术。从酒品见人品来推论，苏姐是个喜欢事事摆到明面上的亮堂人，陈于祥是个遇事讲究策略、喜欢隐藏自身优势、深藏不露的阴谋家，而胡书扬则是一个面对对手不会心慈面软的狠角色。

第21章 对号入座

正是春暖花开的季节，南锣鼓巷人很多，多是成双成对的情侣。莫莉见连城不急，也就不再多想，她本来也是一个没有太多心思的单纯女孩，于是挽着连城的胳膊，开心地带着连城东转西转，玩得不亦乐乎。

连城虽然也在玩，但心思却不在玩上，转了一个小时，他期盼中的电话还是没有打来，他买了一串糖葫芦，品尝着酸酸甜甜的味道，感受着阳光暖洋洋的美好，走累了，就坐在了椅子上休息。

"罗亦也真是的，她怎么能这么轻贱自己？"莫莉又想起了罗亦，拿起了电话，"不行，我得打个电话关心一下她。"

"喂，罗亦，你在哪里呀？"罗亦的电话一打就通，莫莉还有几分奇怪，木恩不是说联系不上罗亦了，"你别吓人好不好？有什么事情说出来，我们都会帮你，你别一个人难过，也别做傻事，好不好？"

"我没事儿了，谢谢你莫莉。"罗亦的声音听上去平静了许多，她停顿了一下说道，"你是不是和连城在一起？"

"嗯，是。"

"让他接电话。"

莫莉疑惑地把电话递给连城，小声说了一句："罗亦什么都不和我说，却要和你说，你们关系真是好。"

连城不理莫莉，接过电话说道："罗亦，怎么了？"

"连城，你看人比我准，昨天晚上那个叫杜京宴的，看他的穿衣打扮不像有钱人，你怎么说他也很有钱？真的假的？"

这么说，痛定思痛之后，罗亦在陈占天身上碰得头破血流，又想回头去找杜京宴，她可真行，还真有锲而不舍的精神，连城想了想："杜京宴有钱是有钱，但他未必会喜欢你这种类型。"

"你别管他喜欢什么样的类型，你就帮我介绍一下，行不行吧，你给个痛快话。"罗亦急了。

"明天吧，今天没时间了。"

"好，谢谢。"罗亦话一说完就挂断了电话。

摇了摇头，连城把电话还给了莫莉："罗亦走火入魔了。"

"她真可怜。"莫莉叹息，"一个智慧的女人不是嫁给一个富翁，而是要培养一个富翁，然后再生一个富翁，当富一代的妻子当富二代的妈妈，这才有成就感。总想着嫁一个有钱人，问题是，你有什么值得有钱人娶你的资本？婚姻除了爱情之外，其实还是一个互惠互利的生活契约。"

连城赞赏地笑了："没看出来，你还挺有见解。"

"那是，别小瞧人，我平常是懒散了一些，但我又不是不读书不思索。"莫莉还想说什么，忽然手机响了，她漫不经心地拿过手机一看，惊叫了一声，"啊，是苏姐的电话。"

连城点了点头，长出了一口气："总算等到了，苏先卉可真有耐心。"

"啊，你的意思是，苏姐还会约我们？"莫莉惊问。

"接电话。"连城笑着示意莫莉接电话，他不是百分之百肯定苏先卉会再次和他面谈，但他还是对自己的判断有足够的信心。

莫莉一脸狐疑地接听了电话："喂，苏姐……"

"莫莉，晚上有个饭局，你来参加一下。"苏先卉快人快语，不给莫莉思考的时间和拒绝的机会，"还有，叫上连城一起。"

"连城啊？"莫莉迟疑一下，看向了连城。

连城听到了莫莉的电话内容，他悄声向莫莉说道："就说我和朋友在一起，脱不了身。"

"他和朋友在一起，有约了。"莫莉虽然不明白连城为什么要推辞，却还是照着连城的话说了出来。

"让他带他的朋友一起。"苏先卉很干脆地说道。

打开局面

145

"他说不方便，那个朋友你可能不喜欢。"莫莉又替连城传话。

"怎么这么多废话，只要是他带来的朋友，我都欢迎行了吧？给你们半个小时来公司。"苏先卉不由分说地挂断了电话。

"她自己说的，只要是我带来的朋友，她都欢迎……"连城会心地笑了，"希望苏姐说话算话，到时见到段见不要翻脸。"

"啊！"莫莉才反应过来，知道被连城利用了，笑骂，"你真坏，利用我骗了苏姐。"

连城嘿嘿一笑，摸了摸后脑勺，拿起电话打给了段见："段少，现在出发到三信大厦，对，就是三信影视的总部，苏先卉晚上要请客，允许我带朋友参加，她也说了，只要是我的朋友，她都欢迎。"

"真的假的？要是她翻脸赶我出来，我可和你没完。"段见半信半疑，但想见苏先卉的欲望还是占据了上风，"我现在就出发，半个小时后能到。如果事成了，我欠你一个人情，如果……"

连城已经听够了段见说的狠话，不等他说完，抢先说了一句就挂断了电话："段少，我在楼下等你，到了后一起上去。"

"呼……"连城长出了一口气，伸了伸懒腰，"走吧，这里离三信大厦已经很近了，走过去就行，安步当车，大好春光，正好晒晒太阳。"

"你是不是早就算好苏姐会回心转意，所以才来南锣鼓巷？"莫莉对连城佩服得五体投地，"你太厉害了，连城，你太神了。"

连城谦虚地笑了笑，摸了摸下巴，可惜太年轻，没有胡子可以将一将让他假装高深莫测，他只好装帅了："哪里哪里，过奖过奖，一般一般……"

"行了，别臭美了。"莫莉开心地大笑。

半个小时后，连城和莫莉步行来到了三信大厦，他们刚到就看到了风驰电掣的保时捷飞驶而来，擦着连城的身子停了下来，车窗打开，露出了段见充满期盼的笑脸。

"连城，我没晚吧？"段见下了车，他意态轻松，穿了一身休闲装，藏红色的瘦身西服衬托得他的身材很有型，头发打理得一丝不乱，浑身上下散发着喜气洋洋的气息。

从他精心的打扮可以看出他对苏先卉还真是用心了，可惜的是，连城暗暗摇头，段见再用心也无用，苏先卉是一个喜欢简单直接、崇尚率性真实的人，她不喜欢油头粉面的男人，也不喜欢穿着打扮很精致的男人，如果段见只是随意地穿一件夹克，留短发而不是很有流氓气息的分头，他或许还可以在苏先卉的心目中增加一些印象分。

"没晚，我也刚到。"连城笑脸相迎，他还主动替段见关上车门，"段少，我们一起上去，等下见了苏先卉，不管她是什么态度，你不要说话，由我出面应付，好不好？"

"好。"对连城，段见有高高在上的优越感，但在苏先卉面前，他却没有底气，既然连城要出面替他冲锋在前，他何乐而不为，于是一拍连城的肩膀，"只要我能留下来和苏先卉一起吃饭，就算你过关了，怎么样，够意思吧？"

莫莉白了段见一眼，她对段见没好印象，心想，这是什么男人，在连城面前趾高气扬，在苏先卉面前却低声下气，真没出息，她最看不起在女人面前没有骨头的男人了。

三信影视在三信大厦的十九楼。

三信大厦是三信基金的总部，三信基金成立于 2003 年，由三大股东组成，目前公司旗下管理着二十二只开放式基金，公司管理资产总规模近七百亿元，拥有客户数量超过四百万个。

三信影视是三信基金的全资子公司，成立之初就由苏先卉担任了 CEO，同时苏先卉也是创建人之一。至于苏先卉何以年纪轻轻就担任了 CEO，一向众说纷纭，有人说苏先卉很有背景，是高官的女儿；也有人说苏先卉有一个呼风唤雨的男友；还有人说苏先卉是以美人计上位。不管哪一种说法，没有一种是说苏先卉凭借自身能力和实力众望所归当上了 CEO 的。

一个女人，尤其是漂亮的女人，只要成功，就总有许多种传言，在男人为主导的世界里，似乎每一个女人的成功都是依靠出卖身体换来的，这不得不说是男人骨子里过于自尊导致自卑的成见。

打开局面

147

到了十九楼，电梯一开，正对电梯口的是一个铭牌，上有烫金大字：三信影视传媒有限公司。

三信影视占据了整个十九层，前台小姐名叫李艳，长得艳如桃花，她起身相迎："请问你们找谁？"

"苏总。"连城当仁不让成了为首者，"有预约。"

"稍等一下。"李艳拿起电话要通报一声，"我请示一下苏总。"

连城却不给她机会，伸手从李艳手中拿过电话挂断，笑眯眯地说道："李艳是吧？很高兴认识你，我叫连城，连续的连，城市的城，苏姐特意交代我说，让我一到公司就第一时间到她办公室，她有特别紧急的事情要请我帮忙。如果你现在通报，她的电话再占线，你再让我们等上一等，前前后后至少会耽误十分钟时间，十分钟，有可能就耽误了大事。真的耽误了苏姐的大事，李艳，你负得起责任吗？"

连城改口称呼苏先卉为苏姐，就是要给李艳造成他和苏先卉关系很熟的错觉，同时一再直呼李艳的名字，是要给李艳压力，让李艳慌张，当然他通过观察李艳的举止和动作的熟练程度也得出了判断，李艳刚上班不久，工作经验还不是十分丰富……

果然，李艳不知所措了，她不安地说道："连先生，你们直接去苏总办公室吧，在 1919 房间。"

"谢谢。"连城满意地一笑，"不要叫我连先生，要叫连哥。"

"好的，连哥。"李艳现在已经完全乱了章法，被连城掌握了节奏，连城说什么就是什么。

"干吗跟一个前台啰唆？"段见看不惯连城的做派，不满地说道，"浪费时间不说，还没什么成就感。就这样的小前台，要多少有多少，你看上这个了？好办，等下我替你约她，今晚就是你的人了。"

"无聊！"莫莉白了段见一眼，"段少好歹也是有身份的人，怎么也干拉皮条的事情？"

"哈哈，拉皮条？你懂什么，这叫资源共享。"段见不屑地笑了笑，"再说这是我们男人之间的事情，你少管。"

"我没管你，我管连城。"莫莉一拉连城胳膊，意思是连城是她的人。

段见咧嘴笑了笑，没再说话，一抬头，苏先卉的办公室到了。

莫莉想要敲门，连城却直接推门而入，不但莫莉十分惊讶，就连段见也是为之一惊。连城怎么这么没礼貌，难道他和苏先卉的关系熟到了可以不用敲门直接进去的地步？

苏先卉的办公室布置得很简单，很有宜家风格，所有的办公设施都以实用为先，不讲究格调和奢华，不过色彩的搭配还是用心了，整体营造出一种从容的办公气氛。

苏先卉正埋头在电脑之中，头也没抬："先出去一下，我工作还没有完成，等下我叫你。"

"苏姐。"连城示意莫莉和段见先坐，他来到苏先卉办公桌前，双手支在桌子上，"新来的前台不错，虽然工作经验不够，但人很善良，可以培养一下。"

苏先卉抬起头来，愣了一愣，才反应过来眼前的人是连城："怎么是你？你怎么直接就进来了，李艳没接待？李艳太失职了，怎么能随便放人进来。"

"不怪她，是我闯进来的。"连城居高临下地看着苏先卉，注意到苏先卉虽然脖子上的项链还在，但下面的星座挂件已经不见了，而手腕上的星座手链也不见了，他心中就更有了计较，"如果我没猜错的话，李艳是摩羯座吧？摩羯座女生大多是工作狂，既不浪漫，也不温馨。但她们有一个共同点，就是认真，她们讨厌随意，追求完美，而且聪明、坚韧不拔，在工作上绝对是个人才。根据星座学的判断，李艳以后肯定可以成长为一个认真负责的员工。"

"又是星座学，你不是说星座学不足为信吗？"苏先卉合上电脑，抱起了双臂，"而且我还很遗憾地告诉你，李艳不是摩羯座，她是双子座。"

"双子座女生常常是以风趣、幽默的风格为人处世，假如本身不漂亮，但爽朗的形象也会给美丽大大地加分。其实大多数双子座的女生都很有才华的，加上她们的风趣、幽默，怎能不漂亮呢？"连城也抱起了双臂，从行为学来说，抱起双肩是自负加自我保护的表现，"你觉得李艳的性格符合双子座的特征吗？"

"不符合。"苏先卉有点儿明白连城的思路了，"说来说去，你还是想告诉我，星座学不可靠，是不是？"

"人无德不立，一个人最可靠的首先是品德，其次是能力，你不去考查一个人的品德，关注一个人的能力，却以星座来判断一个人是不是人才，太可笑也太好玩了。"连城直视苏先卉的双眼，"苏姐，你知道我从哪里发现李艳是一个可以培养的员工吗？"

"不知道。"苏先卉被连城的自信吸引了，或者说，被连城的话吸引了，她睁大一双好奇的眼睛，"说来听听。"

"从李艳纯净的眼神和羞涩的表情中得出的结论。一个人再会伪装，也总会从眼神中流露出内心真实的想法。小偷的眼神就和正常的人眼神不一样，色狼也是，小偷看人看口袋，色狼看人看胸和大腿。李艳工作经验不足不算什么，谁也不是一生下来什么都会，她的善良可以弥补一切。一个善良的人，以后一定会是一个对工作认真对别人友好的人。"

"有点儿道理。"苏先卉点了点头，"你对李艳的看法和我一样。知道我为什么要新换一个前台吗？就是因为前一个前台经常偷拿公司的东西，曲别针、复印纸什么的，虽然东西不值什么钱，但人品不行。人品不行的人，能力再强我也不用……"

"段见怎么也来了？"苏先卉才发现段见正坐在她办公室的沙发上，顿时脸色变了，一下子站了起来，用手一指段见，"段见，请你出去，这里不欢迎你。"

段见平常人前人后也是风光无限，何曾被人指着鼻子向外赶，脸色也是一变，正要发作，却见连城示意他少安毋躁，他只好强压心中不满，没有站起来和苏先卉针锋相对。

"苏姐，段少是我带来的朋友。"连城点到为止，不再多说，苏先卉是聪明人。

苏先卉慢慢坐了回去，片刻之后脸色又明朗了："既然是你的朋友，好哇，欢迎。这样，晚上我做东，就在楼下的香草香草火锅，我还约了公司的几位同事。"

虽然不知道苏先卉安排的饭局有什么深意，但连城却是清楚，苏先卉肯定有事请他帮忙，否则不会无缘无故让他这个外人和她的公司同事坐在一起。他刚才有意拿李艳说事，就是想举例说明他的观点的正确性，也是为了让苏先卉相信他有识人之明。如果说他可以得到齐全的认可，是因为他和齐全在手串和佛教上有共同语言，那么他想赢得苏先卉的好感，就得准确地把握苏先卉的需求，就和坐飞机需要对号入座一样，人和人的交往也要对号入座。

第22章　人生赢家

段见意味深长地看了看连城，心中闪过一丝挥之不去的疑问：连城对苏先卉的态度大可玩味，似乎还隐隐占上风一样，虽说苏先卉和人交往不太注重一些细节，但连城也太有气势了，难道是苏先卉有求于连城，或是连城对苏先卉有大用？

连城不过是一个一事无成的穷小子，苏先卉看重了他哪一点儿？真是想不明白，段见越发觉得以前也许还真是小看了连城，现在连城似乎放对了位置，正朝一个最适合他的方向大步前进。

香草香草火锅就位于三信大厦的底商，除了连城、莫莉和段见之外，苏先卉又叫了两个人。一人四十多岁，头顶微秃，脸色黝黑，个子很高，手大脚大，乍一看一脸的苦大仇深，像是工地上搬砖的工人。他是陈于祥，是三信影视的副总裁。

另一人比陈于祥年纪稍小，皮肤白净，中等身材，不胖不瘦，相貌十分普通，没什么特征，属于走在大街上不会被人多看第二眼的大众脸。他也是三信影视的副总裁，名叫胡书扬。

几人要了一个包间，在安排座位时，发生了一个小插曲，苏先卉先坐在了首位，本来陈于祥想坐在苏先卉的身边，不料他刚走到苏先卉的身边，胡书扬却多嘴说了一句："于祥，我看让连城坐在苏总旁边吧，今天连城是苏总特意邀请的客人。"

胡书扬的语气中还特意加重了"特意"两个字。

陈于祥愣了一愣，似乎才反应过来一样，呵呵地笑了笑："说得是，是我疏忽了。来，小连，你坐这里。"

连城正要推让，苏先卉却一拍椅子说道："坐吧，没那么多讲究，正好离我近点儿，我有事情要和你说。莫莉，你坐我右边。"

苏先卉一开口，就无人再说什么了，连城忙示意段见，让段见坐在了他的旁边。

段见其实很想坐在莫莉的位置，但又不好意思太主动了，只好坐在了连城的身边，坐下后，他小声对连城说道："连城，今天唱的是哪一出？"

是呀，苏先卉到底唱的是哪一出，怎么请了两个副总裁作陪？如果是请段见还说得过去，但如果是请他们，就规格太高了，那么苏先卉今天的饭局，到底是什么用意呢？

"刚才都认识了，就不用再介绍了，今天聚在一起吃饭，也没什么主题，就是我想吃火锅了，一个人吃没意思，就想叫几个朋友一起热闹热闹，所以谁也别拘束，就当是一次朋友聚餐。"苏先卉举起了酒杯，"没开车的喝酒，开车的喝饮料，来，干杯。"

连城没开车，但也不想喝酒，喝酒会让判断力下降，他必须保持足够的清醒。段见开了车，却倒了满满一杯酒，站了起来，第一杯酒敬苏先卉："苏总，我敬你一杯。"

苏先卉皱了皱眉，不太想喝："敬酒总要有个由头吧？"

段见不假思索地笑道："敬苏总青春不老，芳华常在！"

"这话我爱听。"苏先卉又笑了，和段见碰了碰杯，"敬人酒，要先干为敬，你干了吧。"

段见丝毫没有犹豫："好！"话一说完，一仰脖子就一饮而尽，喝完了满满一杯酒。尽管是红酒，也算诚意十足了。

"有种。"苏先卉一拍桌子，也一口喝干杯中酒，"你敬我，我也回敬你，来，连城，满上。"

怎么一上来就拼酒了？连城坐在苏先卉和段见中间，他先给苏先卉倒酒，然后又给段见倒上："这是打的遭遇战哪？一上来就正面交火了，最理想的战术是车轮战和持久战。"

"话多。"苏先卉白了连城一眼，第二杯酒又是一饮而尽，然后放下酒杯，

打开局面

153

挑衅地看向了段见，"段见，该你了。"

段见最喜欢挑衅别人，最不喜欢被别人挑衅，何况对方又是一个女人，他夺过连城手中的酒瓶，又倒了一点儿，然后一口喝干："不能让苏总吃亏，我总要多喝一点儿才公平，毕竟我是男人。"

"男人怎么了，男人就一定比女人能喝？狗屁！"苏先卉伸手拿过另一个酒瓶，直接倒满了一杯，举杯向段见示意，"怎么着段见，第三杯喝还是不喝？"

莫莉惊呆了，不知道苏先卉酒量这么大，她惊讶得张大了嘴巴。陈于祥面无表情，对苏先卉和段见的拼酒视若无睹，一点儿表示也没有。胡书扬却是目不转睛地盯着苏先卉和段见，眼中流露出戏谑的神色，嘴角还挂着一丝若有若无的笑意。

连城也是一副稳坐钓鱼台的泰然，现在连酒都不用他倒了，他也乐得轻闲，袖手旁观，摆出了隔岸观火的姿态。

"喝，当然要喝。"段见不甘示弱，尽管他体内已经开始翻腾了，但还是不肯认输，他倒满了酒，举起了酒杯，"第三杯酒，祝苏总花开富贵，成为通吃的人生赢家。"

"多赢才算人生赢家？"苏先卉不以为意地摆了摆手，醉眼迷离，似乎喝醉了，她摇晃着站了起来，"不欠钱，有存款，家里没病人，监狱没亲人，这就是人生赢家！段见，你现在风光无限，你说对比刚才的四点，你是人生赢家吗？"

段见一愣，随即笑了笑："现在做生意，谁不贷款谁不欠银行的钱？照苏总的说法，一个月收入几千块有几万块存款但没有银行贷款的小老百姓，也是人生赢家了？"

"心里无缺是富，被人需要是贵，就算他只是一个小老百姓，他心里知足没有缺憾，他是一家之主，被老婆孩子当成顶梁柱，他就是人生赢家。"苏先卉一口喝干了杯中酒，将杯子重重地一放，"你看我们，每天推不完的应酬，见不完的不想见的人，心里烦躁还得强颜欢笑，有些人你恨不得踢他一脚打他一顿，但你还得和他一起吃饭一起喝酒一起说笑，你说我们是什么

154

人生赢家？我们连自己想做什么不想做什么都做不了主，还人生赢家？输得都快连尊严都没有了。"

这一番话让连城肃然起敬，没想到性格直爽说话办事很有个性的苏先卉，看问题会这么透彻这么明了，大大出乎他的意料。这也说明了一点，每个人在人前的风光背后，都有不为人所知的无奈和辛酸。

当然，连城也想到了另一种可能，苏先卉的话是醉话，或是假装醉话明是说给段见实则说给别人听，别人是谁？自然是陈于祥和胡书扬了。

"话不能这么说，人在什么位置就得承担什么样的社会责任，如果社会都是由升斗小民组成，国家怎么发展，人类怎么进步？"段见不认可苏先卉的看法，想和苏先卉理论一番，却注意到连城向他悄悄摇头，他就改变了主意，喝完了杯中酒，哈哈一笑，"想怎么活就怎么活，活出自己，活出姿彩就行，对吧苏总？"

"你是双子座还是天秤座？"苏先卉没继续下去，而是突然转移了话题。

"嗯？"段见有了几分醉意，愣了一会儿才明白过来苏先卉问的是什么，"我是射手座。"

"按照花心排名，双子座排名第一，双子男不断追求新鲜感，喜新厌旧，加上贪玩的性格，背叛情人简直是家常便饭。第二名是天秤座，天秤男因为不懂抉择，往往会同时爱上不同的人，每一个爱过的人都会被他背叛。第三名就是射手座，射手男想做就做，而且对感情不太会负责任，很容易就会有出轨行为。"苏先卉眯着眼睛嘻嘻地笑，"段见，你是不是对感情从来不负责任？"

"谁说的？我最专一了，星座对应性格这种说法，根本就是小孩子过家家的胡闹，谁认真谁就输了。往小里说，是无聊的游戏；往大里说，是西方文化对东方文化的侵略。"段见口齿都有几分不清了，不过这一番话却是说得义正词严，他又倒了一杯酒，"来，我敬在座的各位一杯。话就不多说了，都在酒里。"

第四杯酒，段见也是一口喝完，中间没有停顿。

打开局面

155

虽然连城不齿段见的为人，但刚才的一番话段见说得还是很有见地，他暗暗点赞。星座学这种理论，玩玩还好，不过是无聊时的消遣，真要当真的话就太傻了，就和以前流传的哪个属相的人可以成大事一样，只是一笑了之的笑谈。

　　段见向众人敬酒并且先干为敬，他喝完之后，却无人响应。陈于祥和胡书扬没动，是因为他们在等苏先卉的反应，莫莉没动，是因为莫莉不喝酒。

　　段见尴尬地站着，本来就有了几分醉意的他愣了一会儿，忽然就发作了："怎么着，都不给我面子？是不是我喝一杯不够，还要再喝一杯才行？"

　　连城见状，唯恐段见喝多了闹事，就拿过茶水："段少，我以茶代酒，敬你。"

　　"没你的事儿，一边去。"段见怒了，一把推开连城，他起身来到陈于祥和胡书扬面前，"陈总，胡总，不给面子是不？"

　　苏先卉当没看见一样，一言不发，眼中闪过一丝期待和笑意，连城也就不再说话，笑眯眯地坐了下来，他算是明白了，苏先卉诚心要看段见的笑话，同时也想看看陈于祥和胡书扬怎么过关。

　　陈于祥先是看了苏先卉一眼，又看了胡书扬一眼，他慢慢地站了起来，端起酒杯和段见的酒杯轻轻碰了一下："段总，我最近身体不好，不能喝酒，不过既然段总发话了，我就舍命陪君子了。"

　　说完，他喝了一大口，一杯酒大概下了一半，然后露出了痛苦的表情，停顿了片刻，又一口喝完了剩下的半杯。才喝完，他猛然放下杯子，一把推开段见，朝洗手间跑去："不好意思。"

　　演技不错，连城暗暗点头，陈于祥这一手漂亮，既让段见感觉面上有光，又让段见心中过意不去，一举两得。虽然陈于祥的动作和表情很到位，但他过于老练的眼神和娴熟的动作出卖了他，从喝酒到痛苦的表情以及直奔洗手间而去的一系列动作，表演的痕迹过重而且过于流畅，显然，以前他没少用这一手。

　　"不好意思了，陈总。"段见冲陈于祥的背影挥了挥手，又来到胡书扬面前，

"胡总，你不会也凑巧身体不好不能喝酒吧？你是'三高'还是肾虚？要不就是心虚？"

段见的话咄咄逼人，大有胡书扬不接招就别想过关的意思，苏先卉意味深长地笑了，轻轻一推连城，低声说道："你说胡书扬喝还是不喝？"

连城会心地笑了："胡书扬是什么星座？"

"喝酒和星座也有关系？"苏先卉睁大了眼睛，"吹吧你。"

"喝酒和星座没关系，但性格和喝酒却有关系，星座和性格又有关系，所以归根结底星座和喝酒也有关系。"连城见苏先卉脸上飞红，似乎不胜酒力，但眼神清澈，说明没有喝多，他就放心了，"胡书扬不会是射手座吧？"

"不是，他是狮子座。"苏先卉咬着嘴唇笑了，露出了一口洁白整齐的牙齿，脸上的红晕以及开心的笑容，更让她面如桃花，"说吧，猜他喝还是不喝。"

"喝。"连城斩钉截铁地说道，"花心的男人都爱玩，爱玩的男人都爱喝，不喝酒怎么会玩得开心？或者说，不喝酒怎么能意乱情迷？酒壮尿人胆。"

"你为什么不喝酒？"苏先卉问道，"你的意思是，你胆大包天，不用喝酒也有胆子办坏事？"

"因为我想清醒地看清世界，喝醉了，世界就扭曲了。"连城没有回答苏先卉的下一句话，而是将注意力落在了段见和胡书扬身上，"看，胡总举杯了。"

段见向胡书扬敬酒，以为胡书扬也会和陈于祥一样拿捏一下，所以有意拿话挤对胡书扬，不料他话一说完，胡书扬二话不说，端起杯中的红酒就一饮而尽。

放下杯子，胡书扬从身后拿出一瓶梦之蓝，不由分说地打开，先给自己满满倒了一杯："段总敬我红酒，我受宠若惊，不回敬段总白酒，不足以表达我对段总的敬意。来，段总，我喝白酒你喝红酒，一对一，怎么样，够不够意思？"

段见伸手从胡书扬手中夺过梦之蓝，给自己倒满了一杯："什么意思，瞧不起我是吧？你喝白酒让我喝红酒，意思是我酒量不如你了？"

连城暗暗摇头，和陈于祥的狡猾相比，胡书扬的手段才称得上狡诈，段见之前已经喝了几杯红酒了，酒量再大，也有了几分醉意，而胡书扬滴酒未沾，以逸待劳不说，还故意设计让段见喝白酒，两种酒一起喝，酒量再好的人也会醉。

"不是，段总，你刚才不是喝了几杯红酒了，我要是也喝红酒，不够公平，对吧？"胡书扬拿过一个新酒杯，要倒红酒，"段总还是喝红酒吧，别两种酒一起喝。"

"我还就喝白酒了。"段见拿过白酒，足足有三两的满满一杯，他一口喝干，然后酒杯朝下，"胡总，该你了。"

"段总好酒量，爽快！"胡书扬朝段见竖起了大拇指，眼中却闪过一丝得意之色，然后他也将手中的白酒一饮而尽，"就凭段总喝酒的豪爽，以后段总肯定朋友遍天下……"

话未说完，段见身子一晃，眼见就要歪倒，他忙向前一步，扶住了段见。

连城见状，上前搭了手，和胡书扬一起扶住了段见，将段见挽到了沙发上。段见酩酊大醉，呼呼睡去。

"怎么倒下了？"从洗手间出来的陈于祥恢复了正常，还假装惊讶，"刚才还好好的，一转眼就醉了？呵呵，不好意思连城、莫莉，见笑了。"

"别管他，让他睡，我们继续。"苏先卉摆了摆手，不再多看段见一眼，"连城，听说你和齐全关系不错，说说你怎么让齐全认可了你，当你是朋友。"

陈于祥和胡书扬对视一眼，二人都从对方的眼中看出了惊讶。本来二人以为连城只是苏先卉的一个普通朋友，也没把连城当回事儿，因为明显可以看出连城既不是富二代也不是官二代、拆二代，既然不是富官拆其中之一的二代，那么以连城的年纪推测，连城也不会是什么重要人物。

不过对于苏先卉为什么要宴请连城，二人还是有些想法。胡书扬以为连城是苏先卉的男友，就算不是固定的正式男友，也应该是正在发展中的男友，所以他故意提出让连城和苏先卉坐在一起，想观察一下苏先卉和连城的反应，却发现，苏先卉和连城很淡然，而且坐在一起之后，二人并没有亲密的举动，说话时还不时流露出生疏感，他就否定了之前的猜测，连城不是苏先卉的男朋友。

那么就只有一个可能了，连城是苏先卉闺密莫莉的男朋友。

陈于祥的想法和胡书扬基本上一致，一开始也认为连城是苏先卉的男朋友，观察之后发现，苏先卉和连城也才认识不久，二人的关系还远谈不上亲密，更别说是男女朋友了。

第23章　悄无声息的较量

二人也就不再将重点放在连城身上，转到了段见身上。总算摆平了段见，不想苏先卉的话透露出了一个惊人的消息，不由二人顿时对连城刮目相看！

谁不知道齐全为人淡泊，很少交朋友，更不会轻易认可一个人。连城却获得了齐全的认可，并且被齐全当成朋友，连城到底有什么过人之处？如齐全一样的富二代，连同层次的富二代他一般也瞧不上，怎么就这么高看连城了？

陈于祥和胡书扬作为三信影视的副总裁，也算是步入上流社会的成功人士，阅人无数，却怎么也看不出来连城有什么与众不同之处！

连城呵呵一笑，苏先卉先是用车轮战放倒了段见，现在又将矛头对准了他，今天的饭局，有点儿意思，他摆了摆手，一脸谦逊："齐少看得起我，愿意和我聊天……聊天而已，我还算不上齐少的朋友。"

苏先卉才不会轻易放过连城："能和齐全愉快地聊天就很不错了，你看我认识他也有几年了，就几乎没有和他说过几句话，还有段见，段见也一直想和齐全合作一个项目，齐全就是不感兴趣。你既然和齐全有共同话题，早晚，你和齐全也会有共同感兴趣的合作。说吧，你怎么又和段见混到一起了？你交朋友，是不是不管有没有共同语言，只要有共同利益就上？段见和齐全，可完全是两个类型的人。"

"苏姐和齐全、段见也不是一类人，我不也和苏姐坐在一起，我和苏姐会有什么共同利益吗？混在一起，不一定是一路人，坐在一起，也不一定是因为有共同利益。"连城毫不畏惧地迎着苏先卉的目光，自若地笑了，"有时候也许仅仅只是阴差阳错罢了。"

"不是真话。"苏先卉伸出一根手指在眼前晃了晃，"连城，你不老实。

你接近齐全、拉拢段见并且想方设法靠近我，肯定有什么不可告人的目的，你不说实话，我有的是办法治你。"

"苏姐想怎么治我？"连城笑眯眯的样子，让人看不出来他是开心还是无奈。

"这么说，你不想说实话了？"苏先卉咬着嘴唇笑了一笑，样子妩媚而可爱，她伸手一抱坐在她右边的莫莉，"莫莉喜欢你，我知道，如果你说实话，我会告诉你一个关于莫莉的秘密。"

"苏姐！"莫莉脸红了，眼神躲闪了几下，"别拿我开玩笑。再说，我哪有什么秘密，别乱说。"

话虽如此，莫莉不安的表情和躲闪的眼神还是让连城意识到苏先卉的话不是随口一说，而是确有其事。问题是，莫莉会有什么秘密呢？或者说，莫莉的秘密和他又有什么关系呢？

"苏姐……"连城耍赖，"你喝醉了。"

"我没醉。"苏先卉用手指点了点连城的胳膊，"说不说实话，快说，你到底有什么不可告人的目的？"

"我说，我说。"连城举手投降，"接近齐全，是我真的和齐全有共同语言。拉拢段见，是因为段见喜欢苏姐，想让我从中间牵线搭桥。靠近苏姐，是因为我……喜欢苏姐。"

"你喜欢我？"苏先卉哈哈大笑，"别闹了，你才见我几次就喜欢我，你喜欢我什么？你了解我吗？"

莫莉咬着嘴唇不说话，眼神复杂地看着连城，似乎是想弄清连城的话几分真几分假。

"我见过你应该不下十几次了，当然面对面坐在一起，今天才开始。不过感情这东西很奇怪，有时认识一辈子的人也许只是普通朋友，才认识了几个小时的人就有可能产生感情，我对苏姐不能说是一见钟情，但也差不多。如果非要说我喜欢你什么，喜欢你的开朗、你的漂亮、你的个性、你的声音……以上，都是大实话。"连城脸不红心不跳，一口气说完，还敢直视苏先卉的眼睛，

打开局面

一脸淡然笑意。

之所以气定神闲，是因为连城坦然，如果他真的喜欢苏先卉，他才没有勇气当着这么多人的面说出来——他一半是玩笑一半是当成必须完成的任务，才有足够的底气当着莫莉的面说了出来。

话一说完，没人说话了，陷入了沉默之中。

陈于祥和胡书扬不说话，他们眼神交流了一下，觉得事情来得有些突然，他们弄不清状况，所以保持沉默是最好的选择。莫莉没有说话，她不知道说什么好，连城的话是真是假先不管，反正很伤她的心，她心里隐隐作痛，却又什么都不想说。

苏先卉没说话，她被连城的一番话一下击中了，她不是没有恋爱过的小女生，但还是被连城真真假假的玩笑话触动了心扉，甚至有一阵目眩神迷的感觉。

怎么了这是，她不是一个轻易就会喜欢上别人的女人，她是一个外表风风火火内心坚强的女汉子，什么样的男人男生男神男渣没见过，怎么会被连城的一段并不深情的表白感动？

难道是因为连城当众表白的原因？也不应该呀，她不止一次被人当众表白过，她当时的反应要么是觉得可笑，要么是觉得无聊，反正没有一次和今天一样竟无言以对，心潮翻滚。

"我不喝红酒，就喝白酒……"

沉默被段见的醉话打断了，只见段见从沙发上挣扎着起来，摇摇晃晃又要摔倒，苏先卉见状，就势说道："陈总、胡总，你们扶段见到会客室休息一下。"

陈于祥和胡书扬点了点头，公司的会客室有休息的地方，让段见醒醒酒也好，正好他们也借机离开，省得苏先卉尴尬。

二人和段见一走，房间中就只剩下了苏先卉、连城和莫莉。莫莉拢了拢了头发，故作轻松地笑道："连城，你没喝酒怎么就说起了醉话？"

"不是醉话，是胡话。"连城顺势下了台阶，举起茶杯，"以茶代酒，敬苏姐一杯。刚才的话，苏姐听过就算，别往心里去。喜欢的部分，就收下。不喜欢的部分，就当没听到。"

苏先卉却不和连城碰杯："刚才的事情翻篇了，现在才是正题。连城，下午在菩提树喝茶的时候，你说星座学是科学的迷信，当时我听了很生气。"

莫莉脸色微微一变，苏先卉又提到了下午的事情，难道她还对连城的话耿耿于怀？

"现在还生气吗？"连城十分淡定。

"你说呢？"苏先卉反问了一句，却又岔开了话题，"陈于祥和胡书扬是我最信任的两个副总，他们联手策划了一个项目，策划书报上来后，我看了看，有许多地方不合理，我上午一直在修改不合理的地方。结果改好后，我回到公司，他们又提出了不同意见，基本上凡是我认为不合理的地方，他们都觉得合理。以前我总以为陈于祥和胡书扬性格一个沉稳一个周密，正好互补，他们在许多问题上有分歧有争论，只要解决了他们的分歧和争论，就会是一个无懈可击的方案。不过在这个策划书上，我觉得似乎哪里不对，好像他们私下达成了一致，就是想设计一个陷阱让我往里面跳……连城，你看人比较准，你告诉我，陈于祥和胡书扬的性格相差那么大，他们会是一路人吗？"

连城微微一笑："我看人比较准？苏姐太高抬我了。"

"行了，别装了。你能骗过莫莉，但骗不过我。"苏先卉不以为然地摆了摆手，"你其实对星座学没什么研究，只是多看了一些星座学的知识罢了，而且你对星座学既不喜欢也不排斥，没有立场，你只是善于察言观色。如果我对星座学还是深信不疑的话，你就会说星座学的好话。第一次见面，我以为你会说星座学怎么怎么好，不但可以利用星座学找到最合适的感情，还可以利用星座学挑选最可靠的管理层和员工。但是你没有，你却说星座学是科学的迷信，让我很是震惊。"

"更让我震惊的是，莫莉知道我以前对星座学有多痴迷，但今天我才对星座学产生了怀疑和排斥，你就看出了我对星座学态度的转变，我连莫莉都没有告诉，那么就只有一种可能——你是通过察言观色捕捉到了我的变化，所以我说你看人很准，眼很毒，心很细……"

莫莉无比震惊地看着连城，她才知道，原来在她看不到的地方，连城和苏先卉之间有过一场悄无声息的较量。以前连城总说，在很多人忽视的小细节上往往有了不起的大文章，她还以为连城是看心灵鸡汤看多了，闲着没事自我激励一下，不承想，连城还真有一双敏锐的眼睛。

为什么她和苏先卉这么熟了，都没有发现苏先卉的变化？莫莉再看连城时的眼光，除了震惊之外，还有仰慕和崇拜。但是她怎么也想不明白，连城是通过什么发现了苏先卉对星座学态度的改变？

对苏先卉的话，连城既不承认也不否认，他慢条斯理地喝了一口茶："苏姐，你说陈于祥和胡书扬是你最信任的两个副总，是因为什么让你觉得他们最值得信任？"

连城清楚的一点是，苏先卉上任三信影视的 CEO 才不久，她还没有足够的时间可以用来了解管理层，那么她对陈于祥和胡书扬的信任，肯定是直觉上的感性信任，而不是经过深入了解和合作之后的客观理性的信任。

苏先卉大大方方地承认了她的失误："没错，你猜对了，我就是因为他们的星座而对他们有了想当然的感性信任，事实证明，似乎我判断错误了。"

莫莉吐了吐舌头："苏姐也有天真的时候？"

"拜托，我也是女人好不好？"苏先卉大倒苦水，"正是因为我是女人，又年轻，刚上任 CEO，公司上下对我并不信服，我又急于想打开局面，必须在副总中挑选两个最信任的人来支持我才能顺利地开展工作……不要笑，谁都有看走眼的时候，我又不是神仙。"

"我也不是神仙。"连城基本上了解了苏先卉的想法，笑了一笑，"这么说，当时在菩提树的时候，苏姐就意识到星座学不可靠了？"

"是呀，我就奇怪你是怎么看出了我的心思变化的？太厉害了！"苏先卉夸张地大笑，笑了一半又突然收起了笑容，"不对，你好像还没有女朋友，对吧？这是怎么回事儿？"

莫莉立刻一脸紧张。

连城嘿嘿一笑，搓了搓手："女朋友太贵了，暂时养不起，所以没交。"

"不贵呀，不是所有的女朋友都贵，也有既温暖又自带补贴的。"莫莉一脸俏笑，"主要是你太挑剔了，太挑剔的人容易痛苦。"

"我最不挑剔了。"

"不挑剔才是最大的挑剔。"

连城没接莫莉的话，他现在总算完全厘清了苏先卉的思路，怪不得苏先卉会请他参加这个饭局，原来既有考验他之意也有借助他之心，他就更有信心了："陈于祥和胡书扬的性格确实相差很大，一个老谋深算，一个诡计多端……"

"咻……"苏先卉笑了，"这么说在你眼里，他们没一个好人了？"

"我不知道他们是好人还是坏人，我只就今天的事情就事论事。在灌醉段见的事情上，苏姐先开了一个不好的头，陈于祥顺水推舟，假装身体不好诈了段见一杯，而胡书扬则用激将法激段见在错误的道路上越走越远，最后用白酒临门一脚把段见彻底葬送。从表面上看，和段见硬拼的苏姐讲究正面对敌，是一个喜欢短兵相接的人，而示敌以弱的陈于祥喜欢迂回战术，示敌以弱，是以退为进的战术。以逸待劳的胡书扬喜欢集中优势兵力，趁敌人疲于奔命之时，对敌人以点穴手法发动致命一击，是狙击战术。从酒品见人品来推论，苏姐是个喜欢事事摆到明面上的亮堂人，陈于祥是个遇事讲究策略、喜欢隐藏自身优势、深藏不露的阴谋家，而胡书扬则是一个面对对手不会心慈面软的狠角色。"

"意思是说，陈于祥是伪君子而胡书扬是真小人了？"莫莉来了一句神补充。

苏先卉会意地哈哈大笑："连城，你真行，果然没让我失望，你的话，太体贴了，和我想得一模一样，就凭我们的英雄所见略同，来，干一杯。"

连城没和苏先卉碰杯，点头笑了一笑，继续说道："如果只从酒品来判断人品，既失之偏颇也不科学，但如果再综合衣着品位和习惯性的小动作小细节做一个总结的话，基本上一个人的人品和品位就一目了然了。"

打开局面

"说下去。"苏先卉没计较连城没有和她碰杯的失礼,她自顾自地喝完了杯中酒,侧着头托着腮饶有兴味地笑了,"我发现我对你越来越感兴趣了,连城,你是一个第一眼看帅气,第二眼看英俊,第三眼看内秀的男人,不错,有味道,我喜欢。"

莫莉的脸色微微一变,下意识地分别打量了苏先卉和连城一眼,见连城帅气苏先卉娇艳,二人一个英俊自信一个漂亮干练,坐在一起还真是十分般配,心中蓦然闪过一丝不安。

"初看之下,陈于祥的穿着似乎没有特色,灰色的西装,黑色的皮鞋,白色的衬衣,很传统的穿衣品位,再加上他长得苦大仇深的一脸厚道相,他给人的第一印象是一个很忠厚纯朴的实在人。"

"没错,你说得太对了。"苏先卉一时兴起,伸手一拍连城的肩膀,"我去,连城,我真没看错你,你真有一套。"

连城被苏先卉拍得生疼,一咧嘴,心想苏先卉身为一个 CEO,美女 CEO,举止也太不讲究了,别说他和她还不算太熟,就算熟了,这么不拘小节地打上一下,也很容易让人误会她的意思。

"但如果仔细观察的话,就会发现陈于祥在很传统的穿着之下,却隐藏了很有意思的点缀。首先,他戴了一块多功能运动型手表而不是正装手表,如果我没看错的话,是欧米茄的超霸表,这说明了一个问题,陈于祥在传统的外表之下,隐藏了一颗不安分的心——他在工作时间之外,应该有丰富的业余生活,比如爬山游泳,比如跑步散步,再比如恋爱……"

"噗……"刚喝了一口茶水的苏先卉一口喷了出来,"什么什么,恋爱?连城你开什么玩笑,陈于祥孩子都上初中了,再说以他的尊容,好吧,他忠厚纯朴,可是他头顶都秃了,谁会喜欢他?"

"现在喜欢大叔的女孩多得是,苏姐不喜欢不代表别人不喜欢。大叔们成熟稳重、事业有成,往往比二十多岁的年轻男人要吸引女孩的注意力,只可惜优质大叔一般都是有妇之夫了。"连城自嘲地一笑,摸了摸下巴,"没有女朋友的男人是该怪女人太现实还是怪自己太无能,这是一个值得深思的问题。"

第24章　酒局之后

"行了，别打岔，赶紧说下去，你怎么看出陈于祥有了外遇？好吧，就按你说的，是谈恋爱了。"苏先卉急于知道答案，伸手又想打连城的肩膀，一见莫莉面露不悦之色，就顺势变成了轻拍，"再卖弄我就不告诉你莫莉的秘密了。"

莫莉一脸娇羞："苏姐……"

连城嘿嘿一笑，没理会苏先卉和莫莉的互动，继续说道："一块多功能运动手表不足以说明陈大叔焕发了第二春，那么在很传统的皮鞋之内却有一双很新潮很卡通的袜子，是不是就可以说明陈大叔有一个很会照顾人并且还有几分顽皮的女友呢？"

苏先卉以为连城会说出什么让人耳目一新的理论，不料却只是一双袜子，她大摇其头："一双袜子什么都说明不了，也许是赠品袜子扔了可惜，陈大叔就不挑剔地穿上了……连城，你要是拿不出有说服力的证据，我可就当你是胡说八道了。"

"别急呀苏姐，我还没说完呢。"连城眨眨眼睛，狡黠地一笑，"好吧，手表不能说明问题，袜子也是强词夺理，那么陈大叔的脖子上有吻痕以及衣领上有口红，再加上他随身的手包中露出了一个杜蕾斯，是不是说明了许多问题呢？"

"我……"苏先卉惊讶地张大了嘴巴，如见鬼一样看着连城，"你长了一双什么眼睛，什么时候发现了陈大叔身上这么多细节？我怎么一个也没看到？"

"你只顾喝酒了，哪里还顾得上观察陈大叔身上的细节。知道我为什么不喝酒了吧？"连城自得地笑了，"还有什么问题吗？"

打开局面

167

"有，当然有。"莫莉脸红过耳，不过还是鼓足勇气问了出来，"杜蕾斯和吻痕、口红只能证明他和女人亲热过了，不能证明他是和谁亲热，也许他是和他老婆……"

后面的话莫莉说不出来了，羞得低下了头。

"男人和老婆亲热，某个东西肯定放在家里的抽屉里，不会随身携带。老婆就算会留下吻痕，也不会留下口红，谁家女人在家里还涂脂抹粉？最最主要的一点是，陈大叔的头发一丝不乱，去洗手间的时候，还特意梳了梳头，而且他还喷了香水，一切的一切说明陈大叔精心打扮精心准备是为了赴约。女为悦己者容，男人也会。"连城嘿嘿一笑，习惯性摸了摸下巴，"一不小心透露了许多男人的秘密，他们听到后，会打死我的。"

苏先卉还是不信，提出了疑问："为什么陈大叔就不是要去某些娱乐场所，而是一定是在恋爱呢？"

连城哈哈一笑："有三点足以证明陈大叔是焕发了第二春在恋爱，第一，去娱乐场所，男人不会自备杜蕾斯。第二，也不会精心打扮，因为是交易，他不需要讨好对方。第三，陈大叔不但注意形象，还满心期待，他总是在不经意时掩饰不住地露出会心的笑容，说明他在想念一个人……只有在恋爱中的男人，才会有掩饰不住的幸福。"

"一个有老婆的人恋爱了，不是有了小三又是什么？"苏先卉眼中满是赞许，"了不起，连城，你成功地说服了我相信陈大叔有了小三。但问题是，陈大叔的私生活和我是不是应该信任他没有直接的关系，你想说明什么呢？"

"我想说明的是，陈于祥是一个隐藏很深、外表忠厚内心复杂的大叔，苏姐，以你的年龄和阅历，如果信任他，你觉得你可以完全掌控他吗？"连城喝了一口茶，清了清嗓子，"关于陈大叔的总结，汇报完毕。"

苏先卉没说话，愣愣地发呆，不知道想些什么，过了一会儿她才如梦方醒："连城，你是不是暗示我，就算不信任陈于祥，也可以利用他养小三的问题要挟他，让他为我所用？"

连城一头大汗："我可没这么说，如果苏姐真这么做的话，我要送苏姐

契机

一句话……"

不等连城说完，苏先卉打断了他的话，抢先说出了口："你不就是想说我与虎谋皮吗？好了，不说陈于祥了，说说胡书扬吧……你发现了胡书扬什么秘密？"

不是秘密好吧，是小细节大文章，是以小见大……连城腹诽了几句，却没有说出口，脸上依然挂着淡淡的笑容，说道："胡二叔的秘密比陈大叔多多了。"

此话一出，苏先卉和莫莉同时震惊。

"不会吧？胡书扬做事做人比陈于祥简单多了，是有什么说什么的性格，我觉得他虽然貌不惊人，但长得显年轻，也阳光，说话办事很直接干脆，不像是有什么秘密的人。"苏先卉质疑连城的判断。

"我觉得胡书扬还好吧，别看三十多岁了，还很正太的样子，长得虽然很大众，至少不难看，眼神也明亮……他怎么会比陈大叔秘密还多？"莫莉也不信连城的话。

连城意味深长地笑了："如果说陈大叔是一个让人第一眼觉得忠厚，第二眼才发现善于隐藏和伪装的高人的话，那么胡二叔就是一个第一眼觉得貌不惊人，第二眼感觉为人不错，第三眼才会发现他是深不可测的真正高手，就和有些女人第一眼第二眼看是美女，但接触久了才知道其实除了长得漂亮之外一无是处一样。打一个不恰当的比喻，把陈大叔和胡二叔当成女人的话，陈大叔只是化妆的手法高明，而胡二叔表面上没有化妆，没有伪装，但你看到的也不是他的本来面目。"

"啊，为什么呀？"苏先卉没跟上连城的思路。

"因为他整容了。"连城调整了一下坐姿，不经意间发现，他在苏先卉面前已经没有了畏惧感，而且他说话的语气也随意了许多，说明他和苏先卉的关系在迅速接近，而苏先卉也是侧着身子坐在椅子上，随意而放松的姿态也说明她没再当他是陌生人。

好，很好的进展，连城心里暗暗高兴，如果一切顺利的话，他的七分运作会成功地进一步赢得苏先卉的认可。

"整容？这个比喻好。"苏先卉一拍桌子，大笑，"说下去，连城，听你讲故事，比听天方夜谭还精彩。"

"拜托，我说的不是故事好不好，是真人真事。"连城叫屈，随即又笑了，"胡二叔的高明之处在于他的演技已经出神入化了，达到了不演而演的高度。演员演戏，还要分时间场合和不同的剧本，他不一样，他时时刻刻都在演戏。如果我没看错的话，胡二叔的酒量很好，至少一斤半白酒没有问题。"

"还真是，胡二叔的酒量好得吓人，记得第一次和他喝酒的时候，他用白酒和我拼红酒，我差点没拼过他，连城，你从哪里看出他酒量惊人的？"苏先卉又被连城敏锐的目光惊呆了，她直直地望着连城，心想如果她身边有连城这样一个可以通过细节推断对方秘密和为人的高手，她何愁在公司打不开局面？

"虽然胡二叔用白酒和段见拼红酒，是故意激将段见。但你们没有发现在饭局刚开始时，在分红酒的时候，谁也没有拿白酒，他却故意把白酒拿到了自己眼前，说明他本来就爱喝白酒。通常情况下爱喝白酒的人，酒量都不小。"

"也不对，胡二叔把白酒拿到自己跟前，未必就是他爱喝，也许他只是想收起来而已。"苏先卉提出了不同的意见，倒不是她故意刁难连城，而是想让连城更好地说服她。只是她没有察觉的是，不知不觉她已经被连城影响了表达习惯，也跟着连城称呼陈于祥和胡书扬为陈大叔和胡二叔了。其实从年龄上来说，陈于祥和胡书扬都比她大不了几岁。

"你说得对，也存在这种可能，但是……"连城自信地笑了，"胡二叔拿白酒的时候，习惯性地闻了一闻酒盖，脸上还露出了陶醉的神情，这明显是爱喝酒的表现。再结合他后来主动打开白酒倒了满满一杯要和段见拼酒的做法，他必定是一个酒量惊人并且爱喝白酒的酒鬼。"

"好吧，算你说对了，爱喝酒也不算什么秘密不是？"苏先卉下意识地低头看了看自己的穿着，应该没有什么露出破绽的地方，别让连城从中发现什么秘密才好，又一想，怕什么怕，她坦坦荡荡，既没做过亏心事，又没害过人，哪里有什么不可告人的秘密？

"爱喝酒不是秘密，只是一个前提。一个爱喝酒的人，尤其是爱喝白酒的人，酒量又这么惊人，不用想就知道他肯定参加过许多酒局。酒量都是在酒局上练出来的，不会是一个人在家里喝闷酒练出来的。而且爱喝酒的人，也喜欢找别人喝酒，就算别人不主动邀他，他也闲不住，会主动组局喝酒。"连城气定神闲地笑了笑，"一个闲不住的人，一个喜欢到处找人喝酒的人，一个酒量惊人的人，苏姐，你说他会是一个安分的人吗？"

"肯定不安分，而且朋友很多，可是，这也不能说他秘密多呀，也和我是不是该信任他没有关系呀。"苏先卉没明白连城想说什么。

"朋友多的人，秘密肯定也多。交往广的人，见多识广，见多了形形色色的人，就会练成见人说人话、见鬼说鬼话、见神说神话的本事，苏姐，你想信任他，想倚重他，你得拿出足够让他动心的条件才行。那么请问苏姐，你知道胡二叔最想要的是什么吗？"连城抛出了问题，"一个人最想要的就是他的弱点，将欲取之必先予之，如果你可以提供对方最需要的东西，他一定会为你所用。"

"见人说人话、见鬼说鬼话、见神说神话……好厉害的本事，如果人鬼神都在，说什么话？"莫莉看问题的角度和苏先卉不一样，她不关注大局，只在意局部。

"胡话。"连城哈哈一笑回答了莫莉，笑过之后，目光直视苏先卉的双眼，"胡二叔到底都有一些什么秘密，因为他太高深莫测了，我也不知道，我只知道他肯定秘密很多。我只是想问苏姐，你觉得和胡二叔相比，你能比他还见多识广、深不可测吗？你既不如他深不可测，又猜不到他最想要的是什么，你怎么信任他重用他？一个人最想要的就是他的弱点，你连他的弱点都掌握不了，你肯定也掌控不了他。"

"我承认我是不如胡二叔见多识广，更不如他深不可测。"苏先卉有自知之明，不管是年龄差距还是性别原因，她肯定不如胡书扬人生阅历丰富，也

打开局面

171

就是说，她掌控不了胡书扬，"我明白你的意思，你是说，我如果信任胡书扬，也许会被胡书扬玩弄于股掌之间，对不对？连城，照你这么一说，陈大叔和胡二叔我都不能信任了？"

"胡书扬还有一个问题，苏姐，你以后要多留意他一些，防止他坏事。"连城觉得有必要提醒苏先卉一声，也算是他对苏先卉请他吃饭的谢意。

"是什么？"苏先卉睁大了眼睛，现在她对连城不敢说是言听计从，至少也是连城说什么她都会先入为主地信上一半。

"刚才胡二叔临走的时候，顺手牵羊拿走了桌子上的两盒烟……"回想起刚才的一幕，连城无奈地笑了，虽然胡书扬动作很快，一伸手就把两盒烟装进了自己的口袋，而且他的动作娴熟，显然以前经常这么干，但还是没有逃过连城的眼睛。

"两盒烟……不值钱，这有什么？"苏先卉摇头笑了笑，"小题大做了吧？"

刚才苏先卉明明说自己曾因前台贪小便宜而换了新的前台，现在又这样说，显然是想听连城更深入的分析。

"细节见人品呀，苏姐。身为堂堂的副总，两盒烟也放在眼里，太见小了。许多人都喜欢占便宜，只要是公家的财产，哪怕是一盒火柴一盒烟，也要据为己有。看似是小事，其实最能体现一个人的人品和气度。"

连城对此深有体会，以前有一个大学同学，每次参加饭局都要拿走桌上剩下的烟酒和饮料，也不管主人是不是需要，他总是第一时间装进自己的口袋，久而久之，所有同学都疏远了他。

人不能见小，不能眼皮子太浅，否则会让人看不起。被人看不起的下场就只能是路越走越窄。许多人不知道自己为什么失败，因为他从来不注意细节，不知道许多看似不起眼的小动作、坏习惯无意中毁掉了形象和前程。

"也是。"苏先卉沉默了，她托着腮，目光望向了窗外，眼神迷离，神思恍惚，也不知道想些什么，过了好一会儿她才回过神儿来，"连城，我想招聘一些新员工进来，你帮我想一个别开生面的招聘方法，我想招一些有创新意识，不循规蹈矩的人才。"

"苏姐是想补充生力军培养新生力量了？"连城知道，虽然苏先卉没有明说她到底还要不要信任陈于祥和胡书扬，但从她要招聘新人的举措上就可以看出，她听从了他的建议。

世界就这么残酷，苏先卉对他的信任是建立在对陈大叔和胡二叔的不信任之上的。

苏先卉嘿嘿一笑，习惯性地抿了抿嘴："公司需要新鲜血液的补充才能始终充满活力。"

"苏姐，你需要人手哇？你觉得连城怎么样？"莫莉见机忙推荐连城，连城既然在安度公司不得志，何不来苏先卉公司发展，以苏先卉对连城的认可，连城过来的话不是总监起步就是总裁助理。

"连城肯定不愿意帮我。"苏先卉笑眯眯地一推连城的肩膀，"我说得对吧，连城？"

连城一摸鼻子，嘿嘿一笑："苏姐英明神武。"

"为什么呀，连城？"莫莉懊恼地瞪了连城一眼，多好的机会不赶紧抓住，矜持什么呢？

是呀，为什么呢？连城想问题比较长远，他虽然和苏先卉聊得投机，但私交和公事不能混为一谈，最主要的是，他如果现在就跳槽到三信影视，固然可以有一个较高的起点，但作为姚常委和齐全、苏先卉、段见联系桥梁的作用就丧失了，等于因小失大。

还有一个原因是，现在机会还不成熟，他还想在安度公司做出成绩再说，在安度公司没有任何业绩，不管跳槽到哪一家，都没有拿得出手的资本，就算升上去也难以服众。在安度公司做不到最好，换一家公司就可以大展宏图了？

有许多想法简单，一心想让孩子出国的家长，总是觉得孩子在国内学习不好是国内的教育问题，出国之后孩子的成绩就可以突飞猛进了，其实是自欺欺人。学习习惯或许可以因环境的改变而改变，但智商通常不会因环境的不同而提高。连城在安度公司一直没有什么业绩，他没有一厢情愿地认为环

境不好再加上木恩对他的打压，而是从自身上寻找原因，认为是自己一直没有把位置放对。

现在他总算找到了方向，怎么会以一个失败者的身份离开安度呢？就算他跳槽到三信影视是升了一步，也会被安度的同事嘲笑他是灰溜溜地离开了安度。

"不为什么，你自己去想。"连城不愿意对莫莉多做解释，也一句两句说不清，他直接跳到了苏先卉的问题上，"苏姐，你就按照正常的招聘流程走。"

"然后呢？"苏先卉是聪明人，也不愿意过多纠结连城是不是帮她的问题，她也清楚连城既然打开了局面，就不会再在意一时得失了。

"然后就通知他们来面试，到时通知保安和前台，不让应聘的人进来。"连城一脸坏笑。

契

机

第25章　失败者找借口，成功者找方法

苏先卉半个身子几乎趴在了桌子上，换了别人，绝对不会认为她是一家大型公司的 CEO，这太没形象也太不讲究了，而她粉嫩娇艳的面孔以及细腰长腿的健美身材，任谁看了都会怦然心动。

苏先卉不瘦，但也绝对不胖，双腿细长而笔直，在牛仔裤的包裹下，极富质感和弹性。上身的休闲外套虽不修身，却也衬托出了身材的曼妙。再看她修长的脖颈和鹅卵形脸蛋，既新潮又有古典之美，既狂放又有含蓄意味，别说是连城了，就算是见识过无数美女的猎艳高手，也会被苏先卉的美吸引。

怪不得段见对苏先卉念念不忘，就算被苏先卉再三拒绝，只要有和苏先卉一起吃饭的机会，也会推掉一切应酬前来。

"既通知人来面试，又不让人进来，你是逗人玩还是闲得慌？"苏先卉语带嘲讽，眼神中却流露出戏谑之色。

"当然不是逗人玩更不是闲得慌了。"连城乐了，收回了不安分的心思，告诫自己要以事业为重，虽然姚常委是让他追苏先卉，但却是玩笑话，他不能真的对苏先卉有什么想法。

"应聘的人来了进不来怎么办？"苏先卉似笑非笑。

"进不来的人就证明没有什么创新意识，也不会开拓思维，面试失败。"连城不再卖关子，说出了他的点子，"能进来的人中，硬闯进来保安拦不住的，顶替保安；若是翻墙来的，负责开拓市场；讲理进来的，当研发工程师；软磨硬泡进来的，当服务工程师；制造假工牌进来的，通过教育培训后，端正态度的当产品经理；撒泼打滚进来的，当主管。"

同样的困难，你遇到了只是退缩，而别人一直在找方法。不管是不是成功，至少努力过了。所以很多时候，公司交代的工作，不管过程和困难，做出成

打开局面

175

绩才是硬道理。

失败者找理由，成功者找方法。

苏先卉愣住了，她在消化连城的提议，过了一会儿她才哈哈大笑："太高了，太好玩了，连城，你太有本事了，你出的主意太绝了，面试就完全可以测试出来每一个人的潜质。我想起来了，刚才在公司你也是直接进了我的办公室，你算是用哪一种方法进来的？"

"他用的是连哄带骗。"莫莉吐了吐舌头，"以他的水平，对付前台的李艳还行，对付门口的保安大叔，他就不行了。"

"能连哄带骗直接敲开对方总裁的门，这样的人才必须是总裁助理。"苏先卉越来越觉得连城有趣了，她再一次向连城发出了邀请，"连城，来当我的助理吧，不开玩笑，说真的。"

"不当。"连城也是很干脆地拒绝了苏先卉，"谢谢苏姐看得起我，不过我和姚董有约在先。做人必须遵守基本的原则，我既然先答应了姚董，在事情没有完成之前，就不能半途而废。"

"轻诺必寡信，我欣赏说话算话的男人。"苏先卉对连城不留余地的拒绝不但没有不高兴，反倒更欣赏连城了，"那我们就说好了，只要你兑现了对姚董的许诺，可以从安度出来的时候，首选是三信，这样总行了吧？"

事非宜，勿轻诺。苟轻诺，进退错……连城认真想了想，点头说道："好，我答应苏姐。"

"苏姐，你真想让连城当你助理呀？"莫莉想到了连城肩负的使命，见连城朝她悄然使了一个眼色，她立刻心领神会，"你可以帮助连城尽快完成他和姚董的约定，这样，连城就可以很快从安度公司脱身了。"

苏先卉自然明白莫莉的暗示，安度公司的年会，姚常委特意邀请了她和齐全、段见参加，用意很明显，是想拉他们三人加盟他的项目。之前姚常委就曾经流露过同样的意思，只不过没有说得太直接而已，而在年会上，姚常委直截了当地提了出来。

姚常委的项目是想组建一家大型娱乐有限公司，集影视、游戏、网络为

176

一体的线上线下同步进行的娱乐帝国，开创一番宏大的文化事业。姚常委初步提出的设想是，自己提供影视的资金支持，由苏先卉提供游戏的资金支持，由齐全和段见提供网络的资金支持，再由四家同时负责打通各个行业的渠道，最后再根据贡献的大小分配股权。

苏先卉对加入项目不是没有兴趣，而是对和齐全、段见合作不太看好，段见为人太短见，齐全为人太漠然，和这样的两个活宝合作，能合作愉快了才怪。合作项目，一看项目前景，二看合作对象，项目好合作、对象值得信任，才能真正引起她的兴趣，也才有可能成功。

"姚董的项目，是一个坑，跳进去就出不来了。"苏先卉一脸认真，"连城，我劝你别蹚姚常委的浑水，小心有灭顶之灾。"

姚常委的项目的整体规划，连城只知其一不知其二，毕竟以他的级别，还轮不到他知道公司大方向上面的思路，但既然姚常委对他委以重任，他也必须不辱使命才行。

"有这么严重？不过是一个投资项目，要的是双赢，又不是非法集资和骗局。"连城见苏先卉说得认真，也有意问个清楚，"难道苏姐信不过姚董的为人和实力？"

"姚董的为人和实力，我信得过，但姚董非要拉齐全和段见一起，就不得不让人怀疑姚董的眼光了。齐全的人品先不说了，他都快出家了，哪里还有心思运作项目？至于段见，再有心思再有实力，但人品不行，就更不能合作了。"谈到正事，苏先卉一本正经，展现出了应有的职业素养，"所以如果你想充当姚董的说客，连城，请你转告姚董，除非没有齐全和段见的加入，否则，我不会考虑。"

连城明白苏先卉的症结所在了，他只负责沟通，具体怎么解决还是要看姚常委的意思，就点了点头："谢谢苏姐今天的款待，下次我请苏姐吃饭。"

"好哇，一言为定。"苏先卉才不会和连城客气，一口答应下来，"不过我可要说好了，不去饭店，只去路边摊，还有，我最爱吃麻辣烫了。"

连城见识了苏先卉女汉子的性格，但没想到她这么大大咧咧。"苏姐，

打开局面

177

街边的麻辣烫太不卫生了，还是吃别的吧。"

"好吧，好吧，我随意。"苏先卉手一挥，随口答应。

夜色已深，北京的街头，流光溢彩，车水马龙，城市没有丝毫要入睡的迹象，连城开着保时捷，回头看了看后座依然酣睡的段见，无奈地摇了摇头。不能喝就别喝或者少喝，非要逞什么能？酒量就和银行存款是一样的，有多少存款办多大事，没钱还非装有钱，早晚露馅。

告别苏先卉的时候，苏先卉非让他带走段见，说既然段见是他领来的，就得他带走。连城一想也是，扔下段见在三信影视的会客室呼呼大睡也不是个事儿，只好弄醒了段见，翻出了他的车钥匙，问了他的地址，开车送他回家。

还以为久负盛名的保时捷有多好开，真是闻名不如见面，密密麻麻的按键以及别扭的手刹位置，再加上并不出色的中控和并不舒适的行车路感，让连城对保时捷的感觉十分一般。不说不如宝马的中控，不如奔驰的舒适，就是中控台上一堆按键的设计就非常反人类，完全不符合人体工程学，他甚至怀疑保时捷的设计师在设计仪表和中控时，只是按照自己的喜好设计而不考虑消费者的习惯。

段见清醒了片刻，说出了住址之后，一上车就又一头栽倒睡着了。连城开车沿长安街一路向西，路过国家大剧院的时候，莫莉欢呼一声："连城，我有两张音乐会的票，你陪我一起听音乐会好不好？"

连城挠了挠头："我虽然很想高雅，但我怕我会睡着，还是不要听了。"

"不行，一定要听。"莫莉耍赖，抓住连城的胳膊摇晃，"不陪我听音乐会就是想陪苏姐吃麻辣烫。"

"什么，连城你要陪苏先卉吃麻辣烫？"段见忽然坐了起来，他用力一拍座椅，"苏先卉是我的女人，你不许打她的主意，更不许碰她一根手指头，否则我灭了你。"

动不动就说灭别人的话，有时想想也替段见可悲。俗话说，咬人的狗不露齿。真正的硬角色，肯定不是总说狠话的人。

连城不以为然地笑了笑："段少，如果苏先卉喜欢上了我，非要请我吃麻辣烫，你说我是去还是不去？"

莫莉用力一拧连城的胳膊："就算苏先卉主动请你，你也不许去。"

"苏先卉会请你？别做梦了，别开玩笑了。"段见还在半醉的状态，口齿不清，"如果真是苏先卉喜欢上了你，主动请你，连城，我不但服你，还把我的保时捷也送你。"

男人酒后的醉话不可信，连城才不会当真，哈哈一笑："谢谢段少的好意，我买不起保时捷，连开也开不起。这样吧，我们打个赌好不好，如果苏先卉真的喜欢上了我，怎么办？再强调一下，我不要你的车也不要你的钱。"

"如果苏先卉真的喜欢上了你？"段见愣了一愣，想了一会儿才想明白，他忽然哈哈大笑，"连城，你太自恋太搞笑了，苏先卉会喜欢上你？你以为苏先卉没见过男人？你凭什么让她喜欢上你？就凭你长得人模狗样？拉倒吧，追求苏先卉的人里，比你帅、比你有钱、比你有地位的多了去了，你连当小白脸都不够资格，还说让苏先卉喜欢上你，真是不要脸。"

"段少，你先别管我是不是不要脸，我就想问你敢不敢打一个赌？你别忘了，之前我们也打了一个赌，赌我能不能请动苏先卉吃饭，结果我赢了。"连城用了激将法，反正他已经差不多摸透了段见的脾气。

一个人若被别人摸透了脾气吃透了性格，就很容易被人牵着鼻子走。

"打就打，我还怕你？"段见口干舌燥，找到一瓶水咕咚咕咚一口喝干，"说吧，如果你赢了，你想要什么；如果你输了，你又输什么。"

"如果我输了，我就帮段少至少约苏先卉三次以上。如果我赢了，段少得帮我完成一个愿望。"连城有意埋下了伏笔。

莫莉双手绕来绕去，目光在连城身上跳跃不定，眼中有不安有不满也有疑虑，她欲言又止，双脚也来回交错。

"好，就这么说定了，如果你敢反悔，连城，你知道后果！"别说段见还在半醉半醒之间，就是在完全清醒的状态之下，他也未必会深思连城的赌约其实是为他挖了一个坑。

不多时，到了段见的住址，连城在小区门口把车还给了段见，然后他打

打开局面

算送莫莉到地铁站，刚一迈步，一辆奔驰 GL 直直朝他开来。

正是晚上，车灯很亮，照得连城睁不开眼睛，他一惊之下，急忙跳开躲闪。还好跳得及时，躲了过去，奔驰车擦着他的身子开了过去。

好险，连城出了一身冷汗，莫莉更是吓得大惊失色，她见奔驰没有停下来的意思，顿时大怒，正好是在小区门口，车速不快，她拔腿就要追上去。

才跑两步，奔驰车一脚刹车停了下来，从车上跳下一人。

"不好意思，刚才在打电话，走神了，没看到有人……哎，你是连城？"车主下来后，很客气很有礼貌地朝连城道歉，走近一看，不由愣住了，"还真是你，连城，我是杜京宴。"

杜京宴？连城才看清眼前的人果然是杜京宴，不由得又惊又喜："人生无处不相逢，杜总，没想到这么快我们又见面了。不过刚才你也太吓人了，差点撞到我，是不是想用这种方法给我一个终生难忘的偶遇？"

"哈哈……"杜京宴被连城的幽默风趣逗乐了，转身一看，见莫莉对他怒目而视，忙又收了笑容，冲莫莉点了点头，"你是连城的女朋友吧？真不好意思，刚才是我的错，我向你道歉。"

一句话让莫莉又心花怒放了，她展颜一笑，对杜京宴的好感大增："没关系，你又不是故意的，再说你也认识连城，就当是加深了解了。"

"为了表示歉意，我请你们吃夜消吧。"杜京宴对连城很有好感，上次一见，意犹未尽，没想到又意外相遇，他自然不肯放过和连城进一步接触的机会，"等我停了车，就在附近找一家店随便吃点东西，怎么样？"

"我不习惯晚上吃东西，不如喝茶。"连城也愿意和杜京宴继续加深关系，就顺水推舟答应下来，"不过我有一个前提条件，就是我请客。"

十分钟后，在杜京宴的带领下，几人来到一家名叫"观巢"的茶馆。"观巢"取可以远观国家体育馆鸟巢之意，不过到了二楼坐下之后才发现，除非是二十层楼以上，否则想远观鸟巢只能望楼兴叹。

还没有说几句话，连城的手机响了，一看是罗亦来电，连城就接听了电话。

"连城，你在哪里？我有点儿不舒服，你能过来陪我吗？"罗亦一个人在家里，怎么也静不下心来，身体上的疼痛和心理上的耻辱感交织在一起，让她身心疲惫，很想得到安慰。想来想去，虽然她一个电话可以让十几个人争先恐后地前来大献殷勤，但只有连城让她最放心，也最想见。

"现在呀？现在过不去。"连城有几分为难，他刚坐下要和杜京宴聊天，而且他很想和杜京宴深入交流，可是罗亦的情绪他又不能不照顾，只好说道，"等我一个小时……"

"朋友？"杜京宴很细心，听出了什么，热情地说道，"如果是朋友，住得不远的话，不如一起。"

一起？连城眼前一亮："住得倒不远，就是怕不方便。"

"没什么不方便，喝茶聊天而已。"杜京宴哈哈一笑，"如果是女性朋友就更好了，正好两两成对，阴阳平衡，省得你和莫莉成双成对，而我一个人形影相吊。"

既然杜京宴没意见，连城自然更没问题了，他当即对罗亦说道："这样罗亦，你来观巢茶馆，我和杜京宴杜总在一起，对，就是北四环安慧桥附近的观巢茶馆。"

罗亦本不想动，只想在家里待着养伤，一听有杜京宴在，她受伤的心顿时燃烧起了熊熊火焰。

第26章　短期交往看性格，长期交往看人品

此处受伤彼处疗伤，是最常见也是最行之有效的疗伤方法，罗亦只想了三秒钟就决定赴会了："等着我，我马上过去。"

放下电话，罗亦又犹豫了，她眼上的乌青还在，见了杜京宴怎么解释？急死人了，怎么办才好？总不能大晚上戴一副墨镜出去吧？她又不是什么唯恐别人认不出来而故意用一副大大的墨镜遮住半边脸的三流明星。

在房间中转了几圈之后，罗亦急中生智，终于想到了一个绝妙的好主意……

"杜总是想和齐全合作什么项目？"连城见杜京宴是直爽的性格，也就不再绕弯，上来就切题了。

连城要了一杯普洱，杜京宴要了一杯白茶，莫莉则要了一杯白开水。

"是呀，可惜的是，齐总最近似乎对什么项目都不感兴趣。不对，他何止是对项目不感兴趣，是对人生都失去了追求的兴趣。"杜京宴摇头笑道，"看样子不出多久，齐总就要远离红尘遁入空门了。可惜了齐家偌大的家业，也不知道最后会落到谁的手中。"

"齐全不会遁入空门，他很热爱生活。"连城见莫莉坐在旁边双眼迷糊，明显打瞌睡有要睡着的迹象，他暗暗一笑，早就听说莫莉的作息时间很规律，早睡早起，看来还真是习惯成自然，才九点多就困了。

随手拿起一个枕头放在莫莉身后，再扶着她的肩膀将她侧身放在沙发的扶手上："你先睡一会儿。"

莫莉迷迷糊糊中乖巧地"嗯"了一声，然后抱住连城的一只胳膊，歪倒在沙发上，假装安心而甜蜜地睡了。

"真听话。"杜京宴微微一笑，"有一个娴静而听话的女朋友，是一件幸

契
机

福的事情。现在的女孩子,要么太浮躁要么太现实,总觉得青春可以用来挥霍,却不知道青春是用来打拼用来播种的,真的等你挥霍完了青春,再回头的时候才会发现,除了伤痕累累和双手空空之外,一无所有。"

"杜总这么有感触,是不是有过丰富的感情经历?"连城哈哈一笑,微微动了动胳膊,有意让莫莉抱得更舒服一些。

"以前谈过几个女朋友,后来都吹了,因为我发现许多女孩子什么都不会,什么都不想付出,觉得只凭她的青春美貌就可以换来她想要的一切。是,青春和美貌是资本,但青春和美貌的保鲜期却很短,而再漂亮的女孩子对男人来说,吸引力也只能维持很有限的时间,如果男人只是想玩玩,追求新鲜和刺激,那么青春和美貌是唯一的选择标准,以后的人老色衰他不用负责,他当然乐意。但如果男人是想娶回家,除了美貌之外,他更看重的是品德。"杜京宴见由莫莉引起了对男女关系的话题,他也就顺着连城的话说了下去。

"以色侍君者,色衰而爱弛。以德侍君者,地久而天长……短期交往看性格,长期交往看人品,人品不行,既没有朋友也不会有幸福美满的婚姻。而一个人连朋友和婚姻都处理不好,就更不会成功了。"连城注意到杜京宴的眼中闪过一丝伤感和无奈,心中闪过一个念头,杜京宴在感情上多半受过伤。

此时茶馆中响起了背景音乐,是李宗盛的《漂洋过海来看你》,伴随着音乐,杜京宴不由自主地轻轻哼唱起来,唱得很投入,眼中甚至有泪花闪动。

"在漫天风沙里,望着你远去,我竟悲伤得不能自已。多盼能送君千里,直到山穷水尽,一生和你相依……"杜京宴的往事在这一刻释放了,他再也压抑不住情感,放声唱了出来。

之前在来茶馆的路上,连城就闻到了杜京宴身上浓浓的酒气,知道他喝酒了。现在看来喝得还真不少,至少有了七八分醉意,他没说话,静静地听杜京宴和着乐曲唱完。

"《漂洋过海来看你》一共有七八个版本,我觉得李宗盛唱得最悲情,周华健唱得最欢快。"见杜京宴的情绪稍微平静了几分,连城才轻轻地说道,"杜总

有机会可以听听周华健的版本,少了一些悲伤和无奈,多了一些期待和轻快。"

"见笑了。"杜京宴又笑了,喝了一口茶,摇了摇头,"这首歌让我想起了以前的事情,想起了初恋女友,当时我们最喜欢这首歌,记得有一次她开玩笑地说:'如果有一天我出国了,你会漂洋过海来看我吗?'我当时年少气盛,哪里知道生活的不易,意气风发地说道:'会,肯定会,当然会。'结果有一天她真出国了,我却始终没有去看她一次。"

"她为什么要出国?"连城没想到和杜京宴的聊天会以初恋为主题,不过聊天的主题并不重要,重要的是可以聊得来聊得投机。和齐全聊手串聊佛学,和苏先卉聊星座学聊人际关系,和段见则是没有主题地乱说一气,和杜京宴却聊起了恋爱。

三分天注定七分人努力,为什么人为要占到七分的分量,就是因为做事要因人而异。虽说不是见人说人话、见鬼说鬼话、见神说神话的奸诈,但至少也要有不管和谁都能聊得投机的本事。说话是一种技巧,更是一门技术,要不说谈恋爱、谈判、谈话、谈生意,全在谈上。

"说高尚一点儿是为了理想,说通俗一点儿是为了更好的物质生活。当时我们都打算结婚了,突然一个出国的机会摆在了眼前,不管我怎么劝,她就是想出去,说只有出国才让她觉得人生有价值有意义,才没有白活一场。最后我拦不住她,把所有的积蓄都给了她,并且许诺等她三年。她哭得一塌糊涂,说最多三年她就会回来嫁给我,待她功成名就便还我一世繁华。"杜京宴想起了沉在心底的往事,一时感慨万千。

"多少次我想起《漂洋过海来看你》,多少次冲动之下想飞过整个太平洋去看她,她却总以各种理由搪塞。开始我真以为她初到国外不适应,后来才知道,她之所以要不顾一切地出国,是因为她的初恋男友在国外许了她一个未来,而我还在傻傻地等她回来。她其实是漂洋过海去看他,我却一直想着漂洋过海去看她,真是莫大的讽刺。就在我知道真相之后,我还是足足等够了她三年。因为我答应过要等她三年,不管她怎样欺骗我,我不能不信守自己的诺言。"

原来杜京宴这么痴情，连城注意到杜京宴右手手指戴的一枚明显不是贵重金属的戒指，估计是银戒指，样式很旧，以他目前的身份，显然是过于廉价了。但他珍藏至今并且爱不释手，说明那是他的珍爱之物。

珍爱某一件物品，多半和某个人有关。

"三年后，她告诉我她不会回来了，她要留在国外，让我忘了她。我什么也没说，只说如果有一天你累了，想找一个可以一辈子停留的港湾，你就回来，我永远会在你身后一个转身的距离，不会走远。她哭了，一遍遍地说对不起。我说不要说对不起，世界上最没用的三个字就是对不起。如果你承担不起爱情的责任，就在开始的时候说再见，不要等到伤害了再说对不起。伤害的伤口就算会愈合，也会留下永久的疤。"杜京宴陷入了往事的回忆之中，他的左手习惯性地摩挲右手上的戒指，眼中光彩闪动，既有甜蜜又有伤感。

"后来呢？"连城对杜京宴的故事大感兴趣，想知道故事最后的结局，每个故事都会有结局，不管好坏。

"后来她又离了婚，回来了。"杜京宴笑了，笑容中满是悲怆，"就在我谈了几场恋爱失败之后，就在一个月前，她回来了，双手空空，除了满身伤痕一无所有。她对我说，当年她太年轻，看不懂人心看不清世事，被那个男人骗了。现在她才知道，她最爱的人是我。她还说，当年我说过，我是她可以一辈子停留的港湾，她说她知道我一诺千金，现在她累了倦了，想休息了，不知道她还有没有机会停留在我的港湾……"

原来故事还远远没有结束，才刚刚开始。连城抬头看了杜京宴一眼，见杜京宴目光深沉神色凝重，他暗暗摇头，杜京宴旧情难忘，但又接受不了她已经今非昔比的事实，陷入了左右为难的纠结之中。

"连城，如果是你，你该怎么办？"杜京宴把难题抛给了连城，也不知道为什么，第一眼见到连城时，他就觉得连城是一个值得信任、值得交往的朋友，甚至会是一个可以为他排忧解难的知己，"不瞒你说，我刚才就是在和她吃饭。吃饭的时候没喝酒，她走了之后，我一个人又去了酒吧……"

连城是男人，知道男人最在意的是什么，也知道杜京宴的心结在哪里，

他没有正面回答杜京宴的问题，而是说道："杜总，我讲一下我的初恋给你听，好不好？"

"叫我杜哥。"杜京宴招呼服务员添水，"叫杜总太疏远了，除非你不当我是朋友。"

可以谈论初恋的两个男人，就算现在不是死党，以后想不成为死党也难。初恋是男人隐藏在心底最深的秘密，除非是关系最密切的人，否则轻易不会说起。

"杜哥……"连城又不傻，这么好的和杜京宴拉近关系的机会，如果错过他就太笨了，虽然杜京宴不是他运作的三个目标之一，但多个朋友多条路，谁知道你人生道路上遇到的哪一个人会点亮你成功的路灯？

"说说你的初恋吧，我听着呢。"杜京宴高兴地笑了，有意无意地又看了莫莉一眼。

莫莉似乎睡着了，长长的睫毛微微颤抖，呼吸轻微而均匀，她秀美的脸庞如落叶般静美，在灯光的照耀下，宛如一块美玉。

如此完美的一块美玉，会有什么秘密呢？不知何故，连城忽然想起了苏先卉说过关于莫莉的秘密的话。

连城明白杜京宴的意思，轻轻一笑："没关系，就算她听到也没什么，我的初恋很纯真……上高中时，她是我的同桌，也是班花，当时我非常喜欢她，她叫吴元，我觉得她的一颦一笑就是整个世界。但她并不喜欢我，她喜欢的是班上一个打篮球的男生，他叫元浅。可惜的是，元浅并不喜欢她，她为了追元浅，想尽了一切办法，包括在元浅打球的时候为他送水，进入啦啦队为他摇旗呐喊，他病了为他买药，替他打饭，等等，却始终没有打动他。"

连城的声音低沉而缓慢，很有一种深情男人回忆往事时应有的沉重感。沉睡中的莫莉紧闭的双眼依然紧闭，只是眼球转动了几下，也不知道是做梦了还是在细心聆听连城的故事。

"吴元觉得很委屈，她为他付出了那么多，为什么他一点儿也不喜欢她？她当我是她最好的朋友，有什么心事都告诉我，还想让我帮她出主意。我当时既不如篮球名将元浅高大帅气，也不如班上的富二代同学和学霸同学引人注目，是一个什么都不是的小人物，不敢高攀身为班花的她，只好将对她的喜欢默默地埋在心底。她把心事告诉我，征求我的意见，我很开心，至少她对我和对别人不同，至少她当我是关系最近的朋友，哪怕她只是当我是蓝颜知己。"

杜京宴听得入了神，摇头叹息一声："初恋最动人，初恋也最伤神。"

莫莉轻轻翻了一个身，却依然紧紧抱住连城的胳膊不放。

"就这样一直到了高中毕业，她还是没能追上元浅。记得毕业的那天，她哭得泪雨纷飞，抱着我的胳膊对我说，为什么世间的事情总是向来情深奈何缘浅？是呀，我对她一往情深，她对我视而不见，对我来说不一样是向来情深奈何缘浅吗？我对她说，也许就是因为他叫元浅正好谐音缘浅，所以你们才会向来情深奈何缘浅。"

"后来呢？"杜京宴被连城的故事代入了，他在想如果他是连城，会不会和吴元有一个新的开始？

"也是巧了，后来我们考上了同一所大学，而且还是同班。我以为经历了这么多之后，她会意识到我的存在，结果没有，她很快又喜欢上了班上另一个篮球队员，他叫商新，对她来说幸运的是，商新也喜欢她，她和商新很快就走到了一起……恋爱后，她依然当我是关系最好的朋友，有什么心事还和以前一样毫无保留地告诉我，她对我不设防，和商新的第一次牵手，第一次接吻，第一次上床，她都告诉了我，她想和我分享她的甜蜜，她却不知道，她的甜蜜却是我的痛苦、我的折磨、我的伤心……"

杜京宴若有所思地喝了一口茶，眼神中流露出感同身受的悲伤，世界上最可悲的事情不是当备胎，而是当了备胎对方还一无所知。原来当年连城也是一个痴情的男人，他对连城又加深了认识，深爱过的男人更懂得珍惜眼前的美好和手中的幸福。

"大学期间，我也交了一个女朋友，但我总是忘不了她。大学毕业后，我和女友分手了，我出国留学，吴元回到了家乡，她也和商新分手了。分手

打开局面

的时候，她和上次一样哭得稀里哗啦，她对我说，她现在才知道商新的名字谐音伤心，就是要带给她无数的伤心。虽然她和他谈了三年恋爱，但他无数次的背叛以及他们之间无数次的分合，让她伤透了心。她还说，她发誓以后再也不找喜欢运动的男人了，因为不管是元浅还是商新，都不够细心不够温柔，她说，也许真是四肢发达了头脑就会简单。

"出国留学两年，我和吴元的联系不断，她告诉我，她又恋爱了，他是一个十分文雅的男人，不喜欢运动，喜欢安静、喜欢读书、喜欢沉思，她非常喜欢他，想陪他一辈子。我以为我谈过一次恋爱，对她已经心如止水了，不想她的话还是在我心里激起了波澜。曾经多少次我对自己说，只要她愿意，我情愿放弃一切陪她一生。但她从来没有开口，也一直忽略我的存在，我还能说什么呢？只有默默地祝她幸福。

"学业完成后，我回国了，一下飞机就见到了吴元。两年没见，她比以前更有风韵了，当然，也更漂亮了。当她长裙飘飘、长发飞扬地出现在我眼前的那一刻，说实话，我再次怦然心动，初恋真是让人难以忘怀，这么多年过去了，我竟然还对她情有独钟！也许正是应了一句话，得不到的才是最好，我喜欢她那么多年，她从来没有喜欢过我，或许这是我最大的遗憾也是最不甘心的磨难。"

莫莉又轻轻翻了一下身，微微松开了连城的胳膊，蜷了蜷身子，背对连城脸朝沙发。

第27章　共品初恋苦涩

连城没有多想，继续说道："她见到我的第一句话就是——你瘦了。第二句话是——经过这么多年的寻找，我才知道原来我错过了身边最美的风景，连城，直到这一刻我才明白，我最爱的人是你。当时我如同被一支箭洞穿了心脏，感觉如同虚脱一样，全身没有一丝力气。为什么？为什么在我最没有心理准备的时刻，她突然对我说她爱我？我足足沉默了几分钟，然后问她，你的文雅男人呢？她说她直到现在才发现，她并不是爱文雅男人，只是爱他的表象，或者说，只是爱他的生活方式，爱的不是他本人。

"我不知道还能说些什么，爱一个人那么容易，不爱一个人也那么轻描淡写？我对她说，我累了，想先休息再说。她说没问题，然后她开车送我回家。回家后我在想，我要不要接纳她。渴望得到她的爱是我一直以来最大的奢望，现在爱就摆在眼前触手可及的地方，只要我一伸手就可以得到，为什么我却没有激情更没有一种迫切的冲动？一个月后，我找到了工作，开始了全新的生活。再后来，我参加了一场又一场聚会，不管是高中的同学聚会还是大学的同学聚会，总有她的影子，也是，从高中到大学，整整七年的时间我们都是同学——同班同学。

"许多同学见到我们出双入对，都笑称我们经过了八年奋战，终于走到了一起，也不容易。在同学的起哄声中，在亲朋好友的玩笑声中，她大方地承认了是我女朋友的事实，而我却既没承认也没有否认，就被别人当成了默认。后来我想，或许在我的潜意识里，我还没有完成适应社会角色的转变，还以为自己生活在学生时代。她已经工作两年了，而我才刚刚走出校门。所以我默认她是我女朋友的举动，实际上是对我在学生时代暗恋她没有得到回应的一种心理满足，更通俗地说，是极大地满足了我的征服欲和虚荣心。"

打开局面

189

连城停了下来，征求杜京宴的意见："还要听吗？没有听烦？"

"当然要听。"杜京宴正听得津津有味，见连城停了下来，催促说道，"继续说下去，你的故事比我的故事精彩，后面肯定也更曲折。快说，快说。"

受欢迎的故事才是好故事，连城点了点头，继续说道："在接下来的半年时间里，我慢慢适应了回国后的生活，也慢慢适应了社会角色的转变，但一直没能适应的是她的存在。她一直以我的女朋友自居，但我从来没有公开承认过她是我的女朋友，甚至从来没有主动拉过她的手，更没有主动亲过她。慢慢地，她察觉到了我对她若即若离的态度，不止一次问我到底有没有当她是女朋友，她每次问，我都是一样的回答——人生若只如初见该有多好。只可惜人生是单行道，没有倒挡，永远只能向前而不能后退。

"她郁闷了一段时间，后来也许想通了，又变得开朗了起来，变着法子带我出去玩。每次去的地点都是她精心挑选的，去西山的森林公园，是高中时有一次郊游她崴了脚，许多男生自告奋勇地背她，她不让，只让我背，因为我是她最信任的男生。去植物园，是高中时她苦追元浅，在我的帮助下，她第一次和元浅合影的地方，同时，也是我第一次陪她划船的地方。去电视塔，是大学时她和商新热恋时第一次在旋转餐厅吃自助餐的地方，也是她在上塔时滑了一下，差点摔倒时我伸手拉了她一把的地方。当时我用手指轻轻在她的掌心划过，她脸红了。去拒马河，是她大学毕业后失恋了，伤心至极，哭着喊着要跳河的地方。也是在我陪着她，借她肩膀用借她胳膊抱，等她哭累了闹够了，在我怀中睡着之后，我第一次偷偷亲她的地方。

"我才知道，我对她的所有心思，她都心知肚明，并且——记在心上，不曾忘记。只是她不知道的是，她认为曾经给我留下甜蜜的地方，或许在她的回忆中我是那么的青涩、那么的纯真可爱，但在我的回忆中，这些地方留给我的全是痛苦和伤心。她想让我想起我对她的每一次心动，但我想起的却是她对别人的每一次动情。她希望我的世界是甜蜜的，现实却是我的世界是苦涩的。不能同步的回忆真是折磨，虽然我和她拥有那么多的共同回忆。可悲的是，她想保留的我想忘掉，她认为甜蜜的对我来说却是痛苦。

契

机

190

"我拿什么和你计较？我想留的你想忘掉。曾经幸福的痛苦的该你的该我的，到此一笔勾销！我拿什么和你计较？不痛的人不受煎熬，原来牵着手走的路，只有我一个人相信天荒地老！"连城的感觉杜京宴曾经感同身受，他情之所至，轻声念出了一段歌词，是张宇的《一个人的天荒地老》。

连城和杜京宴谁也没有注意到，背朝他们的莫莉不知何时已经泪流满面。

"就这样，她在我身边守候了一年之久，也苦苦追求了我一年。和当年我苦恋她时正好相反，我对她的所有心思心知肚明，却无论如何也爱不起来了。曾经对她的深爱不知道什么时候已经烟消云散，变成了一缕轻烟飘散在往事之中，只剩下淡淡的忧伤。现在面对她，虽然她美丽依旧，虽然她高傲依旧，但在我眼中，她再也不是当年的她了。终于，在我回国整整一年之后，她对我说，希望我能陪她再回母校看一看。我知道她所说的母校是高中母校。

"母校依旧，操场上高高的白杨还在，一切都还是当年的模样，除了更年轻的学弟学妹之外，什么都没变。当然，我和她都变了。岁月如一条奔流不息的河，带走了时光留下的回忆。我和她沿着操场散步，不知何时，下起了雨，她似乎知道会下雨，准备了伞。我们就一起默默地撑一把伞在雨中漫步，天地之间茫茫一片，除了雨声就是风声。也不知道走了多久，谁也没有说一句话，她眼中的失望越来越浓，其实我知道，她一直在等我一个承诺。

"她突然停了下来，说我的鞋带开了，她要帮我系鞋带，然后不由分说就蹲了下去。伞不大，她又故意蹲在外面，雨水瞬间就打湿了她的衣服。她浑然不顾，细心地帮我系鞋带。她在用这样的一种低到尘埃里的方式向我臣服，渴望得到我的回应，希望我给她一年多的苦恋我一个回应，哪怕只是一句我爱你。她曾经是那么高傲的一个女孩，不管是高中还是大学，都是校花，而且她又是从来不肯认输的性格，在人前永远昂着高傲的头。但现在，她蹲在我的面前，头深深地低了下去，白色的连衣裙被完全淋湿。她是在为我系鞋带，何尝不是想系住我的心？

"那一刻，我只差一点儿就要投降了，因为她的背影在微微颤抖，肩膀在轻轻抖动，那是她伤心而绝望的哭泣。我忍了又忍，心中实在无法说服自

打开局面

己接受她，她有太多的过去，她爱过太多人，她早已不是当年和我同桌的清纯如花的女神！我咬破了嘴唇，强迫自己不要投降，就这样，一分钟，两分钟……我赢了，她输了，她站了起来，背对着我，没有回头，飞快地朝雨中跑去，一句话没说，只留给我一个伤心而孤独的背影！"

"在漫天风沙里，望着你远去，我竟悲伤得不能自已！"杜京宴苦笑一声，"这句歌词用在这里，倒是应景。"

莫莉泪雨纷飞，再也压抑不住内心的情感，肩膀都耸动了。连城却浑然不知，沉浸在往事之中不能自拔："我在雨中待了半天，迈开沉重的脚步往回走，走了也不知多久，一抬头才发现，居然来到了她家的楼下。我一直试图说服自己，上楼？不上楼？也不知问了自己几千遍，在楼下徘徊了至少三个小时，却还是没有迈出最关键的一步。我不知道她在楼上有没有看到我，如果看到了，我想她一定会伤心欲绝，因为我和她经历了七年时间长河，跨越了千山万水的距离，只差一步就要走到一起了，但就是最后一步，却最终没有迈出。"

"如果她当时在楼上喊你一声，或是下楼来找你，你会和她在一起吗？"杜京宴完全被连城的故事代入了，他把自己当成了连城，"换了是我，不用等她下来，我自己就追上去了。"

连城没有回答杜京宴的话，他不想中断他的思路："一念之差便落叶纷纷……回家后，我病了一场。以前就算一个小小的感冒也总会有她出现，但这一次，她不但没有出现，连一个电话也没有。几天后，知道我和她的事情的朋友打来电话，纷纷骂我无情无义，说她是多好的一个人，为了我，低到了尘埃里，苦苦追了我一年，我却无动于衷，简直就是铁石心肠。对于所有人的指责，我一概以沉默回应，许多事情只有自己能说清楚，向外人解释反而多余。三个月后的一个晚上，她打来电话，说她第二天结婚……"

莫莉不再装睡，坐了起来，她脸上满是泪痕，仿佛不被连城接受的吴元是她一样，她一把抓住连城的胳膊："连城，你真狠心，为什么不给她一次机会？为什么？"

192

"是呀，为什么不给她一次机会呢？"连城的眼中满是悲伤，"当我决定要给她一次机会的时候，却已经晚了。如果她提前半个月打来电话，或者在没有领结婚证之前打来电话，告诉我她爱我爱得有多辛苦，她愿意为我牺牲一切，我早就投降了。可惜，太迟了，一切都太迟了。她明天结婚，今天晚上打来电话，哪里还有退路可走？她在电话里哭了很久很久，打了整整一个晚上的电话。她说她很后悔当年忽视了我，其实也不是忽视，而是认为我会一直在她身边陪她，等她玩够了玩累了，只要一个回身的距离，她还可以回到我的怀抱，所以她从来不会认为我会离开她，因为我永远不会舍得让她难过。"

"人生哪里有永远？她说如果她当年不是那么骄傲，不是那么欺负我，稍微对我好一些，也许就不会有今天的结果。我一直在听她说，往事如潮水一样涌上心头，太多的回忆太多的悲伤太多的无奈，汇聚在一起到最后都变成了深深的后悔。我真的后悔了，如果她早一些打这个电话，如果她早一些向我低头说起以前的种种，我真的会接纳她所有的过去。但终究还是没有如果，一切都无可挽回了……"连城的眼中有泪光闪动，人生若只如初见该有多好，但人生永远没有只如初见。

"我不明白，连城，我怎么也想不明白，为什么你不接受她？就算她以前对你冷落忽视了你的感受，她都后悔了，你也应该给她一个机会，你怎么能这么狠心？"莫莉使劲摇动连城的胳膊。

"你不是男人，你不懂。"杜京宴现在终于明白了连城故事之中的寓意，"吴元以为她和连城还可以回到从前，但怎么可能？她谈过了那么多次恋爱，和那么多男人有过纠葛，她能忘掉曾经和她有过感情的男人？就算她能真正地放下，连城也放不下，因为她傻就傻在她和每一个男人的恋爱经历，都告诉了连城，不管是第一次拉手，第一接吻，还是第一次上床！和她在一起，连城总能想起她和那些男人的过去，太真实太残酷了，换了任何一个男人都接受不了这样的现实。连城和她的共同回忆，对她来说是甜蜜，对连城来说，全是痛苦和折磨。"

打开局面

193

"男人是不是都在意女人的过去？为什么女人不在意男人的过去？这不公平。"莫莉的眼中闪过了深深的失落。

"不要追求公平，男女生来就不公平，女人如果非要和男人来计较公平，最终吃亏的还是自己。"连城不再说话，杜京宴却有许多感慨要发，"男人如果不在意你的过去，证明这个男人不爱你。男人都有独占心理，他要爱一个女人，一定会要求这个女人对他全心全意并且只属于他一个人。"

"过去的事情无法改变，为什么非要用过去的错误惩罚现在？"莫莉擦干了眼泪，摆出了非要和杜京宴辩论的姿态。

"也不是惩罚，只是放不下。"连城接过了莫莉的话，微微摇了摇头，"也许别人可以不计较她的过去，可以忘记她和别人的种种，我做不到。每个人都有自己的原则和底线，我不是非要用她过去的错误惩罚她，我只是过不了自己的心理关。现在再想，如果当时接受了她，和她在一起了，现在也许还是分手的结局。"

"你真固执！"莫莉忽然就发火了，重重地一放茶杯，"你就是大男子主义！"

"大男子主义怎么了？"连城反倒笑了，"所谓大男子主义，就是一个男人应该承担身为男人的全部责任，难道你喜欢一个男人在大是大非的问题上拿不定主意，事事依赖你，要你不但貌美如花，还要你赚钱养家？女人不要什么都要，既要男人承担男人应该承担的压力，又要男人温柔如水事事体贴，对你没有要求只有奉献。责任和权利是相对的，你有多大的权利就得承担多大的责任。男人对你承担责任，却对你没有任何要求，不行使权利，你觉得男人都是雷锋？"

"狡辩！"莫莉被连城说得无从反驳，却不肯认输，一下站了起来，"你们聊吧，我先走了，再见！"

杜京宴以为连城会拉住莫莉，不料连城只是冲莫莉摆了摆手："好的，天色不早了，你自己先回去吧。路上小心点，别坐地铁了，打车吧。"

"哼，不要你管！"莫莉头也不回地气呼呼地走了。

"她怎么了这是？"杜京宴一脸疑惑。

"随便她。"连城不以为意地摆了摆手，"女人有时就爱耍小性子，不能惯，第一次一惯，就会有第二次第三次，然后你就被动了。"

"哈哈，我得向你学习，该心硬的时候就得心硬。"杜京宴笑过之后，脸色又恢复了凝重，"我明白你的意思了，过去的事情就过去吧，纠结着不放，也是自我折磨。我纠结了很多天，听了你的故事后，忽然就想通了。既然在最美的时光里没有在一起，何必再走到一起修补曾经的悲欢离合人间路？就像你初恋女友的名字一样，吴元就是无缘，只有放下过去，才能更好地面对明天。"

见杜京宴心开意解，连城长舒了一口气，总算没让他白费苦心，他的故事让杜京宴做出了选择，让杜京宴感同身受，说明他和杜京宴在感情问题上有相同的原则。人生观有相同的部分，就有了成为好友的前提。

打开局面

第28章　平地风波

"谁和谁无缘？能见面坐在一起，就是有缘。"杜京宴话音刚落，人影一闪，一个亭亭玉立的女孩出现在眼前。

女孩一袭长裙，披一条披肩，颇有几分素净雅致之美，只是和她的穿着不太相配的是，她化了很浓的妆，而且还是烟熏妆，两个大大的熊猫眼夸张而惊人，在昏黄的灯光照耀下，有一种妩媚而不过分张扬的美感。

只是这是在茶馆里，如果是在酒吧，她的打扮才算合时宜。

"你说的朋友？"杜京宴认识罗亦，上次在素心斋，罗亦和陈占天一见面就打得火热，他岂能记不住罗亦，却没想到，连城说的朋友就是她，他起身和罗亦握手，"你好罗亦，第二次见面了。"

"你好，杜总。"罗亦落落大方地和杜京宴握了手，想起连城说过杜京宴也是有钱人，她现在对杜京宴的观感大为改观，当然，也有陈占天太让人失望的缘故，她浅浅一笑，保持了应有的矜持，"没打扰杜总吧？"

"没有，没有，请坐。"杜京宴对罗亦印象一般，主要也是他很清楚陈占天的为人，罗亦一见面就和陈占天打得火热，在他心中罗亦不过是众多拜金女中的一个，但既然是连城的朋友，他也不好表露出来心中的厌烦，很有礼貌地请罗亦落座。

罗亦目光一扫，也不客气，直接就坐在了杜京宴的旁边："我还是坐杜总这里吧，连城的座位太乱了，杜总没意见吧？"

"有美女相伴，是好事，怎么会有意见？哈哈。"杜京宴哈哈一笑，朝里面让了让，"想喝什么茶？"

"和杜总一样就行了。"罗亦笑了笑，漫不经心地看了连城一眼，"莫莉不是和你在一起吗？她人呢？"

"她先回去了。"见罗亦一见到杜京宴就想贴上去的做派，连城有点儿后悔叫罗亦过来了，原以为罗亦经陈占天一事会有所收敛，没想到她居然还是不思悔改，他暗暗摇头，"罗亦，刚才我和杜哥谈到了初恋，要不，你也说说你的初恋？"

罗亦不满地白了连城一眼："初恋？都猴年马月的事情了，早忘了，谁还记得不懂爱情的初恋？拿我寻开心，是不是连城？"

"真不是。"杜京宴替连城开脱，他是何许人也，早就看出了罗亦对他有想法，想起罗亦才和陈占天见了一面就跟陈占天走的行为，他实在对罗亦提不起兴趣，尽管罗亦也是一个地道的美女，"初恋时怎么会不懂爱情？初恋时的感情才纯真才干净。"

"初恋就是单纯的好感，就是纯粹的喜欢，什么都没有，怎么会是爱情？爱情是多美好的感情，可不仅仅是好感。"罗亦继续发表她的高见，丝毫没有注意到连城的眼色，她还想让杜京宴接受她的看法，"要我说，爱情是人类最美好的情感，爱情也是维护社会稳定、促进人类进步的纽带……爱情除了讲究情投意合之外，还要讲究门当户对，可不仅仅是你喜欢我我喜欢你就是全世界了。"

"你说的不是爱情，是婚姻。"杜京宴若无其事地笑了笑，其实他并不想和罗亦辩论，但一想让罗亦知道他的爱情观也是好事，省得罗亦对他过于热情了，"爱情可以美好可以纯真，婚姻就要考虑到许多爱情之外的因素了。"

"杜总怎么看待爱情和婚姻呢？"罗亦眼光流转，媚眼横生。

杜京宴没接招，假装没看到罗亦的风情，他伸出左手端起茶杯，露出了左手手腕上的手表。

是一块皮带款的万国，价值十五万元左右。

作为世界十大名表之一的万国表，虽然也是一家传统的机械表商，但和劳力士等品牌过于关注精确度和厚重不同，万国十分注重创新，创造世界纪录似乎已成为万国表厂传承的内在动力。

万国的超卓复杂型腕表是世界上最复杂的机械腕表之一，共有

打开局面

197

六百五十九个微型组件。这款腕表的设计精妙复杂，能够制造的钟表制造商屈指可数，而且生产数量有限，每年的产量不会超过五十只，因此只有极少数收藏家才有机会拥有！

十大名表，每一个品牌都有自己独特的文化传承，万国的文化传承是钟表本身，比精确的时间更令人着迷。既然杜京宴喜欢的是万国，而罗亦问他的又是如何看待爱情和婚姻，那么杜京宴有意或无意露出万国表的举动其实就已经回答了罗亦的问题。

不过罗亦远不如连城眼光细致，她端起茶杯放到嘴边，却不喝，笑意盈盈地看着杜京宴，期待杜京宴的答案。

"爱情本身比婚姻更令人着迷。"杜京宴沉吟了片刻，说出了他的看法，"如果仅仅只谈爱情不谈婚姻，可以不在意两个人的身份差距和兴趣爱好，但如果涉及婚姻，就得考虑到很多现实的问题了。"

"比如呢？"罗亦脸上保持着明媚的笑容，只不过由于化妆过浓的原因，再加上熊猫眼实在吓人，她的笑容就有了几分强颜欢笑的意味。

"比如，如果她不会做饭、不顾家、不温柔、不可爱，长得再漂亮再有风情，我也不会娶回家。"杜京宴意味深长地看了罗亦一眼，目光在罗亦的熊猫眼上停留了片刻，才又继续说，"再比如，如果她是一个经常在夜店狂欢、喜欢一群人聚在一起开派对、喝酒、抽烟并且浓妆艳抹的女孩，我也不会娶回家。还有，如果她是一个虚荣的拜金女，谈过许多次恋爱不洁身自好，她对我再好再痛改前非，我也不会娶回家。"

罗亦的笑容凝固了，慢慢地变成了尴尬，她勉强一笑："哎哟喂，杜总可真挑剔，要求好高。"

"高吗？"杜京宴淡淡一笑，一脸的从容自信，"我不需要她奔波忙碌为工作劳累，也不需要她为金钱操心，我可以为她提供富足的物质生活，还呵护她所有的担心和不安，等于是给她整个世界……我给了她整个世界，她不还我整个世界，公平吗？再说了，我有资本挑剔，也有资格要求高！"

最后一句话，杜京宴说得既傲然又自得，一副"我就是我"的高不可攀。

罗亦讪讪地笑了："以杜总的身家，当然可以千挑万选了。"

杜京宴呵呵一笑："千挑万选也要看姻缘，对我来说，有许多事情可以将就，比如吃饭穿衣，但有些事情一点儿也不能将就，比如婚姻。不过，我也不指望可以遇到一个让我百分之百满意的女孩，没有十全十美的希望，也就不会有彻头彻尾的绝望。"

罗亦听出了杜京宴的弦外之音，脸色黯淡了下来，连城暗暗一笑，有时候碰壁也是好事，可以让人及时看清方向，避免在错误的道路上越走越远。

"我去趟洗手间。"罗亦浅浅一笑，起身离座。

"连城，你让罗亦过来，是不是没安好心？"和连城熟了，杜京宴说话也就随意了许多，"我可不是陈占天，对于一夜情没什么兴趣，对这种势利的女孩，更是避之不及。"

"也不是没安好心，就是她心情不好让我陪，我让她过来，既陪了她又陪了你，还让你和她认识，一举两得的好事，何乐而不为？"连城看出来杜京宴对罗亦印象不佳，也就不多说什么，"杜哥，你和陈占天熟吗？"

"也不熟，上次在素心斋是碰到了一起，然后听玉儿说齐全也在，他和我都想认识齐全，就求玉儿介绍认识一下。"提到了齐全，杜京宴想起了连城和齐全的密切关系，"连城，你和齐全的私交到底有多深？"

"如果我说我认识齐全才一天，杜哥你信吗？"连城实话实说。

"信。"杜京宴笑道，"所以我才佩服你，有许多认识齐全很多年的人，都和齐全私交不深，你才认识他就让他这么看重你，连城，你在为人处世上，很有一套。"

"哈哈，杜哥过奖了，交友贵诚，对别人真诚，别人才会回报微笑和真诚。"

"这句话好，哈哈。"杜京宴愈加觉得和连城聊天很开心很舒坦，他也就有话直说了，"我求你一件事情，连城，如果你能帮我引荐齐全，我就欠你一个人情。"

任何形式的承诺都好兑现，比如说一个工作、一笔钱或是实物报酬，唯独人情难还，杜京宴直接以人情重托，可见他是下了莫大的决心，也是对连

打开局面

城坦诚以待，连城举起茶杯："杜哥当我是朋友，就直接说有事要我帮忙，而不是求。既然是朋友，帮忙就是应当应分的分内事，还当成人情，说明杜哥没当我是朋友。"

"惭愧。"杜京宴也是聪明人，一点就破，呵呵一笑，和连城碰杯，"老弟，老哥的事情就是你的事情，这个忙，你不帮也得帮。"

话不能说太透，杜京宴的事情是连城的事情，那么反过来连城的事情也是杜京宴的事情，连城见他和杜京宴的关系迅速接近，也是心中大喜："杜哥等我的消息吧。"

二人相视一笑，忽然之间都有一种相见恨晚的感觉。

又喝了一会儿茶，见天色不早了，连城就打算回去，才想起罗亦去了洗手间有十分钟了，怎么还没有回来。杜京宴也意识到了哪里不对，说道："走，去看看。"

包间在二楼，洗手间在一楼，二人刚来到楼下，就看到有两个男人把罗亦围在中间，还对罗亦推推搡搡。罗亦惊慌失措，想要逃走却又无法脱身，急得团团转。

"就你这种货色，大街上到处都是，别他妈的在老子面前装纯情，狗屁，你就是一婊子！妈的，老子裤子都脱了你又不愿意了，你耍老子是吧？好吧，老子不和你个婊子一般计较，没兴趣搞你放你走了，你居然敢找人来打老子，你真当老子整治不了你！"一个瘦高的男人用力地抓住了罗亦的胳膊，凶神恶煞的样子，好像要一口吃掉罗亦似的。

"陈哥，别在这里闹，这里是茶馆，走，咱们到外面说去。"另外一个又矮又胖长得跟冬瓜似的男人用右手抓住了罗亦的另一只胳膊，左手拉着瘦高男人，就往门外走。

一楼的客人不多，只有五六个人，都目瞪口呆地看着眼前发生的一幕，却没有一个人敢上前帮忙，都被瘦高男人的凶恶吓住了。

"放开我，放开我！臭流氓，混账，王八蛋！"罗亦用力挣扎，不停地咒骂，却始终挣脱不了二人，毕竟她只是一个女孩子，女性天生的弱势让她无能为力。

连城和杜京宴对视一眼，二人都从对方的眼中看到了熊熊燃烧的怒火。瘦高男人不是别人，正是陈占天，矮胖男人是谁，连城不认识，杜京宴却认了出来，他是陈占天的跟班小弟宁二。

宁二原名叫宁肯，因为经常犯浑耍二，时间长了，就被人叫成了宁肯二，意思是宁肯犯二也不肯当一个正常人。宁肯听了觉得名字太长，索性自称宁二。

宁二最大的本事就是打架，犯浑的时候，谁也不怕，一动手就是拼命的架势，所以知道的人轻易不会和他动手。毕竟小命重要，谁也犯不着为了一点儿小事就拿命去拼。

连城不知道宁二是谁，他救人心切，也顾不上和杜京宴多说什么，只来得及小声交代了一句："杜哥，一会儿你负责拉走罗亦，陈占天和矮冬瓜我来对付。"

杜京宴伸手一拉，想拉住连城不让连城那么冲动，矮冬瓜虽然其貌不扬，长得很丑，但打架的本事一般人比不了，连城上的话肯定吃亏，但他动作慢了几拍，一把没拉住，连城已经冲下去了。

算了，打就打吧，谁怕谁，杜京宴被连城一马当先、勇往直前的气势感染了，他也不是一个胆小怕事的人，何况以前也没少和人打架。他目光一扫，就注意到旁边的桌子上放了茶壶、茶杯和热水，就顺手抄起了一个茶壶，抬头一看，不禁哑然失笑，冲在前面的连城比他还全副武装，左手茶壶右手茶杯。

得，还真有默契，他也就不再客气了，又拿起一个茶杯，也冲了过去。

"陈占天！"连城大步流星冲了过去，大喊一声，"放开罗亦，有本事冲我来！"

陈占天在观巢和人谈事情，没想到巧遇了罗亦，他想起被木恩打了一顿的耻辱，顿时怒火就迸发了，想要再在罗亦身上还回来。

上次罗亦跟他走后，他本想灌醉罗亦然后睡了她，不料罗亦不肯，说要先处处再说，他当即大骂罗亦装纯情，都成年人了，还玩什么感情，就问罗亦想要多少钱。罗亦也恼了，她虽然一心想嫁一个有钱人，但那是对美好生活的向往，不是随便跟人上床的放荡，就想离开。陈占天哪里肯放过到了嘴边的肥肉，就想用强，罗亦也不是什么任人摆布的角色，又踢又咬，让陈占天恼羞成怒，最终陈占天拳打脚踢，打得罗亦遍体鳞伤才罢休。

以为事情就这么过去了，第二天陈占天正在公司开会，木恩突然闯了进来，指着他的鼻子骂他流氓色狼，还打了他一拳，虽然后来一群人狠狠收拾了木恩一顿，但也让他在众人面前丢了大脸。

陈占天本来心中就还有气，见到罗亦，气就有了发泄的地方，他就想强行带走罗亦，说什么也要睡了她再说。

眼见就要得手时，谁知突然杀出了一个多管闲事的人，陈占天一愣，抬头一看是连城，就轻蔑地笑了："连城，你算什么东西，也敢管老子的事情？滚一边儿去！"

连城怪异地一笑："我觉得总爱自称老子的人，不是流氓就是伙夫，来，接着！"话一说完，扬手就扔出一个东西，直朝陈占天的面门飞去。

陈占天正右手抓着罗亦，忽然见一件东西朝他飞来，他不以为意，也没松开罗亦，伸出左手想要挡开，却没挡住，东西一下击中了他的胸口。

哐当一声，击中胸口的东西又落到了地上，摔个粉碎，定睛一看，原来是一个茶杯。陈占天哈哈大笑："连城，你脑子进水了，拿一个茶杯砸人，真是傻子。"

连城眨了眨眼睛："我脑子没进水，你肚子才进水了。"

"啊，啊，哎哟，烫死我了！"

茶杯里面满满的一杯水洒在了陈占天的胸口，和之前罗亦一杯酒洒在姚常委的胸口是同样的手法，只不过罗亦的酒是常温，而连城的茶水是高温，陈占天由于穿得稍厚的缘故，茶水洒了之后过了片刻才完全浸湿。

茶水经过衣服的过滤，又不是滚烫的开水，不会烫伤，但也不会让人好受，陈占天哪里还顾得上再抓住罗亦不放，他松开罗亦，又蹦又跳，像个猴子一样，十分滑稽。

第29章　并肩作战

罗亦哪里肯放过陈占天，得了机会，二话不说抬腿就踢了陈占天一脚，不偏不倚，踢得陈占天身子一歪，"扑通"一声摔倒了。

事情突起变故，宁二也惊呆了，他也顾不上再抓住罗亦不放了，松开罗亦，回身冲连城阴阴地一笑："小子，不管你是谁，惹了我宁二，你今天死定了。"

此时杜京宴也赶到了。

杜京宴见陈占天已经被打倒在地，知道事情已经不可收场了，索性一不做二不休，先下手为强，他也如法炮制，扬手扔出一只茶杯砸向了宁二。

宁二虽然又矮又胖，动作却比陈占天灵敏多了，身子轻轻一转就躲开了，他狞笑一声："杜京宴，是你先惹我，就别怪我对你不客气了。"

话刚说完，他一伸手从身上摸出一把刀，在眼前晃了一晃："今天不留下点纪念，谁也别想出了这个门！"

人群哄的一声乱了，都动刀子了，这是要出人命啊，有人赶紧拿出手机报警。

怎么办？连城看了杜京宴一眼，杜京宴一脸镇静，回敬了连城一个无所谓的眼神，连城心领神会，悄悄一扬手中的茶壶，杜京宴立刻明白了连城的意思，当即向前迈出一步，哈哈一笑："宁二你真二，我告诉你一个秘密……"

宁二一愣神，以为杜京宴真有什么话要说，正想听个明白，忽然发现一团黑乎乎的东西朝他飞来，原来是连城出手了。

原来连城和杜京宴配合得天衣无缝，用声东击西的手法来对付他，宁二冷冷一笑，他身经百战，不知道打过多少次架，赢五十次，平十次，输才输过一次，就凭连城和杜京宴这样的菜鸟，还想偷袭他？没门。

他向后退了一步，轻松地躲开了连城的偷袭，黑乎乎的东西擦着他的身

打开局面

子飞了过去，咕咚掉在了地上，原来是一只皮鞋。

"就凭这点本事，还想……"宁二哈哈一笑，正要嘲笑连城几句，才一开口，却见杜京宴露出了奇怪的笑容，出什么事情了？他心里一惊，还没有想明白是怎么回事，就见杜京宴手一扬，一股白里透黄的液体劈头盖脸地就朝他飞了过来。

什么情况？宁二想躲已经来不及了，他以为杜京宴和连城联手，是杜京宴发声连城袭击，不料却是连环计，真正的袭击者不是连城，还是杜京宴。

真他妈的狡猾，还是上当了，宁二心里刚刚骂出一句，白里透黄的液体就从头浇到了脚——原来是茶水，而且还是滚烫的茶水。

"我的妈呀！"宁二被烫得如同跳广场舞的大妈，手舞足蹈，"杜京宴，老子和你没完！老子要……"

话说一半，连城的脚及时赶到了，一脚正中他的肚子，他惨叫一声摔倒在地，再也没有力气爬起来了。

"快跑。"杜京宴见一击得手，哈哈一笑，拉过连城转身就跑，他还不忘提醒罗亦一声，"罗亦！"

"不能这么便宜了陈流氓！"罗亦咬牙切齿，陈占天还倒在地上没有起来，她冲了过去，见陈占天挣扎着要起来，一脚踢在了陈占天的脸上，"公狗！"

陈占天惨叫一声，又一头倒在地上，估计一时半会儿是起不来了。

"快跑。"连城哈哈一笑，拉住罗亦，和杜京宴一起飞也似的逃出了茶馆。

"先生，先生，还没结账呢？"服务员追了出来。

"别跑，有种别跑！站住，我保证不打死你！"宁二追了出来。

"杜京宴，我和你什么仇什么怨，你打我！连城，你小子死定了！"陈占天也追了出来。

连城也好，杜京宴和罗亦也好，三人谁也没有停下一步，一路狂奔。欠茶馆才多少钱，不过几百元，被陈占天和宁二追上就惨了，好汉不吃眼前亏，眼下的形势是，能跑多远跑多远。

连城也清楚，刚才陈占天和宁二是吃了偷袭的亏，也是因为他和杜京宴

204

配合得太默契了，打了对方一个措手不及。等陈占天和宁二回过神儿来再重来一次的话，他和杜京宴保不准会被修理得很惨，所以现在占了便宜还不玩命地跑，他傻呀。

三人不顾周围人群惊诧的目光，沿着人行道一路朝西狂奔，跑了十分钟后，都累得气喘吁吁，再也跑不动了。

"跑不动了，杀了我也跑不动了。"罗亦第一个认输了，她瘫倒在一棵树上，累得喘不上气来，"不跑了，说什么也不跑了。"

"不行，现在还没有脱离危险。"连城用手一拉罗亦，"说不定陈占天和宁二还会追上来。"

"累死了，真的跑不动了，饶了我吧。"罗亦抱住了树，耍赖。

"还真追上来了，我去，真行。"杜京宴回头一看，惊呆了，"看到那辆宝马X6没有？对，红色的那辆就是陈占天的车。"

顺着杜京宴的手指望去，果然在远处有一辆深红色的宝马X6正在追来，宝马X6左冲右突，如果不是路上车多，早就追到身前了。

"啊，陈占天疯了！"罗亦吓着了，想跑可是实在跑不动了，她的烟熏妆也花了，汗水在双眼的下面冲出了两道黑影，她索性一屁股坐在了地上，"不跑了，说什么也不跑了，陈占天敢动我，我和他同归于尽。"

现在不是说狠话的时候，再说说了也没用，怎么办？杜京宴也没开车，人跑得再快也快不过汽车，难不成要叫一辆出租车跑路？出租车也跑不过宝马X6呀。

眼见宝马X6越来越近了，如果不是被一辆大众压在后面，早就如狼似虎地冲了过来，连城几乎可以想象出车内陈占天和宁二凶狠的眼神和吃人的表情，也可以预见，一旦被二人追上，他和杜京宴挨揍一顿还是小事，万一罗亦被抢走了，不知道会遭遇什么样的折磨。

杜京宴急中生智，用手一指路边的超市："先躲超市里面，等我打电话叫人，先走一步是一步。"

这也是没有办法的办法了，连城伸手去扶罗亦："别坐地上等死了，赶紧走哇。"

"真是的，坏人又不是我们，跑什么跑？"罗亦嘟嘟囔囔地站了起来，刚要走，一不留神忽然崴了一脚，一下瘫倒在连城身上，"哎哟妈呀，真倒霉，脚崴了，疼死我了，估计脚都断了。"

脚肯定没断，但人肯定走不了了，关键时候掉链子，罗亦真是让人无语，连城俯身正要背起罗亦，耳边传来一声刺耳的刹车声，一辆汽车停在了身边。

这么快就到了？连城以为是陈占天和宁二追了上来，正好地上有一块地砖松动了，他二话不说弯腰捡起，回身就要和陈占天拼命。

当然也不是真拼命，有时候打架首先要在气势上压对方一头。别看有些人打架的时候似乎不要命一样，其实不过是吓唬人罢了，越是嚷得凶的人越是虚张声势，能吓住对方就赢了，反倒是沉着冷静、一言不发的人，才是真正的狠角色，一动手就是杀招。

陈占天和宁二动手的时候叫得很响，就是要在声势上先占了上风，连城相信，只要他真的摆出了拼命的架势，陈占天和宁二肯定就尿了。

手拿板砖，一脸杀气，连城慢慢回头，目光冷峻地看向了停在身边的汽车，就等陈占天和宁二从车上下来，他要先声夺人，虽说不至于先在陈占天和宁二的脑袋上来一板砖，至少也要让对方被他不要命的气势吓住，从而不敢再造次。

不料车门打开，从车上下来一人，他一脸惊讶地看着连城，又打量了一眼连城手中的板砖，忽然就乐了："连城，你这是干什么？要和谁拼命？"

"啊！"连城也愣住了，手中的板砖掉在了地上，他搓手笑了笑，"我还以为是陈占天追了上来，怎么是你呀齐少？"

眼前站立的人，淡然而立，一脸云淡风轻的笑容，哪里是陈占天，正是齐全。

"我开车路过，看到你在路边，就停下来说个话。"齐全注意到了连城身后的罗亦和杜京宴，"怎么了这是？"

"齐少先别问了，能不能让我们上车？"连城向远处一看，陈占天的宝马

X6 还没有追上来，他就心生一计，"有人在追我们，刚才打了一架。"

"快上车。"齐全虽然习惯了漠然，但毕竟年轻，骨子里还有激情和冲动，一听说打架了，顿时眼前一亮，"要飙车？"

杜京宴上了齐全的奔驰 GL，心里还不敢相信是真的，太幸运了，他多少次想方设法接近齐全，却始终没有机会，没想到和连城联手打了一架，却轻而易举地上了齐全的车，而且齐全还亲自当上了司机，不但是幸运，简直就是荣幸了。

齐全没带助理，只有他一人，连城就坐在了副驾驶上。几人刚上车，齐全就猛然发动了汽车，澎湃的发动机迸发出强大的推动力，感受到持续而猛烈的推背感，令连城震惊的是，看上去温文尔雅甚至有几分冷漠的齐全，居然全速起步，而且他姿势标准，动作规范，俨然有几分赛车手的风范。

3.0T 高达 333 马力的涡轮增压发动机爆发出四百八十牛的巨大扭矩，推动重达两吨多的车身绰绰有余，连城感觉自己被狠狠地压在了座椅之上，想动也动不了半分，转眼间，车速就上升到了时速一百公里。

深夜的街头，行人稀少，车辆也不多，狂奔的奔驰 GL 如一匹脱缰的野马，以不羁的姿态和狂放的身姿划破浓重的夜色，漆黑的车身如脱弦之箭，闪电般一路向西而去。

"我以前经常玩赛车。"齐全见连城一脸惊愕之色，自得地微微一笑，"很久不玩了，有点儿手生了……咦，追你们的车是不是一辆深红色的宝马 X6？"

后面一辆宝马发疯一样追了上来。

"没错，是陈占天和宁二。"连城简单说了他和杜京宴、罗亦与陈占天、宁二发生冲突的经过，"要是给齐少添麻烦的话，就……"

"屁话。"齐全不等连城说完，就打断了他的话，他轻蔑地从后视镜看了一眼身后的宝马 X6，"别说是 X6 了，就是 M6 也别想超过我！"

X6 定位是 SAC，也就是全能轿跑车，但毕竟不是正宗的跑车，本质上和 SUV 更接近，不以公路性能见长。而宝马 M6 是纯粹的跑车，跑车拥有

更低的底盘和更好的操控性，是真正意义上的公路杀手。齐全开的奔驰 GL 是一辆全尺寸 SUV，兼顾公路性能和越野，只论公路性能，与 X6 相比还稍逊一筹，更不用提完全以公路性能见长的 M6 了。

即使如此，齐全还敢口出狂言，声称要以 GL 干掉 M6，连城虽然没有开过这些车，却也没少从汽车杂志和网上研究过这些车的性能和参数，也算是半个键盘车神，知道以一辆 SUV 硬拼跑车，失败的概率高达百分之九十以上。但他却不认为齐全是在信口开河，因为他也知道，有时候汽车的性能和驾驶技术有很大的关系，一个驾驶技术一般的人，给他一辆超级跑车也许还跑不过一个超级高手开的普通 SUV。

"谢谢齐总。"有这么好的向齐全示好的机会，杜京宴自然不会错过，忙向齐全表示了感谢。

齐全只是淡淡地"嗯"了一声，并没有多说什么："系好安全带！"说完目光紧盯着前方，距离前方路口只有十几米时，他本来是在中间的直行道行驶，却突然越过两个车道变道，瞬间变到了右转车道上。

就在他变道完成的一瞬间，红灯亮起，齐全从容地打了右转灯，然后右转了。

一直紧跟其后的 X6 却没来得及变道，情急之下，想强行加塞到右转车道，却惹怒了后面的一辆宝马。本是同"马"生，相煎何太急。后面的宝马司机平常也是加塞惯了，最见不得别人加他的塞，而且他开的是一辆 X1，心里本就极度不平衡，怎么着，看不起 X1？ X1 再小也是宝马，虽然比 X6 小了 5，但好歹也是宝马不是？而且还不是最便宜的宝马。

X1 不但没有减速让道，反而加速向前，不让 X6 变道，他以为他加速了，X6 就会知难而退，没想到 X6 不但没有一点儿让道的意思，反而非要强行挤过来，他脑袋一热就不顾一切地冲了上去，心中只有一个念头——X1 也是宝马，别欺负我小！

哐的一声，X1 的头部狠狠地撞在了 X6 的尾部，来了一次同门兄弟的自相残杀。

契

机

开车的是陈占天，被追尾了，前面又有车挡住了去路，想走也走不了了，陈占天眼睁睁看着奔驰 GL 扬长而去，心里怒火中烧。他下了车，见是一辆 X1 撞了他，又见从 X1 上面下来的司机是一个一脸横肉的光头，他的火就更大了。

"你长成这熊样还出门，不怕影响市容啊？开一辆破 X1 还敢出事故，不怕赔得连裤子都当掉？"没追上连城，一肚子气正没地方发泄，X1 司机很不幸地撞到枪口上了。

"你他妈的说什么？老子长得比你帅多了，看你瘦得跟驴似的，长得比鬼还难看，别以为开 X6 就比别人高一等，老子开 X1 也比你有钱，穷酸！土鳖！"X1 司机不甘示弱，上来就是一顿反驳，思量了一下陈占天的体型，他自认可以打得过陈占天，就开始挽袖子了。

"去你娘的，你才土鳖。"陈占天怒不可遏，随便一个什么货色都敢和他叫板，真当他是人人可以欺负的软蛋，他抬腿一脚踢在了 X1 司机的肚子上，"滚回家吃奶去，别挡老子的路。"

X1 司机被踢晕了，一下摔倒在了地上，他也是不肯吃亏的主儿，一打滚又爬了起来，冲上去就要去打陈占天。还没等他冲到陈占天面前，一个人突然从侧面杀出，一拳就打在了他的脸上。

他猝不及防被打个正着，身子一晃差点摔倒，紧接着还没等他反应过来，陈占天又一记飞腿踢了过来，正中胸口。

随后，他倒在了地上，被两个人拳打脚踢，狠狠地修理了一顿——陈占天和宁二憋了一肚子的火，终于有了发泄之地，可怜的 X1 司机，一向以开宝马为荣，经常傲视群车，认为什么奔驰 GLK、ML，以及奥迪 Q5 甚至 Q7 都不如他的 X1，他向来是逮谁灭谁，却没想到，从来没有被奔驰、奥迪的车主欺负过，却被同是宝马的车主打得遍体鳞伤。

从此，他再也不以身为宝马车主为荣了。

X6 和 X1 内斗的一幕，连城几人没有看到，齐全开车的速度过快，右转之后，转眼间就几百米开外了，又转了几个弯，确信完全甩掉了 X6 之后，

打开局面

209

齐全才放慢了车速。

"我就不送你们了。"齐全靠边停车，朝连城点了点头，"连城，周末有空的话，过来找我。"

"好。"连城一口答应，谢过齐全之后，他和杜京宴、罗亦下了车。杜京宴还想和齐全说几句什么，齐全却没给他机会，迅速离开了。

出了这样的一个插曲，杜京宴和连城的关系又进了一步，他紧紧握住连城的手，哈哈一笑："从高中后，我就没再和人打过架，也没和人并肩作战过，连城，今天我们不但聊得很开心，也打得很痛快，哈哈，你这个朋友，我交定了。现在找同享福的朋友太容易了，但找一个共患难的朋友就太难了。"

连城也是心潮澎湃，想起刚才的经历，心情难以平静："杜哥，刚才真是太过瘾了，没想到你也这么能打，哈哈，能文能武，简直是全才。"

契

机

第30章　取舍之道，总有得失

"以前上学的时候，我也疯狂过。"杜京宴想起了往事，一时感慨，拍了拍连城的肩膀，"好了，不早了，今晚就到这里了，以后常联系。对了，你住哪里？"

"我住安贞桥附近。"

"这么远？离你们公司也挺远，这样吧，我在安慧桥附近有一套房子闲着，你搬过去住吧。"别说连城可以帮他引荐齐全，就算不能，就凭刚才他和连城聊过初恋打过架的经历，他也当连城是兄弟一样看待了，到了他现在的层次，想交一个真正的知心朋友简直太难了，生意场上认识的人，大多是利益驱使，无法交心，但人生在世，必须有一个知心爱人、一个知心朋友，不管先有哪一个，总是要有。

"这怎么行？不行，不行。"连城连忙拒绝。虽然他也知道杜京宴绝对是好意，没有施舍的意思，但他还是接受不了。

"怎么不行？我的房子闲着也是闲着，租出去又太脏了，你去住，还可以帮我打扫卫生，省得房子放太久没人住，没有人气。行了，别推辞了，再推辞就是矫情了。"杜京宴用力一推连城，"房子也不大，两室的，你一个人住也够了。"

罗亦张大了嘴巴，不是吧，连城真是撞了大运了，杜京宴居然免费提供房子让他住，这说明他在杜京宴心目中已经是非常重要的朋友了。

"连城，杜哥一番好意，你就别矫情了，住就住吧，朋友之间，以后互相帮忙的事情多着呢。"罗亦也愿意让连城和杜京宴走得近，对她来说也是好事，她现在越来越认定杜京宴是一个值得托付的人，比陈占天强了一百倍不止。又想起上次吃饭时连城让她去接近杜京宴而不是陈占天，她现在越来

打开局面

211

越佩服连城的眼光了。

"可是……"连城实在不想承这么大的人情。

"就这么定了。"杜京宴不容分说转身就走,"明天你来找我,我给你钥匙,记住,房子一定要保持干净卫生,不能弄得乱七八糟,听到没有?"

不等连城再说什么,杜京宴已经走远了。

连城无奈地摇了摇头:"这真的不好。"

"管他呢,他肯定有求于你,你就先住着,以后的事情以后再说。"罗亦伸手一捏连城的脸,"我说连城,你还真是有本事,我现在都不敢认你了,等有一天你上位了,别忘了姐。"

"别碰我的脸,我还要靠脸蛋吃饭呢。"连城嘻嘻一笑,推开了罗亦的手,"别闹了,不早了,各回各家了。"

"这儿离我那里太远了,要不,我跟你回去算了?"罗亦吃吃一笑,挑衅地看了连城一眼。

"免了。"连城连连摆手,"如果让卫姐看到我带你回家,她非把我扫地出门不可。"

"为什么呀?你是租客,又不是她什么人,她还管你交不交女朋友?老实交代,她是不是看上你了?"罗亦叉着腰审问连城。

"倒也不是,我交女朋友的自由当然有了,但她强调过,如果我带不三不四的女人回家,她就不租了。"连城嘿嘿一笑,"就凭你这烟熏妆,还有乱糟糟的头发,她肯定会认为你要么是我从夜店捡来的,要么就是从 KTV 带来的。"

"滚!"罗亦踢了连城一脚,"变着法子骂我不像良家妇女是吧?我哪里不像良家妇女了?虽然我是现实了一些,但我也有原则底线,不是随便出卖自己的人。我被陈占天欺负了,你不安慰我反倒嘲笑我,连城,你还有没有良心有没有人性?呜呜……"

说着说着,罗亦悲从中来,竟然哭了起来。

连城摸了摸身上,没带纸巾,就伸出了袖子递到罗亦眼前:"好了,好了,别哭了，刚才不是为你出气了？要不是为你，我干吗去打人？我和陈占天又没有夺妻之恨之类的血海深仇。来，借你袖子擦一擦，不过别擦鼻涕，就这一件衣服了，明天上班还得穿呢。"

"你……"罗亦又笑了，推了连城一把，"送我到地铁站。"

第二天上班，整整一天都十分平静，没有什么特别的事情发生。连城以为就算木恩不找他的麻烦，陈占天或是段见也有可能让他不自在，没想到，谁也没有理他。

木恩是因为罗亦请他吃饭，感谢他为她出头的壮举，他心情大好，顾不上理连城。更让木恩心情大好的是，提拔他兼任人事总监的传闻进一步得到了确定——包端杰告诉他，姚常委对于他的任命，原则上不反对，也就是说，他兼任人事总监的事情，是八九不离十了。

情场虽然还没有得意，但比以前也有了长足的进步，再加上职场得意，木恩怎能不兴高采烈？高兴之下，也就没有心思再挑连城的不是，毕竟他为罗亦出头也是连城的主意，尽管连城没安好心，但他却是实实在在得到了真实的好处。

连城可以猜到木恩不找他麻烦的原因，却猜不到陈占天为什么放过他，以陈占天的势力，想要收拾他易如反掌。难道是陈占天自顾不暇，又惹了别的麻烦不成？

姚常委一天没来公司，连城和苏先冉的关系虽然有了初步的进展，但也不值得向姚常委汇报，他也就安心工作，等待下一个时机。

莫莉直到下午下班的时候，才又出现在他的面前。

"我想通了，连城，你骗我。"莫莉叉着双手来到连城面前，"为了安慰我受伤的心灵，你得请我吃饭。"

"想通什么了？"连城挠头表示不解，"昨天不是刚一起吃过饭，怎么今天还吃？"

"你晚上有安排了？"莫莉站在连城身前一米远的地方，她身上淡淡的香气袭来，犹如夜来香般迷人。

打开局面

213

"我要去找杜哥拿房子钥匙。"连城今天想了一天，觉得住杜京宴的房子还是不妥，就想推掉，不料下午的时候杜京宴发来微信，说他已经让人把安慧桥的房子打扫干净了，钥匙也准备就绪，就等连城来取。如果连城不过来取，他就派人送过去。

连城无奈，他如果非等杜京宴派人送钥匙过来，就显得太矫情了，忙回复杜京宴说他会过去取钥匙。

"我陪你去。"莫莉向前一步，几乎贴住了连城，小声说道，"你昨天讲的初恋故事是假的……我想了一晚上，终于发现了里面的漏洞。"

连城向后一步，和莫莉保持了安全的距离，笑道："什么漏洞？"

"你请我吃饭我才告诉你。"莫莉笑嘻嘻地转身就走，"我到楼下等你，快点。"

连城摇了摇头，莫莉加大了对他的攻势，他该如何应对？他的任务是追苏先卉，可不是和莫莉谈恋爱。尽管说追苏先卉只是玩笑，但他既然答应姚常委了，就要拿出诚意去付诸行动。

"怎么了，连城？"正想入非非时，罗亦悄无声息地出现在他背后，她一拍连城的肩膀，"想谁呢，想得这么入神？说，你和莫莉是不是有进展了？行啊，恭喜，快要修成正果了吧？"

连城没好气地翻了罗亦一眼："有话快说，有气快出，烦着呢。"

"晚上有时间没？我请你吃饭。"罗亦伸手拿出一张银行卡，"银行卡还你，分文未动，请你吃饭花我的钱，不会花你一分钱，你放心。"

连城没客气，接过了银行卡，他摇了摇头："晚上有约了，饭就不吃了，有事就说事，不一定非要吃饭。"

"哎，你说我和杜京宴有戏没戏？"罗亦拉过一把椅子坐在了连城的身边，离连城不到半米远，她环顾四周，见许多同事都走了，办公室没有几个人了，才放心地说道，"说真的，我是真心喜欢上他了。他救我的时候，真英勇真男人，当时我就感觉等了一辈子的白马王子终于出现了。这一次我真的不是玩，是真动心了。"

连城懒洋洋地说道:"你和杜京宴有戏没戏,我怎么知道?我现在一堆事情,自己都顾不过来,哪里有工夫管你?"

"你不是眼光高人一等吗?我就是让你替我看看,我是不是杜京宴喜欢的类型。"罗亦一脸迫切,眼神中满是期待。

真的动心了?连城有几分怀疑,印象中罗亦见一个爱一个,爱一个嫌一个,她的爱如潮水,来得快也去得快。再一想,好像罗亦以前还真的没有这么在乎过谁,杜京宴是第一个。

一想也是,当时杜京宴没有退缩逃避,左手茶壶右手茶杯,威风凛凛,哪个女孩不喜欢为她冲冠一怒的男人?连城嘿嘿一笑:"当时救你,我才是主力,你怎么不对我一往情深?"

"一边儿去,我和你太熟了,不好意思下手。"罗亦一推连城,莞尔一笑,"再说你的目标是苏先卉,我还不入你的眼。快说,别磨叽,我到底是不是杜京宴的菜?"

行啊,罗亦也挺有眼光,什么时候看出他的目标是苏先卉了?连城心中一惊,表面却不动声色地笑了:"我的目标怎么可能是苏先卉?苏姐是所有男人的目标,她太高高在上了,我可够不着。你是不是杜京宴的菜,我还真不清楚,但我清楚一点,你肯定是木恩的菜。"

"滚!"罗亦生气了,打了连城一巴掌,"别提他成不?又胖又秃,走路又晃,全世界男人都死绝了,就剩他一个了,我再考虑他好了。苏先卉是所有男人的目标,既然你是男人,肯定也是你的目标了。有句话不是说,嫁人当嫁姚常委,娶妻要娶苏先卉。好了,不和你扯了,我还有事,有机会你再帮我约杜京宴,万一我真的成功了,肯定忘不了你。"

嫁人当嫁姚常委,娶妻要娶苏先卉?谁编的?还挺有才,不过,姚常委已经结婚了,没戏了,连城笑着摇了摇头,起身下楼。

现在的形势已经很明朗了,姚常委要运作的项目需要苏先卉、齐全和段见的加入,段见意向不明,而齐全和苏先卉已经明确表示不感兴趣,姚常委抱着姑且一试的想法,让他充当马前卒,看他能否先从苏先卉身上打开突破

口。他也清楚，姚常委对他并没有抱太大希望，成了，是意外之喜，不成，也没有损失。

对姚常委来说成败并不重要，但对他而言，成败就是两重天了。如果他真能从苏先卉身上打开突破口，率先让苏先卉同意加入姚常委的项目，那么他不但在姚常委眼中的分量大增，在公司也拥有了一席之地。

不过……连城又一想，姚常委只让他去追苏先卉，却并不知道他和齐全的关系。根据他的分析，三个人中，齐全、苏先卉和段见，最关键的一人不是苏先卉，而是齐全，齐全才是三人之中的棋眼。也就是说，如果说服了齐全加盟，在齐全的带动下，苏先卉和段见就会不攻自破，主动加入。

因为齐全的影响力太大了，而且很长一段时间以来，齐全都处于一种隐世不出的状态，有太多人想请他出山，他一概拒绝，所以许多人都会紧盯着齐全的一举一动，如果他一出山的第一个项目是和姚常委合作，那么由此引发的轰动效应和连锁反应，会让姚常委的项目一炮走红。

到时姚常委的项目会成为无数人关注和争相投资的项目，那么苏先卉和段见近水楼台先得月，肯定会打消犹豫积极加入。

只是连城虽然自认现在和齐全关系还算不错，但万里长征才迈出了第一步，他和齐全仅仅是聊得来而已，还没有密切到可以无话不谈的地步，甚至可以说，他和齐全的关系还不如和杜京宴的关系密切。所以想要说服齐全加入姚常委的项目，还有很长的路要走，而且未必一定成功。

如果齐全怎么也不肯加入姚常委的项目，那么退而求其次，以苏先卉为突破口也不失为一个选择。苏先卉对姚常委的项目顾虑重重，一是她似乎并不看好姚常委的项目的前景，投资大、周期长、见效慢；二是她不愿意和齐全、段见合作。段见还好说，在连城看来，段见是三人之中实力最弱，人品最差，可以随时排除在外的人，但齐全就不行了，齐全是姚常委最看重的人，以他推断，姚常委宁肯同时放弃苏先卉和段见，也不愿意放弃齐全。

所以事情麻烦就麻烦在不管是先说服齐全还是先以苏先卉为突破口，到最后总是要有所取舍。取舍之道，总有得失。

契

机

216

连城一边想，一边到了楼下，发现莫莉已经等他多时了。他和莫莉刚要离开，郝楼不知道从哪里冒了出来。

"连城，你听说没有，木总兼任人事总监的事情基本上定了。"郝楼得意扬扬的神态就和他得到了提拔一样，也是，作为木恩最忠心的手下、最忠实的跟随者，木恩兼任了人事总监之后，就成了公司可以排名在前十的重量级人物了，距离副总的位置仅仅一步之遥，而一直跟随他的郝楼也会跟着升迁。

"听说了，挺好，木总高升了，他得请客庆祝一下。"连城看出了郝楼眼中的炫耀，也听出了郝楼语气中的不可一世，却一点儿也不生气，反倒一脸轻松满心高兴，"木总一升，郝楼，你也快了。苟富贵，勿相忘。"

"哪里，哪里，我怎么可能升在连哥前面？"郝楼嘴上这么说，心里却很受用，笑得很开心，想的更是只要木恩升上去，他肯定也可以先连城一步当上副总监，虽然连城比他早来公司两年，论资排辈，应该连城比他早升一步才对。但连城一直没做出成绩，三年了一直原地踏步，被他超过也是活该。

"不是我说你郝楼，你跟在别人后面，永远是跟屁虫的角色。"莫莉看不惯郝楼故意显摆的嘴脸，白了他一眼，"你别觉得你一定会比连城早升，告诉你，你还真跑不到连城前头。"

郝楼的伪装被莫莉一句话就撕破了，他装不下去了，讥笑一声："我眼神不好，还真看不出来连城有什么地方比我强，不对，我想起来了，还真有比我强的地方——来公司的年头比我长，哈哈。"

莫莉恼了，还想和郝楼辩论几句，连城却伸手制止了她，连城哈哈一笑："郝楼跟对人了，肯定比我升得早，一人得道嘛……"

一人得道，鸡犬升天。连城故意省略了后面一句，是嘲讽郝楼不过是木恩的鸡犬。郝楼大学时期光知道学英文了，连常见的成语都不会几个，他还以为连城是在夸他，高兴得连连点头："没错，没错，木总得道了，我也跟着飞黄腾达。连城，不是我说你，你比我大两岁，比我早来公司两年，要是你早早跟了木总，也不至于混成现在这个样子。我看你人挺不错的，这样吧，

如果你想跟木总的话，我可以和木总说一声，木总大人不计小人过，肯定会接纳你。"

"我考虑一下。"连城笑眯眯地点了点头，拉上莫莉就走，他见莫莉脸色不善，唯恐莫莉说出什么不好听的话，"先走了，回头再说。"

契
机

经营人脉，拓宽交际圈

　　有些人一辈子都放不对位置，你用三年时间找到了方向放对了位置，已经很不错了。这么看来，你这三年没有当上副总监或是总监，也不算虚度，失之东隅，收之桑榆，磨刀不误砍柴工。别看和你同时进公司的同事当上了副总监甚至是总监，但你现在一步就追上他们几年的努力。有些人是将才，适合负责具体事务，但有些人是帅才，可以统领全局。

第31章　难题也是机会

连城和莫莉刚走，郝楼心满意足地正要骑车离开，忽然有人拍他的肩膀，回头一看是甄剑。

"真贱，怎么着，晚上要请客？"郝楼知道甄剑和连城关系好，就故意将甄剑一军，看甄剑怎么接招。

"你算说对了，我正打算请你吃饭呢。走，火锅还是麻辣烫？"甄剑亲热地抱住了郝楼的肩膀。

"火锅吧，好久没吃海底捞了。"郝楼见有人主动上门请客，不宰上一刀多对不起甄剑的好心。

"没问题，走起。"甄剑招手打车，漫不经心地想起了什么，问道，"怎么木总没请你吃饭？他快要升了，也得庆祝一下不是？"

"他和包总吃饭去了。"郝楼嘿嘿一笑，"包总提拔了木哥，木哥总得有所表示才对，是吧？"

"那倒是。不过我怎么听说，包总提了木哥，是想让木哥充当他和姚董争取公司控股权的马前卒？"甄剑和郝楼上了出租车，他暗中观察了一下郝楼的反应，见郝楼一脸震惊，知道他的消息可靠，就继续说道，"木哥如果真的答应了包总，他就没有退路了，万一最后是姚董胜利了，木哥肯定会被扫地出门了。"

"你怎么知道包端杰要和姚常委争夺控股权？"郝楼大惊失色，他以为包端杰和姚常委不和是多么隐蔽的秘密，而包端杰要和姚常委上演一场公司控股权的争夺战，更是无人知晓的高度机密，没想到，连最底层的甄剑都知道了，岂不是说，公司上下人人皆知了？

"我有可靠的消息来源，你就不要多问了。反正是神仙打架，凡人遭殃，

220

我是想提前做好准备，看准方向好站队，省得到时站错了队被清理出去就亏大了。"甄剑一脸恳切，"郝楼，兄弟，我们虽然平时关系一般，但再好好想想的话，公司上下一千多人，我们也算是关系不错的哥们儿了，是不？既然是哥们儿，有什么消息提前透露一下，有难同当有福同享嘛。互相照顾照顾，总比一个人单枪匹马好。"

郝楼犹豫了，甄剑的话不无道理，但甄剑毕竟和连城关系密切，万一他有什么企图就不好了。

甄剑看出了郝楼的犹豫，呵呵一笑："你是担心我和连城关系好吧？你也不想想，连城有什么？真要是他站错了队，公司改天换日重组的话，他说不定就被除名了，到时我和他谁还认识谁呀？再说人往高处走，连城得罪了木总，又和包总不是一队，他被淘汰是早晚的事情。我和他以前关系是不错，但在涉及自己利益的大事上，谁还考虑他的利益呀，对吧？我想通了，连城以后的前景还不如你呢，与其和他关系好，还不如交你这个朋友。"

郝楼刚才在连城面前得了便宜，心里正舒坦着，甄剑的话又让他十分受用，而且还十分在理，他就放下了心理防线："我说了，你可千万别传出去。"

"看你说的，我又不傻，传出去就不是独家了，消息只有独家的才最值钱。"甄剑连忙点头，十分诚恳。

"木哥说，包总确实想和姚董争夺控股权，现在公司的股份构成是姚董持股百分之四十，包总百分之三十，包总前一段提出想增持百分之五，同时让姚董稀释股份到百分之三十五，这样一进一出，两个人持股都是百分之三十五了，姚董没同意，提出要新上马一个大项目，想把公司的股份通过项目交换出去，达到股权结构合理、保证公司良性发展的目的。包总表面上没说什么，据说实际上他反对姚董的项目。"郝楼把他从木恩嘴里知道的消息一股脑儿地吐了出去，倒不是他真的百分之百相信甄剑，而是他一开口就刹不住车了。

怪不得姚常委对项目下这么大决心，原来这个项目事关公司的控股权归属，甄剑心里有了底，又问："项目到底叫什么名字？有眉目了没有？"

经营人脉，拓宽交际圈

"听说项目叫未来之星，还没有最后敲定命名，反正名字不重要，重要的是，现在姚董的项目还没有眉目。姚董想拉苏先卉、齐全和段见入局，结果没有一个人响应他的提议，他现在正在苦闷。"郝楼幸灾乐祸地笑了，"照现在的形势看，包总获胜的机会更大一些，姚董的未来之星项目如果成功不了的话，他就没有理由拒绝包总增持股份的要求了，听说包总在董事会的支持率也比姚董高……算了，不说了，最后谁胜谁负谁也说不好，高层的交手，我们这些小虾米想都想不到是什么样的刀光剑影，所以省省吧，既然前面有木哥了，跟着他走就行了，省事省心……"

甄剑沉默地点了点头，没再说话，心中却想，连城还不知道他现在已经卷入了姚常委和包端杰的争权战中，也不知道会不会成为牺牲品。不过又一想，何止是连城，公司上下但凡有些头脑想进步的，谁不密切关注公司的风吹草动，相信有不少人已经注意到了姚常委和包端杰近年来在公司发展理念上的不和，早有人看出来了，包端杰和姚常委要么分道扬镳，要么为了争夺公司的控股权，必有一战。

包端杰也是公司的创始人之一，而且他所持的股份不比姚常委少多少，再者包端杰为人比姚常委圆滑，交际面又广，姚常委是技术人员出身，人际交往方面是弱项，因此在公司董事会以及管理层中，包端杰比姚常委的人缘要好上许多。

如果真要发动公司政变的话，姚常委胜算不大。姚常委最大的优势就是他身为最大股东，但如果包端杰最终持股超过他的话，公司最终被包端杰完全掌控在手中也不是什么骇人听闻之事。

"连城和莫莉最近在谈恋爱？"郝楼打破了沉默，忽然说到了莫莉，"可惜了，莫莉多好的一个女孩，怎么就看上连城了？连城不就是长得帅一点儿吗？帅能当饭吃？莫莉真没眼光，就是我也比连城强得不是一点儿半点。"

甄剑笑了笑："莫莉和连城在一起，也未必就是在谈恋爱。"

"啊？"郝楼无比吃惊，"不是谈恋爱，一男一女总在一起，难道还有什么正事？"

"谁知道呢？管他呢，我们吃我们的火锅，他们爱干什么干什么……"见海底捞到了，甄剑乘机岔开了话题。

莫莉如果听到郝楼和甄剑的对话，一定会回答说："我和连城在一起，是公私兼顾，既谈恋爱又谈正事。"

连城和莫莉坐车来到了观巢——还是昨天和杜京宴喝茶的地方，昨晚莫莉走得早，没有目睹后来发生的惊心动魄的一幕。他们到了后，杜京宴已经先他一步到了。

"不好意思来晚了。"让杜京宴等候多时，连城感到很不安。

"没事，是我特意早来了一会儿，想一个人喝一会儿茶想些事情。"杜京宴穿了一身运动衣，他拿出钥匙交给连城，"房子就交给你了，你负责保管好，我有三个原则：一是不能带不三不四的女人回家；二是家里必须保持干净，不能脏乱差；三是不能转租出去，只能你一个人住，别人住我不放心。"

连城郑重地点头："杜哥放心，我保证做到。"

"我相信你一定可以做到。"杜京宴淡淡地一笑，打量了莫莉一眼，眼中流露出一丝疑问。

连城立刻明白了杜京宴的暗示，杜京宴是有什么话想说，顾忌莫莉在旁，就说："杜哥有什么话尽管说，没事的。"

见连城不避讳莫莉，杜京宴也就不再顾虑什么了，他深深吸了一口气，语重心长地说道："连城，我当你是兄弟才和你说这些话的，你自己知道就行，别说出去。"

连城见杜京宴说得郑重其事，也是一脸凝重地说道："杜哥请放心，我有分寸。"

"好。"杜京宴又喝了一口茶，缓缓地说道，"姚常委策划了一个项目，叫未来之星，他想邀请齐全、苏先卉和段见加盟。齐全的资金和影响力，苏先卉的渠道和对市场的洞察力，都是姚常委看重的地方。和齐全、苏先卉相比，段见不管是实力、影响力还是眼光，都差了不少，但为什么姚常委还要拉段见加盟呢？连城，你想过其中的原因没有？"

连城当然想过其中的原因，只不过没有想通而已，以他的层次和境界，接触不到太多的机密，也做不到登高望远，所以猜不透姚常委的用意也在情理之中，就连姚常委的项目叫未来之星，他也是第一次听说。于是摇了摇头，连城有一说一："想不通姚董到底是怎么想的。"

"我也想不通姚常委为什么要拉拢段见，但我知道的是……"杜京宴意味深长地看了连城一眼，"连城，你恐怕还不知道，姚常委在安度公司的地位岌岌可危了。"

"啊？"连城着实吓了一跳，姚常委是董事长，是最大股东，在他看来姚常委的地位应该稳如磐石才对，怎么就岌岌可危了？

"包端杰想取代姚常委成为最大股东，想当上董事长兼CEO，他想增持股票，需要借助外部的力量，就找到了段见。估计姚常委拉段见加入未来之星项目，是想让段见把资金投入项目之中，段见就没有余力帮助包端杰增持股票了。未来之星项目如果成功的话，会让姚常委在公司的地位更加稳固，同时，也会让公司的股权结构更加合理，包端杰想取代姚常委的计划就落空了。"杜京宴停顿了一下，笑了笑，"连城，你现在和齐全关系不错，如果你能说服齐全支持姚常委的项目，那么你就会成为姚常委身边的第一红人。"

"连城何止和齐全关系不错，他和苏先卉关系也很好。"莫莉忍不住插嘴了，虽然杜京宴透露的劲爆消息十分惊人，但她并不关心公司的归属权大事，她只在意连城能在公司的变局之中得到什么好处。

"真的？"杜京宴一脸惊喜，"如果真是这样的话，连城，你的机会来了。"

连城只是沉默地点了点头，他一脸平静，既没有激动也没有惊喜，心中却是波涛翻动。杜京宴的消息给他带来了不小的震撼，原以为姚常委让他去追苏先卉只是为了公司的发展前景，哪知道原来姚常委还暗藏了伏笔，是借力打力，想借助外界的力量化解来自公司内部的逼宫！

包端杰竟然想取代姚常委成为安度的第一人，确实大大出乎连城的意料。在连城的印象中，自从他来到安度之后，安度上下向来唯姚常委马首是瞻，包端杰虽然身为二号人物，却几乎没有什么存在感，不管是公司的发展大计还是公司的任何活动，都是姚常委出面，包括包端杰在内的几名副总，很少抛头露面。

现在看来，不抛头露面并不等于没有实权，包端杰毕竟是第二大股东。可见人不可貌相，从来不显示权威也不引人注目的包端杰，突然之间就要挑战姚常委的权威，而且一出手就逼得姚常委手忙脚乱地应战，甚至还要借助外界的力量，由此可见包端杰一直在暗中积蓄力量培植势力。

杜京宴说得对，眼前的难题确实是一个机会，即使没有包端杰想取代姚常委的内因，只说姚常委想拉齐全、苏先卉、段见加盟未来之星的外因，对连城来说也是可以成功的机会。当然有了内因，事情就比他原先设想的更复杂了几分。

"不过话又说回来，连城，你的优势和不足都很明显。"杜京宴想了一想，深为连城担忧，"你如果一心充当姚常委的马前卒，竭力促成未来之星项目的成功，那么毫无疑问，你会成为包端杰的眼中钉、肉中刺。如果最后成功了还好，万一失败了，你就会和姚常委一起被包端杰扫地出门。"

"公司创始人还会被扫地出门？有这样的道理？"莫莉不清楚资本市场的规则、玩法和残酷。

"当然会了，当年苹果的创始人乔布斯还被赶出了苹果公司。"杜京宴简单解释了一句，就不再多说这个话题，"连城，你的优势是年轻、无所畏惧，投入的最大资本就是时间，而且你很受欢迎，能让齐全高看一眼的人，肯定不简单。再能让苏先卉也当成朋友，我就更佩服你为人处世的本事了。如果你能进一步和齐全成为无话不谈的知己，你的前程就一片光明了。如果你再拿下了苏先卉……"

杜京宴停顿了一下，目光下意识地扫了莫莉一眼，笑了笑："莫莉你别多想，我只是假设一下——如果连城拿下了苏先卉，让苏先卉爱上了他，那么连城左有知己齐全右有女友苏先卉，就算安度公司没有了他的位置，他也一样可以大展宏图。如连城一样没有背景的年轻人，想成功，必须有贵人相助，齐全和苏先卉就是他的贵人。许多人一辈子都遇不到贵人，连城不但遇

225

到了贵人，而且还得到了贵人的赏识，这是他最大的优势。"

"那连城最大的不足又是什么？"莫莉明白了杜京宴是真心为连城着想，是从朋友的角度为连城权衡利弊，她就很感谢杜京宴，尽管杜京宴提出让连城追苏先卉的建议让她很是不悦，不过她才不相信连城真的可以追到苏先卉，以苏先卉的眼光，怎么也不可能看上连城。

婚姻讲究的是门当户对，连城和苏先卉身份差距实在太悬殊了。

"连城最大的不足就是资历太浅，没有任何拿得出手的工作经历和经验，如果他曾经担任过哪怕总监、副总监的职务，未来之星项目实施之际，他也会有机会担任副总级别的高管。连城，我不明白，你在安度公司三年了，三年时间，你都干什么了？"杜京宴很有恨铁不成钢的迫切，连城自身经历太单薄确实是硬伤。

"我替他说吧，我最了解他了。"莫莉没有看出杜京宴的焦急，嘻嘻一笑，"三年来，连城埋头苦干，无私奉献，认真读书，天天向上……"

"喀喀……"连城打断了莫莉的话，认真而惭愧地说道，"我接受杜哥的批评，在公司的三年，我确实没做好，也不是我不肯努力，而是一直被木恩压制，当然了，这都是客观原因。主观原因是我没有把自己放对位置，我一直以为可以在具体的事情上做出成绩，但直到今天我才知道，我还是更适合务虚。别人用三年时间打实了基础，我是用三年时间才找到了方向。学习了三年人际关系，读了三年书。"

第32章　针锋相对

听连城这么一说，杜京宴才又欣慰地笑了："有些人一辈子都放不对位置，你用三年时间找到了方向放对了位置，已经很不错了。这么看来，你这三年没有当上副总监或是总监，也不算虚度，失之东隅，收之桑榆，磨刀不误砍柴工。别看和你同时进公司的同事当上了副总监甚至是总监，但你现在一步就追上他们几年的努力。有些人是将才，适合负责具体事务，但有些人是帅才，可以统领全局。"

"杜哥的意思是，连城是帅才了？"莫莉心花怒放，脸上洋溢着幸福的光芒。

"现在说这些为时尚早，以后的发展，还得看连城怎么运作了。"杜京宴满意地笑了，他更看好连城的未来了，有太多人不知道自己的方向，甚至连自己喜欢什么工作都不知道，只知道随波逐流，为了赚钱而上班，更不用说放对自己的位置了。知道自己能干什么并且认准方向的人，才是具备了成功潜力的人。

运作？杜京宴也提出了运作的说法，连城心中一喜，可见杜京宴和他理念相同。刚才杜京宴的一番话，很让他感动，虽然他和齐全也算聊得投机，但他清楚他和齐全的差距太大，不可能成为平等交往的朋友，但他和杜京宴有可能成为真正意义上的朋友，尽管杜京宴比他有钱多了，身份地位也高了许多，但杜京宴不是富二代出身，身上还保留着纯朴的气息，最主要的是，他和杜京宴的性格中有太多相似的地方，甚至他和杜京宴的爱情观也完全一样。

正好到了晚饭时间，连城想请杜京宴吃饭，杜京宴却以有事为由先走了。既然只剩下了他和莫莉，他就请莫莉吃了西餐。

经营人脉，拓宽交际圈

饭后，他要回住处收拾一下，搬家是一项大工程，尽管他没有多少东西，但至少也要收拾两三天。

"我帮你收拾吧。"莫莉自告奋勇，"我还没去过你家呢，不知道你一个单身男人是什么样的生活状态。"

"孤男寡女，共处一室，多有不便。"连城嘿嘿一笑，"你不怕我对你图谋不轨？"

"就你？"莫莉右手食指在鼻子下面一划，做了一个很嚣张的动作，"我一个人可以打倒你两个。"

连城哈哈一笑，轻轻一推莫莉："别闹了，你不是说让我请你吃饭，你就告诉我初恋故事里的漏洞？"

"等我到了你家里，我才告诉你。你不让我去，我就偏不告诉你。"莫莉耍赖了，不知道又想起了什么，忽然又感慨起来，"看一个人的层次，看他交的朋友；看一个人的未来，看他的对手。连城，我忽然觉得你真的很聪明，交了齐全和杜京宴这样高层次的朋友，又有木恩、段见和包端杰这样强有力的对手，你以后肯定会大有作为。小时候爸爸对我说过一句话，狼的周围都是狼，英雄总能遇到英雄。"

连城对以后怎样，先不去设想，因为想也没用，还不如踏实地做好眼前的事情才是正经。

到了连城家中，已是晚上九点的光景。一进门，莫莉就惊呼一声："哇，不是吧，怎么这么干净？我还以为有多脏、多乱、多差，连城，你老实交代，是不是金屋藏娇，有女朋友帮你收拾？"

"我倒想呢，可惜真没有。"连城拿出一双拖鞋让莫莉换上，"房间干净了，才会有好心情。心情好了，才会有工作的动力。"

"话是这样说，可是男人有几个愿意干家务的？"莫莉打量了连城的房子一番，是一室一厅的格局，面积不大，但布置得还算温馨，家具不多，只能勉强满足基本的生活需要。

"你有多少东西要收拾？"莫莉挽起袖子就要帮连城干活，她刚要进连城的卧室，却被连城拦住了。

"不急，你先坐下喝口水。"连城嘿嘿一笑，不好意思地挠了挠头。

莫莉看出了什么，一把推开连城："起开，让我欣赏一下你的卧室……啊！"

映入眼帘的一幕让莫莉目瞪口呆，如果说客厅是一尘不染的整洁和干净，那么卧室就是乱七八糟猪窝一样的脏乱差，袜子扔得到处都是，床上地上各有好几只，一只鞋摆在床头的窗台上，一只鞋落在床头柜上。再看床上的被子团成一团，也不知道几天没有叠了，完全不成样子。

这还不算，床边还有两条内裤。

连城脸都红了，赶紧过去抓起内裤，一把塞到了被子下面："不让你进来你偏进来，看，美好破灭了吧？有时候非要追求真相，等真的知道了真相之后才会后悔，因为真相往往很残酷。"

"哈哈哈哈……"愣了好大一会儿，莫莉才爆发出不可抑制的大笑，"这才是真实的你，连城，要是你的卧室真和客厅一样干净整洁，我就不光是怀疑你有没有女朋友了，而是要怀疑你是不是伪娘，哈哈。"

莫莉开心地大笑，连城却一脸无奈，他一把把莫莉推出了卧室："好了，别笑了，你以前上大学的时候又不是没见过男生宿舍……"

莫莉用手指在脸上划了一划："不知羞，在外面挺光鲜，家里这么邋遢，你说我要是说出去，你会不会丢人丢大发了？"

"谁不是人前风光人后悲伤？"连城莫名就感慨了一句，他和莫莉来到客厅，倒了杯水，"男人到底是男人，不可能一个人把生活的方方面面都打理得井井有条，否则还要女人干什么？男人娶老婆，不是娶来供着当姑奶奶的，而是用来当保姆、卫生监督员、护士兼守护者的。"

"你要求太高了，哪个女孩敢嫁你？"莫莉喝了一口水，想起什么，又笑了，"对了，你的初恋故事一听之下，好像是真事一样，应该是你讲得太投入太生动了，但有一个环节你出现了纰漏，就是你出国两年又回来的那段经历……你根本就没有出国留学，你是大学毕业后直接就留在了北京工作，

那么问题来了，你的初恋故事到底是谁的故事？"

"不简单嘛。"连城赞许地笑了，"你还能听出来我故事里面的漏洞，说明你走心了。没错，我是没有出国留学的经历，出国留学回来的那一段，是虚构的，不过故事的大部分是真人真事。"

"为什么要编一个出国回来的假结局？"莫莉想不通，"那你到底是怎么和吴元分手的？"

"吴元就是无缘，不管怎么分的手，反正已经分了，都不重要了。"连城不想再提吴元了，"至于为什么要编一个出国回来又重逢的假结局……不告诉你！"

"你！"莫莉正支着耳朵想听个明白，没想到连城虚晃一枪逗她玩，她就恼了，扑上去胳肢连城，"让你骗我，看我不收拾你。"

连城一边躲一边笑，脸上在笑，心里在流泪，其实出国留学回来重逢的那一段，除了出国留学是杜撰，其余全是真实的往事。之所以杜撰了一个出国留学的经历，倒不是他想为自己脸上贴金，而是为了引起杜京宴的共鸣。

因为杜京宴的初恋也是从国外回来的。

相同的经历相似的故事才更容易让两个有着同样爱情观的男人迅速走近。

"哎呀，拆房子呀？"

正当莫莉追着连城打闹的时候，门被打开了，一个人推门进来，见此情景，花容失色，惊呼出声。

冷不防一人开门闯了进来，莫莉吓得尖叫一声，一头扑进了连城的怀中，她以为招贼了："小偷，抓小偷！连城，快打110！"

"小偷个头！"来人向前一步，二话不说伸开双手，左手抓住连城的肩膀，右手抓住莫莉的肩膀，用力一分，就将二人分开了，"有人在，不要搂搂抱抱地秀恩爱，秀恩爱死得快，知道不？不对，你到底是连城的正牌女朋友还是失足少女？"

"你才是失足少女！"莫莉被来人生硬的动作弄得肩膀隐隐作痛，又被她很没礼貌的形容气得不行，再一看对方竟然是一个性感妩媚的女孩，而且还只穿了一件蕾丝花边露着大腿和肩膀的睡衣，她顿时心中既警惕又不舒服，"你是谁呀？你怎么会有连城房间的钥匙？你和连城是什么关系？"

卫非非今天又来催交房租，她怕连城耍赖躲她，就直接开门进来，想来一个瓮中捉鳖，不料一进门却正好撞见连城和一个很有气质的漂亮女孩在打闹，她心中莫名就生气了。

"我是谁？你管我是谁，你管我和连城是什么关系，我还想问你是谁呢！"卫非非是土生土长原产的北京姑娘，性子直爽，向来有一说一，不会掩饰自己，"连城，她到底是谁？"

连城也没想到卫非非会突然杀进来，更没想到卫非非和莫莉一见面就不对付，眼见就要吵架了，他忙出面圆场："来，都先坐下，谁也别凶，我慢慢介绍。她叫莫莉，是我的同事。她叫卫非非，是我的房东……"

卫非非瞪了莫莉一眼，哼了一声，一屁股坐在了沙发上："同事？你和你的女同事关系都这么暧昧吗？"

"房东？"莫莉也不甘示弱，"哪里有女房东随便进男房客房间的道理？你是不是所有男房客的房间都开门就进？"

"当然不是了。"卫非非双手抱肩，挑衅的目光上下打量了莫莉一眼，"已婚的、长得丑的，或是长得帅但我不感兴趣的，我才不进，我只随便进我想勾引的男房客的房间。"

"……"莫莉被卫非非直白的话气得目瞪口呆，愣了一会儿才说，"你真无耻，脸皮真厚，你别想对连城想入非非。"

"不是我对连城想入非非，是连城天天想入非非。"卫非非挑了挑眉毛，故意跷起了二郎腿，还有意拉了拉睡衣，露出了膝盖以上的大腿。

公平地讲，卫非非的大腿修长而漂亮，匀称而富有弹性，不过细也不过粗，肤色白而润，堪称完美。但在莫莉眼中，卫非非的大腿就是粗细不匀，松弛而干燥，毫无美感可言。

"骚浪贱！"莫莉呸了一口，"连城才不会喜欢你这种没品又没底线的女

经营人脉，拓宽交际圈

人……想入非非，啊，你的名字起得就很流氓，怪不得这么浪。"

莫莉才回味过来想入非非的隐晦含义，回手拧了连城一把："连城，你说，你有没有想入非非？"

怎么一见面就掐起来了？连城哭笑不得，莫莉和卫非非原本是八竿子也打不着的两个人，如果不是他，也许她们一辈子都不可能认识，当然，不是因为他，她们更不会互相敌视和攻击。问题是，莫莉是出于吃醋才对卫非非敌视，卫非非又为什么要对莫莉这么敏感？

"你们都别闹了，听我说！"连城拿出了男人应有的权威，他站在二人的中间，"卫姐，你随便进我的房间，是你的不对。你上来就骂莫莉，还是你的不对，你先向我向莫莉道歉。"

"凭什么呀？"卫非非一下站了起来，和连城针锋相对，"我没错，我不道歉。你不经允许带来历不明的女人来房间，是你有错在先。"

"谁来历不明了？我是他的女朋友！"莫莉也站了起来，摆出了要和卫非非斗争到底的架势。

"你们要是再吵，我就出去了。"连城急了，使出了杀招，"还吵吗？"

卫非非哼了一声，回敬了莫莉一个杀气腾腾的眼神，然后坐下来。莫莉也不甘示弱地哼了一声，坐在了沙发的另一头。二人隔了一米多远的距离，你看看我，我看看你，谁也不服气。

连城搬了一个板凳坐在了二人的对面，想了一想，为了不让二人再胡闹下去，他决定快刀斩乱麻，他咳嗽一声，又习惯性地摸了摸下巴："嗯，其实，莫莉、卫姐，我想告诉你们一件事情，其实我喜欢的人是苏先卉……"

莫莉惊讶地张大了嘴巴，想说什么又没有说出口，过了片刻，她又心领神会地笑了，连城为了息事宁人，是在逗卫非非玩，好吧，鉴于连城出于好心，她就不和连城一般计较了。反正她也相信，连城就算真喜欢苏先卉也是落花有意流水无情，苏先卉怎么也不会喜欢他。

"苏先卉？"卫非非没想到连城突然冒出一句题外话，也不对，不是题外话，是化解她和莫莉互相敌视的重大转折，她想了一想，忽然想起了什么，"你说的是三信影视的美女 CEO 苏先卉？连城，说谎也要走心好不好，你喜欢苏先卉有个毛用，我承认我也有点儿喜欢你，还好我只是一个包租婆，当然了，倒不是说包租婆就低人一等了，但我有自知之明，论身份和地位还是比不上苏先卉。你说以苏先卉的层次，你想认识她都难，你喜欢她有什么用？就和喜欢月亮上的嫦娥有什么区别？她可能永远都不知道你是谁，更不会喜欢你！还有……"

卫非非的长篇大论才说一半，连城的手机突然响了。

"什么时候换铃声了？像是《大悲咒》……"卫非非的思路转变也快，居然一下跳跃到了连城的手机铃声上。

连城没空理会卫非非，他见是陌生的号码，心想不管是谁赶紧接了再说，来得太及时了，为他解了燃眉之急。

"喂，你好……"

"连城，是我，你姐……"一个很清脆并且干脆的女人的声音传来，声音既熟悉又陌生。

"姐？"连城一下没听出来对方是谁，愣住了，"什么姐？哪个姐？"

"这么快就忘了我了？我是苏先卉！"苏先卉哈哈一笑，"连城，你居然连我的声音都没有记住，你太让我伤心了。"

"哎呀，原来是苏姐呀，不好意思，主要是苏姐的声音太多变了，有时如春风化雨，有时又如夏风习习，想要完全领会到苏姐声音的美感，至少要和苏姐说上一天的话才行。"

"好呀，我现在就给你一个和我说上一天话的机会，明天去爬香山，怎么样？"连城的话让苏先卉心花怒放。

苏先卉约他去爬山？连城心中一跳，他不是自作多情，也知道苏先卉性格大大咧咧，不是一个细致而含蓄的女孩，但再不细致含蓄，她也是一个女孩，女孩的矜持她也有，不会轻易邀请一个异性去爬山，必定有事。

明天是周六，不上班，时间倒是有，就是连城不知道苏先卉的用意，不敢贸然答应，就试探着一问："都有谁呀？"

"没别人呀，就你呀。"苏先卉假装没听明白连城的问题，"怎么了，没空？"

"有空是有空……"连城犹豫一下，他不是不敢和苏先卉独处，而是他相信苏先卉突然单独约他，肯定事出有因，好吧，就算苏先卉只是单纯地爱玩，没找到别人陪她而想到了他，他也要问个清楚，"人多了热闹，要不带几个朋友一起？"

"好哇，没问题，明天九点在香山公园门口见，不见不散。"苏先卉问也没问连城会带几个朋友，都是谁。

契

机

第33章　美女邀约

"苏先卉约我明天一早爬香山……"放下电话，连城嘿嘿一笑，朝卫非非投去了得意的目光，"卫姐，苏先卉可能永远都不知道我是谁，更不会喜欢我……是谁说的话？"

"真的是苏先卉？"卫非非一脸震惊，不敢相信连城的话，"骗人的吧？"

"明天早上九点，香山公园门口见。"连城自得地一笑，"骗人？不信的话你明天早上九点到香山公园门口守株待兔，是真是假，眼见为实。"

"行吧，我明天还真去了，谁怕谁呀？如果真是苏先卉约你爬山，我免你一个月房租。我就不信了，你还真能认识苏先卉，苏先卉还会和你一起爬山。"

"苏先卉还真认识连城，你爱信不信，反正都和你没关系。还有，你的房子连城还不租了，他过几天就搬走了，有房子住了。"莫莉朝卫非非翻了翻白眼，一脸的不以为然，"我来就是帮连城收拾东西的，准备搬家。"

"真的呀，连城？"卫非非惊呆了，"你真要搬走了？"

连城点了点头："有个朋友有闲着的房子，非要让我住，盛情难却，我只好去住了。新地方也离公司近一些，每天可以省不少时间。"

卫非非一脸失落，呆了片刻才说："走了好，天下没有不散的宴席，你还欠我一个月房租，算了，不收了，当我请你吃饭了，也算认识一场。"

见卫非非有几分伤感，连城也微有不舍，虽然卫非非总是喜欢刁难他，声称欠租就要把他扫地出门，但他知道她是刀子嘴豆腐心，只是说说而已，才不会真的让他流落街头无家可归。两年多来，如果不是她的包容，他都不知道怎么度过最难挨的落魄岁月。

每个人都会有一段要什么没什么的艰难时光，在艰难时光里，哪怕是一

经营人脉，拓宽交际圈

根火柴的温暖，也是一辈子的怀念。

"房租我已经准备好了。"连城拿出钱，交到了卫非非手里，"谢谢卫姐一直以来对我的照顾，以后不管我走到哪里走到哪一步，卫姐永远是我的姐姐。"

"去你的，说得跟生离死别一样，你又不离开北京，我想收拾你的时候，随时都可以过去收拾你。"卫非非红了眼圈，却又笑了，踢了连城一脚，又把钱硬塞给了连城，"不要你的钱，别再跟我磨叽，小心我削你。这样好了，明天陪你一起去香山，一来为了看看苏先卉，她是我的校友，也是我的偶像，二来你得好好请我吃一顿，行不行？"

连城捏着手中的钱，心中感动，点了点头："卫姐想吃什么就吃什么。"

"吃你的肉？拉倒吧，你的肉肯定又酸又臭，谁吃呀？"卫非非又若无其事地笑了，"看，你又想入非非了吧？行了，我走了，明天见，我开车带你过去。"

走到门口，她又停下了脚步，回头冲莫莉笑了笑："莫莉，你要提防的人不是我，是苏先卉，你可得看紧了连城，别看他现在什么都不是，他可是一个绩优股，早晚有一天会登上山顶。不过我担心如果苏先卉真的看上了连城，你的胜算没几成。"

"连城，明天我也要去香山。"被卫非非一说，莫莉立刻又转移了目标，危机感上升到了前所未有的高度，"我要监视你和苏先卉，省得你们真的有什么事情发生……你不会真的喜欢上苏先卉了吧？"

"除了你和卫非非，我再邀请几个朋友，人多热闹，而且人一多，互相认识一下，也是好事。"连城没有正面回答莫莉的问题，他想的是怎么组织一个盛会，既增进了解加深友情，又可以在气氛融洽时机成熟时抛出正事，一举两得，"我想想再叫上谁一起，杜京宴应该没问题，他肯定愿意参加，请动齐全怕是难度大一些……"

莫莉才不管连城都要邀请谁，她只关心她能不能去："我明天穿什么衣服好呢？穿运动装吧，爬山之后还要去吃饭，吃饭要穿正装。穿正装吧，爬山穿得一本正经也不太好……怎么办呢？要是有车就好办了，可以多带一套衣服过去。"

"你先帮我收拾东西，我去打几个电话。"连城索性也不征求莫莉的意见，他就到一边儿打起了电话。

杜京宴听说可以和苏先卉一起爬山，果然和连城所料的一样，一口答应："没问题，明天九点我准时到。你还想约齐全？太好了，能约到齐全的话，明天我好好安排一下。"

连城没敢把话说死："我先试试，齐少的性格太情绪化，不好捉摸。"

挂断杜京宴电话，连城又打通了齐全的电话。他还担心齐全不接电话，不想响了四五声之后，齐全接听了。

"连城，有事儿？"齐全的声音很沉稳有力。

"齐总，昨天晚上的事情，真的谢谢您了。"连城先对昨晚的飞车相救表示了感谢，"陈占天昨晚没认出来是您的车吧？"

"认出来怎样，认不出来又怎样？还不是一样。"齐全顿了一顿，直截了当地说道，"你有什么事情就直接说，别绕了。"

连城脸微微发烧，摸了摸鼻子，在老到的齐全面前，他还是欠了几分火候："是这样的，明天有几个朋友一起去香山爬山，不知道齐总有没有兴趣一起？"

"没兴趣。"齐全直接就回绝了连城，"还有事情吗？"

"……"连城有一种深深的挫败感，齐全说话太直接太生硬了，完全不留余地，不过又一想，齐全就是这样不虚伪不做作的性格，从来不掩饰自己，反倒比喜怒不形于色的人好相处，他犹豫了一下，觉得不能就这么放弃了，有必要说服齐全，"没有别的事情了……春末了，正是不冷不热最舒适的季节，爬山、踏青、呼吸一下新鲜空气，放飞一下心灵，舒展一下情怀，也有利于身心健康。应无所住而生其心，就算是修行，也不能总在室内。"

"身心健康？"齐全忽然心动了，"应无所住而生其心"这句话触动了他，一时想起了和连城谈天说地时的愉悦，"都有谁？"

"苏先卉、杜京宴。"连城大喜，不到最后一刻永远不要放弃希望，有时

经营人脉，拓宽交际圈

候失败和成功只有一线的距离。

"倒是都认识。"齐全犹豫了片刻，"几点？"

"九点在香山公园的门口集合。"

"好。"齐全只简单地说了一个字，就挂断了电话。

强压内心的喜悦，连城知道齐全同意了，他几乎要欢呼了。如果让他知道齐全近几年来很少出去游玩，他是几年来第一个也是唯一一个请动齐全爬山的人，他肯定会自豪得欢呼雀跃。

莫莉一直帮他收拾东西到十点，太晚了，就没有回去，住了下来。本来连城想让莫莉睡床，莫莉说什么也不肯，坚持睡沙发，连城只好同意，他笑着对莫莉说："不是我不够绅士，实在是你太坚持。"

"你饶了我吧，让我睡你的床，我要么睡不着，要么会做噩梦。"莫莉一想起连城的床脏乱到了无法下脚的地步，几乎不寒而栗，别说躺上睡觉了，再多看一眼都会恶心。

"你不怕我晚上上卫生间的时候，被你性感而优美的睡姿吸引，然后情不自禁对你图谋不轨？"连城搓了搓手，色眯眯的样子好像他真是色狼一样。

"怕呀，可是怕又能怎么着，我力气又没你大，跑又不跑掉。所以……"莫莉和衣躺下，盖了一层薄被，曲线毕露，起伏之间，风情诱人。

"所以怎么样？"连城嘿嘿一阵坏笑，作势就要扑上去，不料才一迈步，就见寒光一闪，莫莉手中突然就多了一把菜刀。

"所以我就从厨房拿了一把菜刀防身。"莫莉扬了扬手中的菜刀，咬着嘴唇一脸俏笑，"很幸运的是，你家的菜刀还是名牌，质量挺好，特别快，你要不要试试？"

"女汉子！"连城朝莫莉一伸大拇指，转身回房，速度之快，可以和百米冲刺相比。

"哈哈哈哈……"莫莉笑得在沙发上打滚，肚子都疼了，等她看到连城真的关了房门再也不出来了，她才拿起菜刀在自己的胳膊上砍了一下，恨恨地说道，"你是猪哇，真是笨得可以，不会过来离近了看看菜刀是不是真的。这是吓人的纸片菜刀好不好？再说了，我怎么舍得砍你呢？笨蛋，猪头，蠢货！"

不管她怎么骂连城，连城都听不到了，因为连城已经睡着了。

早上七点，连城准时起床，推门一看，客厅的沙发上空空如也，已经没人了。咦，莫莉去了哪里？难道偷偷溜走了？不应该呀，不是说一起去爬香山吗？算了，不管她了，先去跑步。

每天坚持跑步五公里，是连城保持了两年之久的习惯。正是跑步的习惯让他身体十分健康，并且充满了活力。看一个人是不是充满希望，是不是拥有好运，看他的精神状态就可以。一个无精打采的人，怎么也不会有好运降临。好运和好事，从来只会光临一个精神饱满积极向上的人。

跑了一圈之后，连城一推开房门顿时愣住了，不敢相信眼前的一幕——卫非非和莫莉有说有笑地坐在餐桌旁，桌上摆满了早饭，有油条、小笼包、豆腐脑、豆浆，还有面包和小米粥，十分丰盛。

连城眼睛都直了，谁买的早餐？卫非非昨晚还和莫莉吵得不可开交，怎么过了一个晚上就亲如姐妹了？他到底错过了什么？

"快，吃早饭了，你只有十分钟的早饭时间。"卫非非招呼连城，"过时不候，听到没有？别愣着了，赶紧吃呀，吃完好出发去香山。"

连城坐在了卫非非旁边，卫非非趁莫莉起身去盛粥的时候小声对连城说道："人际关系学是为人处世最基本也是最根本的学问，一个人再聪明再才华出众，如果不懂人情世故，也做不成大事。我和莫莉已经建立了统一战线，因为我们已经有了共同的敌人——苏先卉，所以我们就成了朋友。你记住了，连城，任何成功都离不开人际关系学，而任何人际关系学都离不开两个字——运作。"

"运作？"什么时候卫非非也这么深刻了，以前只知道她是一个包租婆，尽管也上过大学，但当了包租婆后，她除了收租无所事事，基本上人生都荒废了，拆二代的生活看似幸福，其实一拆误终身。

"就是呀，运作，什么个意思？你不懂什么是运作？"卫非非见连城一脸

不解，以为连城短路了，正要详细为连城解释一番，被莫莉的话打断了。

"行了，卫姐，你别被连城的呆萌迷惑了，他不会运作？他的成功理论就是三分运气七分运作。如果他不会运作，他也不会认识齐全、苏先卉和杜京宴了，苏先卉也不会主动邀请他去爬山。你想想，苏先卉是什么身份，轻易会邀请一个单身适龄异性一起爬山吗？"莫莉的话，明着是夸连城，其实暗中却有敲打之意。

连城假装没听出来，嘿嘿一笑："吃饭，赶紧吃饭。今天约的都是重量级人物，我们必须先到，让别人等就失礼了。"

莫莉眼波流转，笑了一笑，没再多说。

饭后，连城开车，莫莉和卫非非两位美女坐在后座，三人一路朝北进发。一个小时后就到了，比约定时间提前了半个小时。

春末的香山，已经漫山花红柳绿，虽然时间还早，游人却已经不少了。天气还没有炎热起来，却已经有不少心急的女孩穿上了各式各样的裙子和盛开的鲜花争奇斗艳。连城看到身边一个个青春靓丽的女孩，有人穿运动装，有人穿休闲装，有人穿裙子，他才想起都忘了注意一下卫非非和莫莉的穿着。

他可不是一个粗心大意的人，主要是今天心思不在卫非非和莫莉身上。转身一看，莫莉穿了一身浅绿色运动装，犹如一株亭亭玉立的柳树，绽放最美好的芳华。卫非非是一身浅黄色运动装，就如怒放的迎春花，在风中摇曳最灿烂的风姿。

莫莉见连城才注意到她换了一身运动装，嘻嘻地笑了："卫姐的，我穿着大小正合适，怎么样，漂亮吧？"

"漂亮，漂亮。"夸女孩漂亮永远是不会过时的好话，不管真假，女孩子都会喜欢，连城还想再搜肠刮肚形容一下，一抬头，一辆高尔夫直直地冲着他开了过来。

连城跳到了一边，高尔夫停了下来，打开车窗，露出了一张如花似玉的笑脸："连城，帮我停车去……怎么你一个人，你朋友呢？"

"苏……姐？"连城无比惊讶，他不是惊讶苏先卉穿了一身红色的运动装格外抢眼，也不是惊讶苏先卉的长发盘了起来更显干练飒爽，而是惊讶苏先卉怎么开了一辆高尔夫？以苏先卉的身份和收入，三大豪车BBA任选，至少也得是百万元起步才配。

"怎么了，我就不能开高尔夫了？"苏先卉下了车，看出了连城为什么吃惊，她吃吃地笑了，"我第一辆车就是高尔夫，虽然后来换了奔驰，但还是觉得高尔夫好开，车小，灵活，好停车，就又买了一辆，不应酬的私人时间，我一般都开高尔夫。"

好……吧，连城心想有钱就是任性，一个人就有两辆车以上，还要根据公事私事的不同换着开，他先为苏先卉介绍了卫非非，就上了车，替苏先卉停车。

苏先卉是直爽的性格，才一会儿工夫就和卫非非有说有笑了。等连城停好车后，苏先卉已经和卫非非、莫莉确定了排序，苏先卉当仁不让是卫非非和莫莉的一姐。

"连城，你这两个女朋友都不错，你老实告诉我，你最喜欢哪一个？"苏先卉调侃连城，她当然也知道莫莉对连城有好感。

连城不好意思地挠了挠头，嘿嘿地笑了："是女性朋友好不好，苏姐不要偷换概念。莫莉是同事，卫姐是房东，我们之间都是纯洁的友谊关系。"

"就是就是，连城一再强调，他最喜欢的是苏姐这样的类型。苏姐，要不你给连城一次机会？"卫非非趁机添乱，一边说，一边朝莫莉挤眉弄眼。

三人之中，其实卫非非年纪最大，但苏先卉太有一姐范儿了，就不以年龄论大小，卫非非也只能屈居为妹了。

莫莉嘻嘻一笑："卫姐说得没错，连城天天念叨苏姐，说上次一见之后，他的脑中全是苏姐的影子挥之不去，他说他可能真的坠入情网了。"

"去去去。"苏先卉笑骂莫莉，"非非捣乱还说得过去，你也跟着捣乱，万一连城真喜欢上了我，非要追我，我又对他有了好感，不忍心拒绝他，我和他越走越近，你怎么办？"

经营人脉，拓宽交际圈

莫莉也没想到苏先卉这么直接就说出了她最担心的事情，她虽然跟着卫非非起哄，其实内心深处一百个不愿意连城和苏先卉走得太近，不管她和苏先卉关系有多好，但爱情就是排他的情感，谁也不会容忍别人抢走自己心爱的人，哪怕那个人是最亲密的朋友！

契机

第34章　提升自身价值的捷径

卫非非见莫莉被苏先卉逼到了无路可走的墙角，心里喟叹一声，莫莉远不是苏先卉的对手，如果苏先卉真的对连城有感觉，不出三个回合莫莉就会一败涂地,再也没有翻身打胜仗的可能。这么一想，她不禁也有几分黯然神伤，在连城就要离去的时候，她才敢面对自己内心的真实，才敢承认她也喜欢连城，只是一切都太晚了，连城不但不再租她的房子，而且连城的成功大门已经打开，也许不用多久，他就拥有了一个男人所能拥有的一切，而她，不过是他人生路途之中一个匆匆的过客罢了。

想起连城的冷静、沉稳和房间中满满一书柜的书，卫非非就不免暗暗后悔，她怎么就没看出连城与众不同，早早地向他表白呢？难道在她的潜意识里认为只有连城有了成功的迹象之后才配得上她？一个智慧的女人，不是在一个男人打开了成功大门之后才和他在一起，而是在他还在潜伏阶段就抓住他的心。

卫非非告诉自己，以后如果再遇到一个在没有成功之前可以沉下心来读书的男孩，她一定不会再错失良机。连城的故事就是一个活生生的例子，以前她还觉得连城一下班就回家，没有应酬没有交际，天天就会闷头读书，有什么用？现在她才知道，读书永远是最物美价廉也是最有效的提升自身价值的捷径。

现在看来，她不是小瞧了连城就是不知道连城的雄才大略，所谓伏久者飞必高,连城不去玩不去应酬是在为未来打基础,是没有挥霍青春。玩谁不会？吃喝玩乐也不用学，但成功的人总是少数，为什么？就是因为在你虚度光阴的时候，别人在读书在努力在不停地寻找机会。

一旦找到了机会，机遇大门打开之后，不管是应酬还是玩乐，就都是事业了。这个世界上，有许多人汗流浃背地卖苦力挣钱，也有人玩着挣钱，还有人躺着挣钱，别看连城是在爬山，实际上，他能和苏先卉一起爬山，是在攀登成功的高山。

苏先卉、齐全和杜京宴，哪一个不是一座高山？就算你不是高山，但和高山是朋友，你也就拥有了比大多数人高了许多的起点。卫非非这些年当房东，见多了来来往往的房客，有太多志大才疏的人最终一事无成，只能一身疲惫双手空空地回去；也有一些人脚踏实地，一步步混出了名堂，总算在北京有了立足之地；也有极少数撞了大运，忽然就一举成名或是一夜暴富……如连城一样走了一条凭借人际关系、借助他人的高度来提升自己价值的路的年轻人，不能说绝无仅有，但也是少之又少。

为什么呢？因为现在的人大多浮躁，都渴望轻而易举地获得成功，不肯用心发掘自己的优点，不知道最适合自己的位置是什么，只要有钱可赚就勇往直前，甚至不择手段。其实年轻就是本钱，用两三年的时间来发现自己最与众不同的特长，不怕失败不怕挫折，肯定可以后来者居上，走出一条属于自己的成功之路。

卫非非和苏先卉是校友，她比苏先卉还高上一届。在大学里，苏先卉就是风云人物，不是因为她的出身——苏先卉虽然也算是"白富美"，但她从来没有向别人提过她富二代的身份——而是因为她的学习成绩以及各方面都才华出众。等后来她的"白富美"身份暴露之后，许多人还不相信，但相信之后又都不得不感慨，人家已经是比你起点高了许多的富二代了，还这么努力，你已经输在了起跑线上，还有什么理由不努力？

卫非非记得苏先卉，苏先卉却不记得卫非非了，不过不要紧，苏先卉从来不是自傲的人，在聊了几句得知卫非非是校友后，她更开心了，直夸连城太好了，为她介绍的朋友是和她同一个波段的同类。

说笑间，杜京宴到了。

杜京宴开的还是黑色的奔驰GL，连城这才想起一个很有趣的巧合——杜京宴的车和齐全的车不但同品牌同款，而且还是同颜色。

当然了，杜京宴和齐全肯定不止一辆车，但显然二人都最喜欢这一款。

停好车，杜京宴来到连城几人面前，穿了一身休闲装的他，气定神闲，比连城多了成熟和稳重，正是一个男人黄金年龄的开始，而且他又事业有成，自然浑身上下都散发出一个男人应有的全部魄力。

莫莉见过杜京宴，她一颗心又扑在连城身上，对杜京宴没什么感觉，卫非非就不同了，她见到杜京宴第一眼起，就一阵目眩神迷，天，这个男人太有风度太有男人味儿了，简直就是她心目中的男神。

"哎，连城，这谁呀？简直太帅太迷人了，赶紧介绍给我认识。"卫非非迫不及待地一拉连城的胳膊，小声地催促连城，"我可告诉你，我对他一见钟情，看上他了，你一定得帮我拿下他。事成之后，姐重重有赏。"

连城小声回应卫非非："你饶了我吧，卫姐，我和杜总刚认识，你让我撮合你们，也太强人所难了，我连他喜欢什么类型的都不知道。你还是自己大胆地冲上去，施展你的勾魂绝技，能不能拿下杜京宴，就全看你自己的本事了。"

"不够哥们儿。"卫非非拧了连城一把，扔下连城走向前去，满面春风，"杜总是吧？我是卫非非，卫是卫护的卫，非非是想入非非的非非，很高兴认识你。"

杜京宴的注意力正在苏先卉身上，听到卫非非的自我介绍，笑了："你好非非，我是杜京宴，幸会，幸会。"

连城见杜京宴向他示意，他就向前一步，为杜京宴介绍苏先卉："杜哥，这位是三信影视的苏先卉苏总。苏总，这位是龙马精神影视的杜京宴杜总。"

苏先卉盈盈一笑，很有淑女风范地和杜京宴握了握手："龙马精神很有市场眼光，一直听说杜总是一个有着纵深布局高超手腕的战略家，没想到这么年轻，还这么帅，以后得多向杜总学习。"

"苏总过奖了。早就久仰苏总的大名了，可惜一直没有机会认识，今天如果不是连城牵线搭桥，我们也不知道什么时候才能握手，呵呵。苏总比传说中还要漂亮，都说嫁人当嫁姚常委，娶妻要娶苏先卉，我以前总觉得夸大

其词了，这一见才知道，苏总是当之无愧的北京第一美女 CEO。"

"哈哈，杜总真是太会说话了，我倒希望别人提起我不要总提什么美女CEO，我又不拼脸蛋，我拼的是才华。"苏先卉嘴上这么说，心里还是十分开心的，只要是女人，不管是 CEO 还是职员，都希望别人夸自己漂亮，"连城，都到齐了没有？"

"没有，还差一个。"连城还没来得及告诉苏先卉都有谁来，当然，苏先卉问也没问，由此可见，苏先卉确实是很随性的好脾气，至少作为朋友的她是如此，看了看手表，马上九点了，齐全应该也快到了。

"你们等，我们先上山。"苏先卉招呼莫莉和卫非非，"女孩天生就是让男孩追赶的，等下他们要是追不上我们，今天就不和他们愉快地玩耍了。"

三人嘻嘻哈哈地先走了，从后面望去，苏先卉细腰长腿，束起的马尾辫在脑后晃来晃去，就如一个刚出校门的女大学生，哪里像一个权势在手可以号令几百人的 CEO，她的背影犹如一幅隽永而清新的山水画。而卫非非是三人之中最为丰腴的一个，丰腴但绝不胖，她的头发不长不短，也没有束起来，风一吹，飘动如诗，她的背影就是一幅雍容华贵的国画。最为瘦削的莫莉亭亭玉立，身材窈窕如柳，头发虽然散开，却扎了几个调皮的小辫，她的背影就像一幅徐徐展开的仕女图。

三位女子，各具千秋，各有风情，杜京宴愣神了一会儿，笑道："连城，最喜欢哪一个？"

男人到底是男人，何况还是未婚男人，目光不追逐漂亮的女性就不正常了，连城嘿嘿一笑，摸了摸鼻子："都喜欢。"

"哈哈，都喜欢，太贪心了。"杜京宴用手一指卫非非的背影，"卫非非别看不是最漂亮的一个，身材也不是最好，但她的体形最好。"

身材和体形是两个概念？连城自认在女人方面肯定不如杜京宴经验丰富，就有意虚心请教一二："身材不是最好体形却最好，不明白……"

"不明白就对了，说明你还年轻。"杜京宴也不过多解释，哈哈一笑，一拍连城的肩膀，"等你以后结婚了就明白女人的身材和体形的关系了，不对，也不一定非要结婚后，等你谈过三次以上的恋爱之后就明白了。"

"还是不明白。"连城诚恳地摇了摇头，故意说道，"万一谈的三次恋爱都是同一个类型的女人，完全换汤不换药，怎么办？"

"你小子也挺坏，揣着明白装糊涂。"杜京宴打了连城一拳，嘿嘿一笑，"再告诉你一个方法，你有事没事的时候，经常去游泳、泡温泉，次数多了，就看出女人身材和体形的不同了。"

"我可没钱去那些高档场所。"连城这一句话是大实话，他挠了挠头，目光注意到了一辆汽车迎面开来，是一辆深红色的宝马X6，他心中一惊，难道真是冤家路窄，又遇到陈占天了？仔细一看不由哑然失笑，车内的人竟是齐全。

"齐少来了。"连城一拉杜京宴，"走，迎一下。"

"好。等有时间了我带你去游泳、泡温泉。"杜京宴收起笑容，一本正经地和连城迎了过去。

"齐少，怎么没开奔驰？"连城热情地打了招呼，"我以为你喜欢奔驰就不喜欢宝马了，没想到，你也有一辆宝马X6，怪不得上次甩掉了陈占天，原来是对X6的性能很了解。"

"知己知彼才能百战不殆嘛。"齐全先是冲连城点了点头，又漠然地看了杜京宴一眼，没有说话，跳下了车，"连城，帮我停车。"

连城点头一笑，跳上了宝马X6，心想有一群土豪朋友真好，随时可以开不同的豪车，好歹也过了手瘾。

"听说齐总BBA三大豪车都拥有一辆，奔驰是GL，宝马是X6，那么奥迪是什么？"杜京宴没话找话，见齐全也是爱车之人，就想找一个共同话题聊一聊。

"A8。"

让杜京宴失望的是，齐全只是回答了他两个字后，就不肯再多说半个字，甚至还将目光看向了别处。

怎样才能和齐全走近呢？杜京宴也清楚连城和齐全走得近是因为他和齐

经营人脉，拓宽交际圈

全有共同语言，聊得投机，想了一想，他又试探着问道："齐总，有句话我一直想不明白，'从来处来，到去处去'是什么意思？"

齐全扭过头来，眼中闪过一丝好奇，神情稍有缓和："从来处来，到去处去……是说从该来的地方来，到该去的地方去，延伸理解的话就是，人生就要随遇而安随缘而行，不要执着太多的东西。"

"我也想信佛，佛法怎么学？"杜京宴听连城说过齐全信佛，见齐全果然对禅语很有兴趣，就想继续就佛教的话题和齐全深聊一下，只是他佛教知识十分欠缺，很后悔以前没有多读佛经。

"佛在灵山莫远求，灵山只在汝心头。"齐全又恢复了漠然的神情，他看出来杜京宴完全就是佛教的门外汉，远远还没有入门，就失去了和杜京宴继续聊下去的兴趣。

正好连城也回来了，齐全也不理会杜京宴的尴尬，右手一挥："爬山。"

三人并肩而行，开始爬山。

不多时，三人就远远望见了在前面的苏先卉、卫非非和莫莉三人，杜京宴有意继续刚才和连城所聊的女人话题，就笑着一指苏先卉的背影："刚才说到卫非非是三个人之中体形最好的一个，苏先卉是三个人之中身材最好的一个，而且苏先卉还是三个人之中身材最健美身体最健康的一个，从生育的角度来说，她也是三个人之中最好生养的，不但能生儿子，而且还会是顺产。"

齐全皱了皱眉："不是吧，这也能看出来？"

"我老家的人都会从女人的体形看女人的生养问题，女人不管是美女CEO、电影明星，还是普通家庭妇女，生育后代都是头等大事，所以挑选一个既漂亮又贤惠并且还好生养的女人，也是一件幸事。这不是对女人的歧视，而是对人类传宗接代的大事的重视。"杜京宴点头一笑，又用手一指莫莉，"连城，你说莫莉和苏先卉、卫非非相比，什么方面最突出？"

连城对女人的认识还停留在只看长相和身材的初级阶段，对于什么体形、生养等高深的问题，他还没有什么想法，仔细打量了莫莉和苏先卉、卫非非的不同之处，摇头说道："莫莉除了比苏先卉、卫非非更瘦一些苗条一些，没发现什么突出的地方。"

"莫莉的肩膀稍宽，身材很有模特的气质。"齐全突然接了一句，他点了点头，"不过莫莉太瘦了，可能不利于生育。"

"齐总说对了一半。"杜京宴虽然很想和齐全走近，但不会一味地迁就齐全，而是有一说一，"莫莉确实很有模特气质，如果去演戏的话，说不定能火。另外，她瘦归瘦，体质却不错，你看她走路的时候，肩膀不动，腰身扭动的幅度也不大，说明她有耐力，我敢说坚持到最后第一个到山顶的，一定是她。"

"打个赌？"连城担心杜京宴的话会让齐全不快，就有意缓和一下气氛。

"好。"齐全出人意料地接过了话头，"如果是莫莉第一个到山顶，今天我请客。如果是别人，杜总，你请。"

"没问题。"杜京宴见总算和齐全有了更进一步接触的机会，怎不喜出望外？他一边说一边朝连城投去了暗示的目光。

连城会意，知道杜京宴是想让他挑起一个共同话题，不要冷场，他认真地想了一想，必须是让齐全和杜京宴都感兴趣，同时他也可以讲得生动有趣的话题，难度也是不小，不过也正是因此，才最考验他的本事。三年的埋头读书不会白读，他的知识储备之多，足以让他应付许多场面，也足以让他有运作的资本。

"《射雕英雄传》我们都看过，其中有一段很精彩的场景，郭靖初遇女扮男装的黄蓉，是怎样追到了身为'白富美'的黄蓉呢？"连城微一思索，就有了话题，任何时候话题都是促进了解、增加友情的前提，也是必要条件。

经营人脉，拓宽交际圈

第35章　不一样的解读

"郭靖追黄蓉？"齐全一愣，随后摇头说道，"放到现在，不就是一个穷小子逆袭'白富美'的故事吗？"

杜京宴见连城一脸自信的浅笑，知道连城必有不同的见解，笑问："连城，别卖关子，说下去。"

说话间，一抬头，见苏先卉三人坐在前面的亭子里在等他们，连城呵呵一笑："先和她们会合，然后再讲故事。"

"讲什么故事呢，我也要听。"莫莉跑了过来，拉住了连城的胳膊。

三人之中，苏先卉和卫非非都是香汗淋漓，苏先卉还稍好一些，卫非非几乎满头大汗，而莫莉别看最是瘦弱，居然没出汗，可见杜京宴的判断基本正确，莫莉耐力最好。

"连城要讲故事？好哇好哇，正好累了，听听故事解闷。"苏先卉也是拊掌大笑。

卫非非的目光在齐全的身上停留了片刻，又落在了杜京宴身上。连城注意到了一个细节，卫非非看齐全的时候，眼神中多是好奇和疑问，而她在看杜京宴时，眼神中就多了些热烈。

热烈是一个人对异性好感的开始。

如果说卫非非的眼中只有杜京宴，莫莉的眼中只有他，那么苏先卉的眼中却是三个人一视同仁，就如清风明月，没有分别。连城很欣赏苏先卉的春风大雅能容物，有容乃大。

连城先是为几个人介绍了齐全，齐全一一淡淡地回应，有一种拒人于千里之外的漠然，苏先卉和莫莉倒不觉得什么，卫非非却明显流露出了不满，对齐全的傲慢很是不悦。

连城也懒得向卫非非解释什么，六人一起上山。

"快说郭靖追黄蓉的故事。"莫莉兴致勃勃，似乎不觉得疲惫。

苏先卉笑而不语，好像对连城的故事并不感兴趣，卫非非也是，她的心思在杜京宴身上，有意无意地和杜京宴走在了一起，齐全也是兴趣不大，一个人背着手走在最前面。倒是杜京宴一脸期待地看着连城，希望连城赶快说下去，因为他知道几人之中，只有连城抛出的话题才能引起齐全的兴趣。

见效果达到了，连城也就不再卖关子，继续说了下去："许多人都认为郭靖是一个穷小子，所以都对一个穷小子泡到了极品富二代女友愤愤不平，觉得郭靖是交了狗屎桃花运，事实真是如此吗？其实不是，黄蓉是极品'白富美'没错，但郭靖也是超级土豪！"

此话一出，众人皆惊。

"不是吧，郭靖就是一个穷小子，怎么就是超级土豪了？连城，你是故弄玄虚吧？"卫非非第一个表示了不解。

"就是，郭靖明明穷得叮当响，他要是土豪，全世界就全是土豪了。连城，你到底有没有看过原著？"莫莉也对连城的说法表示严重怀疑。

杜京宴笑而不语，虽然他也不赞同连城的说法，却并不开口反驳，因为他知道，连城肯定会有一个解释。

苏先卉哈哈一笑："编，连城，你就接着编，我就喜欢你信口开河时的性感。"

连城汗颜，信口开河也性感？苏先卉的审美真是与众不同。

齐全走在众人的最前面，此时也放慢了脚步，虽然没有说话，却明显流露出了洗耳恭听的好奇。

连城哈哈一笑："别急，别急，听我慢慢说。郭靖是一个傻小子没错，但却是一个真正的土豪，用人傻钱多来形容他一点儿也不夸张。郭靖追黄蓉完全可以列入追求女孩子的经典教科书，是四部曲。四部曲的第一步，当然是吃饭了。郭靖见黄蓉的第一面时，黄蓉女扮男装假扮乞丐，郭靖请她吃饭，黄蓉作为出身高贵的'白富美'，自然见多识广，点的菜都是上等的好菜，

一会儿一结账，果然费用高达一十九两七钱四分银子。"

"那是多少钱？"莫莉见连城说得一板一眼，不由好奇心大起，"一两银子按五十克算，一克银子就算十块钱，一两银子就是五百块，四舍五入算二十两银子，一共折合人民币是一千块……哇，真是奢侈。"

"不对，不能这样折算，古代银子的购买力比现在强多了。"苏先卉也进入剧情之中，提出了不同意见。

"我记得原著是说郭靖没带银子，是用一块金锭兑换了白银付账。"齐全不再一马当先走在众人前面，而是放慢了脚步，和连城并肩而行了，"如果按金价折算的话，根据《宋史·食货志》提到的，宋代一两金子约合三十七点七克，按照一两金子换十二两银子计算，十九点七四两银子折合一点儿六四五两黄金，一共六十一克多黄金，按三百元一克的金价计算，这顿饭大概是两万多块人民币。"

"天哪，郭靖真是土豪，一顿饭就花两万多块，太有钱了。"卫非非惊叫着，"不算不知道，一算吓一跳。要是有人第一次见面就请我吃一顿两万多块的饭，我肯定会感动得热泪盈眶。"

"那是你，你不是黄蓉，黄蓉作为极品'白富美'，如果一顿两万多块的饭就能打动她，她也太没见过世面了，对不？"连城冲齐全点了点头，意思是齐全的算法更符合真实的购买力，"吃完饭后，一出门，冷风一吹，黄蓉瑟瑟发抖，郭靖心下不忍，就脱下了身上的貂裘送给了黄蓉——四部曲之第二步，送衣服。请注意，郭靖身上的貂裘不是一般货色，就连什么LV、Prada的限量版也不能相提并论，为什么呢？"

连城故意停顿了一下，是想让人接话，一个人唱独角戏，别人参与不进来，讲得再精彩也引不起共鸣，而且还容易让别人觉得你太喜欢出风头了。

连城刚一停顿，齐全就插话了："郭靖的貂裘是成吉思汗的儿子拖雷赠予的一件名贵的貂裘，通体漆黑，更无一根杂毛，而且还是从王罕的宝库中夺来的，是纯正的皇家用品，绝对是全世界仅此一件的限量版。独一无二，再加上皇家的身份，这件貂裘折合成人民币，最少也得二十万起。"

杜京宴暗暗点头，心想连城果然是连城，几句话就让齐全兴致大开，怪不得齐全赏识连城，换了他，他也愿意和连城在一起，谁都愿意和一说话就能说到自己心里去的朋友聊天。

"齐少说得对，塞外正版手工定制皇家御制真皮大衣，二十万人民币也是一个保守的价格。"连城见齐全介入了话题，就知道他又成功地引起了齐全的兴趣，就继续说道，"美女们，如果有一个男人请你们吃了一顿两万多的饭，又送了你们一件二十万的貂裘大衣，你们还会无动于衷吗？"

"就算他不是我喜欢的类型，他对我这么好，我肯定会感动。"莫莉感慨地说道，"女孩子其实很容易感动的，虽然不是说爱慕虚荣，但别人肯为你花那么多钱，你肯定心里特别温暖。"

"你感动不算，我感动也不算，我们都不是极品'白富美'，正好苏姐是极品'白富美'，她和黄蓉出身相同，从小见过大场面，她要是感动了，才说明郭土豪的策略奏效了。"卫非非一脸好奇地问苏先卉，"苏姐，换了是你，你是什么想法？"

"嗯……"苏先卉愣了一会儿，想了一想，"我也会微微感动，但不会因此对他有好感，更不会马上喜欢上他。"

"看，到底是'白富美'，二十多万的投入，人家只是微微感动，连好感都还没有。"卫非非连连咂舌，又大摇其头，"拆二代和富二代还是不能比呀，底蕴不够。"

没人理卫非非的感慨，都在等连城往下说。

"后面还有吗？"苏先卉也看过《射雕英雄传》，但情节记不清了，不过却很喜欢连城的分析。

"有，当然有，如果没有，就太小瞧郭土豪的手笔了。"连城哈哈一笑，"话说郭土豪吃饭加送真皮大衣之后，再一次痛下杀招，这一招放到今天，一般的土豪，不，就算是超级土豪，也很难做到。四部曲第三步……"

"什么杀招？"苏先卉一脸期待，"我说小连子，你能不能别大喘气，一口气说完又累不死你。"

经营人脉，拓宽交际圈

"哈哈……"连城大笑，"郭土豪又从身上剩下的八锭黄金中，取出四锭，放在了貂裘的袋中……看见没，除了吃饭送衣服，还要直接塞钱！而且还不是小数目，是四锭黄金，四锭黄金值多少钱，你们知道吗？"

"不知道！"对金银没有概念的莫莉和卫非非异口同声道。

"四锭黄金？一锭最少也得值二十万吧？"苏先卉不敢肯定。

"一锭黄金重二斤，古代一斤是十六两，前面说过，一两约合三十七点三克，黄金的价格以三百元一克计算，粗略一算，四锭黄金折算下来大概是……"齐全拿出了手机用计算器计算，"将近一百五十万人民币！"

"天，郭大爷真是超级大大大土豪！"卫非非惊得目瞪口呆，"要是我，到这一步的时候已经完全昏头了，肯定郭大爷让我怎样我就怎样了。受不了了，先是两万块的饭，然后是二十万的大衣，现在又是一百五十万的路费，哪个女人不感动？遇到这样直接用黄金表达爱意的男人，姐妹们，什么都不要说了，赶紧嫁了吧。"

"苏姐，要是你，你该怎么办？"莫莉虽然不至于和卫非非的想法一样激进，也是心动不已，她不敢肯定如果真有一个男人为她一掷千金，她会不会被对方的豪爽融化。

"我不会要他的金子。"苏先卉不假思索地表达了自己的想法，"不管我对他有没有好感，第一面他就下这么大的手笔，我不会要。要是我对他没感觉，要他的金子等于出卖了我的人格。要是我对他有感觉，要他的金子等于辱没了我的人品。"

"所以说，穷养儿富养女，从小有见识的女孩，长大后不会轻易被男人的金钱攻势打败。可惜的是，在郭土豪的火力全开之下，没有几个人可以稳如泰山……极品'白富美'黄蓉也投降了吧？"卫非非无限感慨地说道。

"没有，如果黄蓉这么容易就被拿下了，她就不是黄蓉了。"连城笑了，"黄蓉吃了饭，穿了大衣，拿了金子，连谢都不说一声，飘然而去。"

"啊，就这么走了，黄美女也真行，这么大的手笔不动心也就算了，连谢都不谢一声，吃相也太难看了吧？"卫非非为郭靖愤愤不平了，"郭大爷太冤大头了。"

"不对，郭大爷既然这么舍得投入，肯定还有大杀招。"莫莉歪头想了一想。

"喂，齐全，换了你是郭靖，你该怎么办？"苏先卉把难题抛给了齐全。

齐全漫不经心地回了一句："我不是郭靖，所以我不会花这么大的力气和金钱去追一个女人。"

"真没意思。"苏先卉嘲笑齐全，"在爱情上，你就没有什么遗憾的过去？"

"没有。"齐全漠然回敬了苏先卉一个不以为意的眼神。

"人生若没有遗憾，该有多无趣。"苏先卉摆了摆手，"不和你扯了，听连城说下去。"

"话说郭靖见四锭黄金也没能打动黄蓉，他到底是怎么想的，我不知道，你不知道，估计除了金大侠谁也不知道，总之他是一个善良到只管付出不计回报的人。四部曲第一步是吃饭，第二步是送衣服，第三步是送路费，那么第四步是什么呢？"连城声情并茂，还别说，他此时此刻还真像一名说书人。

"哦，我知道了，黄蓉没有表示是觉得郭靖的诚意还不够，还想看看郭靖对她到底有多舍得投入。郭靖估计也是在一步步试探黄蓉的底线，他们两个人，一个试探一个抵挡，原来是在暗中交手。厉害，果然厉害，到底是江湖中人，不管是吃饭还是送衣服送钱，时刻都在交手之中。"莫莉刚刚想到了一个念头，就赶紧献宝一样说了出来。

连城点了点头，对莫莉的结论不置可否，他继续说道："郭大爷最后也是最大的杀招就是——送黄蓉宝马！可不是现在量产的宝马汽车可以比拟的，郭大爷的宝马可是真正的纯种汗血宝马。价值至少六百万美元起，大约相当于人民币三千七百万元。

"神级土豪！"卫非非双手捂脸，仰天长叹。

"再加上之前吃饭、送衣服和四锭黄金，郭靖四步投入将近四千万人民币，可以拍一部四十集连续剧了，而且还可以请到一线的大牌明星加盟。"齐全背着手，若有所思地说道，"不过如果从投入和产出比来计算的话，郭靖后来娶了黄蓉，黄蓉是独生女，继承了黄药师的全部财产，黄药师是一个拥有

经营人脉，拓宽交际圈

私人小岛的超级富翁，再加上郭靖在黄蓉的帮助下从洪七公手中学会了降龙十八掌，还从黄药师手中学到了其他武功，总的来说，郭靖投入了四千万，至少获得了四十亿的回报，回报率高达一百倍。"

"是呀，纯种且独一无二的汗血宝马一送，黄蓉终于被憨厚善良的郭靖感动，有这样一个善良而专一的傻小子，既然遇上了，走过路过千万不能错过。"连城嘿嘿一笑，心想效果还不错，赢得了所有人的共鸣，也算是难得的成功，"以前我们一直以为《射雕英雄传》讲的是屌丝逆袭迎娶'白富美'的励志故事，其实真相是，这是一个人傻钱多的憨厚小子用他的纯朴和善良，再加上疯狂的大方感动了被富家子弟追惯了的'白富美'，终于成为人生赢家的奇遇故事。"

其实有时聊天也和演讲一样，谁的话题引起的共鸣越多，谁赢得关注的目光就越多。在现在眼球经济的时代，被关注的目光就代表了成功。

"这么说来，郭靖也算是资本运营高手了？"卫非非对齐全的话深表赞成，"郭靖的投入和产出比确实很高，他是一个了不起的战略家。"

契

机

第36章　小细节就是大机会

"不对，郭靖不是资本运营高手，他是人际关系运作高手。"齐全却不赞同卫非非对郭靖的定义，"郭靖并不聪明，也没有太大的雄心，他不是运营资本，他是在运作人际关系。从认识黄蓉时起，他就开始认识洪七公、欧阳峰、老顽童、黄药师，哪一个不是业内大名鼎鼎的一流高手？江湖上的一流高手就相当于商界的超级大佬，郭靖最终获得的成功，归根结底还是得益于他浓厚的人脉资源。"

"齐总的意思是，运作人际关系比运营资本更有前途了？"半天不说话的杜京宴终于问出了问题，他一直在暗中观察齐全，在寻找一个最佳的切入点来和齐全沟通，以求达到事半功倍的效果。

"也不能这么说，因人而异，有人天生对资本感兴趣，对人际关系缺少足够的洞察力，你让他去运作人际关系，也是强人所难。但有些人天生就会运作人际关系，可以和每一个人都聊得来，不管走到哪里都大受欢迎，你让他去运营资本，也是大材小用了。比如说你，你去运营资本绝对比连城更出成绩，但让你去运作人际关系，你就比连城差了太多。"齐全才不会跟杜京宴客气，直指杜京宴的不足之处。

当然，齐全的点评也带有强烈的主观色彩，他很欣赏连城，就觉得连城在所有人面前肯定也是深受欢迎，这在心理上叫虚假同感偏差。不过话又说回来，连城也确实正在迅速成长为一个人际关系的运作高手。

"是，齐总说得对，我对自己的定义一直是五行缺心眼，所以对于运作人际关系就不抱什么希望了。"杜京宴倒不是一味迁就齐全，而是他确确实实认为他在人际关系的运作上没什么特长，但在资本运营上，却有独到之处，也就是常说的高智商低情商。

经营人脉，拓宽交际圈

其实杜京宴也是低估了自己，他的情商并不低，在人际关系的运作上，也不是一无是处，只不过和连城一比，还是稍微欠缺了一些。人各有所长，就和连城在资本运营上肯定不如他一样，也不必苛求人生事事完美。

"五行缺心眼？杜总真幽默。"卫非非大笑不止，开始向杜京宴发动了攻势，"杜总有女朋友了吗？"

"没有。"杜京宴对卫非非的好感远胜于罗亦，但他在感情上一向比较谨慎，从来不相信一见钟情，更不会轻易接受主动进攻的女孩，"不过现阶段没有谈恋爱的打算，事业太忙了，顾不过来。"

"爱情说来就来，挡都挡不住。再说谈恋爱又不会影响事业，不是有恋爱没事业的对立关系。"卫非非没听出来杜京宴言外的拒绝之意，还想和杜京宴搭讪。

杜京宴却转移了话题："连城，你喜欢读书，说说你最近的读书心得，我们继续聊一些有意思的话题。"

"好哇。"连城朝卫非非使了个眼色，暗示卫非非不要操之过急，然后他才问齐全，"齐少看过《大头儿子和小头爸爸》这部动画片吧？"

中国当代的经典动画片《大头儿子和小头爸爸》是一部系列性的童话组合，由诸多微小而有趣的故事组成，是一部很适合中国孩子观看的动画片。讲的是一个普通而又平凡的家庭，大头儿子是个活泼可爱而脑袋很大的小孩，小头爸爸是个给予大头儿子充分想象力并且满足他一颗童心的好爸爸，围裙妈妈是照料大头儿子和小头爸爸的贤内助。

"看过，怎么了？"齐全眼中闪过疑问，"难道你又从中发现了什么问题？"

"既然看过，齐少觉得大头儿子的家庭是一个普通而又平凡的家庭吗？"连城笑眯眯的样子，像是又发现了什么别人不曾发现的秘密一样。

"这个……"齐全又被连城的卖弄绕了进去，见连城故弄玄虚的样子实在有些搞笑，不由得笑了，"你直接说就行了，别问我，我又没你观察细致。"

"我也看过《大头儿子和小头爸爸》，没发现什么呀，连城你快说，再卖关子，小心我削你。"苏先卉抬腿就踢了连城一脚，觉得不解气，又想打连城一巴掌，实在是刚才连城讲郭靖和黄蓉的故事太精彩太好玩了，她还想听连城再继续瞎掰。

瞎掰也是人际关系交往之中的一门必修课，不会瞎掰，很难让气氛融洽。可以始终让一个圈子气氛融洽的人，即使他不是主角，不是最有分量的人，也一定是最受欢迎的人。

连城一跳，苏先卉的巴掌就落空了，他哈哈一笑说道："片子一开头就有从远处拉近房子的镜头，很明显，他们住在一线城市，因为远处高楼林立，当然，以前版本中已经明确说过他们家是在上海，再从周围邻居家的户型推断，他们家属于商品房的花园别墅，而且还自带面积相当大的花园。有一集父子俩因为自己家没造游泳池，想借用隔壁毛叔叔家的游泳池，就说明他们住的是独栋带花园带游泳池的别墅，以现在的市价计算，最少也要两千多万。"

扑哧……莫莉忍俊不禁，"连城，你怎么净琢磨一些不着边际的事情，大头儿子家里有钱没钱，有什么关系？"

"你说错了，莫莉，大头儿子家里有钱没钱是没什么关系，但连城能从中看出他家里有钱没钱，就和连城有关系了，说明他有一双观察入微的眼睛，并且善于从细节中发现问题得出有用的结论。"齐全很赞同连城的分析，"见微知著，很多时候可以以小见大，然后抓住机会。"

"小细节有什么用？小细节又不是大机会。"卫非非不太同意齐全的观点。

"小细节就是大机会，不要小看小细节……"齐全兴致上来了，"说一件我亲身经历的事情吧——有一次公司招聘，笔试复试过后，确定了要录用三个人，我们公司要求很高，但待遇也很好，起步底薪也在万元以上，如果业绩好，年薪二十万到五十万都不是问题。"

莫莉吐了吐舌头，她在安度公司工作了三年，月薪才六千元，真是和财大气粗的公司不能相比呀。

"我临时决定在正式录用之前，再增加一个面试饭局。饭局就安排在了公司食堂，三个人都按时赶到，没有一人迟到，而且都穿着整齐而正式，第一印象还算不错。"说话间，已经快到山顶了，正在爬一段非常陡峭的山路，齐全闲庭信步，负手而行，不见一丝疲惫之相，其余几人，除了连城和莫莉，都气喘吁吁了。

不过齐全的话还是引起了几人的兴趣，都在认真听。

"饭桌上故意没有放姓名牌，三个人就用甲乙丙来称呼吧，甲既没有先等候在一边，也没有问服务员他应该坐在哪里，而是直接坐在了正对门的位置。乙在桌子前站了一会儿，不知道该坐哪里，问了问服务员，最后坐在了最下首。丙谁也没问，也是直接就坐下了，他坐在了背对门的位置……"

"那么谁坐对了？"莫莉没听明白，也不怪她不太懂，现在很少有人懂饭桌上的礼仪了，主要也是不管是参加什么宴会，事先都有安排，公司年会放姓名牌或是有人引导，朋友聚会则是随便坐，没人在意。

但在一些正式场合或是重要场合，座次问题还是很重要的礼仪问题。

齐全看了莫莉一眼，没接莫莉的话，继续说道："先是公司的几个副总到了，我最后一个出场。我出场的时候，谁也没有介绍我，我坐在了正对门口的座位上。饭局由公司的一个副总主持，他简单地说了几句之后，就开始吃饭了。吃饭的时候，几位副总都没有主动说话，甲没怎么吃东西，却反客为主，热情地问几位副总还需要什么，然后要求服务员倒水倒酒，每上一道菜，他都请几位副总先下筷子，很有礼貌也很会做事。乙很有意思，不停地问东问西，问公司的前景以及说他对公司的看法，虽然没人接他的话，但他却滔滔不绝说个不停。而丙几乎很少说话，除非有人问他，他才回答，他在回答问题时，总是先下意识地看我一眼，然后才说。"

"你们猜，公司如果只要两个人，哪一个会出局？"齐全说完之后，抛出了问题，有意考一考几个人。

此时马上就要到山顶了，齐全忽然想起了和杜京宴的赌约，抬头一看，莫莉一马当先走在众人前面，已经将苏先卉和卫非非甩在了后面，只见她在最后两级台阶前站定，然后轻轻一跃，就跃到了山顶之上。

果然……莫莉第一个登上了山顶，不但比苏先卉和卫非非抢先一步，也抢先在了所有人面前。齐全回头看了杜京宴一眼，虽然他输了，却冲杜京宴点头一笑。

杜京宴心中一喜，回敬了齐全一个心领神会的笑容，终于和齐全的关系稍微前进了一步，算是今天最大的收获了。这么一想，他又朝连城投去了感激的目光，他能和齐全走近，全因连城之故，他别说让连城白住他的房子了，就是送连城一套房子也值了。

"肯定是丙出局了。甲能说会道，又有眼色，他是个人才。乙虽然没有甲有眼色，但乙知道问公司的前景，说明他已经提前进入了状态。"莫莉第一个爬到山顶，她伸开双臂迎接朝阳，也第一个说出了自己的看法。

"我也觉得是丙出局了。"卫非非附和莫莉，她第二个爬到了山顶。

苏先卉没有回答，她第三个登上山顶，扭了扭腰，冲着太阳大喊了一声："啊！太阳呀，妈妈……"

"要我说，应该是乙出局了。丙虽然不如甲活泛，也不如乙爱表现，但他踏实，是一个忠诚可靠的员工。反倒是乙，太爱自我表现了，这样的员工，容易好大喜功。"杜京宴也说出了他的看法，"你说呢，连城？"

"甲出局了。"阳光照在连城的脸上，英俊而充满朝气，除了朝气，更有自信的光彩闪烁。

"为什么是甲？"杜京宴和卫非非同时问道。

"就是，为什么你认为是甲？"齐全没有说出正确答案，却反问连城。

"因为甲犯了两个错误，其中一个还是不可饶恕的大错。首先，他坐在了正对门口的位置，这是最大的失误。聚会的时候，正席的位置，通常讲究坐北朝南，以北为上座。但现在房间内一般分不出南北，就以正对门口的位置为正座。甲连正座是哪个的基本礼仪都不懂，以后不管走到哪里，都会被人轻视。其次，他虽然很会献殷勤，却连谁是最重要的人物都看不出来，只敬几个副总，说明他太没眼光了，居然连谁是正主都分不清，以后出去办事，说不定被人骗了还不知道。"连城也不停顿，一口气说出了他的看法，"乙虽然喜欢表现，但在坐座位时，还知道坐在最下首，说明他有细心的一面，在外面应酬，至少不会在细节上失礼。而丙每次说话，都要先看齐少一眼，说

261

明他是观察最细的一个，他看出了齐少才是正主，这样沉默寡言并且心中有数的人，潜力不可限量。"

啪、啪、啪！连城话音刚落就响起了鼓掌声，齐全拊掌叫好，"连城说得太对了，和我想的完全一样，哈哈。"

齐全一笑，如春雪初融，一时光芒万丈，苏先卉看呆了，她认识齐全多年，很少见到齐全如此开怀大笑，心中不停地在想，我的乖乖呀，齐全笑起来也挺有男人魄力的，如果他总是这样笑对人生，该会迷倒多少"白富美"和灰姑娘啊？

她又一想，连城了不起呀，才认识齐全没多久，就能和齐全这么心思相通，怪不得齐全对他这么赏识，谁不愿意和与自己有共同语言的朋友聊天？苏先卉的目光就又落在了连城身上，只见沐浴在阳光之中的连城，脸上神采飞扬，脚步稳健，身材挺拔，一举一动虽然还欠缺几分成熟男人的稳重大气，但也初显沉稳之意，再看连城英俊的脸庞朝气蓬勃，眼神清澈明净，她心中莫名其妙地闪过一丝慌乱，忙移开了目光，不敢再多看下去，似乎再多看下去就会出现什么不可预知的意外似的。

"终于登顶了。"连城爬到了山顶之上，在一棵树下站定，用力舒展了一下腰身，迎着太阳眯着眼睛笑，"人生就是不停地爬山，翻过一座又一座山峰，登上了一个又一个山顶，最后才发现，原来最好的风景就在身边，就在身后一个转身的距离。"

"连城，你又成诗人了？"苏先卉忍不住打趣连城。

连城是有感而发，在他看来，苏先卉、齐全以及段见，每个人都是一座风格不同、高度不同、攀缘难度不同的高山，想要翻越，需要用不同的攀登方式付出不懈的努力才有可能成功，他才不会告诉苏先卉他的真实所想，而是反问苏先卉："苏姐，刚才齐少的问题，就你还没有给出答案，你选谁出局？"

"我的答案和你的一样……"苏先卉嘻嘻一笑，"只不过你抢先说了出来而已。"

连城不干了，说："你耍赖吧？"

"耍赖？你以为就你有眼光可以看出甲出局了，嘁，自恋狂！别忘了，我也是 CEO，我也有识人之明。"苏先卉不服气，要和连城分个胜负，"你是理论知识丰富，没什么实践经验，我是理论联系实际，比你厉害多了。"

"好，你厉害，你厉害还不行吗？"连城才不会和苏先卉去争论无意义的事情，他嘿嘿一笑，举手投降，"用星座来判定一个人是不是忠心可用，才是理论联系实际的最高境界。"

苏先卉见连城拿她信任陈于祥和胡书扬的糗事气她，顿时恼了，上前飞起一脚就踢向了连城："连城，你想死呀？"

连城岂能坐以待毙，急忙朝旁边一跳就躲开了苏先卉的飞来一脚，他嘻嘻一笑："没踢着，有本事你再踢呀。"

苏先卉气急，转身见地上有一根树枝，弯腰捡了起来，扬手就打连城："连城，我抽死你。臭连城，死连城，敢笑话我，今天不制服你，你以后还不得骑到我脖子上……"

最后一句话苏先卉有口无心，但说者无心听者有意，齐全和杜京宴都会心地笑了，卫非非也是掩嘴一笑，笑容中有说不出的暧昧和意味深长，尽管她对连城有好感，但仅限于好感而已，在她遇到杜京宴之后，心思就完全不在连城身上了，所以对连城和苏先卉的打闹就抱着乐见其成的态度旁观。

只有莫莉脸色一变，心中莫名地多了些烦躁和不安，似乎连城和苏先卉越来越有走近的趋势，她有了深深的危机感，如果苏先卉真的喜欢上了连城，而连城对苏先卉也有了意思，她该怎么办？

苏先卉扬手要抽连城，连城就躲到了树后。树是一米直径的大树，绕过去后，谁也看不见谁。苏先卉没想那么多，顺着连城的方向就追。绕了三圈之后，却一直没有追上，她就心生一计，转身朝反方向去追，心想肯定可以一举抓住连城。

经营人脉，拓宽交际圈

第37章 聊天是一门技术

不想刚一转身，就看见连城迎面扑来，她哎呀一声想要躲开，已经来不及了，眼睛一闭，就结结实实地和连城撞了一个满怀。

只撞一个满怀还好，由于她奔跑过急，收势不住，身子前倾之力太猛，就如饿虎扑食一样，一下就把连城扑倒在地！

连城也没想到苏先卉突然就来了一个急转身，他还想从身后偷袭一下苏先卉，在苏先卉回身的一刹那，他脑中闪过一个荒唐的念头——完了，苏先卉要投怀送抱了。

结果还真被连城不幸言中了，苏先卉不但投怀送抱，还来势凶猛，一下把他扑倒在地——可怜他灿烂的青春年华，在最美好的时刻居然被一个女孩逆推了——苏先卉的冲击之力太大太快，他只感觉眼前人影一闪，然后怀中就多了一人，随即一股大力传来，他哪里还站得稳，朝后便倒。

倒就倒吧，慌乱之中，双手一抱，将苏先卉紧紧抱在怀中——其实他就算不抱苏先卉，苏先卉也不会放开他，惊慌失措之下的苏先卉抱紧连城就如落水之人抱住了救生圈死也不会松手一样。就这样，两个人都用力抱紧了对方，然后以一个古怪的男下女上的姿势，"扑通"一声摔倒在地。

"啊！"突如其来的变故，让所有人都惊呼出声。

按理说，青春男女的拥抱是一件很美好的事情，但话又说回来，拥抱也要分场合和心情，就如现在的连城，虽然苏先卉温香软玉抱满怀，但他的心情可一点儿也不美丽，不但不美丽，而且还很来气。不气不行，他被苏先卉扑倒在地，仰面朝天倒在地上虽然丢人，但好在他脸皮厚也没什么，主要是苏先卉扑过来的速度太快，苏先卉的体重虽然不重，顶多九十多斤的样子，但在重力加速度的作用下，连城还是感觉到压在他身上的苏先卉重达数百斤。

任谁被数百斤的东西压在身上也不会心情美丽，因为重得要命，难受得要死，哪怕是被一个美女压身也不行！

更让连城郁闷的是，他倒下的地方地面崎岖不平，硌得他后背生疼，而还让他羞愧的是，苏先卉压在他的身上也就算了，双手紧紧抱住他的脖子他也忍了，问题是苏先卉还在他的身上动来动去，并且惊叫不断，惹得周围人群要么投来好奇的目光，要么近前围观。

完了，形象全毁了，连城闭上了眼睛，心中好不懊恼，交友不慎，谁能知道苏先卉一个堂堂的美女 CEO，居然扑倒了他不说，还赖在他身上不起来，不管他怎么推她就是没有反应。

"干什么呢这是？耍猴呢还是表演杂技？"一个鹤发童颜的老大爷看不下去了，语带嘲讽地说道。

"没看出来呀，这分明是年轻人在调情。"一个满头白发的老大妈嗤之以鼻，"现在的年轻人，越来越不像话了，回家里爱怎么玩怎么玩，非要来山顶上现眼，是不是觉得在家里不够刺激？哎哟，要是我孙女跟她一样，我非得拿鞋底子抽她大嘴巴不可。"

"都散了吧，不小心摔倒了，没什么好看的。"杜京宴见围观的人群越来越多，忙上前维护秩序赶走了不明真相的群众。

莫莉咬着嘴唇，眼中含泪，强忍心中的难受，和卫非非一起伸手拉起了苏先卉。

苏先卉惊魂未定，起来之后拍着胸口说道："吓死我了，连城你要作死自己去死，干吗拉我垫背？"

连城哭笑不得，他接过齐全伸过来的手，从地上一跃而起，拍了拍身上的土说道："拜托，苏先卉，明明是你害我好不好？我拉你垫背，你还有没有良心，刚才你差点压死我。"

"我压你……"苏先卉还想据理力争，忽然想起刚才的情景，脸蓦然红了，转过身去不敢再看连城一眼，"连城，你离我远一点儿，我不想看到你。"

苏先卉娇羞无限，被阳光一照，明媚如玉妩媚如花，杜京宴心中赞叹一声，

经营人脉，拓宽交际圈

第一美女 CEO 的传闻名不虚传，果然是一等一的美女。

齐全却没什么反应，他拉起连城之后，就背手走到了一边，远望远山美景。

卫非非注意到了莫莉心神不定，知道她心里肯定不好受，就上前抱住了她的肩膀，轻声安慰她："别放在心上，这样的事情多了，未必就是真的有什么事情。刚才不过是一场误会……"

本来莫莉还强忍着眼泪，卫非非一劝，反倒泪水滚滚滑落："其实我也不是说连城一定得喜欢我一个，我只是不明白，苏姐明明知道我那么喜欢连城，她为什么还要和我抢？"

卫非非叹了一口气，想说什么，张了张嘴却没有说出口。苏先卉也许并不是有意和莫莉抢连城，而是阴差阳错之下，二人有了亲热的接触。人和人之间的缘分有时就这么奇妙，该来的时候怎么也挡不住，不该来的时候，怎样勉强都来不了。别说是莫莉了，就是她看了刚才的一幕，心里也是十分无奈，她和连城认识两年了，却从来没有过刚才的经历，苏先卉才和连城认识多久？

有时相识一辈子的男女也许都不会产生感情，但有时刚认识不久的男女也许就走到了一起，缘深缘浅谁又能做得了主？

杜京宴见气氛有些尴尬，就出面解围："来，都别站着了，去喝点饮料，休息一下我们就下山，中午齐少请大餐。我讲一个笑话……

"话说我常在的 QQ 群里有一男一女两个管理员，有一次女管理组织了一次爬山活动。到了目的地后，发现房间不够了，女管理对男管理说，好歹我们也算个领导，就发扬一下舍己为人的品格，我们挤一个房间算了，男管理也没意见。到了晚上，女管理拿了一个枕头放在床的中间，对男管理说，你晚上不许过界。第二天天刚亮，男管理就叫醒了女管理，说时间到了，该去爬山了……"

连城猜到了杜京宴讲笑话是为了缓和气氛，又看见莫莉幽怨的眼神，他心下不忍，想过去安慰莫莉几句，又觉得解释不清，多说无益，就朝卫非非示意去饮料摊坐一坐，然后又接过杜京宴的话问道："女管理怎么说？"

几人坐下，分别要了一杯饮料，连城和齐全、杜京宴坐在一起，卫非非

266

和莫莉、苏先卉坐在一起，苏先卉到底是大方的性格，已经恢复了平静，又和卫非非、莫莉有说有笑了。

"女管理一脚把男管理踢下了床，怒道，枕头屁大的山你都爬不过去，还爬什么山？"杜京宴哈哈一笑，"男人真是难哪，过界了，会被骂成禽兽，不过界，又是禽兽不如，都不知道该怎么办了。"

"哈哈，杜京宴，你的笑话是不是想说女管理和我一样都是女流氓？"苏先卉正在喝汽水，一口汽水全喷了出去，喷了杜京宴一身，"你错了，要是我，我会直接对他说，我是故意安排我们住在一个房间的，你要是喜欢我，就留下来，不喜欢我，我出去睡，才不会和女管理一样傻等男人主动。所以刚才我虽然压了连城，但那是摔了一跤，并不是因为我喜欢他。"

苏先卉借题发挥，也是说给莫莉听。莫莉的脸色果然舒展了几分，露出了几分笑意。

"下山了。"齐全招呼一声，带头下山。

上山容易下山难，一行六人下山的速度比上山的速度还要慢一些。不过慢归慢，却轻松了许多。下到半山腰的时候，苏先卉提议再休息一下，齐全不同意，说是一鼓作气下山才有意思，苏先卉拿出连城刚才摔了一下需要中场休息为由头，齐全犹豫一下，没再坚持。

休息的地方正好有一个茶馆，杜京宴就要了一壶普洱，请几人喝茶。六人围坐在一张桌子上，都累了，一时无语。

旁边的桌子坐了两位年约六旬开外的老者，一人穿了一件白色的太极服，满头银发，脸色白净，另一人穿了一身运动装，一头黑发，脸色红润，二人不停地说话，在争论一个问题。

"我觉得王道就是天道，就是霸道，就是儒家之道。"银发老者大声说道，他的眼睛不大，由于争论的缘故，眯了起来，显得更小了。

"不对，王道是王道，霸道是霸道，儒家之道是儒家之道，怎么可以混为一谈？你这是以点带面以偏概全。"黑发老者反驳银发老者，他说话的声音稍小，但中气十足，而且气息平稳，说话的时候不徐不疾。

"那你说什么是王道，什么是霸道，什么是儒家之道？"银发老者颇不服气，摆出非要让黑发老者给他一个令他信服的回答的姿态。

"王道就是君王之道，霸道就是以武力、刑法、权势等统治天下的政策，儒家之道用现在的话说就是厚生、爱民，公平、正义，诚实、守信，革故、鼎新，文明、和谐，民主、法治之道……"黑发老者依然是淡定的姿态，不慌不忙地回答了银发老者的问题。

"你的回答太学术了，一般人听不懂，能不能再用最通俗易懂的话解释一下？"银发老者故意刁难黑发老者。

"这个，这个嘛……"黑发老者一时作难，他环顾四周，目光不经意落在了连城身上，笑道，"小伙子，你能不能帮我一个忙？"

连城正在低头喝茶，被老者点名，他很有礼貌地站了起来："老先生，有什么吩咐？"

"不是吩咐，是请求，想请你帮一个忙。看你是年轻人，你接触的新兴事物比我多，你能不能用最通俗的语言帮我解释一下什么是王道、霸道和儒家之道？"老者见连城恭敬而又有礼貌，对连城大生好感，"当然了，也不会让你白帮忙，你们的茶我请了。对了，你叫什么名字？"

"我叫连城，请喝茶就不用了。"连城笑了笑，"我试着说一说，说得不对的地方，请老先生批评指正。"

黑发老者哈哈一笑，对连城愈加喜欢了几分："不要叫我老先生，我还不老嘛，你就叫我姚叔好了。"

"姚叔。"连城忙改口，微一沉思说道，"什么是王道？对手不乖，就从他身上碾过。什么是霸道？不管对手乖不乖，都直接碾过。什么是儒家之道？碾之前，先有礼貌地打声招呼，说声抱歉。什么是百家之道？什么时候碾过或者在哪里碾，不重要，重要的是，碾的方式和过程一定要先说清楚。什么是天道？不管何时何地，想碾谁就随心所欲地碾谁！"

一口气说完，连城直视黑发老者的双眼："不知道我的回答姚叔还满意吗？"

黑发老者和银发老者对视一眼，都从对方的眼中看出了惊讶和赏识，二人心中不约而同地想，真是后生可畏呀，连城的回答虽然有些好笑，但在好笑和轻松之中，却有让人惊叹的智慧，很贴切很恰如其分！

"满意，非常满意，简直是妙不可言！"姚叔拍桌叫好，举起手中茶杯向连城示意，"来，连城小友，我敬你一杯。"

"不敢，不敢。"连城忙回敬姚叔，"还是我敬姚叔吧。"话一说完，他一口喝尽杯中茶，以示先干为敬。

"你这个小伙子很不错嘛，在哪里工作？"银发老者也对连城大感兴趣，示意连城坐下说话。

连城却没有坐，站着回答："我在安度公司工作。"

"安度公司？"姚叔眼中闪过一丝讶色，随即恢复了正常，呵呵一笑，"不错，不错，好好干，凭你的眼色和才干，肯定可以出人头地。"

银发老者上下打量连城几眼："小连，我姓陈，你叫我陈叔好了。以后有时间，可以找我和老姚一起坐坐，聊聊天喝喝茶，多听听你们年轻人对世界的看法，也可以让我们保持年轻的心态。"

"好哇，没问题，只要姚叔、陈叔不嫌我浮躁就行。"连城满口答应。

齐全暗暗一笑，连城还真是一个人物，不管老少，都能聊得来，换了他，他才没有这份耐心和两个老年人说个没完。

苏先卉和卫非非、莫莉也是对连城和谁都有共同话题的本事佩服不已，几人小声议论连城，猜测连城是不是和中老年妇女也能聊得开心，说到好笑处，几人一起哈哈大笑。

只有杜京宴一人沉默不语，眼中流露出若有所思的神色，心想连城肯定不知道姚叔是谁，如果让他知道了，也不知道他是震惊还是感叹。

连城又和姚叔、陈叔聊了一会儿，就和齐全几人下山了。

"刚才你关于王道、霸道和天道的说法，很有意思。"齐全照例走在最前面，他回头对连城说道，"你是不是和谁都能说到一块儿去，不管男女老幼？"

连城谦虚地嘿嘿一笑："那可不一定，比如我和跳广场舞的大妈就实在

聊不到一块儿。"

"啊？"莫莉哭笑不得，"你还真和跳广场舞的大妈聊过？"

"当然聊过了，有一次去办事，人没在，等人的时候，闲着也是闲着，正好旁边有一群跳广场舞的大妈，我就和她们聊了几句。一开始还好，聊一些怎样才能让人身心健康的话题，聊着聊着，就变味儿了，她们开始问我有没有女朋友，然后就争相为我介绍女朋友……"连城哈哈大笑，"最后实在招架不住，我只能落荒而逃了。"

"连你也对付不了跳广场舞的大妈，我们就更不用提了。"苏先卉摇头叹息，"还好做了一个英明决定，让老妈出去旅游，不让她有时间去跳广场舞，否则一年下来，非得给我安排一百场相亲不可。"

几人说笑间，眼见就到了山脚下，杜京宴忽然就问了一个问题："连城，你知道刚才的姚叔和陈叔是谁吗？"

"不知道。"连城摇头，见杜京宴一脸神秘，他心中一动，"难道是杜哥认识的人？"

"我也不认识。"杜京宴又故意不说了，跳到了别的上面，"那你说说看，陈叔和姚叔，谁更有钱？"

第38章　当上CEO，迎娶"白富美"

"更有钱？"连城一愣，回想起陈叔和姚叔的穿着以及神态，想了一想不得要领，"看不出来谁更有钱，现在有钱没钱，从穿着和外在的特征上很难分辨出来了。有许多有钱人很低调，穿几十块钱的衣服和布鞋，却身家亿万。也有些没什么钱的人，却穿名牌戴名表，人前人后表现得很气派，好像很有钱一样。"

"不过如果从神态上看，应该是姚叔更尊贵一些。"连城见杜京宴面露含蓄的笑意，知道杜京宴肯定知道一些什么，就又补充说道。

"尊贵？什么意思？"苏先卉回忆起刚才两个老者的神态，不得要领，"我不但看不出谁更有钱，更看不出谁更尊贵。"

"有钱和尊贵是两个概念，有钱未必尊贵，尊贵却一定有钱。"连城大概解释了一句，又对苏先卉讥笑一声，"你能看出什么？除了会耍横耍流氓，你就什么都不会了。"

苏先卉顿时怒了："连城，再敢说我坏话，我和你绝交。"

"绝交就绝交。"连城现在和苏先卉熟了，也不再和以前一样说话有所顾忌，而是和朋友一样打趣，"绝交之前，先赔偿我的精神损失。"

"你！"苏先卉气得站了起来，一挽袖子就要和连城拼命，莫莉忙拦住了她。

"别和连城一般见识，苏姐，听他说为什么姚叔更尊贵。"

"就是，连城，你凭什么认为姚叔比陈叔尊贵？"杜京宴故意有此一问。

"姚叔说话不徐不疾，声音不高却有威严之意，而且不管争论得多激烈，他也不生气，所谓吉人寡语，贵人语慢，水平流缓，心平不语，尊贵的人说话一般都比较缓慢。而陈叔不但声音高，而且语速还快，露出了急不可耐的

经营人脉，拓宽交际圈

神色，说明他就算富有也没有过身居高位的经历。所以对比之下不难看出，姚叔以前可能担任过高官，身份比陈叔尊贵。"

"连城说得对不对？"齐全对连城结论的正确与否也很感兴趣，连城话一说完，他就问出了口，当然他不是问连城，而是问杜京宴。

杜京宴点了点头，肯定了连城的推测："完全正确，加十分。"

"你认识他们？"齐全心中也有和连城同样的疑问。

"认识，不过不方便说，以后连城就会知道他们是谁了。"杜京宴还是没有说出真相。

下山后，一行六人在齐全的提议下，去附近的十方缘素食斋吃饭，因为和杜京宴打赌打输了，齐全做东，他说去哪里吃没人反对。

再者以他的身份，就算不是他做东，他的提议也没人反对。

尽管卫非非不是十分情愿，觉得素食实在没有味道，但除她之外，莫莉和苏先卉都没有意见，她也只好随大溜了。

十方缘素食斋地方不大，但布置得很是雅静，拾级而上，泉水叮咚，池中有荷花开放，清香袭人。

几人来到二楼的雅间，齐全一露面，就被服务员认了出来，一个长着一对虎牙的女服务员迎了过来，嫣然一笑："齐哥来了，前几天玉儿姐还念叨说，你好久没来十方缘了。"

玉儿？连城的眼前立刻浮现出玉儿亦喜亦嗔的容貌，他悄然打量了齐全一眼，见齐全虽然对玉儿的名字无动于衷，眼神中却是闪过一丝复杂的情绪，心想玉儿还是在齐全心中留下了影子。

齐全没有征求各人意见，直接点了菜，然后想起了什么，忽然问了连城一句话："连城，你觉得包端杰和姚常委谁更值得信任？"

连城心中一惊，印象中他和齐全认识以来，齐全从来没有提过公司的事情，今天是第一次。包端杰和姚常委借助未来之星项目明争暗斗，想要争夺公司的控股权，他已经从不止一个渠道得知了内情，相信以齐全的身份，对此更是清清楚楚。

"我和包端杰接触得不多，当然了，和姚董接触得也不多。姚董是技术出身，不太擅长人际交往，包端杰比姚董为人圆滑更世故。"连城的话表面上是客观公正，其实还是带了主观偏向。

"这样，你最近多留意一下包端杰和姚常委，然后给我一个最客观、最符合利益最大化的结论。"齐全交代了一句，就不再多说包端杰和姚常委的话题，而是问起了杜京宴，"京宴，我听说你的前女友从国外回来，又想和你复合？"

杜京宴一愣，他和前女友的事情知道的人不多，难道是连城告诉了齐全？当然他不是怪连城透露他的隐私，齐全知道了也没什么，而是觉得以齐全的为人，不应该关心他的私生活才对。

连城注意到了杜京宴的疑虑，暗中摇了摇头，意思是不是他，齐全淡淡一笑，解释说道："我正好认识范雯，她昨天见我，说起了你和她的事情，想让我帮她说服你。"

原来如此，杜京宴长舒了一口气，尽管他并不在乎连城是不是会向别人透露他的私事，但如果真是连城说了出去，也会让连城在他心目中的印象大大失分。一个人有为他人保守秘密的操守，才是一个真正值得信赖的朋友。

"齐少觉得我和她还有复合的可能吗？"杜京宴并不表明态度，而是想先试探一下齐全的口风。

齐全摇头一笑："范雯是提出让我帮她说服你，可是我并没有答应她。感情上的事情，还是需要当事人自己解决为好，外人不便插手。"

"齐少又怎么评价范雯的为人？"对于齐全居然认识范雯，杜京宴大感吃惊，却也不便多问。

"她和现在许多梦想嫁给有钱人的女孩一样，是一个做着灰姑娘美梦的拜金女。"齐全显然对范雯印象不佳，"虽然从某种意义上来说，婚姻也是一笔投资，但婚姻毕竟不是生意，有感情的因素在内，所以完全把婚姻当成投资的人，早晚会失败。如果是我，我在国外婚姻失败事业无成，就算有脸回国，也没脸再去找被自己抛弃的人，然后希望对方原谅自己。"

经营人脉，拓宽交际圈

齐全的话等于表明了他不会站在范雯一方的立场。

"运作人际关系可以成功，运作婚姻也是成功的一个捷径，连城，你可以和灰姑娘一样，娶一个'白富美'，也会改变人生。"苏先卉抓住了话题，不遗余力地打击连城。

"女人可以梦想成为灰姑娘，男人为什么就不能梦想逆袭'白富美'呢？我的梦想就是当上CEO，迎娶'白富美'。"连城才不在意苏先卉的攻击，他泰然自若地说道，"古代就有司马相如凤求凰的传奇，司马相如在十分潦倒的情况下，他做客卓文君家中，听说卓文君守寡，又喜欢音乐，就特意弹奏了一曲凤求凰，结果卓文君被他的才华倾倒，甘愿生死相随，跟他私奔了。

"要知道，卓文君家可是当地的首富，首富之女和人私奔是奇耻大辱，卓父一怒之下，发誓要断绝父女关系。司马相如就和卓文君回到家乡开了一家小酒店，因为都知道是首富的女儿和私奔的夫婿开的酒店，一开业就门庭若市。卓父受不了众人的指点和议论，最终只好接纳了生米煮成熟饭的女婿，并且迫不得已分给他们童仆百人，钱百万缗，并厚备妆奁，司马相如逆袭'白富美'的一出大戏就此圆满成功。"

"这么说，司马相如是你的偶像了？"苏先卉讥笑一声，"怎么着，你有逆袭的目标了没有？"

杜京宴暗叹一声，苏先卉聪明一世糊涂一时，怎么故意跳坑呢？

果然不出杜京宴所料，连城嘿嘿一笑："当然有目标了。"

"谁呀？"

"你呀。"连城不仅大方地说了出来，还配合动作，他向前一扑，"嫁给我吧，苏姐，我下半生的幸福就靠你了。"

苏先卉以为连城真要扑过来，吓得惊叫一声跳了起来："别过来！流氓！"

连城不过是吓她一吓，哈哈一笑又坐回了座位："你以为我真想追你呀？想得美，我喜欢温柔如水贤惠体贴的女孩，你名字叫先卉，距离贤惠却是差了十万八千里。"

"连城！"苏先卉气得跳了起来，作势要打连城，"我哪里不贤惠了？我

274

哪里不温柔了？你人嘴里怎么吐的是狗牙？"

莫莉见连城和苏先卉又起了冲突，忙站起来圆场："好了，连城，你不许再惹苏姐生气。你要是再胡闹，我也不理你了。"

齐全反倒乐见连城和苏先卉的互动，他眼中闪过一丝光彩，说道："其实要我看，不管是灰姑娘嫁王子，还是凤凰男娶孔雀女，只要两情相悦，也不用非要附加太多的社会属性。不过话又说回来，灰姑娘并不是真正贫穷的姑娘……"

见齐全主动挑起了话题，连城自然不闹了，苏先卉虽然还有气，见所有人都摆出了洗耳恭听的姿态，她也不好意思再纠缠下去了，只好气呼呼地坐了下来。

杜京宴一脸兴奋，今天的爬山收获不小，别的不说，只说他和齐全越来越有走近的趋势就不虚此行了，更何况齐全似乎不再对一切是漠然的态度，而是变得愿意交流了，这是天大的好事。

"灰姑娘并不贫穷，齐少又有什么高见？"杜京宴惊问。

连城见齐全不再是孤傲的神情，而是流露出强烈的要倾诉的欲望，心中大喜，虽然今天爬山没有谈一件正事，但所有的故事也好玩笑也好，其实都是人际关系学的一部分，或者说，是七分运作在生活中的具体体现。

"许多人都以为灰姑娘真是一个出身贫穷的姑娘，其实不是，灰姑娘也是一个真正的'白富美'。虽然她不如黄蓉出身高贵，但她也确实是一个有钱人家的女儿。她成长在一个有用人的豪华庄园里，从庄园的配套设施、独立房型以及欧式精装风格来看，灰姑娘的确出身豪门，只是后来遭继母压迫一时不得志而已。"齐全讲故事的风格不如连城生动有趣，不过胜在他的立意出新，所以还是吸引了众人的注意，他见众人都在认真听，就继续说道，"灰姑娘的故事，如果仔细分析故事背后的真相，就会发现她与王子喜结连理是一件门当户对的婚事。

"灰姑娘小小年纪就懂得把握机会来改变自己的命运，而且她和王子第一次在丛林里相遇，就充分显露了自己的聪明，并让对方知道她是一个善良、

真诚、不慕权贵的姑娘。"

齐全最后总结："从整个故事进展来看，童话里的灰姑娘纯洁善良又不失聪明，和灰姑娘的美丽聪明相比，现在的爱慕虚荣的女孩们还是省省吧，智商太低又耐心不足，别再做着嫁一个王子的美梦了，有一个经济适用暖男肯疼你爱你娶你就偷笑吧。"

"哧……"苏先卉笑抽了，趴在桌子上起不来，一边用力拍打桌子一边说，"齐全，原来你也这么逗，我还以为你未老先衰，是个老古董呢。经济适用暖男这么新潮的话从你嘴里说出来，怎么这么有喜感呢？"

苏先卉一笑，杜京宴也忍不住笑了："哈哈，说得太贴切了，根据齐少对灰姑娘的分析，再对比范雯的姿色和心机，她确实比灰姑娘差了太多。她在国外的婚姻失败后，又回国想再找我这个呼之即来挥之即去的备胎当成主胎，我有那么冤大头吗？我有那么缺心眼吗？我有那么贱吗？我有那么缺女人吗？"

杜京宴一连串的质问就如一阵阵鼓声，重重地敲击在卫非非和莫莉的心上，也是，许多女人觉得男人爱她们就应该为她们付出一切，却从来不会考虑自己做过什么对不起对方的事情。男人再深情再专一，也会用对地方爱对人，谁都不会守候一个无望的爱情等候一个无情无义的人。

不过，卫非非却总觉得杜京宴太绝情了："杜哥，人都有年轻犯错误的时候，范雯也许是经历了许多之后才发现，你才是她最深爱的人，难道你以前对她的感情全部没有了？"

"有，以前对她的感情还在。"杜京宴笑了一笑，笑容中有一丝深不见底的悲伤，"以前对她的感情，是针对以前的她。时间在变，人也在变，我对现在的她，已经没有感情了。"

"如果她还可以变回从前的她呢？"卫非非不知何故，心中莫名地闪过一丝忧伤，仿佛杜京宴对范雯不留余地的绝情就是拒绝了她一样。

"你说人生若只如初见？"杜京宴摇了摇头，笑容中已经不见了悲伤，只有云淡风轻的淡然，"当年是我想留的她想忘掉，现在是她想留的我想忘掉，人生若只如初见的前提是两个人必须同步，但可惜的是，我和她已经没有可能再同步了。"

　　"好吧……"卫非非不想再就范雯的话题讨论下去了，她想明确杜京宴对灰姑娘一类女孩的看法，"那么杜哥再选择的话，是想选择门当户对的女孩，还是别的？"

　　卫非非咬着嘴唇，一脸紧张地期待杜京宴的回答。

第39章　世事洞明皆学问

　　杜京宴却没有直接回答她的问题，而是把球踢到了连城的脚下："连城了解我，连城对爱情的看法，就是我对爱情的看法。"

　　连城被意外点名，想不接招也不行了，他见齐全心情大好，也接力一样把球带给了齐全："齐少对爱情的看法，就是我对爱情的看法。"

　　"赖皮！"苏先卉又笑了，拿起筷子又要打连城，"你这人怎么这么无赖呢？"

　　齐全呵呵一笑："我对爱情的看法是随缘而行随遇而安，来了就来了，心动了就不要拒绝。没来就没来，别去强求。"

　　"喊，等于没说。"卫非非很不满意齐全的回答，摆了摆手。

　　"齐少，既然是随缘而行随遇而安，你为什么又要拒绝玉儿呢？"连城有过上次和杜京宴聊起初恋的经历，知道两个男人私交深厚的标志是可以毫无隐瞒地谈论感情，他就有意引导齐全继续在感情的话题上迈进，今天的爬山，不仅仅是爬了一座现实中的山，也是他的人际关系运作学的再一次实践——他想攻克齐全这座高冷的雪山。

　　生活之中处处皆学问，交往之时点滴是文章。

　　"玉儿？你怎么知道我和玉儿的事情？"齐全一愣，随即明白了什么，摇头无奈一笑，"难道就是上次在素心斋的一面你就看出了玉儿和我的关系？"

　　连城点头笑了笑。

　　见齐全也提到了感情经历，杜京宴心中对连城的佩服又上升了一个层次，以齐全淡漠的性格，连和别人多说几句话都嫌烦，现在他居然也敞开心扉谈及最隐秘的感情了，连城还真是一个让人放下伪装卸下心中包袱的人际交往高手。

278
契

机

杜京宴再一想苏先卉平常虽然不是高冷的女神，一向以女汉子自居，但苏先卉毕竟是美女 CEO，既有美貌又有身份，不是谁都可以和她打闹取笑的，连城和苏先卉之前也不是很熟，相信爬山之后，他和苏先卉的关系会有全新的突破。

香山之行，收获最大的人是连城，他接连攻克了两座高山——齐全和苏先卉，杜京宴暗暗点头赞许，他为连城高超的交际能力叫好，作为连城的朋友，他深感荣幸。

是的，杜京宴现在在连城面前再也没有丝毫比连城高上一等的优越感，相反，他还觉得连城以后的成就不会在他之下，就是现在尽管连城还不名一文，却依然可以助他一臂之力。只要连城再进一步达到了"世事洞明皆学问，人情练达即文章"的境界，那么连城基本上就可以无往而不利了。

谋事在人，任何事业的基础，人是根本。

苏先卉虽然没有杜京宴想得那么长远那么复杂，却也是觉得连城真有一套，居然让一向被业内称为世外高人的齐全入世了，这份本事，一般人还真学不来，必须为连城点赞。她之前之所以坚定地回绝姚常委的加盟邀请，一是因为段见的无能，二是因为齐全的偏执，现在齐全有回归正常的迹象，她是不是可以重新考虑姚常委的邀请了？

平心而论，她倒是看好姚常委的项目前景的，但许多好项目最终都因人废事，所以她在选择项目时，不管项目多好，一定要选对合作方才会加入，否则宁可放弃。项目再好，也要具体的人来负责，负责的人不行，多好的项目也会失败。就和一辆汽车性能再好，司机不好好开车，非要撞山，再好的车也会报废一样。

还是不行，苏先卉又想到了段见，如果段见还在项目之中，她还是不会加盟。一粒老鼠屎会坏了满锅汤，除非段见出局，否则免谈。

"我和玉儿的故事，说来话长……"齐全叹了一口气，他也不知道为什么，今天和几人一起爬山，听了连城讲的郭靖追黄蓉的分析之后，再和一群人说说笑笑，忽然之间心胸就开阔了许多，和以前封闭自己不同的是，有什么话

经营人脉，拓宽交际圈

也想说出来了，他相信是连城的健谈和开朗感染了他，"我和她认识也有十多年了吧……"

"啊？"连城吃惊不小，"玉儿也才二十多岁，十多年前你们就认识，不就是青梅竹马了？"

"算是青梅竹马吧，不过我和玉儿的情况有点儿特殊，她是一个孤儿，小时候失去了父母，被送到了孤儿院。有一次爸爸捐助孤儿院，我也去了，就认识了玉儿，当时也不知道为什么，在那么多孤儿中，就觉得她最好玩。我就对爸爸说，我要和玉儿交朋友，一直负责玉儿考上大学工作了为止，爸爸答应了我。"齐全自嘲地摇了摇头，笑了，"当时觉得自己很了不起，后来长大一些了才知道，负责玉儿考上大学再到找到工作，至少需要花费十几万元，而我是在拿爸爸的钱当英雄，再后来我又知道了另一个词——有钱任性。"

"呵呵……"连城会心地笑了，"许多时候我们经常说别谈钱，谈钱就俗了，但现实却是，有钱走遍天下，没钱寸步难行。钱是俗，但我们都是俗人，所以还需要俗物。有钱也是福报，也只有有钱，才能做更多对别人对社会有益的事情。"

"说得好！"齐全对连城的补充很是赞同，"所以我很感恩我有一个有钱的爸爸，才让我帮助如玉儿一样的很多人。玉儿一直在我的资助下走完了人生的必经阶段，我每年假期都会去看她，我们一起爬山一起徒步旅游，一起学习一起成长，可以说，从童年到少年再到现在的十多年光阴里，我和她几乎没有分开过。大学毕业后，她留在了北京，先是到爸爸的公司工作了一段时间，或许是觉得受惠于我家太多了，她辞职了，自己开了一家素斋馆。"

"开始的时候，生意不太好，我就带着一些朋友去支持她，慢慢地生意就好了起来，现在已经在北京开了三家分店了。"齐全停顿了片刻，目光没有焦点地望向了窗外，窗外花红柳绿，春已深夏将至，季节的变迁带着对往事的留恋，他陷入了对往事的回忆之中，"这些年来，玉儿习惯了我的存在，对她来说，我既是她的大哥哥，又是她在世上唯一的亲人，也是她最爱的人，但不知道为什么，虽然我也很喜欢她，甚至是爱她，但只有亲情之爱，是哥哥对妹妹的爱，只是想照顾她保护她，而不是想和她一起共度余生。她也不要求什么，只是默默地守候着我，也许等我结婚了，她还会一直守候下去……"

齐全的故事让所有人都陷入了沉默。

玉儿的不幸是自幼失去了父母，她的幸运是遇到了齐全，但齐全既是她的幸运又是她的不幸，幸运的是齐全给了她一个幸福的童年和家庭的亲情，不幸的是，她爱上了齐全，齐全却无法给她一个天长地久的爱情。

"既然青梅竹马两小无猜，玉儿爱的只是你的人，又不是你的钱，你为什么不接受她呢？"莫莉第一个问出了心中的疑问。

"对呀，有人说，凡是有钱的男人，脑袋装的都是投资概念，你一不小心，就被他给投资了，那么，他迟早是要收回成本的，甚至还要在你身上赚上一些，正所谓天下没有免费的午餐，你帮助玉儿，难道就没有一点儿功利心？投资了这么久，娶了她，不是连本带利就都收回了？"卫非非也发表了她的看法。

"齐全帮助玉儿不是投资，是无私的奉献，所以他才对玉儿没有非分之想。"苏先卉到底出身不同，从小生活在富足的家庭，从来没有为生活发愁的她，起点肯定要比莫莉和卫非非高了许多，看待问题的高度也高了不少，"不过玉儿对齐全的爱也可以理解，最长远最聪明的投资是感情投资，齐全正是对玉儿无所求，玉儿才爱他爱得纯粹，爱得彻底。感情上的事情不能勉强，齐全爱不爱玉儿，都是缘分。"

齐全说出了他和玉儿的往事，心情释放了之后，忽然觉得轻松了不少，哈哈一笑："随缘吧，谁也不知道明天是刮风下雨还是风和日丽，但有一点，没有到达不了的明天。"

"哎，齐全，你是不是觉得玉儿爱上你想嫁给你，是因为想过富太太的生活？或者说，她想当灰姑娘？"苏先卉之前不怎么和齐全说话，现在总觉得有话要和齐全说。

"玉儿不是那样的人，她在生活上很俭朴，从来不乱花钱，性子很淡漠，她开素心斋的钱是自己这些年积攒的钱，没要我一分钱。如果她是为了钱，想从我手中拿走一千万，也不过是一句话的事情。"齐全冷冷地看了苏先卉

一眼，对苏先卉的说法很是不满，"如果连城喜欢上了你，你会觉得连城是喜欢你的钱吗？"

"连城怎么会喜欢上我，你别乱点鸳鸯谱好不好？"苏先卉被齐全的话逗乐了，咯咯一笑，"不过如果连城真的喜欢上了我，我觉得他就是为了我的钱，是图谋不轨。"

"我有这么无耻？"连城很无辜地中枪了，一摸鼻子，"苏姐，拜托你不要戴着有色眼镜看人，我是一个男人，可以凭借自己的能力赚钱，我拼的是才华，不是脸蛋。"

"你现在这么穷，只要你喜欢的人比你有钱，就会被人怀疑你是为了钱。"苏先卉就是对连城有气，只要有机会就会不遗余力地打击连城。

"穷人就没有谈恋爱的权利了？穷小子就不能喜欢'白富美'了？好吧，我就喜欢你了，你可以不喜欢我，但你阻止不了我喜欢你。"连城知道苏先卉是故意找碴儿，他也不甘示弱，"苏先卉，我喜欢你，我就是喜欢你！"

苏先卉捂住了耳朵："没听见，听不见。"

众人大笑，就连莫莉也是乐不可支。

齐全一拍连城的肩膀："别急，连城，早晚有一天你会成为有钱人。苏先卉，记住一句话，莫欺少年穷，尤其是连城。有我，有杜京宴，再有姚常委的赏识，你觉得连城还会一直穷下去吗？"

认识齐全以来，齐全从来没有给过连城什么承诺，连城也没有提过，现在齐全第一次郑重其事地暗示他将会扶植连城，不但让连城惊喜交加，就连杜京宴也是一时震惊！

齐全的分量比姚常委重多了，齐风的名下产业众多，别说一个连城，就是十个连城也可以随意安排，而且谁不知道齐全身边一直没有一个得力的助手，别的不说，就是齐全让连城担任他的助理，不出三五年，连城就会是齐氏家族产业之中一家公司的副总，到时年薪百万、豪车豪宅都不在话下。

莫莉捂住了嘴巴，眼中的惊喜之色如窗外的阳光，热烈而奔放。卫非非心中喟叹一声，莫欺少年穷的道理谁都懂，但真正有眼光的人并不多，她也是其中一人，如果她早早就看出了连城会有一飞冲天的机会，她以前对连城好一些，不信拿不下连城。人在最落魄的时候最脆弱。可惜身边这么好的一个有无限可能的潜力股却被她生生错过了。

只有苏先卉不以为然地翻了翻白眼，"喊"了一声没再说话，其实她心里在想，齐全，你以为我真是嫌弃连城穷啊，不过是玩笑话罢了。你也别以为只有你赏识连城，我也很欣赏连城的……当然了，是欣赏而不是喜欢。

饭后，众人打道回府，齐全先走一步，杜京宴随后也告辞而去。苏先卉听说连城要搬到杜京宴的房子，就自告奋勇要帮忙。

连城东西不多，一辆车的后备厢就装下了，但既然苏先卉主动热情，他又不好意思拒绝她的好意，只好同意了，心想苏先卉说是帮忙，别添乱才行。

一行四人两辆车来到了连城的住处，苏先卉是第一次来连城家，一进门就大呼小叫："连城，你住的简直就是狗窝，太脏太乱了。"

连城就知道苏先卉不会有好话，翻了翻白眼没有说话，莫莉不干了，忙替连城辩解："苏姐，连城是要搬家，收拾了东西才显得乱了一些，平常挺整洁挺干净的……"

"不对，这话我怎么听着不对，莫莉，你平时是总来连城这里，还是已经和他住在一起了？"苏先卉一脸审视的表情盯着莫莉。

"不是啦，苏姐你别乱说，我也是昨天才来了一次。"莫莉脸红了。

"那你脸红什么？"苏先卉嘟囔了一句，到处转了转，就没兴趣了，一屁股坐在了沙发上，指挥连城，"连城，来客人了，你也不招待一下，最起码来杯白开水吧？对了，你和齐全在密谋什么合作，齐全是不是想请你当助理？"

"我和齐少就是正常的朋友关系，没有商业上的合作。"连城拿出一瓶农夫山泉递给苏先卉，"没有水杯了，就喝瓶装水吧。苏姐，今天齐少和以前不一样了吧？你觉得和他合作还有障碍吗？"

"是比以前进步了，但要说合作还太草率了，有进一步的了解再说。我不是说过，除了齐全，还有一个段见吗？除非段见出局，否则姚常委的合作

经营人脉，拓宽交际圈

提议我不予考虑。"苏先卉拧了一下没拧开瓶盖，见连城伸手要帮她拧，她轻描淡写地笑了笑，再一用力就自己拧开了，"我的态度已经很明确了，你可以直接转告姚常委。不过连城你今天的安排很有意思也很高明，让我对齐全的印象改观了不少，也让我对你刮目相看了，得承认，你在人际交往上面很有水平，老实交代，跟谁学的？"

"知识改变命运，读书使人进步。"连城哈哈一笑，用手一指他的行李里最大的一包东西，"我的老师全在这里。"

"什么呀？"苏先卉扒开一看，里面全是书，她随便拿出一本翻了翻，"我以为你看的是什么高深的哲学书籍，原来是小说。小说也可以学到为人处世的道理？"

"当然了，小说才最可以做到学以致用，因为小说讲的是故事，在故事中蕴含道理。看的小说多了，积攒的故事也就多了，自然而然就会处理许多现实生活中遇到的难题了。"连城自得地一笑，"我最喜欢何常在的小说了，比如《交手》让我学会了怎样拓展社交抓住机会；《高手对决》让我学会了以点带面，学会了怎样从缤纷复杂的局面之中寻找属于自己的道路；《胜算》让我知道了一个人的最高学历是人品，人至善才有胜算；而《荣光》让人知道，自强不息，无论男人女人都应该追求属于自己的人生荣光……"

"说得跟真的似的，有那么好看吗？"苏先卉弯腰在连城的书堆中翻来翻去，她曼妙的腰身和浑圆的臀部就毫无保留地呈现在了连城的面前，"我借几本看看，如果和你说的一样好，我请你吃饭。如果不好，我就直接当垃圾卖了。"

真没形象，连城无奈地摇了摇头，虽然他是一个正常的男人，很想欣赏苏先卉弯腰的风姿，但毕竟莫莉和卫非非在旁，他不好意思看个没完，只看了两眼就转移了目光，不过只看了两眼就更加肯定了杜京宴的判断，苏先卉的身材确实健美，屁股浑圆，腰身纤细，一看就是好生养的体形。

第40章　放弃你的无效社交

"我理解你拓展社交的努力，不过我要提醒你一个事实，连城……"苏先卉随便翻到了几本书收了起来，又坐回到沙发上，一本正经地说道，"我说一个我小时候的亲身经历给你听，好不好？"

"好。"连城知道苏先卉和他打闹归打闹，她却是一个有内涵有见解的女孩，而且还是一个风光无限，位于上流社会的 CEO，他摆出了洗耳恭听的姿态，"请娘娘训话。"

扑哧……苏先卉的严肃再也保持不住，笑了出来，随后她又努力恢复了认真的表情，"严肃点……在我上幼儿园的时候，班上就有一个很受欢迎的小男生，他叫山林。山林受欢迎的原因是他有许多玩具，于是，他成了许多小朋友的偶像，大家都围着他转，成了他的朋友。有一天我问他，你朋友那么多，到底哪一个你最喜欢，他说他最喜欢的朋友只有两个，一个是胜治，一个是我。"

"我问他为什么最喜欢胜治和我，他说他喜欢胜治是因为胜治从来不抢他的玩具，而且还会拿玩具和他换。喜欢我是因为我长得好看，他愿意把最好的玩具都先给我。"说到这里，苏先卉自己都笑了，"这件事情我一直记得很深刻，因为在我长大后经历了许多事情以后才明白，原来每个人在很小的时候哪怕自己也不知道的前提下，就已经有了选择朋友的原则……连城，你说，山林选择胜治和我，最基本的出发点是什么？"

连城微一思索："选择胜治，是因为胜治也拥有玩具，并且不和他抢，只和他交换，所以和别人相比，胜治自身拥有的资源多，和他的友情可以在公平交换的前提下得以维持。而选择你，是因为你长得好看，你的漂亮可以为他带来愉悦感，所以他喜欢你和他在一起，他拿玩具换来你对他的友谊，

也就是说，你的漂亮类似于胜治的玩具，也是可以用来交换的条件。"

"我去，连城，你真没少看书哇，回答得太漂亮了。"苏先卉一拳打在连城的肩膀上，"行啊你，我现在越来越觉得你有内涵了。你说得对，在某种意义上，尽管绝大多数人不愿意承认，其实我们所谓的友谊只不过是一种交换关系。如果自己拥有的资源不够多不够好，那么就更可能变成索取方，做不到公平交换而最终成为对方的负担。山林把胜治和我当成真正的朋友，因为胜治和我符合他潜意识里公平交换的原则。"

连城被苏先卉打得生疼，咧嘴一笑："君子动口不动手，能不能不打人？"

其实他没有点破苏先卉的小小伎俩，苏先卉刚才的一番话并不是她的亲身经历，而是她改编自一本名叫《把时间当朋友》的书，只不过她把书中的举例换成了自己。

这本书他早就看过了。

连城能体会到苏先卉的心思，苏先卉并非想偷别人的观点，而是想把自己代入进去，好更有说服力。他索性将错就错，假装不知道配合苏先卉的演讲。

莫莉在一旁帮连城收拾一些小东西，发现竟然还有玩具，正好听到苏先卉讲到了玩具，她就拿起玩具问连城："连城，你的玩具是给我玩还是给苏姐玩呢？"

"别捣乱，一边儿去。"连城嘿嘿一笑，顺手夺过玩具扔进了垃圾筐，"谁也不给玩，旧玩具已经坏了，该扔了。"

连城的回答显然不能让莫莉满意，莫莉还想说什么，却被卫非非制止了，卫非非正双手托腮听得入迷，冲莫莉连连摆手："莫莉，别闹，听下去，两大高手理论联系实际的讲课很有实用意义，你要学会了，肯定受益无穷。"

不知不觉间，以前在卫非非眼中一事无成的连城已经成为可以和苏先卉华山论剑的高手了。

莫莉只好闭了嘴。

苏先卉也没再打连城，而是继续说道："公平交换的原则，不管是在校园还是社会，都可以体现出来，比如在校园里，校花总是会被富二代追到，

286

或是被学习优秀又帅气的男生追到，如果说女人的漂亮是一种资源，那么富和帅以及学习优秀，也是一种资源，和物以类聚人以群分是一样的道理，老虎的身边都是老虎。所以为人处世要明白的第一个原则是：公平交换。"

连城默默地点了点头，他有点儿摸到苏先卉的思路了，苏先卉一方面引用书中的观点，另一方面又加入了她的理解，是想告诉他一个道理，只有他自身拥有别人需要的资源时，别人才会拿他的资源来和他交换，哪怕别人是他私交最好的朋友。实际上，私交也是一种等价交换，只不过交换的是无形的友情。但往往许多时候，无形的友情最终也会落实到现实之中有形的具体事件之上。

经过今天的深入接触和了解，苏先卉开始认可他了，否则不会对他讲她对人际关系学的认知。连城见苏先卉在认真而严肃的表情之中，眼神中有光芒闪动，眉毛也在不停地挑动，他就知道苏先卉在认真的背后，还有兴奋和期待。

当然了，苏先卉肯付出时间和他来往，本身就说明在他身上有苏先卉可以用来公平交换的资源。

"为人处世要明白的第二个原则是，只有优秀的人才拥有有效的人脉！"连城猜对了，苏先卉确实是对他有所期待了，否则以她的事务繁忙，哪里会有空闲时间浪费在无用的人和事上，对她来说，她的时间宝贵到从来不会和没有价值的人浪费一分钟，"为什么只有优秀的人才拥有有效的人脉？因为他们会随时随地回避不公平交换而始终坚持公平交换，在他们认为自身价值不足以和别人公平交换时，他们就不会向对方提出交换的索求，不为对方制造麻烦，不让对方为难，而是努力提高自身价值，等自身价值足以拥有和别人交换的对等条件时，才会重新出现。正因如此，优秀的人从来不惹人反感，也从来不会用尽人情，事事留有余地和退路。"

连城点头默许，苏先卉说得对，生活中有许多朋友总是喜欢不停地麻烦别人，而别人没有什么事情麻烦他，他却没有意识到他的索求因为没有付出而已经过度了。记得大学时有一个同学，他家境贫寒不是他的错，却错在他

总是以家穷为由蹭吃蹭喝，并且还从来不知道感恩，认为别人对他的帮助是理所应当的，结果慢慢地所有人都疏远了他，到毕业的时候，几乎没有一个人愿意和他合影。他不知道的是，他的每一次交换都是不公平交换，没有人喜欢不公平，他被所有人嫌弃，也是公平的结果。

"一个人在自身实力不够资源不多的时候，如果过分急于建立所谓的人脉，往往会收到相反的效果，这样的人，就算靠谄媚、巴结、欺下媚上等手段结交他人，也不会被人家真正接纳，只会沦为别人的附庸……我说得对不对，连城？"苏先卉见连城听得很认真，而且还在思索，知道她的话触动了连城，心想连城果然是有心人，思索问题的深度和常人不一样，可塑性强。

"对，很对，非常好。"连城连连点头，"一个人成功的前提条件从整体上来看，人脉固然很重要。不过，具体到个人身上，更重要的是他自身所拥有的资源。有些资源很难在短时间内获得，比如，金钱、地位、名誉，但金钱、地位和名誉等资源依赖于一些可以从零开始获取的资源，比如，才华和学识。才华和学识从哪里获得？从读书中来。"

"聪明，一点就透。"苏先卉发现和连城聊天就是开心，主要是她想要表达的内容，连城一听就明白，而且还能举一反三，这就是所谓的心意相通吧？

卫非非不无自嘲地想，难道是因为她的眼界不够才没有发现连城身上潜藏的优点？为什么苏先卉和连城认识不久就这么看好连城，而且和连城聊得还这么投机？根据人以群分的理论，是不是连城的高度已经超过了她，所以她才发现不了连城是一个潜力股？

"如果你不停地学习不停地读书，终于有一天，当你已经成为某个领域的专家时，你会惊喜地发现你以前苦苦追求而得不到的高效的人脉居然会主动送上门来，为什么呢？因为你自身价值提高了，已经拥有了足够多的和别人公平交换的资源，别人自然愿意拿着他们的资源来与你交换。"苏先卉调整了一下坐姿，她挺胸收腹地端坐在沙发之上，双腿交叉，双手放在大腿根部，姿态优雅而成熟，"为人处世要明白的第三个也是最重要的一个原则是，打造自己，就等于打造人脉！"

"没错。"连城听得热血沸腾，拍案而起，"生活的智慧就在于改变可以改变的部分，而放弃不可以改变的部分。你想认识谁想接近谁，你改变不了对方不想认识你不想接近你的事实，但你可以改变自己，让自己变得强大变得优秀变得更有价值，当你足够强大足够优秀足够有价值时，你想要认识想要接近的人，也许会主动来认识你接近你。"

"所以这三年来，你一直在努力读书努力学习努力改变自己，对不对？"莫莉总算听明白了连城和苏先卉的对话，也清楚了苏先卉对连城越来越认可的心思，她现在更加佩服连城沉稳的性格和长远的目光了，沉寂三年换来了一个一飞冲天的机会，怎么也是值了。

"是呀。"连城忽然发现，虽然他最先和齐全走近，又和杜京宴私交最密切，但真正懂他的人居然是苏先卉，苏先卉刚才的一番话，完全就是他三年以来的心路历程，他无限感慨地说道，"三年前，我给自己定下了一个目标，一是专心做可以提升自己的事情，二是学习并拥有更多更好的技能，三是放弃自己无效的社交。"

"其实说了半天，还是万变不离其宗——穷则独善其身，达则兼济天下。好了连城，我今天说了太多话了，从现在开始闭嘴了。"苏先卉嘻嘻一笑，站起来一拍连城的肩膀，"你别忘了，今天组织的爬山，是我的提议。现在又帮你搬了家，你说你欠我几个人情？"

"一个也没欠。"连城也是嘻嘻一笑，"你也别忘了，在山顶上，要不是我，你直接摔在地上，肯定摔得鼻青脸肿。要不是我，你也许还相信星座学可以帮助你判断一个人是不是忠诚，说不定你会上了陈于祥和胡书扬的当，这么算来，我们是互相抵消了。"

"连城，你真不解风情。"卫非非实在忍不住了，跳起来踢了连城一脚，"一个女孩说你欠她人情的时候，是她让你记住她的意思，你倒好，直接说还清了，是不是想告诉人家，你和她互不相欠了？若不相欠，怎会遇见？"

连城哎呀一声跳到一边，捂着腿叫屈："什么情况这是，怎么谁都可以随便打我，我真有这么好欺负吗？"

经营人脉，拓宽交际圈

"打得好，活该！"苏先卉笑眯眯地说道，"好了，现在开始搬家。"

几人一起帮连城搬家，虽然除连城之外都是女流之辈，好在连城的东西不多，只是一些衣服和日用品，没什么家具，很快就搬完了。

因为有了苏先卉的缘故，卫非非不用送连城了，但她却执意要送，说要认认门，方便以后再联系。连城也不好拒绝她的好意，一行四人两辆车就来到了他的新住处。

杜京宴提供的房子位于四环边上，面积不大，七十多平方米，连城一个人住倒也宽敞。房子里家具和生活用品一应俱全，而且还非常干净，可以看出杜京宴是一个十分热爱生活的人。尽管他不在这里住，却依然保持了整洁卫生，很是难得。

安置好后，卫非非提出了告辞。

"那个连城，杜京宴的联系方式能不能给我，我想以后也许可以和他保持联系。"卫非非也不扭捏，大大方方地说出了心中想法。

"好吧，电话、微信都给你。杜哥是一个有一定精神洁癖而且很在意生活质量的人，他不喜欢邋遢的女孩，更不喜欢粗俗的女孩，在他看来，女孩可以适当喝酒，但绝对不能抽烟。可以偶尔去夜店，但绝对不能是夜店公主……我就能帮你这么多了，剩下的事情就看你自己的了。记住一点，公平交换原则。"连城其实很感谢几年来卫非非对他的照顾，卫非非刀子嘴豆腐心，对他其实很不错，当然，也有一些势利现实的小毛病，不过无伤大雅。

"嗯，我知道了。"卫非非点了点头，认真想了想她有哪些可以打动杜京宴的地方，刚才苏先卉的一番话给她的触动很大，确实也是，除了父母对孩子的爱是无私奉献，朋友之间的友情以及爱人之间的爱情，都有一个交换原则在其中，虽然说出来有些现实甚至残酷，但事实不容回避。

你可以为别人带来愉悦，别人才会愿意和你接近，同样，别人也可以为你带来愉悦，你才会和别人交往。交往久了，你们谁也离不开谁了，这就是爱情。所以爱情是建立在交换愉悦的原则之上。

你可以为别人带来资源或是解决难题，同样，别人也可以为你带来资源或是解决难题，你们优势互补资源共享，最后达到了双赢，这就是合作。所以合作是建立在交换资源的前提之上的。

送走了卫非非，苏先卉也走了，临走前她意犹未尽地说道："连城，我的原则你已经清楚了，回头你转告姚常委，如果他是真心合作，就拿出诚意来。"

苏先卉走后，莫莉又帮连城收拾了一番，她几次欲言又止，连城知道她想问什么，就替她说了出来："怎么了，莫莉，你是不是担心我和苏先卉会有什么感情上的进展？"

"哼，谁知道你们呢，从上山时开始，你们就眉来眼去打情骂俏，也许下一次见面，就郎情妾意了。"莫莉鼓着腮帮子气呼呼地说道，"从交换原则来看，你和苏先卉都能为对方带来愉悦，你们正在一步步建立交换愉悦的基础，基础建好之后，就离爱情不远了。"

"呵呵。"连城见莫莉吃醋生气的样子既滑稽又好笑，不由得乐了，"我得承认我和苏先卉互相有好感，但好感能不能发展成喜欢不好说，就算发展成了喜欢，喜欢能不能进一步上升为爱情，更不好说。好感是建立信任的必要前提，现在我和苏先卉才初步建立了信任，如果为了避免以后可能产生更可能不会产生的爱情而中断现在的好感，等于因噎废食。好了，别胡思乱想了，我和苏先卉虽然可以交换愉悦，但还没有到交换资源的高度，所以就算有好感有喜欢，但不会发展到爱情，爱情是婚姻的一部分，而婚姻是需要资源交换的高级阶段，以我目前的实力，还没有和苏先卉用来平等交换婚姻的实力。"

"话是这么说，苏先卉和别人不一样……"莫莉想说什么，又不说了，摆了摆手，"算了，不和你说了，如果有一天你真的爱上了苏先卉，麻烦你提前告诉我一声，别让我无望地等下去。"

事业与爱情双收

契

机

　　连城摇了摇头，姚常委先给他画了一幅美好前景，却又为他挖了一道鸿沟，只有跳过鸿沟他才能抵达美好的彼岸。如果说齐全是一座高不可攀的冰山，苏先卉是一座风景如画但忽远忽近的灵山，那么段见就是一座怪石嶙峋崎岖难行的恶山。想要征服冰山，需要一往无前的勇气和高超的攀登技巧。想要登上灵山，需要耐心、细心和信心，并且投入足够的感情。而想要翻越恶山，除了身强体壮，还必须要有斗智斗勇的决心以及不怕艰难困苦的勇敢。

第41章 把握时机

望着莫莉远去的背影，连城站在窗前久久无语。

晚上准备入睡的时候，连城忽然接到了一个电话，一个他认为不可能接到的电话——姚常委来电。

虽然他受姚常委之托接近苏先卉，但他很清楚在姚常委的心目中，截至目前，他还没有什么分量，或者说，他还没有什么拿得出手、可以让姚常委眼前一亮的东西。尽管他和齐全关系越来越密切，和苏先卉也迅速走近，但都还停留在说说笑笑的阶段，离可以坐到谈判桌前谈判还有一段距离，所以在齐全和苏先卉没有给他正式承诺之前，他不会被姚常委真正地高看一眼。

尽管苏先卉让他转告姚常委，连城却并不着急，想等上班的时候遇到姚常委，假装无意中提起效果会更好一些。

正是没有心理准备，姚常委在半夜来电才让他心中大惊，难道是出现了什么变故不成？否则以姚常委的身份，轻易不会在半夜给一个底层的员工打电话。

"姚董……"连城恭恭敬敬地问了一句好，然后不再说话，等姚常委的指示。

"……"沉默了一会儿，姚常委才突然问道，"连城，你今天去香山了？"

姚常委消息真灵通，是谁告诉了他？连城脑中迅速转了一转，没有隐瞒："是呀，和几个朋友爬山了。"

"都有谁呢？"姚常委的语气忽然缓和了许多，就如拉家常一样轻松随意。

"苏先卉、齐全……还有杜京宴。"既然姚常委问到了，连城也就说出了实情，他也不是故意炫耀什么，"苏先卉组织的，我约的齐全和杜京宴。"

"嗯。"虽是轻描淡写的语气，姚常委心中却还是激起了惊涛骇浪，连城

居然和齐全、苏先卉一起去爬了香山，他还以为以连城的本事就算可以和苏先卉走近，至少也需要几个月的时间，而以包端杰对他步步紧逼的现状来看，几个月后黄花菜都凉了，他就对连城是否可以帮上忙不抱什么希望了，没想到，连城居然都和苏先卉一起爬山了。

不对，等等，还有齐全？不是吧，三个人中，连城已经打动两个了？真的假的？姚常委也算是身经百战了，却还是不敢相信自己的耳朵，就算苏先卉约连城爬山是对连城有好感，异性相吸可以理解，但连城怎么可能请动齐全？谁不知道齐全太冷漠了，完全就是不食人间烟火的高冷，连城和齐全的关系什么时候已经密切到可以一起爬山了？

想他阅人无数，难道还真的看错了连城，连城还真是一个难得的人才？

再想到有人在他面前交口称赞连城的优秀和不凡，他愈加肯定了一个事实——连城确确实实是一个被埋没，不，被他忽视的人才。

"你在下山的时候，有没有遇到什么让你印象深刻的事情？"姚常委继续引导连城，看连城是不是对某件事情有印象。

连城被姚常委的话绕迷糊了，一下没反应过来："下山的时候？印象深刻的事情……啊，有，有，想起来了。"

"呵呵，想起来什么了？"姚常委呵呵地笑了。

"下山的时候遇到了两位老人家姚叔和陈叔在争论一个问题，我和两位老人家聊了几句……"连城脑中迅速闪过一个念头，"姚董，莫非姚叔是您的……"

"你叫他姚叔？"

"姚叔自称姓姚，让我叫他姚叔，我一向尊老爱幼，老人家说什么就听什么。"连城意识到姚叔和姚常委肯定有什么直系亲属关系，现在再回忆起姚叔的长相，还确实和姚常委有几分相似之处。

"姚叔是我的叔叔……"姚常委想笑没笑出来，叔叔也真是，干吗不让连城叫他姚爷，现在好了，连城称呼他的叔叔为姚叔，等于是他平辈了，他比连城大了十几岁有余，连城应该叫他叔叔才对，"他回来后说起你在山上和他偶遇的事情，不停地夸你有眼色有才华。"

"……"姚叔居然是姚常委的叔叔？连城愣了一愣，心里惊喜的念头刚起，又闪过一个念头，这么一来，他岂不是和姚常委同辈了？在他的潜意识里，一直当姚常委是大叔。

"叔叔很少夸人，他以前在老家当过高官，眼界高，见识广，也挑剔，没想到他对你赞不绝口，连城，士别三日，当刮目相看，以前我还真是忽视了你，现在看来，说不定有一天，你还真有可能给我带来一个大大的惊喜！"姚常委一时感慨，知道是该让连城吃一颗定心丸了，也是因为他多年来一直深信叔叔的眼光不会有错，在他每次做重大决定举棋不定时，都是叔叔最后拍板为他指明了方向，并且无一例外成功了。因此，叔叔盛赞连城，再加上连城居然和齐全、苏先卉一起爬山，两相结合之下，证明连城确实是一个可堪大用的人才。

"姚叔过奖了，姚董也过奖了，我就是喜欢聊天，说的话正好趁了老人家的心，让老人家高兴了，也是我的福气。"连城客气几句，虽然他听了出来姚常委对他语气大变，也就是说，至此他才算真正进入了姚常委的视线，并且完全被姚常委认可了，心中无比兴奋，却还是克制了内心的激动，努力表现得平和而谦虚，"姚叔看上去也就是五十岁的样子，他让我叫他姚叔，我也没有多想就叫了，其实应该叫他老人家姚爷才对。"

姚常委听出来连城的言外之意，心中更对连城的细心有了深刻的认识，呵呵一笑："姚叔也好，姚爷也好，不过是一个称呼，只要心中有敬意，都一样。叔叔其实今年快七十岁了，你叫他姚爷也对。以后姚叔的位置，就让给我了。"

连城瞬间就听出了姚常委的暗示，是让他可以私下称呼他为姚叔的意思，他心中狂喜，姚常委如此对他礼遇，不仅仅是在能力上对他的认可，也是在私人感情上对他的亲近，既然姚常委已经伸出了热情之手，他不赶紧接过就太没礼貌也太不懂事了："姚董还年轻，我有时私下和别人提起姚董，都叫姚哥……"

"姚哥？哈哈。"姚常委至此终于领略到了连城能说会道的一面，满心欢

事业与爱情双收

喜之余，不由微微感慨，"不当姚哥已经很多年了，既然青春留不住，还是做个大叔好。"

"现在不管是年轻漂亮的女孩还是熟女，都喜欢大叔，而且大叔也是社会的中坚力量，姚叔说得对，还是做个大叔好，总有一天，我也会开心地说——我是大叔我自豪。"连城不是拍姚常委马屁，他说的是心里话，虽然他青春还在，但他看过一篇文章，说是青春没什么可留恋可遗憾的，青春除了年轻一无所有，青春是对未来的迷茫，对人生的彷徨，前途未卜，茫然四顾。

而一个男人的黄金时期是四十岁，人到四十岁时，该有的都有了，财富、地位、妻儿以及对他人命运的影响力等。人生在世，需要的是物质上的富足和精神上的安稳，青春有什么？除非富二代、官二代和拆二代才有时间和财力享受和挥霍青春，大部分平民出身的孩子，青春期都在迷茫、无助以及为了温饱的奋斗中度过。

"哈哈，你才多大就想当大叔了？年轻的时候，向往大叔掌握了社会资源和财富权势，但真的等你成了大叔，你又会怀念年轻时的热情和冲动。"姚常委和连城聊得很开心，更坚定了他要重用连城的决心，"言归正传，连城，公司马上要成立一个未来之星项目部，负责未来之星项目的筹备工作，我决定任命你担任项目部的副组长，怎么样，有没有信心完成任务？"

果然来了，连城一下屏住了呼吸，姚常委对他的重用比他想象中提前了许多，好吧，提前是因为偶遇的姚叔，也是因为香山之行他作为齐全、苏先卉和杜京宴的桥梁，重要性进一步凸显了。

"有。"机会来了就不要错过，该谦虚的时候谦虚，该担当的时候就得担当，从三分运气到七分运作，最后所追求的十分成功不就是为了得到一个上升的机会吗？连城毫不犹豫地表明了立场，"谢谢姚董的信任，我一定全力以赴，保证完成姚董的重托。"

"未来之星项目部，我亲自担任组长。不过有一点你要明白，未来之星项目如果运作成功了，我还会主抓，你到时至少也是总监级别以上的负责人，负责和几个合作伙伴的对接、沟通、联络工作，但万一失败了，你还会回到

契

机

起点……你明白吗？"姚常委觉得有必要给连城施加压力，让连城意识到只有在项目成功的前提下他才会有上升空间的因果关系。

连城当然明白其中的利害关系："我明白，姚董，项目成功的关键点在齐全和苏先卉身上，我会努力说服齐全和苏先卉加盟项目。对了，苏先卉让我转告姚董，她对项目本身没什么异议，只是对合作伙伴有看法。以前是对齐全和段见都有看法，现在对齐全改变了印象，不过她坚持如果段见也在项目之中，她不会参与。"

"她真这么说？"姚常委没想到连城已经走了这么远了，远比他预期中的进展要迅速，他还以为没有几个月的时间连城不可能说服齐全，拿下苏先卉，这样看来，他如果早早让连城出击的话，说不定现在已经初见眉目了，不过苏先卉提出的让段见出局的先决条件，他不能答应，"段见也必须参与进来，离开了段见，这个项目就有可能成功不了……"

连城实在是不理解："不管是资金、影响力还是渠道，段见和齐全、苏先卉相比，差了太多，为什么项目离了他就不行呢？苏先卉的态度很明确，有他在，她就不会加入。"

"这件事情先不要讨论了，反正你记住一点，段见必须加入，你现在要做的事情就是想办法进一步说服苏先卉。"姚常委不愿再多解释什么，话一说完就挂断了电话。

连城微微皱起了眉头，苏先卉和段见的矛盾是不可调和的矛盾，主要也是段见在追求苏先卉，苏先卉不想和段见合作的原因除了不喜欢段见的人品，恐怕还有不想和段见过多接触的个人原因在内，说服苏先卉接受段见加入项目的事情，难度太高，除非苏先卉真的喜欢上了他，出于感情因素愿意迁就他。

连城摇了摇头，姚常委先给他画了一幅美好前景，却又为他挖了一道鸿沟，只有跳过鸿沟他才能抵达美好的彼岸。如果说齐全是一座高不可攀的冰山，苏先卉是一座风景如画但忽远忽近的灵山，那么段见就是一座怪石嶙峋崎岖难行的恶山。想要征服冰山，需要一往无前的勇气和高超的攀登技巧。想要登上灵山，需要耐心、细心和信心，并且投入足够的感情。而想要翻越

事业与爱情双收

恶山，除了身强体壮，还必须有斗智斗勇的决心以及不怕艰难困苦的勇敢。

三座大山，他现在连一座都还没有征服，却还要想办法让其中两座水火不相容的大山和平共处，难度比登天还大。

姚常委的电话让连城睡意全无，他躺在床上，翻来覆去，脑中不断地闪现齐全、苏先卉和段见三人的身影，三个人如走马灯一般在他脑海中盘旋，也不知道盘旋了多久，他总算睡着了。

三天后，公司新公布了两则惊人的消息，引发了公司上下的议论和猜测。

第一条消息是木恩被正式任命为人事总监，至此，木恩成为公司唯一一个身兼两大总监的人，销售和人事都是关键部门，木恩一人身兼两大部门的总监之位，使他在公司的地位直线上升，隐隐有直逼副总之势。许多人私下都说，一些要害部门的副总甚至都不如木恩的权力大。

木恩一时风头无两，成为公司炙手可热的第一红人。

任命木恩兼任人事总监的消息一公布，郝楼就迈着得意的方步来到了连城面前，他鼻孔朝天，轻蔑地从一个鼻孔中哼了一声——主要是因为他感冒了，只有一个鼻孔透气——不无挑衅地对连城说道："连城，现在木总兼任人事总监了，以后你注意点，别再顶撞木总了。木总现在不但可以考核你的业绩，还可以评定你的评分，年终奖啊，升职评定啊，等等，都由木总说了算……"

连城抬了抬眼皮看了郝楼一眼，不以为意地笑了笑，接也没接郝楼的话，而是说道："郝楼，凡事都要有一个度，你都结婚了，就不要天天在外面过夜了……"

连城的声音不算大，但在人们对八卦无限热爱的时代，他的话立刻就引起了无数同事的关注，大家都纷纷朝郝楼投来探究的目光。

"我……你胡说八道什么，我哪里在外面过夜了？"郝楼情急之下犯了一个错误，他应该先承认他在外面过夜的事实，然后再解释他在外面过夜并没有办坏事，只是正常的应酬，但他自己却陷入了只要在外面过夜就肯定有问题的误区，为了撇清自己，直接否认了。

连城微微一笑："你胡子没刮，衬衣没换，皮鞋没擦，头发没梳，肯定是在外面过夜了，还狡辩什么？再说在外面过夜也没什么，谁还没有个特殊情况不是？在外面过夜也不一定就是什么见不得光的事情，对吧？你急什么？"

"你。"郝楼见话都被连城说死了，又见周围的同事都对他指指点点，要么嘲笑要么偷笑，他感觉脸上发烧，好像他真的做了什么见不得光的事情一样，顿时就急了，"我外面没小三，也没找小姐，连城，你再血口喷人，我和你没完。"

"你和我没完干什么，我什么时候说你在外面找小三找小姐了？你不是说没在外面过夜，怎么一下又说到小三和小姐身上了，在外面过夜和小三小姐又有什么关系吗？真不明白你在说什么。"连城摇了摇头，一脸无奈的表情，"郝楼，在外面过夜就过夜了，又不是什么丢人的事情，对不？大胆承认也不会损害你的光辉形象，你非往小三小姐上面联想，你说你的思想怎么这么不健康呢？我还没结婚呢，不对，好多同事都还没结婚呢，你别起一个不好的带头作用。"

"我……"郝楼快要疯了，气急败坏之下，伸手就要打连城。

"各位同事，我宣布一件事情……"郝楼的手刚刚举起，电梯门打开，轻易不来办公区的姚常委突然现身了，他用威严的目光看了郝楼一眼，又落在了连城身上，"连城，你过来一下。"

郝楼的手就举在空中，想收回去又觉得在众目睽睽之下太明显了，不收回去就这么举着也不是个事儿，就一脸尴尬地愣住了，心中却是翻江倒海，姚常委亲自点名连城，到底有什么事情？难道是连城要翻身了？

第42章　快意恩仇

连城来到姚常委身后站定，落后姚常委半个身子，姿态恭敬而谦和。

"即日起，公司正式成立未来之星项目部，负责筹备未来之星项目的前期工作,由我和包端杰担任组长,由连城担任副组长。由于我和端杰事务繁忙，项目部的具体事务由连城全权负责。"话一说完,姚常委伸手一拍连城的肩膀，转身就走，"连城，你手头的工作先全部放下，交接一下，从现在起就投入未来之星项目的工作中。"

啊？郝楼的手僵在空中半天，终于落了下来，他张大了嘴巴。不是吧，木恩兼任了人事总监，正是好好整治连城的大好机会，连城却摇身一变成为未来之星项目部的副组长了，岂不是说，连城从容地从木恩的眼皮底下溜走了，超然公司事外，整个公司除了姚常委和包端杰，谁也领导不了他了？

这……也太气人了，他早就想好了几十个收拾连城的方法，却一个也用不上了，就这样眼睁睁地让连城全身而退，也太便宜连城了！郝楼气得咬牙切齿，他恨不得上前一脚将连城踢倒在地，然后再狠狠地踩上几脚。

更让郝楼生气的是，连城挂着一脸自信的笑容冲众人挥了挥手，泰然地回到了座位上，笑呵呵地说道："郝楼，刚才你想打我是吧？你要打我，就说明你做贼心虚，我可是知道嫂子的电话，如果我告诉她你在安徽大厦过夜，而且还不是一个人的话，你说你会有什么样的下场？"

郝楼脸色都白了，声音颤抖着问："连……连城，你怎么知道我昨晚住在了安徽大厦？"

"哇！"众人爆发出一阵惊呼。

"哎，你的口袋里还装着安徽大厦的房卡纸，上面写着安徽大厦和入住日期……"连城哈哈一笑，伸手从郝楼口袋中拿出了房卡纸，"以后退房的时候，要么连房卡纸一起退了，要么随手扔了，就算不扔装在口袋里，也别露出来，否则很容易暴露自己的行踪。"

"嗯，嗯……"郝楼脸又变红了，收起房卡纸，灰溜溜地跑了。

"恭喜连哥。"

"恭喜连总。"

"恭喜连组长。"

"恭喜连帅哥。"

郝楼一走，不少同事都围了过来向连城祝贺，连城一一微笑感谢。

"中午请客吧，连城，这么大的好事，说起来我还有一份功劳呢。"罗亦等人群散去后才过来，她一推连城的肩膀，"要不你和姚董说说，把我也调到项目部算了，项目部的待遇肯定好。"

"我也想去项目部，连哥。"甄剑也凑了过来。

"我也要去。"莫莉也来凑热闹。

"吃饭去。"连城没接几人的话，起身朝外走，"边吃边聊。"

几人刚下楼就碰到了木恩。

"连城，下午两点开会，记得准时参加，迟到要扣奖金的。"木恩刚从外面回来，还不知道连城被借调到项目部担任副组长的事情，见连城虽然不是单独和罗亦在一起，他还是心里不舒服，就想拿捏连城一番。

"罗亦，中午我请你吃柔时火锅，走，我定好位子了。"木恩不只是说说而已，他还伸手去拉罗亦。

"我才不跟你一起吃饭，没胃口。"罗亦一闪就躲开了木恩的胖手，她嘻嘻一笑，"你还是请大苹果吃饭吧，她对你仰慕已久了。"

大苹果原名平果，是公司吨位最重的一个女孩，因为她名字叫平果，长得又白又胖又圆，偏偏又喜欢唱《小苹果》，就被人送了一个外号大苹果。大苹果最喜欢木恩，有事没事就找木恩聊人生、聊工作，想聊出感情，可惜的是，木恩虽然自己胖，却最不喜欢胖女孩，他对大苹果对他的好感和骚扰深恶痛绝。

事业与爱情双收

"和她吃饭？见到她就饱了，我只喜欢你。"木恩不甘心，又厚着脸皮去拉罗亦。

"我见到你也饱了，你离我远点儿。"罗亦想再躲开木恩的魔爪，却没成功，被木恩抓住了胳膊，"放开我，你弄疼我了。"

木恩不顾罗亦的尖叫，手上用力，嘿嘿一笑，他就是想在连城面前显示他的权威和存在感，让连城知道谁才是老大。

对连城来说，如果说齐全、苏先卉和段见是三座高山的话，木恩不过是一条阴沟，高山征服不了没关系，大不了可以绕道走，但阴沟必须跨过去，否则会阴沟里翻船。

人际关系学在生活中的具体运用是一门学问，更是人生智慧，不但包含了怎样察言观色，还需要灵活应用，见人说人话、见鬼说鬼话只是灵活应用的一小部分，如何针对不同人采用不同的社交手段，才是最高境界。

对齐全，连城要化身为知识渊博彬彬有礼的有为青年；对苏先卉，连城要变成风趣幽默、进可成男友退可成朋友的"三好"青年；对杜京宴，连城又变为助人为乐、高山流水的知音；对段见，连城就是时而以退为进，时而绵里藏针的计谋高手。

而对木恩，连城就充分展现出他咄咄逼人、快意恩仇的一面，就如当年他高中时代为了保护初恋情人一怒之下和情敌在操场决斗时的悍勇一样，他一个箭步冲了过去，左手一伸就抓住了木恩的胳膊，右膝盖一提，重重地击在了木恩肥胖的胳膊上。

俗话说胳膊扭不过大腿，何况连城是施力者木恩是受力者，木恩只觉一股剧痛传来，哪里还有力气再抓住罗亦不放，痛呼一声放开了罗亦。

"连城，你小子敢打我……"木恩恼羞成怒，连城当着女神的面和他动手，完全是对他权威的挑战，他抡圆了胳膊，使足了力气，朝连城的左脸狠狠地打去。

如果打实了，连城估计得原地转上几个圈，然后半片脸肿得跟面包一样。

罗亦"啊"的惊叫一声，就要上前出手相救。莫莉离得远，想救也来不及了，双手捂眼，不敢再看。甄剑站在莫莉的身边，也是鞭长莫及。

眼见木恩的熊掌就要落在连城的脸上，连城不躲不闪，只是一弯腰，木恩的熊掌就擦着连城的头皮落空了，由于他用力过猛，收势不住，原地打了一个圈，本来面对着连城，却变成背对连城了。

"哈哈，平沙落雁式。"连城大笑一声，抬腿一脚踢在了木恩的屁股上。

连城力气不小，但再有力气也踢不动重达一百公斤的木恩，他不过是借力打力，木恩用力过猛，转过身去后还没站稳，连城一脚踢来，他更是站立不住，身子朝前一扑，"扑通"一声摔倒在台阶上。

更不幸的是，木恩是正面摔倒在台阶上，嘴唇和台阶来了一次亲密的接触，顿时血流如注。

"连城！"木恩火冒三丈，从台阶上翻身爬起，如饿虎扑食一样朝连城冲了过去，"我和你没完！"

如果硬碰硬，连城绝对不是木恩的对手，木恩就是站立不动，他一头撞上去，也未必撞得动木恩。不能力拼可以智取，方法总比困难多，连城才不会坐以待毙，他朝旁边一闪，就躲过了木恩的致命一击。

木恩自重过大，奔跑速度又过快，收势不住，又朝前冲了几步才站住，回身见连城好整以暇，居然还在等他，更是怒火冲天，二话不说又朝连城一头撞去。

不料才一迈步，没注意脚下被什么东西绊了一下，顿时站立不住，身子一晃，又"扑通"一声摔倒在地。

不过还好，上次是摔倒在台阶上，这次是平地，没摔着脸，即使如此，也摔得眼冒金星，浑身跟散架了一样。

"谁他妈绊我？"木恩清楚自己被人使坏了，一翻身又从地上爬了起来，回头一看，见罗亦一脸得意的笑容，知道是罗亦干的好事，"罗亦，是你绊我？"

罗亦才不会承认："你说什么？我没听见。"

木恩懒得再和罗亦理论，回身准备再和连城较量，不料一回头吓了一跳，身后除了连城，不知何时又多了一人，正是姚常委。

"姚……董。"木恩一擦嘴上的血，点头向姚常委问好。

"怎么了，不小心摔倒了？木恩，你也该减肥了，才这么年轻走路也会摔倒，再胖下去可就麻烦了。"姚常委一脸关切的表情，还拿出了一包纸巾递给他，"擦擦血，别让别人看见。如果让别人知道你自己走路也会摔倒，会怀疑你能不能胜任身兼销售总监和人事总监的重任。"

"姚董，我……"木恩只能打碎牙齿和血吞，他总不能当面反驳姚常委说自己是被连城打的，说出去比自己摔倒还丢人，何况他也看出来了，姚常委是故意偏袒连城，"我以后会注意的，谢谢姚董。"

"不是以后，是现在就开始注意。"姚常委用力拍了拍木恩的肩膀，语重心长地说，"你是公司的中流砥柱，必须有一个健壮的身体。好了，赶紧去吧。对了，连城从今天起调到了未来之星项目部，他手头的工作，你另外安排人去做。"

"嗯。"木恩狠狠地瞪了一本正经一脸无辜的连城一眼，急忙跑开了，直到跑进了电梯里面回味起刚才姚常委的话，才想起哪里不对。

"连城调到了未来之星项目部？什么时候的事情？这么说，他以后不归我管了，想整他也没办法了？我去！"木恩越想越是火大，急匆匆来到楼上，直奔包端杰的办公室而去。

"包总，连城调到项目部了？"一进门，木恩就急切地说出了他的担忧，"姚常委这么安排，明显是想让连城和我打擂台，一个小小的连城也能撑起项目部？姚常委没人用了还是他脑子短路了？"

包端杰正在房间里喝咖啡，不动声色地听完木恩的话，起身关了门，才不慌不忙地说道："姚常委既不是没人用了，也不是脑子短路了，他用连城，是一步妙棋。"

"妙棋？连城屁都不是,什么都不会,就是个废物。"木恩对连城没好印象，直到现在他还觉得连城一无是处。

"你真的这么看？"别看包端杰酒品不好，但不喝酒的时候，一双不大的单眼皮眼睛眨动之间，闪动着精明的亮光，"以前我也觉得连城一无是处，但最近听到的消息却是，连城是一个深藏不露的交际高手，他最近和齐全、苏先卉走得很近，而且听说还和杜京宴成了好朋友。"

"不是吧？"木恩大吃一惊，"齐全和苏先卉怎么会和连城走得近？连城有什么让他们看重的地方，他们也脑子短路了？杜京宴又是谁？"

"你脑子才短路了！"包端杰有点儿生气，木恩后知后觉也就罢了，还不肯接受现实，就太蠢了，"不管连城有什么让齐全和苏先卉看重的地方，齐全和苏先卉很赏识连城已经是事实了，你承不承认连城有本事不要紧，要紧的是，事情已经真实地发生了。你连杜京宴是谁都不知道？杜京宴是龙马精神的创始人。"

"龙马精神？投资一个亿卖了十个亿的资本运作高手杜京宴？"

木恩目瞪口呆，他没听说过杜京宴的名字也情有可原，杜京宴为人低调，很少在媒体上露面，也从不接受采访。尽管当年他的龙马精神被溢价十倍收购的事在业内轰动一时，但报道中重点大多落在资本运作上面，他的名字偶尔被提及，也是一带而过。

别看杜京宴在业内远不如齐全和苏先卉的分量重，但杜京宴却是许多奋斗中的年轻人心目中神一般的偶像，因为杜京宴以小博大，白手起家，凭借高人一等的眼光和先人一步的布局，完成了一个创业者到成功者的华丽转变。

如果说齐全和苏先卉对连城高看一眼已经足以让木恩目瞪口呆了，那么杜京宴和连城成了好朋友的事实，更是让他无比震惊。有一句话不是说，看一个人的层次，看他的朋友；看一个人的成就，看他的对手。连城已经有了杜京宴这样的朋友，难道说连城以后会达到和杜京宴一样的层次？

"都是从哪里听到的消息？"尽管知道包端杰不会乱说，木恩还是不愿意相信连城一跃之下居然达到了他无法企及的高度的事实。

"等一下段见和陈占天会过来一起吃饭，你听听他们怎么说吧。"包端杰懒得再和木恩解释太多，他比木恩成熟多了，尽管听到连城已经初步打开局面的消息后也十分郁闷，但他很快就调整了情绪并且调整了策略，"争取把段见拉入我们的阵营，再加上陈占天，姚常委就算有连城帮他，他的胜算还

是不大。"

木恩点了点头，心情郁闷到了极点，他无意中朝窗外一望，见楼下的连城一行之中，已经没有了姚常委，正朝外走的连城，正好和段见、陈占天不期而遇。

姚常委替连城解围之后，和连城说了几句话就走了，他对连城敢和木恩动手的热血赞叹不已，虽然他并不赞成用武力解决争端，但在连城的年纪，血性和冲动是前进的动力。

姚常委走后，连城一行刚走没几步，迎面走来两个人，好嘛，真是冤家路窄，居然是段见和陈占天。

段见还好，见到连城只是不冷不热地说道："连城，苏先卉喜欢上了你没有？我还等着喝你们的喜酒呢。古代有司马相如追到富家女卓文君的先例，我相信你逆袭了'白富美'苏先卉也不过是小菜一碟，对吧？"

不简单，段见也不是不学无术的富二代，居然还知道司马相如和卓文君的故事，连城呵呵一笑，他知道段见说的是反话，也不辩解什么："不急，前几天刚一起爬了香山，明天再约她看场电影喝喝咖啡什么的，谈恋爱讲究的是一个谈字，需要一个循序渐进的过程。"

"哈哈。"段见哈哈大笑，笑得都直不起腰了，"你也就是长了一张好嘴，吹牛不打草稿。你要是真让苏先卉喜欢上了你，结婚不结婚再说，只要她对你真有意思了，我真送你一辆车，保时捷、宝马、奔驰，随便挑。"

"车就不要了，还是上次说过的话，到时候段少帮我完成一个愿望就行了。"连城笑眯眯的样子，好像真的可以谈笑间就让苏先卉投怀送抱一样。

"连城，今天不跑了吧？"陈占天上前一步，双手抱肩来到连城面前，虽然他个子没有连城高，却还是故意摆出居高临下的姿态，"说吧，你要怎样跪地求饶才能让我高抬贵手放你一马？"

"陈哥和连城也有过节？好，你们的事情你们自己解决，我不管。"段见开心地一笑，退到一边，摆出了隔岸观火的姿态。

306

第43章　转　　机

"陈流氓，你还有脸在我面前出现？臭不要脸的，坏蛋、色狼、人渣。"罗亦一见陈占天就发作了，上前抡起手包就砸向了陈占天，"你再敢找事，我天天去你公司骂你个狗血喷头，任你脸皮再厚，看你还怎么在你的员工面前人模狗样。"

陈占天是想找连城的麻烦，冷不防罗亦杀了出来，对他连打带骂，也不知道罗亦的包里装的是什么，打得他生疼，他就抱头躲闪。

他想还手，可罗亦毕竟是女孩子，又是在大庭广众之下；不还手，又实在羞愤。再者罗亦说要去他的公司闹事，也确实让他怕了，万一罗亦真的不怕丢人去公司大吵大闹一顿，他的形象就全毁了。

好汉不吃眼前亏，三十六计走为上策，陈占天朝段见使了个眼色，然后撒腿就跑，跑得比兔子还快。

"有种你别跑，人渣！"罗亦朝陈占天的背影吐了一口，"以后见一次打一次，陈占天，我赖上你了。"

"到底是怎么回事儿，陈哥？"追上陈占天后，段见好奇地问道，他还不知道陈占天和罗亦的故事以及陈占天和连城的恩怨。

"别提了，算我倒霉。"陈占天摸了摸被砸得生疼的脑袋，无比郁闷地把他和罗亦的故事以及连城的恩怨一说，原来还有这么一档子事，段见暗中盘算了一会儿："罗亦的事情就算了，不就是一个女人吗，你陈哥还缺女人？连城不能算完，不能饶了他，他敢和你动手，是对你的挑衅。对了，当时还有杜京宴？"

"没错，杜京宴和他在一起，后来上了齐全的车。"陈占天回想起当时的情景，依然愤愤不平，"妈的，要不是齐全开车技术好，我早就追上他们了。"

事业与爱情双收

"没追上正好，省得和齐全正面冲突。杜京宴不算什么，虽然有点儿钱，但他在北京没根没底，齐全就不同了，齐家树大根深，最好别动。"段见权衡一下利害关系，"听我说，陈哥，能绕过齐全最好绕过齐全，真要惹了齐全，也是麻烦。当然了，除非齐全非要为连城出头，我们也不怕他不是？主要是我们犯不着主动去招惹齐全。至于怎么对付连城和杜京宴，我们再好好商量一下，从长计议。"

"好,听你的。"陈占天和段见上了楼，眼见就来到了包端杰的办公室，"这么说，你是决定要和包端杰统一战线了？"

段见神秘地一笑："利益第一，到目前为止，还是包端杰大方，所以我更倾向和包端杰合作。陈哥，如果你也加入我们的阵营，基本上可以说，会有八成以上的胜算。到时把姚常委扫地出门，安度公司就是我们的天下了。"

"主意是不错，主要看怎么运作了。"陈占天点了点头，和段见一起迈进了包端杰的办公室。

"真的？姚常委想利用连城当成支点开始反击了？"寒暄过后，听到连城已经被姚常委重用并且担任了项目部的副组长后，段见和陈占天对视一眼，都是一脸惊讶。

"不仅如此，连城还和齐全、苏先卉的关系越来越近了，几天前，连城和齐全、苏先卉、杜京宴一起爬了香山。"包端杰不无担忧地说道，"姚常委重用连城，是一着神来之笔，说不定姚常委最终破局并且胜利，全在连城身上。"

"连城真有这么重要的话，先毁了连城，姚常委不就没招了？"陈占天眼中闪动着阴冷的光芒。

"说得轻巧，哪这么容易？"包端杰年纪比陈占天和段见大多了，所以遇事想得也多，"怎么毁？是让连城离开公司，还是让齐全和苏先卉不和连城来往？"

一句话说得陈占天和段见面面相觑、哑口无言。

说得也对，让连城离开公司，包端杰同意，姚常委不会同意。让齐全和苏先卉不和连城来往，谁有这么大的面子？或者说，谁能说服齐全和苏先卉，让他们不和连城来往？恐怕没人能。

不过……如果可以说服或是威逼利诱，使连城主动离开公司，主动不和齐全、苏先卉来往，应该不算一件太难的事情，段见和陈占天同时想到了这一点，二人目光相对，都从对方眼中看出了惊喜的光芒。

包端杰显然也想到了，他摇了摇头："说服或是威逼利诱使连城主动离开公司，主动不和齐全、苏先卉来往，也不是一件容易的事情，说服肯定是不可能的，连城不傻，不会放弃到手的前途，威逼的话，就看连城的胆量了，如果他认定你们不敢拿他怎么样，难道你们还真打他一个半死不成？倒是利诱，最有可能让连城改变主意。"

"利诱？许之以利？谁知道连城的胃口有多大？"陈占天颇不耐烦地说道，"算了，你们别管了，这事儿我来处理，保管让连城乖乖听话，不敢再帮姚常委。"

"不要乱来。"包端杰见木恩跃跃欲试，也想附和陈占天，他悄悄地朝木恩使了一个眼色，"万一出了什么没法收场的事情，不合算，还不如花点钱买通连城，既安全又省心。"

木恩立刻明白了包端杰的暗示，眼睛转了一转，又附和了包端杰的话："包总说得有道理，以连城没见过世面的眼界，拿出一百万拍在他面前，他肯定不知道自己姓什么了，立马跟狗一样听话。一百万买个安心，还可以破了姚常委的局，也算值了。"

"一百万？连城连十万都不值，还一百万。"陈占天想起连城和杜京宴对他的羞辱，如果他再送钱给连城，等于被连城打了脸还要去讨好，他才不干，"你们不要再说了，这事儿我管定了，半个月内，包管让连城滚蛋！"

"这不好吧？"包端杰故意再加上一把柴，"怎么能只让你出力我们袖手旁观呢？"

"既然要合作，谁多出点力少出点力分得那么清楚干什么？"陈占天实在是想亲手收拾了连城，说是公报私仇也好，说是个人恩怨也罢，反正他没考

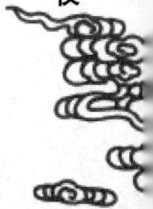

事业与爱情双收

虑那么多，大手一挥，"这事儿就这么定了，谁也不许再说了。"

段见在一旁眨动着一双精明的眼睛，瞧瞧包端杰和木恩，又看看陈占天，想说什么又觉得多余，暗暗摇了摇头，一副你们继续我只看戏的洒脱。

"走，吃饭去。"包端杰见好就收，有陈占天自告奋勇去对付连城，管陈占天用什么手段，明的暗的，阴的狠的，反正和他无关了，他就当是陈占天和连城的私人恩怨。成了，他坐享其成；不成，他也没什么损失，再想办法就是了。

木恩跟在包端杰的旁边，趁陈占天和段见在一旁说话的间隙，小声问道："包总，陈占天一个人行吗？要不我帮帮他。"

"你别插手。"包端杰瞪了木恩一眼，他清楚木恩和陈占天一样对连城有报复心理，"不能因小失大，陈占天可以玩阴的，你不能。出了事儿，陈占天可以收场，你能吗？"

我怎么不能？木恩不服气，想反驳几句，见包端杰一脸坚决，他话到嘴边又咽了回去，心里却已经打定了主意，嘴上却说："这样也好，借刀杀人。"

连城一行和段见、陈占天偶遇之后，继续前行。

"段见和陈占天混到一起了，他们来安度，肯定是和包端杰谈合作来了。"甄剑关注的是公司最近的局势变动，他想起了刚才的一幕，"段见、陈占天，再加上包端杰、木恩，对手的力量越来越强大了，连哥，不是说姚董想拉段见加盟他的团队，段见既然和陈占天联手了，怕是他也不会加入姚董的阵营了？"

甄剑的分析有道理，连城点了点头："人和人的合作，一是利益，二是脾气相投，如果包端杰开出的条件更好，再有他和段见在许多事情上看法相同，段见加入他的阵营也完全可以理解。"

"那怎么办呢？"甄剑有几分着急，"姚董这边还没有一个人确定加入，齐全、苏先卉都还在观望，现在明显是敌众我寡，力量对比悬殊哇。"

"哎哟喂，操那么多闲心有什么用，你说了又不算，还不如吃好喝好睡好，反正天塌了有高个顶着，明天太阳照样升起。万一安度不能待了，换一家公司就是了，又死不了人。"罗亦对甄剑的忧虑嗤之以鼻，"不管最后谁胜利，都需要人干活吧？我只要会干活有工资拿就行，才不管谁是董事长谁是CEO。"

甄剑轻蔑地斜了罗亦一眼："劳心者治人，劳力者治于人。只知道埋头干活的人，一辈子就是被人摆布的角色。"

"我的志向你不懂，和你说不着。"罗亦不甘示弱地白了甄剑一眼，"女人嘛，嫁一个好老公就行了，太能干了，最后还是苦了自己。"

几人说话间来到了柔时火锅，点了菜后又要了饮料，正吃得津津有味时，连城的手机忽然响了。

是卫非非来电。

"连城，有人来租我的房子，我特意告诉你一声。"

"……"连城无语了，"你房子那么多，每次有人租房子你都告诉我一声，你不嫌麻烦吗？"

"喊，你以为你是谁呀，你又不是我男朋友，我干吗要次次告诉你？别想好事了，我这次告诉你是因为租我房子的人叫范雯……"卫非非生气了，连城的话让她心里不痛快。

连城听出了卫非非的怨气，他本来只是随口开一个玩笑，就说："范雯……范雯是谁？啊，想起了，杜哥的前女友。"

"哼，你以为呢？要不是她的身份特殊，你以为我会闲得无聊告诉你呀。"卫非非不满地哼了一声，又说，"她不是一个人来租房子，还和一个秃顶的男人在一起，很幸运的是，那个男人我也认识，估计你也知道他，他叫陈于祥。"

陈于祥？连城差点以为他听错了，不是吧，怎么会是陈于祥？怎么可能是陈于祥？

他又一想，有一句广告语不是说一切皆有可能吗，怎么就不可能是陈于祥呢？上次他还发现陈于祥要去约会，原来陈大叔约会的小三居然是范雯。

世界真是太小了。

再想起范雯一边当了陈于祥的小三，一边居然还想和杜京宴复合，还真

事业与爱情双收

是什么都不耽误，骑驴找马——不好意思，从长相上来说，陈于祥和杜京宴相比确实是丑驴和骏马的区别。连城忽然觉得要论脸厚心黑，有时女人比男人还厉害。

"陈于祥只是陪范雯租房，还是为她租房？"连城想问个清楚，以免误伤好人，不过话又说回来，以陈于祥已婚大叔的身份陪一个年轻女孩去租房的事实来看，误伤的可能性微乎其微。

"当然是陈于祥为范雯租房了，不但为她租房，还给她买了全新的家具，一次性交了一年的房租。办完手续后，他还陪她去吃饭买衣服，两个人还手拉手，亲热得不行，一看就是处在热恋之中。"卫非非叹了一口气，"当时我还怪杜京宴对范雯绝情，现在才知道，要是我是杜京宴，范雯再回来找我，我一脚不踢死她就算对得起她了。哎，连城，你一定要告诉杜京宴一声，让他千万别再上范雯的当，好马不吃回头草是吧？"

连城当然知道卫非非之所以告诉他范雯和陈于祥的事情，是想让杜京宴对范雯死心，其实以他对杜京宴的了解，杜京宴压根儿就没想和范雯重归于好。不过范雯背后的男人居然是陈于祥，倒是大大出乎他的意料。

挂了卫非非的电话，连城当即就打给了杜京宴。

"杜哥，卫非非的心意，你肯定心里有数，我就不多说了。"连城把事情一说，又调侃了杜京宴几句，"倒是怪了，范雯怎么会看上了陈于祥？"

"她看上谁都不奇怪……唉，不提她行不行，还有，卫非非也不许提了。"杜京宴呵呵一笑，想起了什么，"对了，我听说陈于祥私下和包端杰来往密切，你提醒一下苏先卉，小心陈于祥吃里爬外。"

陈于祥和包端杰也有接触？这下热闹了，苏先卉想不介入安度公司的争权战也不行了，事情变得越来越有趣了，连城笑道："围绕着安度的控股权争夺战，以未来之星项目为支点，各路人马纷纷登场，要上演一场大戏了，杜哥，你是不是考虑一下加入进来？"

"哈哈，我就算了吧，做一个旁观者岂不是更好？最后不管谁胜谁负，至少我还是你的退路。"杜京宴已经决定不加入安度公司的内部争权之中，

312

置身事外才能做到进退自如，"我只希望可以和齐全合作，别的暂时没什么想法。"

连城明白了杜京宴的意思，也就不再多说什么，正要挂断电话，罗亦却一把抢过了他的电话。

"杜哥，我是罗亦呀，还记得我吧？什么时候有时间一起喝茶吃饭好不好？我请客。"罗亦听出来她有一个竞争者叫卫非非，就有了危机感，决定主动出击了。

"好哇，有时间叫上连城一起……"杜京宴敷衍了几句，他对罗亦实在是提不起兴趣。

"连城，卫非非是谁？到底是怎么一回事儿？"罗亦质问连城，一脸的不快。

"不关你的事，也不关连城的事。"莫莉顶了罗亦一句，"杜哥爱选谁选谁，你说了不算，连城说了也不算，你冲连城凶干什么？"

罗亦眉毛一挑，正要和莫莉辩论几句，连城却起身出去了。

"我去打个电话，你们继续。"连城嘿嘿一笑，才不管罗亦和莫莉的斗嘴。

"喂，连城，你和谁打电话不能在这里打，非要出去打？"罗亦忽然觉得连城不如以前一样让她看得清楚了，她大感失落。

"你管不着！"莫莉白了罗亦一眼，"你现在已经跟不上连城的脚步了，所以最好少说话。"

"你……"罗亦气得扔了筷子，"莫莉，你成心和我过不去是吧？"

甄剑头大了，举起了双手："两位姑奶奶，我们吃东西好不好？肚子还没填饱，你们还有精力吵架，真是服了你们了。"

连城来到了门外，阳光大好，他心情也舒展了许多。

"苏姐，有个情况要向你反映一下……"连城打给了苏先卉，他觉得有必要第一时间让苏先卉知道陈于祥的动向。

"你是哪位？听声音有点儿耳熟，但没想起来是谁。"

"……"连城知道苏先卉故意调侃他，就笑了，"苏姐，我是你的仰慕者，

是你三百个追求者中的最后一个。"

"连城，你少贫，赶紧有事说事，我正忙着呢。"苏先卉恢复了正经，严肃起来的她，声音很有公事公办的职业特征。

契机

第44章　一碗米养恩人，一斗米养仇人

好像他没正事一样，连城摇了摇头："苏姐，我没正事哪里敢给你打电话……上次不是说过陈于祥焕发了第二春的事情，现在已经得到了证实，上次你见过的卫非非，她是一个包租婆，名下有多套房产……"

简短地一说卫非非的发现，连城又强调说道："怎么样，我的推断没错吧？"

"然后呢？"苏先卉对陈于祥焕发第二春以及第二春的对象是谁完全不感兴趣，"还有事情吗？"

"陈于祥正在私下和包端杰密切接触，他应该已经介入了安度公司的内部争权之中。"连城点了题，"苏姐，你要提防陈于祥出卖公司利益的行为。"

"谁是你的苏姐，叫苏总。以后没正事，一次也不要再给我打电话！"苏先卉突然就发火了，一下挂断了电话，"我知道了，就这样吧。"

"你……"连城还想说什么，电话已经挂断了，他也来气了，"吃错药了还是更年期了，什么脾气这是？"

回到饭桌上，他也没有了胃口，随便吃了几口就结束了。

下午没见到木恩和包端杰，在总裁办的安排下，连城搬到了专门为未来之星项目部准备的办公室办公，虽然还在同一层办公区，却有了自己独立的办公间，也算是提高了待遇。

连城交接了工作——他没有完成的工作都交由甄剑接手，尽管他很想让甄剑、莫莉和罗亦也来项目部，但本着为他们长远打算的出发点，还是决定等项目有了眉目后再说——连城在新办公室整理了一下资料，算是初步了解了未来之星项目的设想。

怪不得姚常委想一手推动未来之星项目而包端杰却在暗中竭力阻止，姚

事业与爱情双收

常委是想借未来之星项目金蝉脱壳，以未来之星项目为依托，再成立一家新公司，而姚常委在新公司的股权达到了百分之四十以上，包端杰在其中完全没有股权，也就是说，未来之星项目明面上是安度公司的项目，其实是姚常委一个人的项目。

如果成功了，姚常委名下就有两家公司了，可以以新公司为依托，反向渗透到安度公司，进一步增加持股比例，最终达到完全控股安度公司的目的。同时姚常委还可以通过股权的交换，交叉控股两家公司，加大对两家公司的控制。

果然是一步好棋，当然了，仅对姚常委而言是好棋，对包端杰来说，就等于是姚常委逐步削夺他的控股权的陷阱，他不甘心被姚常委边缘化而努力反击也在情理之中。

商场之上，向来是资本力量的天下，谁资金雄厚，谁谋略高超，谁手腕高人一等，谁就是控局者。姚常委的做法也无可厚非，有时控股也并非完全出于利益，而是为了让自己的理念得以实施。到了一定境界之后，所图的不再是金钱，而是可以影响别人影响社会的影响力。

晚上回到家中，连城舒服地洗了一个热水澡，杜京宴的房子比以前租住的房子条件好太多了，他十分感激杜京宴的帮助，正想再打个电话表示一下感谢。关系熟归熟，该说的话还得说到。

才拿起电话，却听到有人敲门。会是谁呢？他才搬来不久，知道他住这里的人寥寥无几。

从猫眼向外一看，门口站着一个陌生的女人。女人打扮得很新潮，浓妆艳抹，让她本来三十岁的年纪显得至少三十五岁开外。

连城打开门："你找谁？"

女人一愣，眼神在连城身上扫了一扫："你是谁？你怎么会住在这里？"

穿一身白裙的她，长相其实还算清纯，如果不是抹了太多太重的粉的话，眉清目秀的她就算素面朝天，也不失为一个第一眼美女。只不过太浓的妆以及太多的风尘气息掩盖了她的清纯，让她失去了最珍贵的纯真。

纯真远比成熟宝贵，纯真也远比成熟更值得男人珍惜。

"我是谁？我是我！为什么我住在这里？因为我住在这里，所以我住在这里！"连城的回答很像绕口令。

女人脸上闪过愠怒之色，一把推开连城："你让开！杜京宴，你给我出来！"

连城没防备地被推到一边，女人的手劲倒也不小，他险些被推倒。他转身进来，随手关上了门，见女人径直朝里面走去，也不阻拦，自顾自地在客厅的沙发上坐下。

过了一会儿，女人在房间中没有找到人，就又来到连城面前："告诉我，杜京宴在哪里？"

"你是范雯吧？"连城大概猜到了来人是谁，他淡定地笑了笑，双手抱肩，"杜哥不在这里，他住在哪里，抱歉，我不知道。"

"你知道我？"范雯眼中闪过一丝光彩，"是杜京宴告诉你的吧？你肯定是他的好朋友了，他是不是还对我念念不忘？"

"现在这房子的使用权归我，我请你出去。"连城没回答范雯的问题，范雯的所作所为让他不齿，先是抛弃杜京宴跑到国外，现在回国了，还想和杜京宴重归于好，却依然不洁身自好，居然又和陈于祥混到了一起，她是有多离不开男人？他都懒得多和她说上一句话。

"你怎么能这样对我？杜京宴到底在哪里？你不告诉我，我就不走了。"范雯冷哼了一声，一踢腿，鞋就被踢到了一边，她傲慢地坐在了连城的旁边，"你没有资格赶我走，这房子原本是杜京宴买来和我结婚用的，我要要回来。"

连城以前以为罗亦作为拜金女的代表，已经算是不择手段了，现在才知道和范雯一比，罗亦还是差了太远，不管是脸皮之厚还是人品之渣，罗亦都得甘拜下风。

"如果我没记错的话，房子的所有权应该归杜哥吧？你一个外人，凭什么狮子大开口，一套房子想要就要？"连城都替杜京宴打抱不平了，什么女人这是，太没脸没皮了。

事业与爱情双收

"这是我和杜京宴的事情，你管不着。"范雯喝了酒，在酒精的刺激和贪心的驱使下，她哪里还顾得上这么多，在她眼里，连城就是霸占了她房子的无耻之徒，"你，你马上给我出去，否则我就报警了。"

连城几乎要大笑了，他见过不少拜金女，也听说过宁愿在宝马车里面哭泣也不愿意坐在自行车上笑，却还是第一次见到如范雯一样无耻的女人，简直无耻到了没有下限的地步。

"你马上给我出去，否则我就报警了！"连城重复了一遍范雯的话，不过加重了语气。

范雯呆呆地看着连城，目光游离而没有焦点，也不知道在想些什么，过了半天她才回过神儿来，拿出电话打给了杜京宴。

"杜京宴，你马上给我过来，我在我们的新房里面。如果你一个小时内赶不到，我死给你看！"范雯号啕大哭，一把鼻涕一把泪，"我那么爱你，不远万里回国来找你，你却躲着不见，是谁说过要漂洋过海来看我？又是谁说过不管我什么时候转身，总会在我身后一个转身的距离等我，从不离去……你骗人！你是天底下最无耻的骗子！"

泼妇常用的伎俩一哭二闹三上吊，范雯都运用得十分娴熟，尽管她哭得很伤心眼泪流得很汹涌，似乎真的是痛彻肺腑一样，但在连城看来，范雯伤心欲绝的表情和奔流不息的眼泪掩饰不了她眼中的伪装和刻意的表演。

连城无动于衷，冷冷地看着范雯的哭闹，眼光落在了范雯的脖子和胳膊上，心中更多了些鄙夷。

范雯的电话也不知打了多久，几分钟后，连城的手机响了。不出连城所料，果然是杜京宴来电。

"连城，不好意思，我没想到范雯会上门去闹，我不方便过去，你帮我打发了她，帮帮忙，兄弟，我实在不愿意见她。"杜京宴对范雯本来还有一丝残留的爱意，被范雯一闹，他仅有的好感也消耗光了，现在别说想见到范雯了，就是听到她的声音也影响心情，心中无比懊悔，当初怎么那么没有眼光，喜欢上了这样一个浅薄粗俗并且极度无耻的女人？

318

"好吧。"连城完全可以体会到杜京宴对范雯的避而不见是多么的无奈和痛心，他本来想开一句玩笑，但听到杜京宴的声音很低落很郁闷，也就没好意思再说笑，"杜哥放心，交给我了。"

"谢谢兄弟了，不管用什么方法，让她尽快滚蛋就行。"杜京宴不想再多说，便挂断了电话。

"杜京宴不来，我就不走了。"范雯一擦眼泪，又恢复了趾高气扬的神态，"你……出去！"

连城不动声色："范雯，你真的爱杜京宴？"

"爱，他是我生命中最爱的人。"范雯眼中闪过向往的神色，"为了他，我放弃了在国外优裕的生活，放弃了在国外奋斗了几年的一切，回国就为了和他在一起，他却以我结过婚为借口，不再爱我了，如果他真的爱我，他怎么会在乎我有没有结过婚？男人都是口是心非的玩意儿。"

"是吗？"连城轻描淡写地笑了，"有一个常识不知道你听说过没有，汽车的备胎是有寿命的，就算放着不用，过上几年就不能使用了，因为就算一直不用的东西也会在时间的流逝中老化。备胎是这样，爱情也是这样。世界上任何事物都有保鲜期，包括爱情。"

"你每天开车奔跑在路上时，你会检查四个轮胎的胎压和磨损状况，你会关心备胎吗？等有一天当你需要备胎时才发现备胎已经过了保质期，你再抱怨备胎在你需要的时候不再具有使用价值又有什么用？你却从来没有想过，在无望的等候中，备胎已经耗尽了生命。"连城希望还可以打动范雯，让范雯明白一个道理——世界上没有人会心甘情愿、无望地为你等候，因为你从来没有为别人等候，因为你从来没有给别人希望——他相信只要范雯的心中还有善良，她就会明白人和人之间需要平等的对视和相互的守望。

"别给我讲没用的废话，要么杜京宴来，要么你走。"范雯根本听不进去连城的话，道理她也明白，但道理不能当饭吃，更不能当房子住。

"好！"连城对范雯彻底失望了，范雯是认为自己吃定了杜京宴，肯定也是当年杜京宴对范雯太迁就太纵容了，一碗米养恩人，一斗米养仇人，对忘

恩负义的人，不能一让再让，"你说你爱杜京宴，当年为什么不和他结婚而去国外？"

一碗米养恩人，一斗米养仇人——生活中常有这样的事情，第一次帮助一个人时，他会对你心存感激。第二次帮助他时，他的感激心理就会淡化。无数次帮助他时，他习惯了你的帮助，会理直气壮地认为你的帮助都是理所当然的事情，一旦你不再帮助他，他反而会对你心存怨恨，正所谓恩中有怨。一次帮助是一碗米，无数次帮助是一斗米。

"当时有一个非常好的出国机会，千载难逢，我不想错过。两情若是久长时，又岂在朝朝暮暮？我觉得时间和距离都不应该成为爱情的障碍。"范雯振振有词。

"说得好，时间和距离都不应该成为爱情的障碍，所以杜哥在你出国期间既没有爱上别人也没有结婚，反倒是你，出国半年就嫁人了，那么又是什么成为你和杜哥爱情的障碍？"连城步步为营。

"国外的生活比我想象中艰难多了，我一个女孩，没有经济来源，举目无亲，为了生存，为了以后还有和京宴见面的机会，我只能选择嫁人。你说，是生存重要还是爱情重要？"范雯觉得她的理由很充分而且无可辩驳。

"先有生存才有爱情，生存大于爱情，我赞同。"连城点了点头，似乎真心附和范雯的说法一样，"所以你回国之后，为了生存，在等杜京宴回心转意的同时，又选择了另外一个男人当成生存的条件，对吧？"

"你……"范雯还以为她的话打动了连城，正要沾沾自喜时，却被连城话锋一转打得晕头转向，"你血口喷人，你胡说八道！"

"是——吗？"连城拉长了声调，几乎要笑出声了，"你脖子上的吻痕是怎么回事？你胳膊上的抓痕又是怎么回事？你别告诉我说是你的闺密干的好事！范雯，你口口声声说爱杜京宴，却先为了出国而毫不留情地抛弃他，而他，足足等了你三年。回国后，你连半年回心转意的时间都不给他，为了所谓的生存，又投身到了另一个男人的怀抱。你不要再污辱爱情了，你需要的不是爱情，而是一个长期饭票，一个可以给你物质享受的提款机。如果你还有一

320

点儿人性，还知道什么叫耻辱，你现在就滚出杜哥的房子，然后永远不要再出现在他的面前！"

范雯愣住了，猛然站了起来，脸涨得通红，张大了嘴巴，却一句话也说不出来，气得浑身发抖，用手指着连城的鼻子，像是被人当众打脸，她感到了深深的羞辱和无助……

"咚咚……"就在眼见连城就要赢得压倒性胜利之时，忽然又响起了敲门声。

这么晚了，又是谁呢？连城也没多想起身去开门，刚拉开房门，一个人风一样冲了进来，一下撞在了他的怀里，他被撞得身子一歪，差点摔倒。

谁呀这是，这么没礼貌？定睛一看，顿时吃了一惊。

"卫生间在哪里？我要上厕所！"来人见连城愣在当场，伸手一摸连城的脸，"小城城，快带姐去卫生间，姐快不行了。"

"……"连城哭笑不得，闻到她身上传来的浓烈的酒气，"你喝了多少？"

"没多少，顶多一斤半。"苏先卉伸出两根手指，醉眼迷离地笑了一笑，还想说什么，忽然愣住了，慢慢地张开了嘴。

"千万别！"连城吓坏了，忙扶住苏先卉，半拖半拉把她弄到了卫生间。

一见到马桶，苏先卉就如见到亲人一样亲切，飞一般扑了上去，抱着马桶就一顿狂吐。

还好他反应快，要不非得吐他一身不可，连城吓出了一身冷汗。

连城摇了摇头，这得跟酒有多大仇多大怨，非要喝成这样。他先是用热水烫了毛巾，然后一边拍苏先卉的后背一边替她擦脸："和谁喝了这么多酒？你不要命了？喝多就喝多吧，干吗上我家来吐？真有你的，有好事不想着我，借用卫生间就想到我了，我和你有什么仇什么怨？"

"你闭嘴……比女人还碎嘴。"苏先卉吐过之后，清醒了许多，伸手抢过连城手中的毛巾，胡乱地擦了一把脸，扬手扔到了水池里，"连城，你挺会照顾人。"

一边说，她一边朝外面走，来到客厅，拿起连城的水杯就喝水，咕咚咕

咚喝了一气之后，突然愣住了，才发现客厅里还有另外一个人。

"你谁呀？"苏先卉瞪大眼睛打量范雯，"一脸风尘气，我好像在天上人间见过你，你是不是叫佳佳？对，就是你，你收费好像不高，我想想，好像是五百是吧？"

"你骂谁是小姐？"范雯怒极，抓住一个抱枕就砸向了苏先卉。

契

机

第45章　赚钱的境界

别看苏先卉喝醉了，她的反应却不慢，伸手接住了抱枕，一扬手，又还了回去："不当小姐了，从良了？从良好，小姐到底累，零售很难赚大钱，还是批发合适。不过批发你找一个既年轻又未婚的多好，非找一个年纪大又结婚的，又不能包养你一辈子，等年老色衰了再找下家，说不定就卖不出去砸手里了。唉，真想不明白你，不要总想着靠男人，男人靠不住，女人最终还得靠自己。"

连城在一边听了脸上发烧，觉得苏先卉嘴里的男人也包括他在内，不过他还是很会自我安慰，女人中有范雯一样的拜金拜到没有底线的女人，男人中也有如他一样专一深情顾家的好男人。

范雯被苏先卉说得哑口无言，愣了片刻，忽然"哇"的一声放声大哭，然后摔门而去。

就这样走了？连城长舒了一口气，他还想再施展三寸不烂之舌好好批评教育范雯一番，就算不能让她深受感动然后改邪归正，至少也要让她知道错在了哪里，不想苏先卉横空出世，三言两语就打发走了范雯，倒是省了他的事。

"她到底是谁？"苏先卉坐到了沙发上，跷起二郎腿，摆出一副审问连城的架势，"别人是金屋藏娇，你倒好，破屋藏鸡。"

"她是我的初恋女友，特意来北京找我，正要献身的时候，你就闯了进来，坏了我的好事。"连城气不过苏先卉的屁话，故意逗她，"说吧，你怎么赔偿我的巨大损失？"

也不知何故，和苏先卉才认识不久，连城在她面前不但没有生疏感，而且对她富家女的出身和第一美女 CEO 的身份也没有什么敬畏之意，倒不是连城轻视苏先卉，而是从一开始苏先卉在他面前就没有面具，一直以最本真

事业与爱情双收

率性的一面对他。

回想起中午打电话时苏先卉的突然翻脸，再看此时苏先卉醉后的憨态可掬，哪个才是最真实的她？

"真的呀？哎呀真不好意思坏了你的好事，赶紧去追呀，追回来我向她道歉，你们还可以继续。"苏先卉一拉连城，"别傻站着了，赶紧的，还来得及。"

"那好，我真去了。"既然装了，就得继续装下去，连城伸手一拉房门，"你不走？"

"行了，别装了。"苏先卉用力一拉，一脚踢在了门上，"范雯不是你的初恋女友，是杜京宴的，就你的花花肠子，还能骗得了我？"

"啊？你认识范雯？"连城心疼地看着门上被苏先卉一脚踢出的脚印，拜托，这是杜京宴的房子好不好？只是她醉了，又不好说她什么，只好忍了。

"不就是陈于祥的小三吗？"苏先卉又坐回到沙发上，双腿一伸搭在了茶几上，"渴了，倒水。"

好吧，你是姑奶奶，连城起身去倒水，又递到苏先卉手中："你早就知道了陈于祥的小三是范雯？"

"你打电话的时候刚知道，当时正在生气，所以就冲你凶了。你是不是爱记仇？"苏先卉渴急了，又一口喝干，"我脾气很坏，翻脸比翻书快，你要么适应，要么滚开。"

连城翻了翻白眼："陈于祥有小三的事实，我早就告诉你了，你还生哪门子气？"

"我当时只信了一半，确定陈于祥有小三并且知道他的小三是杜京宴的初恋女友时，我一下就火了，当时就把他们归类到狗男女的类别了。"苏先卉叹了口气，"我认识陈于祥的老婆，挺善良挺温柔的一个女人，是绝对的贤妻良母，我一直叫她嫂子，没想到，陈于祥在我的眼皮底下出轨了……告诉嫂子真相，太残酷；不告诉她真相，又于心不忍。刚才我约她出来吃饭，她对陈于祥赞不绝口，说他是一个顾家爱家的好男人，我忍了又忍才没有说出真相，差点没憋死我……"

连城算是明白了："你不忍心告诉她真相，就拼命地灌自己酒，然后就喝多了，是不是？"

"答对了，加十分。"苏先卉醉眼蒙眬，"连城，我是不是特善良、特真诚、特……傻？"

连城泡了一杯茶递给苏先卉："喝点茶，解解酒，借酒浇愁浇的是自己的愁，你倒好，浇别人的愁……你虽然是陈于祥的上级，但陈于祥有小三是生活作风问题，你又没理由管他。"

"我怎么没理由管他？"苏先卉喝了一口茶，将茶杯捧在手中，"他找小三我是管不着他，他介入安度的内部争权斗争，我就有理由约束他了，不，是收拾他。"

"陈于祥介入安度的内部争权斗争，是站在了包端杰的阵营，你完全可以和我一起加入姚董的阵营，打陈于祥一个落花流水，让陈于祥品尝一下失败的痛苦。"

人生赚钱的境界分三种：跑步赚钱、玩着赚钱和躺着赚钱。谈判的境界也分为三种：唇枪舌剑的谈判、一本正经的谈判、谈笑风生的谈判。说服别人的境界也分为三种：苦口婆心的说服、威逼利诱的说服、说说笑笑的说服。

连城现在就是以说说笑笑的说服来引导苏先卉。

"你现在需要的不是说服我加入姚常委的阵营，而是需要说服姚常委让段见出局。相信我，连城，段见不出局，就算我同意加入，齐全也不会同意。"苏先卉摆了摆手，"不说陈于祥了，他不过是你们男人的一个缩影罢了，现实的利己主义者，既想左右逢源，又想红旗不倒彩旗飘飘……啊，我困了，要睡了。"

打了一个大大的哈欠，苏先卉站了起来。

连城以为她要走，起身要送她，不料她伸手推开他，径直朝卧室走去，还严厉地告诉连城："我睡卧室，你睡沙发，晚上不要有什么非分之想，我打三个你不成问题。"

连城无法形容自己的心情，拜托，这是他家好不好？苏先卉先是不打招

呼直接闯了进来，现在又强势霸占他的卧室，还警告他别胡思乱想，还有没有天理了？女人怎么都喜欢假装自己很能打？连城摇了摇头，无奈地笑了。

"不是，苏姐，你怎么能睡我的卧室，我一个单身男人的房间，你怎么好意思随便进？好多隐私……"话没说完，只听"哐当"一声，苏先卉已经关上了门。

这都是什么事儿？算了，好男不和女斗，何况苏先卉又喝了酒，他就将就一下也没什么。想了想，他先洗漱，然后换了睡衣就去睡觉了。反正天气也热了，随便盖一个薄被子就行了。

折腾了一气，连城也累了，躺下就睡着了。也不知睡了多久，迷迷糊糊中，忽然听到"扑通"一声响，出什么事情了？连城睁眼一看，差点没吓得惊叫起来——苏先卉坐在卫生间的门口，迷迷糊糊的样子，似醒非醒。

"怎么了这是？"连城忙起来去扶苏先卉，挽住了她的胳膊用力一拉，没拉起来，"别坐在地上，小心着凉。"

苏先卉只穿了内衣，上身是连城的背心，宽大而不合体，里面显然是真空的，裸露在外的胳膊和大腿在朦胧的灯光下，白得触目惊心，她醉眼迷离，摇晃着要站起来，却没站稳，一下扑入了连城的怀中。

一股滚烫的气息扑面而来，让连城只觉一阵窒息，瞬间意乱情迷！和上次在香山山顶的投怀送抱不同的是，这一次苏先卉几乎赤身裸体，而且醉酒之后的她，脸上红晕如云，颇有雨润红姿娇的美艳。连城正是血气方刚的年龄，再不是随便的人也经受不住直接的挑逗，他气血上涌，几乎把持不住。

"苏……姐，你喝多了，别乱来。"连城的声音微微颤抖，话一出口才意识到哪里不对，明明是苏先卉警告他不要乱来，现在苏先卉要乱来，他却怕了……他一个大男人还怕一个女孩乱来？

也不是，男人也有原则也有底线，不是说送上门的美女就都来者不拒不是？连城正要晓之以理动之以情地再劝苏先卉几句，比如说不要冲动犯罪，不要激情犯错，他不是一个随便的男人，不喜欢一夜情，等等，不料才一张口就说不下去了。

"我……"

后面的话被堵住了，对，不是咽回去了，是被堵住了，被一个温暖柔软并且十分舒适的嘴唇堵住了——苏先卉的吻一开始笨拙而羞涩，随着连城被感染开始回应之后，她开始变得熟练而热烈了。

"苏……姐，不，苏总……"连城忙里偷闲，还想提醒苏先卉不要再继续，否则马上就要出事了。

"姐个头，总个头，现在是说话的时候吗？"苏先卉身子一软，倒在了连城的怀中，眼神蒙眬表情迷离，"小城城，你运气好。"

什么运气好？连城顾不上想那么多了，男人的本能让他弯腰抱起了苏先卉，见美人如玉夜色如醉，他也是醉了……

天亮了。

"昨晚喝断片儿了，什么都不记得了。"苏先卉睁开眼睛后的第一句话就是辩解，"啊呀，连城，你怎么跑我床上了，你对我做了什么？"

连城揉了揉被苏先卉枕得发麻的胳膊，笑了笑："我也不知道怎么就睡床上了，也许是梦游吧。你喝断片儿了，我也梦游了，正好我们同时什么都不记得了。"

话虽如此，昨夜的甜蜜和温存历历在目，怎能忘怀？不过既然苏先卉嘴硬，连城也不能示弱不是？

"赶紧下去，太丢人了。"苏先卉踢了连城一脚，不过力度不够，没把连城踢下床。

连城自己下了床，穿上拖鞋刚要出去，却被一个枕头打中了后背。

"让你走你就走，你傻呀？回来。"

男子汉大丈夫，说回去就回去，连城转身回到床上，还没有躺稳，苏先卉就伸手抱住了他的脖子，右腿搭在了他的身上："连城，你说我该怎么办哪？"

半个月后。

夏天已经正式来临了，从大街上女孩子们的穿着可以得出结论，天气已

经热得可以随心所欲地穿裙子了。

半个月以来，苏先卉没和连城联系一次，连城也没有联系她，二人不约而同地选择了冷处理，也许是进展太快让人有点儿喘不过气来，需要冷静地审视一下双方的关系。

每当见到莫莉对他一如从前的关怀和问候，连城总是感到内疚，说实话，他对莫莉有好感，也有莫名的喜欢，但喜欢不等于爱，而且他和莫莉认识的时间也不短了，二人之间一直就是平平淡淡的交往，似乎总是欠缺些什么。

当然，他和苏先卉认识的时间更短，但进展之快，不仅他始料不及，相信连苏先卉也无法理解。上一次的意乱情迷事件，固然有苏先卉酒后乱性的原因，但也得承认，苏先卉对他以及他对苏先卉，都有不愿意承认也不敢面对的好感。

不敢面对，是因为他和她都不想伤害莫莉。

现在他和苏先卉之间已经由好感上升到了喜欢，尽管还没有由喜欢进一步演变成爱情，但他很清楚，他对苏先卉的感情已经比对莫莉深了许多。

尽管他知道这对莫莉很不公平，只可惜，感情上的事情，向来不能用公平来衡量。

半个月的时间，连城也基本上熟悉了项目部的工作，心中更对项目的整体规划有了一个明确的目标。木恩倒是老实了许多，不再找他的麻烦——也是顾不上，木恩兼任了人事总监之后，突然就忙了许多，相信也有为包端杰的大计忙碌的因素在内。

公司也不再和以前一样平静了，随着未来之星项目部的正式成立，以及木恩兼任了人事总监之后插手的事情越来越多，有关公司重组股权结构有可能调整的传闻，也开始慢慢地弥漫开来。稍微有些眼光的人基本上看清了形势，木恩是包端杰的先锋官，连城是姚常委的旗手，包端杰和姚常委利用木恩和连城充当支点，正在展开一场事关主导公司控制权的生死之战。

也有人注意到了另外一个奇怪的现象，以前和姚常委关系不错的段见，现在经常来公司，却不再是找姚常委，而是直接去了包端杰的办公室，不少

契

机

人由此得出了结论，段见选择了包端杰一方。

除了段见，还多了一个以前没怎么见过的人也常来找包端杰。有好事者打听出了他叫陈占天，是博闻集团的 CEO。博闻集团虽然不是一家大型集团公司，实力不算十分雄厚，但业内人士都知道博闻集团渠道很强大，而且陈占天是一个人脉很广、手段变化多端的人物。

所谓手段变化多端，说白了就是不择手段。

表面上不管是姚常委的未来之星项目还是包端杰的布局，都进展缓慢，实际上真正的较量，永远在幕后。

"连城，你最近对我不冷不热，是不是有新欢了？"下班的时候，莫莉跑到了连城的办公室，一脸不悦地埋怨连城。

"哪里有，最近是工作忙。"连城笑了笑，随口说了一句。

上次事件之后，连城和苏先卉之间的关系似乎又退到了起点，对于如何定位他和苏先卉的关系，他心里也没底，他没有向苏先卉明确什么，苏先卉也没有向他表明什么，所以说苏先卉是他的新欢，并不合适。

"工作再忙，娱乐休闲的时间也要有。走，晚上唱歌去。"莫莉伸手一拉连城，"我请客。"

"你请客？有什么好事这么高兴？"连城一脸惊讶。

"上次苏姐不是说要告诉你我的秘密，当时还算是秘密，现在不算了，所以值得庆祝一下。"莫莉笑得很开心很灿烂。

"叫上杜哥、甄剑和罗亦吧。"连城想了想，也有一段时间没和齐全聚了，就说，"再叫上齐少。"

"好，人多热闹，你通知吧。对了，要不再叫上卫姐和苏姐？"莫莉想起了卫非非，她很喜欢卫非非坦诚的性格。

"你来通知女性，我来通知男性。"不知为何，连城不太想和苏先卉通话。想想也是麻烦，姚董本来有意让他追苏先卉，现在倒好，他和苏先卉的关系一步跨越了好几个阶段，却只是熟悉了身体，心理上还是陌生人。

莫莉也没多想，转身去打电话了。

事业与爱情双收

杜京宴一接到连城的邀请，就愉快地答应了，连城又打给了齐全。

"齐少，晚上一起聚聚？"连城先没说去哪里，只是试探着一问。

"晚上有安排了。"齐全直接回绝了连城。

如果和齐全面对面的话，连城可以从齐全的表情、语调上揣摩齐全的心理，现在他只能通过声音的起伏来判断齐全对于晚上安排的重视程度，他很希望可以请动齐全，一起吃饭一起爬山，如果再一起唱歌，基本上就等于他和齐全的关系进入了稳定的成熟期。

"今天心情不太好，想唱歌放松一下……"连城故意话说一半，想知道齐全的反应。如果齐全问都不问他怎么了，说明齐全还是没有真正拿他当朋友。

"嗯……怎么了？"还好，让连城欣慰的是，齐全并没有迟疑，立刻关切地问道。

"没事，就是我们上次甩掉了陈占天，陈占天肯定不会善罢甘休，最近听说陈占天想找我的麻烦……算了，不说了，齐少既然没时间，就下次再约好了，我和杜哥他们去……"连城欲擒故纵。

契

机

第46章　自我提升，等待机会

"陈占天……"齐全沉吟了片刻，"时间、地点告诉我，我应酬完了如果来得及，就过去看看。"

连城心中一阵狂喜，在齐全的心目中，他的分量已经足以让齐全开始考虑到他的情绪了，这说明齐全开始真正当他是朋友了。

连城的电话刚打完，莫莉就举着手机回来了："罗亦和卫姐没问题，直接过去了，苏姐说不一定，她还有事要忙。"

好吧，连城也猜到了苏先卉估计要推了，别说苏先卉了，就是他现在见到苏先卉也会有几分尴尬，不见也好。不过不见的话，怎样才能推动苏先卉加入未来之星项目的进展呢？真是麻烦，怎么就稀里糊涂地被苏先卉拉上了床，他当时要是自制力强一些该有多好，不必像现在一样处于说不清道不明、不知是远是近的关系。

算了，不想了，何以解忧，唯有高歌一曲。

吃过晚饭后，连城和甄剑、莫莉、罗亦等卫非非到了之后，一起坐上了卫非非的车，直奔KTV而去。上车之后，连城下意识朝车后看了一眼，夜色中，似乎有一个人冷冷地站在后面望着他们绝尘而去的身影。

难道是错觉？连城摇了摇头，驱散脑中不安的想法。

连城并没有看错，后面确实有一个人，不是别人，正是木恩。

木恩和郝楼也在同一家饭店吃饭，木恩没有注意到连城一行也在，是郝楼眼尖，发现了罗亦，然后悄悄跟在罗亦身后，就看到了连城几个人的聚餐。

"木哥，我刚才听罗亦说，他们要去东方KTV唱歌。"郝楼注意到木恩一脸阴沉，知道木恩心情不好，罗亦天天跟连城混在一起，他心情能好才怪。于是郝楼有意煽风点火，"贱人就是矫情，木哥对罗亦这么好，她不知道珍惜，

事业与爱情双收

却天天跟在连城屁股后面，连城喜欢的又不是她，真不知道她是怎么想的，脑子进水了吧？"

"女人以后为男人流的泪，就是恋爱的时候脑子进的水。"木恩突然想起了一句话，嘿嘿一笑，"郝楼，你打电话通知陈占天，告诉陈占天连城唱歌的地点，剩下的事情，我们隔岸观火就行了，呵呵，哈哈。"

郝楼眼睛一亮："还是木哥厉害，借刀杀人，高。陈占天想找连城的麻烦却一直没有寻到机会，现在机会来了，哈哈，让连城在罗亦面前被修理得屁滚尿流，也让罗亦知道知道，连城不过是一个跳梁小丑。"

"走，我们也去东方 KTV 订一个包间，准备看一场好戏。"木恩心情忽然好了，"一边唱歌，一边看着有人倒霉，这才是人生的一大乐事，哈哈。"

"有时候说服对手远比打败对手更有成就感。"连城一边开车，一边向几人演讲他的理论，卫非非的车是一辆沃尔沃，作为男人，不应该让女人当司机，他就自告奋勇接过了方向盘，"许多人认为只有打败对手才是最终的胜利，其实我不这么认为，能够说服对手让对手接受你的建议，才是最大的胜利。"

"这句话我赞成。"卫非非第一个响应连城，"同样的道理，征服一个女人的肉体容易，征服一个女人的心很难。"

"……"连城无语了，卫非非的话总是让人想入非非。

"连城，你的意思是说，你并不想打败木恩和包端杰，而是想说服他们？"莫莉对连城的话有更深层次的解读。

"我只是发发感慨而已，能说服对手当然更好，但如果对手非要执迷不悟，也只有打败他才能让他迷途知返。"连城哈哈一笑，想起了最近的进展，他虽然很想说服木恩或是包端杰，但对方不给他表达的机会，而且他也明白，他说服对方的可能性接近于零。

"连城，有一件事情我一直想不明白，你能不能帮我解答一下？"罗亦不知道想起什么了，拢了拢头发，一脸疑惑。

"什么事情？"

"过去的三年里，你基本上一事无成，为什么突然就有了转机？真是好运气来了，还是因为别的什么？"罗亦微皱眉头，"我怎么也想不通，就算是因为洒酒事件让你进入了姚董的视线，但制造机会和姚董接近的人太多了，也没见他们有什么下文，你不一样，你不但让姚董记住了你重用了你，还让齐全、苏先卉、杜京宴都对你高看一眼，到底为什么呢？"

罗亦的话，也是莫莉和卫非非心中共同的疑问。

"有些事情看起来容易做起来难，我总结的一句话是——有机会的时候抓住机会，没机会的时候，提升自己。过去的三年里，我从失败中吸取了教训，然后沉下心来学习和提升自己。洒酒事件算是一个契机，但同时也是对我三年来沉淀的一个回报。"连城想起了一件往事，"知道我为什么用三年时间沉下心来提升自己吗？起因是我刚来公司半年之后遇到的一件事情。

"我来公司半年的时候，有一个比我还晚两个月进公司的同事叫刘林生，他得到了包端杰的赏识，提升为组长。我很不服气，觉得刘林生既没有我学历高，又没有我资历老，凭什么提他不提我？有一次喝了点酒，冒着被开除的风险我敲开了包端杰的门。"

"说到这里，其实我能有今天，还应该感谢包端杰当时对我的鞭策。"连城感慨地笑了笑，继续说道，"我直截了当地问包端杰，我工作认真不认真，态度端正不端正，在得到了包端杰肯定的回答后，我大着胆子问出了我的疑问——为什么提拔了刘林生而不提拔我？你们猜当时包端杰怎么说？"

"肯定是大骂你一顿，把你赶了出去。"罗亦抢先答道，"包端杰才不会和你解释什么。"

"我觉得包端杰给你讲了一通道理。"莫莉若有所思地说道。

"都不是。"连城摇头一笑，"包端杰问我：'有一次我带你和刘林生一起拜访一个客户，迷路了，让你下去问路的事情，你是不是还记得？'我说记得，包端杰淡淡地笑了，说：'记得就好。下周有一个客户要来公司，你负责联络一下对方，问他们过来的具体时间。'我以为包端杰要重用我，马上高兴地答应了。

"半个小时后，我问清了情况，回来向包端杰汇报：'包总，客户说下周

四或下周五到。'包端杰听了，半天没说话，我不知道哪里出了问题，正忐忑不安时，包端杰又说：'你去把刘林生叫来。'我虽然不知道包端杰在想什么，但明显看了出来，我的回答他不满意，不，是很不满意。

"我叫来了刘林生，当着我的面，包端杰又把刚才的事情交代给了刘林生。刘林生一口答应，转身走了。我心里还很不服气，不就是一件联络客户的小事情，刘林生能比我做得好多少？十分钟后，刘林生回来了，向包端杰汇报了情况，他说：'包总，和客户确定了时间，下周五上午十点到达机场，一行三人，两男一女，一辆商务车就可以接机，需要安排两个房间。三个人中，最高级别的是副总，副总吃素，安排饭局的时候最好多点素菜。还有，天气预报说下周五有雨，让司机接机的时候，带上伞。'"

"刘林生汇报完毕之后就出去了，留下我一个人羞愧难当。包端杰不需要骂我一顿，也不需要给我讲任何大道理，如果我再不能从中看出差距，我就是朽木不可雕了。从此以后我明白了，没有谁生来就能担当大任，每个人都是从简单、平凡的小事做起，今天你为自己贴上什么样的标签，或许就决定了明天你是否会被委以重任。细致周到，处处为公司着想并且事事安排得井井有条的员工，才是优秀的员工。优秀的员工不是被动地等待别人安排工作，而是主动去了解自己应该做什么，然后全力以赴地去完成。"连城摇头自嘲地笑了笑，"也就是从那以后，我开始埋头读书、学习、提升自己，学会了从小细节做起，因为小细节往往透露着大文章。"

罗亦不说话了，目光望向了窗外，她受到了触动。

"对了，你问路的事情呢？"卫非非想起了连城还埋了一个伏笔没有回答。

"当时迷路了，我下去问路，问一个大概就回来交差了，结果走不远就又迷路了。然后换刘林生下去问路，刘林生回来后，手里多了一张手绘的地图，前行第三个路口右转，右转后第二个路口左转，左转后有一个三岔路，走中间的道路，大概还有十公里，顺利的话，十五分钟就能到达。我还很不以为意，觉得刘林生多此一举，现在想起来，人和人的差距，有时就在细节和细心上。"

"刘林生？他现在不在公司了吧？我怎么没听过他？"莫莉来公司后，印象中就没听人说起过刘林生的名字。

"他来公司一年后就被另一家公司挖走了，现在是总监了，听说快升副总了。"连城笑道，"所以说，不要羡慕别人的成功，而要先从自身寻找不足。发现自己的缺点然后努力改进，你才具备了成功的潜力。抱怨社会不公、公司赏罚不分明，只会让你的路越走越窄……不说了，到了。"

停好车后，连城一行刚进房间，杜京宴也赶到了。

杜京宴应该是心情不错，一身休闲打扮，神采奕奕，步伐轻松而坚定，一见连城就给了连城一个大大的拥抱。

"好兄弟，遇到你是我的运气。"杜京宴朝连城肩膀上打了一拳，"不错嘛，你最近的状态也挺好，是不是已经拿下苏先卉了？"

连城汗颜，忙说："杜哥不要乱说，我和苏先卉是纯洁的友谊关系。"

这话怎么这么言不由衷，说起来这么心虚呢？连城心中暗暗自责，他真的不是故意骗人，而是他现在捉摸不透苏先卉，不知道苏先卉当他是朋友还是……男朋友？

"杜哥，什么事情这么高兴？"卫非非凑到杜京宴身边，"是不是摆脱范雯的纠缠了？"

"这事儿说来还得感谢连城，要不是上次连城说服了范雯，范雯说不定现在还纠缠不放。"上次范雯被连城和苏先卉联手骂跑之后，她只打了一个电话给杜京宴，然后如同从他生命中消失了一样，再也没有出现过，杜京宴当然感到高兴和轻松了，"范雯说，当时在连城房间还有一个美女，听她描述，应该就是苏先卉。连城，你老实交代，苏先卉大晚上去找你，到底是谈事情还是谈恋爱？听说她还喝醉了，酒后乱性，你们有没有……嘿嘿。"

怎么杜京宴一见面就提这事儿？连城发现杜京宴眉飞色舞的表情之下，有一丝故意的调侃，他明白了，杜京宴是想坐实他和苏先卉的关系，好让莫莉知难而退，说来杜京宴也是在帮他。

从朋友的角度来说，杜京宴当然愿意他和苏先卉在一起了，不仅是因为苏先卉的性格更好，而且苏先卉还可以在事业上帮他许多。从他自己的角度

来说，连城也越来越觉得他的感情更向苏先卉倾斜了，只是他也知道，他和苏先卉的感情能不能得到进一步的发展，主动权不在他，而在苏先卉。

莫莉过来挽住了连城的胳膊："连城，苏姐真的晚上去找你了？你真的喜欢上她了？"

"她……"连城在莫莉清澈的目光注视下，不忍撒谎，"是找我了，她当时喝醉了，上来借用一下洗手间，然后就走了。"

"真的？"莫莉咬着嘴唇，有几分不信。

"真的。"苏先卉确实是走了，但到底是借用完洗手间之后就走了，还是第二天天亮了才走，结果就完全不同了。

"我有一个秘密要告诉你。"莫莉不再追问细节，她拿过了麦克风，郑重其事地宣布，"从现在开始，我自由了，我要自由自在地谈恋爱，我要大胆地去爱自己所爱的人——我正式离婚了！"

离婚？房间中顿时鸦雀无声，所有人面面相觑，都惊呆了。

莫莉不是连正式的男朋友都没有吗——如果不是最近和连城走得近了一些，让人以为她才开始谈恋爱。以前的她虽然被称为公司的女神，却一直拒绝了所有的追求者，单身至今——怎么就离婚了？她什么时候结的婚？

"我结婚的事情，只有一个人知道——苏姐。现在你们也知道了，我不是想隐瞒我结婚的事实，更不是玩什么隐婚的游戏，而是有迫不得已的苦衷。我小时候家里穷，为了供我上学，爸妈付出了全部的努力还不够。他是我的邻居，比我大五岁，早年出来打工，积攒了一些钱。他说他可以供我上学，直到我大学毕业，但前提是，我得嫁给他。"

连城心中不知道是什么滋味，他知道莫莉来自山村，是山村飞出来的金凤凰，却不知道莫莉小时候家里这么穷，穷到连供她上学都供不起。

杜京宴一脸沉思，罗亦却是一副无所谓的表情，坐在沙发上，摆弄手机。

卫非非听得入了神。

"为了上学，我答应了他的条件，因为如果不答应，我也许一辈子也飞不出山村。后来我考上了大学，大学毕业后留在了北京。他找到我，要我履行当年的诺言，我没有犹豫，就同意嫁给他了。做人不能忘本，如果不是他，也没有我的今天，虽然他既没有学历又没有文化，而且显得比我老了许多。我抱定了既然嫁给了他，不管他是健康还是疾病，也不管他是贫困还是衰老，都要守候他一辈子。不料结婚之后，他对我说，不让我对外说出我结婚的事实，而且他也不和我住在一起，我在北京，他还在老家。他到底是在打工还是做什么，我都不知道，问他他也不说。他只是一再地告诉我，他爱我，希望我有一个完整而幸福的人生。"

莫莉流泪了，她哽咽着说道："当时我还不知道他的话是什么意思，直到有一天他告诉我，他得了绝症，快要死了，希望我回去见他最后一面。我震惊了，结婚之后，我和他只是名义上的夫妻，从来没有在一起过一天日子，我对他只有感恩没有感情，他却对我说，他从小就喜欢我，一直喜欢到现在。但他知道他配不上我，只和我有一段有名无实的婚姻，他也就知足了。他骨瘦如柴，得了癌症，拿出了一份协议，告诉我，他很感谢我信守承诺，他以为我不会和他结婚。"

莫莉泣不成声，连城默默地递上了纸巾。

过了好大一会儿，莫莉才又平静了下来："说是协议，其实也是他的遗嘱，他把他的全部财产都留给了我，说我是他一生最爱的人。在我大学毕业时，他就检查出来得了绝症，为了保证把他的财产都留给我，他和我结婚。为了让我有一个完整的幸福，他结婚后没有碰我。他说，爱一个人，就希望她幸福。他爱我，尽管我不爱他，他也爱得无怨无悔。让我震惊的是，他留给我的财产居然有一千万！"

"啊？一千万？"罗亦惊得跳了起来，"莫莉，这么说你是千万富姐了？你真走运，我怎么就遇不到这样一个深爱我的男人呢？唉……"

第47章　威逼利诱

连城却无比平静，和一个人全部的爱以及生命相比，一千万固然是巨款，但还是不能相提并论。这一千万不是金钱，而是一个男人一生的爱和对爱的承诺，是他生命的升华。

"我也不知道他从哪里赚来这么多钱，我告诉他我不能接受他的钱。他说什么也不肯，说如果我不要，他会死不瞑目。他说他的一千万也不是无条件赠予我，而是如果我在他死后一年半没有恋爱没有嫁人，一千万就归我所有。我哭了，我知道他故意设定了一个一年半的期限，是想让我接受他的钱接受得心安理得。"莫莉掩面而泣，泪水从双手中滑落，"为了报答他的情义，我决定一年半之内不谈恋爱。他能为我守候那么多年，还能为我做那么多，我如果连一年半也为他守候不了，我就太无情无义了。"

"一年半的时间里，我用他留下的一千万资助了几十名贫困学生，又救助了许多急需要用钱的病人，今天是他去世一年半的日子，我信守了自己的承诺，为他守候了一年半的光阴。从今天起，我要走出过去，以全新的姿态迎接未来。"莫莉擦干了眼泪，"帮我点一首《一生有你》……"

"因为梦见你离开，我从哭泣中醒来……"伴随着悠扬的乐曲，莫莉轻灵的歌声响起，她唱得很深情、很投入、很忘我。

杜京宴坐在连城旁边，抱住了连城的肩膀："你会接受一个结过婚的女人吗？她虽然有一个短暂的婚姻，却有一笔上千万的遗产，而且她长得还很漂亮，对你也情有独钟，对许多男人来说，她值得拥有。"

连城笑了笑，没有说话，心潮翻滚。

卫非非在一旁发呆，也不知道是被莫莉的经历惊呆了，还是为莫莉居然是深藏不露的千万富姐而惊讶。罗亦却已经从震惊中清醒了过来，她很羡慕莫莉，也更坚定了她要找一个有钱人来改变人生的决心。

反正在她看来，女人只要会打扮会自我推销，全是优点，瘦的叫苗条、胖的叫丰满、嫩的叫靓丽、老的叫风韵犹存、牛的叫傲雪凌风、闲的叫追求自我、弱不禁风的叫小鸟依人，而不像女人的叫超女……所以身为女人，要永远对自己充满信心。

莫莉一曲终了，又唱了一首，她心中有太多情感需要发泄，也没人和她抢话筒。罗亦坐到了连城身边，如哥们儿一样抱住了连城的肩膀："连城，你到底是喜欢苏先卉还是莫莉，给个准话，别想脚踩两只船。"

"他肯定是更喜欢苏先卉。"杜京宴替连城回答道，"只不过他对苏先卉没有信心，不知道苏先卉对他的感觉。我觉得连城接下来就应该拿出勇气，直接问苏先卉到底喜不喜欢他。要是你不敢问，我来替你问好了。"

"我也觉得还是苏先卉更适合连城……"罗亦优雅地拿过杜京宴的香烟，"我替连城去问苏先卉也没问题，莫莉在感情上受过挫折了，连城，你别让她再受一次伤害了。"

说得也对，连城瞬间勇气大涨："也该有一个结果了，不管是我和苏先卉的事情，还是一直运作的未来之星项目，是时候开盘了——我来打电话给苏先卉……"

说话间，门突然被人推开了，一个人摇摇晃晃地闯了进来，手里拎着一个酒瓶，一进来就直奔连城而去。

连城正要打电话，一见就知道对方来者不善，想躲开，奈何身边左右都有人，情急之下，拿起抱枕挡在了头上。

也幸好他反应够快，刚举起抱枕，对方的酒瓶就砸了下来，正砸在抱枕之上。由于抱枕松软而有弹性，一砸之下，力度一偏，酒瓶滑到了一边。

杜京宴此时才反应过来，顿时大怒，二话不说抬腿一脚就踢在了来人的大腿上。这一脚他使出了全力，如果刚才连城不是拿抱枕挡了一下，现在已经头破血流了。对方既然上来就下狠手，肯定早有预谋，他还用客气什么。

一脚踢出，来人闷哼一声，身子一晃，居然没有摔倒。来人是一个五短

身材、二十岁出头的光头，光头上还有几条伤疤，看上去狰狞而恐怖，明显不是善类。

光头一击不中，酒瓶还在手中，身子一晃之后，又重新站稳，也不理杜京宴，手中酒瓶一扬，脱手而出就飞向了连城。可见对方是认定了连城，非要收拾连城不可。

连城正要欺身向前还手，对于以武力冒犯他的坏人，他的原则向来是以牙还牙，不想光头居然向他投来了酒瓶，就没防住，一下被酒瓶击中了胸膛。

夏天穿得单薄，酒瓶结结实实地正中胸口，一种疼痛传来，连城忍不住惊呼一声："你妹，真疼！"话一说完，他脚下不停，一个箭步就冲到了光头身前一米之内。

杜京宴眼都红了，他居然没防住对方向连城出手，太丢人了，以前在高中和大学时代，他可是出名的能打，从来都是谁也不怕，只要对方敢动手，他绝对毫不含糊地还手。他向来信奉来而不往非礼也的原则，对方对他客气，他也对对方客气，对方对他大打出手，他肯定会还对手拳打脚踢。

现在对方针对的虽然是连城不是他，但对他来说，连城现在就和高中时代与他并肩作战的铁哥们儿没有区别，他怒从心头起，恶向胆边生，随手抄起桌子上的酒瓶——确切地讲，是一瓶酒，一下就砸在了光头的脑袋上。

"砰"的一声，啤酒四溅。

光头的脑袋还真是够硬，挨了一瓶之后，跟没事儿人一样，他还是不理杜京宴，一弯腰也从桌子上抄起一个酒瓶，举起酒瓶就朝连城的脑袋砸下。

连城哪里还会再让光头砸中，何况刚才杜京宴的出手已经给他争取了足够的还击时间，他朝旁边一跳，就躲过了光头的迎头一击，然后使足了全力，狠狠地一拳就打在了光头的胸膛上。

光头中拳，身子猛然朝后就倒，杜京宴见时机正好，冷冷一笑，也是出拳如风，一拳正中光头的肩膀。

在连城和杜京宴的连续打击下，光头再强悍也支撑不住了，"扑通"一声仰面摔倒在地。

"狗东西，臭垃圾！"罗亦此时也醒过神儿来，她没有像莫莉和卫非非一样被惊吓得目瞪口呆，而是抬腿踢了倒在地上的光头一脚，"疯狗！"

光头不是疯狗，他肯定是受人指使前来寻仇，连城和杜京宴对视一眼，二人心意相通，当即决定三十六计走为上策。

但却已经来不及了，门再次被人撞开了，从外面呼啦啦一下涌进来十几个人！

十几个人，都是一副我是流氓你打我呀的打扮，没有人穿西服戴墨镜，都穿得很普通，乍一看，就和普通人没有区别，但细看之下，这十几个人，人人目露凶光，不管是满脸横肉的彪形大汉，还是文质彬彬的眼镜男生，所有人的目光都落在了连城身上，似乎连城欠了他们几千万一样。

"你们要找的人是我，和他们无关，是男人就放他们走。"连城知道逃不过去了，就用手一指杜京宴、甄剑、罗亦、莫莉、卫非非几人。

为首的是一个戴着眼镜文质彬彬很像小男生的人，他长得很文雅也很帅气，不比一些当红的韩星差，他摘下眼镜，哈了一口气，擦了擦，笑眯眯地说道："女的可以走，男的就别走了，留两个人陪你，你也不至于孤单不是？在浴血奋战的时候，有两个兄弟陪你，你就算被打死，也可以含笑九泉了。"

"连城……"莫莉想冲过来和连城在一起，却被人墙挡在了外面。

"走吧，别闹了，留下来帮不上忙，还会拖累他们。"罗亦比莫莉镇静多了，伸手一拉莫莉和卫非非，朝外面走去，"连城你要坚持住。"

"哈哈，这妞儿有意思，有胆识。"文质彬彬男回头看了罗亦一眼，吹了一声口哨，"以后跟了哥吧，哥又有文化又有钱。"

"呸！"罗亦吐了眼镜男一口，"禽兽戴了眼镜还是禽兽。"

卫非非也说："有文化的流氓还是流氓。"

文质彬彬男又摘下了眼镜，擦了擦，笑了："真有味道，我要定你了。"他脸色陡然一变，"看好这三个妞儿，别伤了她们，也别让她们报警。"

话一说完，他一挥手，就如指挥若定的大将一样，用手一指被围在场中的连城、杜京宴和甄剑："中间那个是主要目标，另外两个是次要目标。"

刚才动手的时候，甄剑坐在角落里，没来得及动手，文质彬彬男一说要打，他就发作了——抓住麦克风支架，用力一抢，当即就打倒两个。

连城知道寡不敌众，大喊一声："杜哥、甄剑，能跑就跑，好汉不吃眼前亏。"

杜京宴朗声大笑："哈哈，连城你太小瞧杜哥了，打记事起，打架的时候我就没跑过，何况你是我兄弟，我怎么可能扔下你不管？"

甄剑本来有点儿害怕了，不过杜京宴的豪气感染了他，是呀，就连杜京宴也当连城是兄弟，他和连城同事三年，更是当连城是最近的兄弟了，兄弟有难，他如果扔下不管，就太不够义气了，也大声喊道："连城，兄弟有难，我要是撒腿跑了，我还是人吗？就算打一个头破血流，哥们儿今天也陪你醉一场。"

"拼了！"连城心中热血沸腾，男人的一生之中，有一个不离不弃的爱人，再有几个生死相依的兄弟，足矣。他双手一抓，一手握一个酒瓶，两个酒瓶一碰，手中就多了两个尖锐的武器，"来，不怕死的就过来，老子今天豁出去了，打残废了打死了，大不了是防卫过当。"

见连城如此悍勇，杜京宴心中更加认定连城是一个可交的朋友，他也如法炮制，制造了两个尖锐的武器："友情提醒，别扎大腿根，大腿根上有主动脉，扎破了三分钟人就完蛋了，根本就抢救不过来。要扎就扎肚子，肠子出来了人还能活……"

"哈哈。"甄剑也敲碎了两个啤酒瓶，一手一个拿在手中，"我专门扎脸，毁容，让你们以后没脸见人。"

俗话说，横的怕愣的，愣的怕不要命的。三人一个个悍不惧死、谈笑风生的彪悍，让围住他们的十几个人面面相觑，竟然半天没有一个人敢第一个动手，都被三人的气势吓住了。两军交战勇者胜，连城三人虽然处于劣势，但却抢占了先机。

"别被他们唬住了，你们是吓大的？"文质彬彬男急了，向前一步就要起带头作用，不料才一迈步，忽见一只酒瓶迎面飞来，他躲闪不及，正中面门。

"砰"的一声，酒瓶不偏不倚正好击中了他的鼻子，"我的妈呀"，文质彬彬男痛呼一声，捂着鼻子蹲了下去。

射人先射马，擒贼先擒王，连城深知"榜样的力量是无穷的"的道理，他扔出酒瓶击中文质彬彬男之后，不等对方有喘息的机会，大步向前，飞起一脚正中文质彬彬男的肩膀，一脚就踢飞了对方。

文质彬彬男哪里想到连城被十几个人团团围住之下还敢如此嚣张，他还以为连城即使不被吓得尿了裤子跪地求饶，也会胆战心惊失去战斗力，怎么也想不到连城强悍如斯！他猝不及防地中了连城两招，仰面朝天地倒在地上，鼻血直流眼泪纷飞。

"打，打！"文质彬彬男气得暴跳如雷，在地上打滚，"往死里打！"

不料让他难以置信的是，任凭他喊破喉咙，手下的人居然没有一个敢向前一步，更无人再敢动手，众人平常以大欺小以多欺少惯了，还从来没有见过这么凶悍的人物，都盯着连城三人手中尖利的半截酒瓶，谁也不敢向前半步拿命去赌。

万一被扎上一刀，不管是死了还是重伤，连城都不用偿命，刚才连城说得也对，他是防卫过当。想想就害怕，连最坏的后果都想到的人，真要打起来，不拼命才怪。不管怎么说，他们一群人围攻连城三人，三人不管怎么下狠手，都是正当防卫。

而他们万一失手打死了人，就是故意杀人罪了。

"一群饭桶！"正当众人谁都不敢当出头鸟第一个出手时，门一响，两个人推门进来，其中一人分开人群，大步流星来到连城面前，冷笑一声，"连城，装傻充愣是吧？想玩命？来呀，这里是颈动脉，随便划。"

说着，他脖子朝前一伸，径直朝连城手中的酒瓶撞去。

原来是陈占天，果然是陈占天，连城已经猜到今天的事情八成是陈占天的黑手，他和别人也没有这么深的过节，退后一步说道："陈总，这么说，今天的这一出大戏，是你的手笔了？"

"是我！我就是看你不顺眼，想教训教训你。"陈占天傲慢无比地斜了连

事业与爱情双收

城几眼，目光又轻蔑地落在了杜京宴身上，"杜京宴，你脑子短路了，跟连城混在一起？连城算个什么东西，你和他交朋友，不是辱没了自己的身份？这样好了，上次你虽然得罪了我，今天我给你一个机会，你现在扎连城一下，我就放你走，从此我们的过节就过去了，怎么样？"

杜京宴没说话，向前一步来到连城身边，拿起酒瓶就在连城的胳膊上轻轻碰了一碰："扎完了，我走了，再见陈总。"

"你他妈的逗我玩呢？"陈占天勃然大怒，扬手一个巴掌打去。

"啪"的一声脆响，陈占天的巴掌结结实实打在了某人的脸上，顿时红肿了一片，不过不是打在了杜京宴脸上，而是打在了连城脸上。

连城见陈占天突然下手，杜京宴没反应过来，他不能让杜京宴替他挨打，毕竟杜京宴是为他出头，想要拉开杜京宴也来不及了，就顾不上许多一下横在了杜京宴的面前，正好挡住了陈占天打向杜京宴的耳光。

"兄弟！"杜京宴见连城替他挨了一巴掌，心里不是滋味，真是一个好兄弟，关键时刻挺身而出肯为他两肋插刀，他感动得眼眶湿润了，自从出了校门之后，还从来没有如今天一样心中兄弟情深并且豪情万丈。

连城真是好样的，甄剑攥紧了拳头，他没有认错人，连城是一个值得一交的兄弟。

"打得好，打得好。"倒在地上的文质彬彬男翻身爬了起来，"陈总、段少，连城这小子贼得很，你们离他远一点儿，小心他疯狗乱咬人。"

没错，和陈占天一起进来的还有一人，正是段见。

段见平静地说道："连城，你又何必呢？这样吧，我们好歹也算认识一场，我也不愿意看到你倒霉，你向陈总道个歉，保证以后不再得罪陈总，保证不再帮姚常委，保证离开北京不再回来，我可以做主，让你安然无恙地走出这里，怎么样？"

第48章　同甘共苦

"段少，谢谢你的好意，不过我不会离开北京，也不会不帮姚董，你的要求我办不到！"连城现在很清楚段见和陈占天一个唱红脸一个唱白脸，目的很明显，就是要对他威逼利诱，让他在惊吓和恐惧中放弃他拥有的一切。

他现在拥有未来之星项目部副组长的身份，是他努力运作的结果，也是他成功路上必经的跳板，如果他现在放弃未来之星副组长的位置，远离姚常委，甚至离开北京，他三年的努力都将付诸东流。虽说商场之上的战争不乏阳谋阴谋，却没想到陈占天无耻到了不择手段的地步，居然想强行逼他缴械投降，而且还是无条件的威逼！

"这就不好办了……"段见一脸遗憾，"对不起连城，我帮不了你了，我不能眼睁睁地看着你被人打得满地打滚，所以我还是出去好了，眼不见心不烦。"

话一说完，段见还真的转身出去了。

"连城，什么时候等你想通了，就叫我一声，我就在外面。"走到门口，段见还假装于心不忍地回头补充了一句。

连城几乎要仰天大笑了，段见的言外之意是什么时候等他被打得受不了求饶的时候，他还会再出面，他冷冷地说道："不劳段少费心了，我这个人死心眼，一条路走到黑，不会回头了。"

"真的吗？"段见轻蔑地笑了笑，轻轻关上了门。

"开始吧。"陈占天一挥手，退后一步，"别听连城瞎吹，他不敢下狠手。你们这么多人，一人一脚就把他打得哭爹喊娘了，你们还真信他的话，真是一群窝囊废！"

陈占天一退后，就有两个人冲了过来，直朝连城扑了过去。又有四个人

事业与爱情双收

两两成对分别默契地朝杜京宴和甄剑逼近。

"打！"也不知是谁喊了一声，所有人都一起动手了。

两个打一个，连城几个人一开始还能勉强招架，不一会儿就步步后退了。毕竟不管是连城还是杜京宴、甄剑，都不是打手出身，没有受过专业的训练，只凭一腔热血和本能不能以一敌二。

很快，连城腿上挨了几脚身上挨了几拳，还好还能坚持没有倒下，杜京宴比他稍强一些，甄剑就不行了，已经被打倒在地，无力还手了。

"闪开，让我来。"陈占天一时兴起，推开围攻连城的两个人，亲自上阵朝连城出手了，他抡圆了胳膊，还想一个耳光打在连城的脸上。

连城别看快要招架不住了，却还有余力，陈占天的巴掌打来，他不躲不闪，硬生生扛了陈占天一个耳光，"啪"的一声，陈占天打在了他的左脸之上，顿时左脸也肿起了老高。

但与此同时，连城双手开弓双掌齐出，左右两掌同时打在了陈占天的脸上，等于是一次性两个耳光还了回来。

旧仇新恨，连城使足了力气，感觉他的双手和陈占天的脸部接触的时候，震得他的手都麻木了，虽然他付出一个耳光的代价，但耳光打在陈占天脸上的那一刻，心里还是无比爽快。

陈占天被打晕了，愣在当场不敢相信他竟然被连城打了，片刻之后他突然就跳了起来，用手指着连城的鼻子嚷道："打，往死里打，打死了我负责！"

话音刚落，又有两个人加入了围攻连城的战团之中，四个人打一个，所谓双拳难敌四手，何况是八手，更何况四人八手之中还有一人体壮如牛，连城再也招架不住了，被一脚踢中后背，朝前一扑就摔倒在地。

"连城！"甄剑已经倒地不起了，杜京宴还在坚持，他见连城被打倒在地，心急如焚，就要冲过去出手相救，才一迈步，就被一人踢中了大腿，也"扑通"一声摔倒在地，随后两个人冲了过来，对他拳打脚踢，他再也无力爬起了。

至此，连城三个人全军覆没，都被打倒在地。

连城一摔倒，陈占天顺手抄起一个酒瓶，冲了过去，高高举起，就要朝连城的头上砸去。眼见连城就要被砸得头破血流之时，忽然门被人一脚踢开了。

"陈占天，你敢！"一个清脆的女人的声音忽然响起，紧接着一件东西飞出，直奔陈占天的脑袋而去。

陈占天来不及躲闪，被飞来的东西击中后脑，他捂着脑袋回头一看，顿时愣住了："苏先卉，你也要为连城出头吗？"

来人正是苏先卉。

穿一身休闲装的苏先卉，上半身是一件白色衬衣，下摆系在腰间，下身是一条紧身牛仔裤，干练而飒爽，头上还顶了一个墨镜，只不过和她的英姿不相配的是，她脚上只穿了一只鞋。

也不是她只穿了一只鞋就出来了，而是另一只刚才被她踢飞了。

"我不是要为连城出头……"苏先卉瞧了一眼在地上被打得惨不忍睹的连城，眼睛一红，差点掉下眼泪，她分开人群来到连城身前，俯身抱起了连城，"我是要保护他！从现在起,谁要动他一根手指头,谁就得先从我身上过去！"

事态急转直下！

陈占天愣住了，他敢动杜京宴，是因为杜京宴虽然也算一个成功人士，但在北京无根无底，动了他没什么后遗症，苏先卉就不同了，苏先卉可是地道的北京人，而且苏先卉的父亲苏言之在北京盘根错节几十年，树大根深，关系网密密麻麻，万一动了苏先卉而惹怒了苏言之，不知道会有什么不可预测的严重后果。

可是如果真的任由苏先卉护住连城，他无法再对连城下手，今天精心布置的一局就功亏一篑了，陈占天一时左右为难……

杜京宴倒在地上，虽然看不清楚事态的变化，但苏先卉的声音却听得真真切切，他心头一热，只凭苏先卉为连城奋不顾身地挺身而出就可以判断出苏先卉对连城的情义已经超出了普通的朋友关系，连城真是好样的，可以让第一美女 CEO 为之心动，也算是难得的成功。

如果说之前连城可以和齐全成为朋友还让杜京宴惊讶的话，那么现在苏

先卉对连城不遗余力的维护，他不但没有半分惊讶，相反，却有一种连城应得的坦然。

平心而论，杜京宴并不希望连城最终和莫莉走到一起，不仅仅是因为莫莉不管是性格还是能力都和连城不相配，而且莫莉有过短暂婚史，毕竟连城还是未婚，应该娶一个同样未婚的女孩。他也相信连城和他一样，有轻度的心理洁癖。

何况苏先卉除了在性格上和连城更合拍，还能在事业上对连城有所帮助。

虽说不能将婚姻当成事业经营，但如果拥有一个幸福美满的婚姻的同时还可以带来事业上的帮助，岂不是两全其美？

别说别人想不到被打得遍体鳞伤的杜京宴倒在地上，想的不是怎样脱身而是连城的爱情，就连杜京宴自己也在暗笑自己，都什么时候了，还想一些不着边际的问题，也是醉了。

陈占天知道苏先卉是谁，文质彬彬男不知道，他还以为陈占天愣在当场是见色起意，就想表现一下，一个飞跃来到苏先卉面前，伸手就要抓苏先卉的胳膊："美女，来，陪哥们儿玩玩，哥们儿包你满意……"

"文彬……"陈占天可不敢让人碰苏先卉一根汗毛，连忙要阻止文质彬彬男——文彬，不料才一张口，就见苏先卉动手了。

只见苏先卉伸开胳膊，用力一甩，"啪"的一声清响，一记耳光结实地打在了文彬的脸上，文彬惨叫一声，原地打了一个转，"扑通"一声仰面朝天摔倒在地。

啊……所有人都睁大了双眼，不是吧，一个耳光就能把人打趴下，苏先卉可是一个女孩子，不是彪形大汉。再仔细一看，众人又都摇了摇头，暗中替文彬叫屈，原来苏先卉不是用手在打耳光，而是用鞋，一只看上去很厚实很结实的运动鞋。

也是，任谁被一只运动鞋的鞋底子抽在脸上，也不会感到轻松。不过文彬稍微应该欣慰的是，苏先卉的鞋不是山寨鞋也不是普通鞋，而是进口的名牌，一只最少也要1000块。被一只好鞋打脸总好过被一只破鞋打脸，也算是不幸中的万幸了。

"臭娘子，我……"文彬眼镜被打碎了，脸被打肿了，心被打痛了，恼羞成怒之余，一个驴打滚从地上爬了起来，就要再一次扑向苏先卉。

"文彬！"陈占天怒了，一扬手一个耳光打在了文彬的右脸上，"不长眼的东西，滚一边儿去！"

可怜的文彬左脸刚被鞋底子打得肿得跟面包一样，现在右脸也肿成了馒头，他欲哭无泪，也不知道陈占天怎么就翻脸不认人打他了，捂着脸退了回去。越想越是憋屈，越想越想不明白，忽然就悲从中来，放声痛哭起来。

"苏先卉……"陈占天没空理会文彬，他心中正窝了一团火，苏先卉挡在面前，打不得骂不得，得用智慧解决而不是暴力，如果真让文彬打了苏先卉，事情的后果就不堪设想了，"你开个条件，只要你不护着连城，你想怎么都行。"

不是吧，陈老大怎么对苏先卉这么忍让？陈占天的手下面面相觑，不敢相信一向杀伐果断的陈老大竟然在一个女孩面前低声下气开口求人了，苏先卉凭什么让陈老大这么畏惧？

其实陈占天怕的不是苏先卉，而是苏言之。

苏言之名字很是文雅，初听之下，很像一个大学教授或是知识分子，其实不然，苏言之虽然也算是一名儒商，但他行事风格坚决果断，手腕高超而强硬，在创业初期曾被几个对手围剿，成功之后，几个对手要么被他吞并，要么被他赶尽杀绝，无一幸免。

但另外，在他创业之时给予他帮助的人，哪怕只是滴水之恩，他也会给予厚报，所以有人称他为当代的范雎。

战国时期，魏国有一个中大夫，名叫范雎，在国内不能立足，被逐出国境。范雎很有口才，他被逐出魏国之后，仍运用能言善辩的才能，跑到秦国向秦昭王游说。范雎害怕让人知道他是被魏国逐出，所以改名换姓，自称张禄，向秦昭王建议远交近攻的政策。秦昭王认为范雎的政策很妥善，于是把范雎留在秦国拜为上卿。

后来，范雎能够时常接近秦王，而且所建议的政策，秦王都认为可行，在实施之后又得到了良好的效果，于是秦王就封范雎为秦国的丞相。

范雎在秦国得意，成为有权有势的大人物之后，以前凡是对他有恩惠的人，即使所施的恩惠只是一顿饭，范雎也会重重酬谢。而对于从前对他有嫌怨的人，虽然嫌怨的程度或许只是瞪了他一眼，他也不放过，进行报复。因此《史记》形容他是：一饭之德必偿，睚眦之怨必报。

正是因为苏言之睚眦必报的性格，才让陈占天投鼠忌器，不敢对苏先卉动手。当然，也是陈占天自认不论实力还是势力，他都不如苏言之。人都有欺软怕硬的心理，苏言之再是睚眦必报，如果他实力不济又没有势力，陈占天才不会有所顾忌。

"滚！"苏先卉见连城被打得浑身是血（其实连城伤得不是很重，身上的血有一大半是别人的，他刚才把对方也打得不轻）正心如刀绞，陈占天居然还有脸跟她讲条件，她直气得紧咬牙关，"我不但要护着连城，我还要替他讨还公道，陈占天，如果我不把你赶尽杀绝，我就不是苏先卉！"

陈占天倒吸一口凉气，苏先卉横眉冷对的样子，颇有苏言之的风范，果然是虎女无犬女，风闻苏先卉为人干脆利落，性格飒爽，自称女汉子，现在亲眼见到苏先卉强势的一面，尽管他见多识广，和许多心狠手辣的角色打过交道，苏先卉发狠的样子还是让他心惊肉跳。

苏先卉说要把他赶尽杀绝，不是玩笑话，虽然苏先卉没这个实力和势力，但苏言之有。就算苏言之现在不会由着苏先卉的性子让苏先卉胡来，但苏先卉作为苏言之的独女早晚会继承苏言之的全部家业，也就是说，苏先卉早晚会拥有毁灭他的力量。

可是如果被苏先卉一句狠话就吓退，他也太没面子了，不提现在周围全是他的手下，就是段见还在门外，传了出去，他也没法混了。

怎么办？陈占天一时为难，进退维谷……

有了！陈占天不愧是陈占天，混久了，还是比一般人更有随机应变的本事，他嘿嘿一阵干笑："苏姐以后是不是要把我赶尽杀绝，先不说那么长远，就说眼前。好，你既然非要护着连城不可，我总要给你面子，我不动连城了，但是……"

陈占天拉长了声调："杜京宴和甄剑不能放过，打，继续打！"

文彬正哭得伤心，忽然听到陈占天让他打人，顿时不哭了，跳了起来，飞身一脚踢向了甄剑。

"啊！"甄剑惨叫一声，却依然嘴硬，"有本事你打死我，打不死我，你就是孙子！"

"孙子就孙子，反正人人都有爷爷，都当过孙子。"文彬嘿嘿一阵狞笑，一扬手又打了甄剑一拳。

文彬动手了，旁边的人也就不再闲着，开始对杜京宴拳打脚踢。一开始杜京宴还紧咬牙关一声不吭，后来就坚持不住了，闷哼出声。

连城被苏先卉抱在怀中护在身后，虽然已经动弹不得了，但声音却听得分明，杜京宴和甄剑的痛呼声声声入耳，他挣扎着要起来："不要打了，要打就打我吧，陈占天你个孙子，有本事冲我来……"

"冲你？你命好，有苏先卉护着，我动不了，杜京宴和甄剑就不一样了，他们我可以随便打。连城，你就安心地欣赏杜京宴和甄剑挨打吧，为朋友两肋插刀太残忍了，为朋友大声惨叫就行了。打，用力打！"见计策奏效，陈占天高兴得手舞足蹈，心想苏先卉你能奈我何？你能护得了连城一个，你能护得了全部？

连城心急如焚，血往上涌，一下站了起来："住手！"话才一出口，只觉一阵晕眩，又歪倒在地。

"连城，你不要动。"苏先卉痛彻心扉，她紧紧地抱着连城，对陈占天怒目而视，"陈占天，你放过他们，我保证以后不再和你计较……"

"对不起了苏总，我只能放一个人，如果你说放谁我就放谁，我不就成了你的跟班？我是你的跟班吗？显然不是。放了连城已经给足你面子了，再放了杜京宴和甄剑，我冲谁出气去？"陈占天得意地哈哈大笑，"你们就好好地欣赏这一场盛大的人体交响乐吧，哈哈哈哈……"

"不要打了！"连城悲愤欲绝，杜京宴和甄剑是替他受过，他实在不忍眼睁睁看着二人被打得死去活来，却又无能为力，"苏姐，你让他们打我好了，别打杜哥和甄剑。"

"连城，你别说了……"苏先卉泣不成声，她虽然也很想帮杜京宴和甄剑，但从眼下的形势来看，她只能护住连城一人，万一她非要连杜京宴和甄剑也一起救下，陈占天恼羞成怒之下，说不定连连城也一起打了。

就算她以后再和陈占天秋后算账，也晚了，她不能让连城吃眼前亏，就连再伤连城一根手指头也不能。

契

机

第49章　采取主动

苏先卉也不知道自己什么时候对连城有了微妙的好感，当时她还以为是错觉，毕竟和连城认识的时间还短。到后来想爬山的时候，不知怎么就想起了连城，或许在潜意识里她想借爬山的机会好好和连城接触一下，看看她对连城到底是好感还是只是因为有共同语言，只想聊天。

结果连城不解风情地叫了一大帮人一起爬山，算了，反正她对连城也没有什么不安分的想法，是不是和他单独爬山也无所谓。谁知人多反而比两个人更有意思，她和连城打闹玩笑，甚至还摔倒在了一起——也就是在摔倒的一瞬间苏先卉才正视了自己的内心，她是真的对连城有了好感。

可是……怎么可能？她和连城认识才多久？

但又有什么是不可能的呢？喜欢从来没有缘由，如果有缘由有为什么，就不是喜欢而是选择了。

苏先卉想压制她对连城的喜欢，所以连城打来电话告诉她陈于祥介入安度公司的内部争权斗争时，她的内心正在天人交战，听到连城的声音，忽然烦躁起来，不想再多和连城说一句话，似乎多说一句就被连城带入了深渊一样。

她以为她可以忘掉连城，但她失败了。在她陪陈于祥的妻子吃饭时，不知为何突然就想喝酒，一个人喝着喝着居然就喝醉了。喝醉之后，强烈而执拗地想见连城一面。敲开连城的房门，发现连城的房间中有一个女人，虽然范雯她也认识，也清楚范雯不可能和连城有什么暧昧关系，但突然之间她就有了危机感，尽管她也知道陷入情网的女人会有虚假同感偏差的心理，但她还是控制不住要让连城只属于她一个人的念头。

连城身边有莫莉、罗亦，而且她和莫莉还是闺密……怎么办？苏先卉内

事业与爱情双收

心无比纠结，但只是纠结了没多久，她就想通了——等待别人给幸福的人，往往都不幸福，幸福要靠自己争取，而不是靠别人施予。所以，她要坚持她的坚持，不管别人随意别人的随意。

在和连城突破了男女界限之后，她隐隐后悔酒后的一时冲动，总觉得无法面对莫莉，就决心和连城断绝关系，不再往来，直到莫莉打来电话，说是要一起去唱歌，她犹豫一下，没有明确答应。其实当时心里已经动摇，和连城的交往历历在目，她才发现，她真的忘不掉连城。

在犹豫和故意磨蹭了一个小时之后，她慢腾腾地来到了约定的KTV，正在设想和连城再次见面会是坦然面对还是十分尴尬，不料推门进来，却是和想象中完全不同的情景——连城被打了！

而且还被打得很惨。

苏先卉所有的心烦意乱顿时化为乌有，完全变成了愤怒和担忧，至此她才完全相信了一个事实——她对连城，已经动了感情。

连城伤在身上，她痛在心里，长这么大，还从来没有这样为一个男人如此心疼过，原来喜欢就是牵挂，牵挂就是心疼……

连城被苏先卉紧紧抱住，如果是平时，他完全可以挣脱苏先卉，但现在他浑身跟散架了一样，哪里还有半点力气，只能痛心地看着杜京宴和甄剑倒在地上被几人拳打脚踢，他只觉气血翻滚胸口发闷，再也坚持不住，嘴角涌出了一口鲜血。

"哈哈哈哈……"陈占天见连城愤怒不甘却又无能为力，心中大爽，"打得再响一点儿，让连城好好欣赏欣赏，也让我好好出一口恶气！"

"想出恶气，好哇，尽管冲我来出！"眼见杜京宴和甄剑就要被打得昏迷过去之时，一个响亮的声音从门外响起，声音刚响起时，人还在门外，声音落下时，人已经到了陈占天的身后。

"谁他妈的又多管闲事？冲你出气，好大的口气，就怕你没这么大的承受力。"陈占天正在兴头上，猛然被人打断，心里不快，头也不回一连串狠话就说出了口，他一边说一边回头，"我倒要看看，谁的裤子掉了把你露了出来……"

话未说完，也没有看清来人是谁，陈占天忽然觉得腰间一疼，已经被人狠狠地踢了一脚。他身子一晃站立不稳，就要栽倒在地。

旁边的人连忙扶住了他，才避免摔一个狗啃屎的下场。

"你他妈的……"陈占天勃然大怒，"老子弄死你！"

才一回头，又是一个耳光迎面打来，不等他回过神儿来，又被一拳打中了胸口。陈占天连退三步，"扑通"一声一屁股坐在了地上。

"打死他！"他怒不可遏，谁这么狂妄嚣张，一上来就对他大打出手，真当他是谁都可以欺负的瘪三？他是堂堂的陈占天陈大少！

陈占天以为他一呼百应，会有手下立刻一拥而上对来人大打出手，不料他话一说完，场内鸦雀无声，没有一人敢向前一步，别说对来人动手了，就连动上一动的胆量都没有。

一个人负手而立，淡然地站在场中，他的身边站了五个人，五个人清一色的运动装，乍一看就如大街上随处可见的普通人，但如果冷眼观察的话会发现五个人神情冷峻眼神冰冷，当前一站，就如五座冰山一样，浑身上下散发着令人不敢逼视的阴冷和寒意。

陈占天的手下虽然不是什么职业保镖出身，但混久了也有些眼力，一眼就看出来五人组绝对非同一般，即使不是特种兵出身，也是极其专业的顶级保镖。以他们只会以多欺少的三脚猫本事，别说十几个人了，就是二十几人也是白搭。

文彬也吓坏了，双腿颤抖，差一点儿尿裤子。倒不是他真被对方的架势吓成了这样，而是他以前亲眼见过真正的高手出手时的狠辣，基本上都是一招打倒一个，而且不是断腿就是断胳膊，招招让人失去抵抗力却又不会致命。

再看被五人围在中间的一人，简单地穿了一件白衬衣，就如一个儒雅的公子，如果脸上不是有愠怒之色，他俊朗的外表和文雅的气质，会让人以为他是一个明星。

不过他可不是什么明星，而是齐全。

齐全接到连城电话时，本来晚上有应酬不想过来，却又听连城暗示陈占天可能会对他不利，他就决定过来看一看。对于陈占天的为人他再了解不过了，一向心狠手辣，而且报复心理极强。为了安全起见，他带上了几名保镖。

　　应酬耽误了一些时间，赶到的时候才发现还是晚了一步，见到连城的惨状，齐全心中既懊悔又愤怒，如果知道陈占天会对连城出手，他说什么也不会去应酬而是直接来见连城了，哪怕对方是百度的一名副总裁也不如连城在他心目中的分量重要。

　　盛怒之下，齐全也就不顾身份地亲自出手了，记忆中从出了校门后他就再也没有和别人动过手，为了连城，他破例了。

　　齐全一直抱着与人为善的观念为人处世，但眼前的一切让他明白了一个道理，有时候，对付一些穷凶极恶的人还需要以其人之道还治其人之身。

　　陈占天被打倒在地，气急败坏之余，睁大眼睛一看，顿时惊得目瞪口呆，他揉了揉眼睛，又拍了拍脸，才相信刚才打他的、现在眼前站立的居然是齐全齐大公子。

　　怎么会？怎么可能？谁不知道齐大公子是出名的好人，别说动手打人了，就是和人吵架都不会，怎么突然就动手打了他？

　　不但打了他，还带了几名保镖……这是什么情况？陈占天凌乱了，他结结巴巴地问道："齐、齐少，你干吗打我？我哪里得罪你了？"

　　"你动了连城，打了杜京宴，就是得罪了我！"齐全余怒未消，"你不是喜欢暴力解决问题吗？好，今天就让你见识一下什么叫暴力……打！"

　　"齐少，先别动手，我有话要说……"陈占天还想解释几句，话说一半，一个人影已经闪到了眼前，忽然他就感觉肋下一阵剧痛传来，隐隐还听到"咔嚓"的一声轻响，他就知道，肋骨断了。

　　狠，真他娘的狠……陈占天才知道和齐全相比，他还差了太多，不管是实力、势力还是下手之狠。他最后一个念头是——连城这小子，怎么就又成了齐全的朋友了？他到底交了什么狗屎运，让齐全为他一个无名小辈而对自己大打出手？

这个问题还没有想明白，脑袋就被一个人的膝盖撞了一下，眼前一黑，就昏了过去。

杜京宴虽然被打得遍体鳞伤，但一来由此和连城结下了牢不可破的友谊，二来也被齐全正式接纳——齐全的一句"动了连城，打了杜京宴，就是得罪了我"让他欣喜若狂，就凭他为连城出头而被齐全认可，今天的伤也值了。

齐全带来的保镖，手法专业动作迅速，三下五除二就将陈占天带来的一群人打得东倒西歪，没有一个可以再站得起来。文彬见势不妙想溜之大吉，才一迈步，就被齐全一脚踢倒，他刚要大呼饶命，话还没有出口，又被一脚踢晕了。

几分钟后，一切风平浪静。

"要不要去医院？"齐全亲自扶起连城，一脸关切，"早知道我提前过来就好了，连城，让你受苦了。"

连城紧咬牙关："我没事，不用去医院，送杜哥和甄剑去就行了，他们伤得比我重。谢谢你，齐少，要不是你，今天不一定能挺得过去。也谢谢你，苏姐，如果不是你护着我，我现在可能已经不行了。"

"苏姐你个头，叫我先卉。"苏先卉强忍着不让眼泪流下来，连城的脸上和身上全是血，有些地方衣服和血还凝固在了一起，让人不忍直视，她暗自咬牙，一定要替连城讨还公道，"以后不许再叫我苏姐，更不许叫我苏总。"

"是，苏姐。"连城咧嘴一笑，牵动了伤口，痛得倒吸了一口凉气，"谢谢苏总。"

"你……"苏先卉气得哭笑不得，想说什么却又说不出来，眼泪不争气地哗哗直流，"连城，我恨你。"

见苏先卉终于表露了对连城的喜欢，齐全摇了摇头，一拍连城的肩膀："你这顿打也算挨得值了……真的不用去医院？"

连城身子一歪倒在了苏先卉的怀里，嘿嘿一笑："去先卉家里比去医院好多了。"其实他伤得并不是很重，只是一些皮外伤，休息两三天就好了。

走廊的另一头，莫莉和罗亦、卫非非远远观望，看到连城倒在苏先卉怀

中的一瞬，莫莉的眼泪夺眶而出。

罗亦抱住了莫莉的肩膀，轻声安慰："在连城最需要帮助的时候，是苏先卉挺身而出，虽然我们是心有余而力不足，不是不想帮连城，而是没有能力去帮，但人生就是这样不公平，苏先卉就是在合适的时间出现的那个最合适的人……"

"我毕竟有过短暂的婚史，也配不上连城。"莫莉只能自己安慰自己。

罗亦没再说话，对于莫莉和连城的情感纠葛，她不想评论，她也错过了许多自己喜欢的人，生活就是这样，你喜欢的不一定喜欢你，喜欢你的你不一定喜欢，只有你喜欢的人也喜欢你，你们才能真的走在一起。

就和合作一样，所有的合作，都要先从直观印象开始，先是对对方有好感，觉得对方值得信任，才有了进一步深谈的可能。如果第一印象很差，哪怕合作的项目再有前景，也很难坐在一起谈判成功。

良好的人际关系是所有合作的前提。怪不得连城坚持认定三分运气五分背景七分运作的理论，现在罗亦终于完全相信了连城的话，从连城左有齐全保护右有苏先卉搀扶她就看清了一个事实，连城从洒洒的三分运气开始，到现在已经完全凭借他的七分运作，打开了人际关系的大门。

人际关系的大门已经打开，成功的大门也就不远了。

"怪事，段见什么时候溜走了？记得我们被赶出来的时候，他还在门口守着，不一会儿就不见了，他不是和陈占天一起的吗？"卫非非想起了段见，总觉得哪里不对，"我怎么觉得段见和陈占天在一起，好像是在骗陈占天，段见是不是有什么不可告人的目的？"

莫莉完全没有听进去罗亦的话，她只是呆呆地望着连城被苏先卉扶上了汽车，连冲过去的勇气都没有。

杜京宴和甄剑被齐全送去了医院。连城坐上了苏先卉的车，汽车发动的时候，他忽然想起了莫莉和罗亦、卫非非，回头一看，远处人影一闪，似乎是莫莉和罗亦、卫非非三人的影子。

"罗亦、莫莉和非非没事，你不用担心了。"苏先卉猜到了连城的担心，她发动了汽车，"陈占天还算是一个讲规矩的流氓，没动她们。"

连城心中紧绷的一根弦一下断了，只觉得眼皮发沉浑身无力，只说了一句："她们没事我就放心了……我睡一会儿。"

说是睡一会儿，一闭上眼睛连城就昏睡了过去，迷迷糊糊中也不知道到底睡了多久，除了不停地做梦，就是觉得浑身酸疼，又疲惫又饥渴，就好像经过长途跋涉需要休息一样，他明明是在休息，却还是想休息。

耳边有说话的声音，似乎人还很多，有齐全、杜京宴、甄剑，还有苏先卉、卫非非，还有一个声音有几分熟悉，却听不出来是谁，连城很想醒来，眼皮却沉重如山，努力了几次还是没有睁开眼睛。

又过了一会儿，他终于睁开了双眼。

"醒了，连城醒了。"

映入眼帘的第一副面孔是苏先卉一张如花的笑脸，她笑得很开心很灿烂："连城，你总算醒了，睡了三天三夜，以后就叫你睡神了。"

连城努力笑了笑，力气慢慢恢复了，环顾四周，好嘛，房子里全是人，有齐全、杜京宴、甄剑、罗亦和莫莉，还有……姚常委，没错，刚才那个有几分熟悉的声音就是姚常委的声音。

"怎么这么多人？"连城坐了起来，头不疼了，浑身也充满了力气，确实是睡足了，"杜哥和甄剑没事了？"

"没事了，在医院包扎了一下就回家了。"

杜京宴和甄剑围了过来，二人拉着连城的手，无比亲热。也是，有过一次并肩作战的经历之后，不管是杜京宴还是甄剑，都和连城成了莫逆之交。

见杜京宴和甄剑恢复得很好，几乎不见伤痕了，连城心中大定，又看向了姚常委："姚董也来了？"

"我来看看你。"姚常委来到连城面前，握住了连城的手，"事情我都听说了，连城，让你受苦了。"

连城摆手笑了笑："没什么，打个架不是很正常的事情吗？谁还没有冲冠一怒的时候？不受苦怎么能成熟？"

事业与爱情双收

第50章　商界神话

看了一下周围，发现环境非常陌生，低调而沉稳的装修风格，清新的家具以及整洁的房间，明显不是他的住处，连城惊问："我在哪里？"

"在我家。"苏先卉甜甜地笑了，"你说不用去医院，我就把你带我家里来了，你在我的床上睡了三天，估计床都不能要了，得换掉。"

众人大笑。

连城也笑："你换个床就行了，我估计还得换人——在你家睡了三天，传了出去，肯定找不到女朋友了，得重新做人才行。"

"滚你的。"苏先卉笑骂，"臭不要脸的，得了便宜又卖乖。"

连城叫屈："我哪里得便宜了？我睡了三天，不管你对我做过什么，我都不知道。"

"对你做过什么？"苏先卉脸一红，又哈哈地笑了，"别自作多情了，你觉得我是乘人之危的人吗？再说想对你做什么也用不着趁你睡觉的时候下手。"

众人又笑。

笑过之后，姚常委咳嗽了一声："言归正传……趁大家都在，我明确一下未来之星的股权分配，虽然场合不是很合适，不过时机很合适。"

好嘛，姚常委真会挑时候，连城也知道姚常委是想趁齐全和苏先卉都在的机会好好商议一下前景，他就从床上跳了下来："我倒觉得场合和时机都合适。"

连城也看出来了，姚常委心情不错，眉宇间飞扬的都是喜悦之意，应该是有所突破了。

"我决定加大对未来之星项目的投入，同时对于未来之星的主要骨干力量给予原始股的奖励，除连城之外，再调甄剑和罗亦到未来之星项目部，负责协调工作。也就是说，不但连城会有原始股，甄剑和罗亦也会有。"姚常委围绕着未来之星项目的布局已经完成，接下来就该收网了，"还有，我正式向齐总、苏总发出邀请，希望你们加入未来之星项目。"

姚常委挑的确实是好时候，正是连城伤好之时，正是所有人都心情大好之际，而且还郑重许诺给连城原始股的奖励，等于说，齐全和苏先卉和他合作就是帮助了连城。

苏先卉歪头想了一想："如果只和齐全、姚董合作，我倒是很感兴趣，问题是，我听说段见也会加入。我坚持我的原则，只要段见加入，我就会退出。"

"我的想法和苏先卉一样。"齐全第一次明确对未来之星项目表态，之前他一直回避，"连城作为未来之星项目的主要负责人，再加上有姚董坐镇指挥，我愿意加入。但如果有段见的话，那就算了。"

连城不说话，他也知道就算他和齐全、苏先卉关系再好，但私交归私交，公事归公事，他只能起到一个中间的连接作用，而起不到决定性的作用。当然，他居中可以起到润滑和连接作用，也很关键。

姚常委不说话了，气氛一时凝重下来，问题的症结还是卡在了段见身上，如果姚常委不让步的话，连城之前所有的运作以及前期工作都将付诸东流了。

"呵呵……"过了一会儿，姚常委呵呵地笑了，一脸轻松随意，似乎早就胸有成竹，"段见加入未来之星项目，并不介入内部事务，只负责外围，或者准确地说，他只加入未来之星前期运作阶段，一旦未来之星项目正式进入了实质阶段，他就退出了。"

"什么意思？"苏先卉没听明白，"意思是，段见存在的意义仅在于前期的运作阶段？"

"我明白了。"齐全想通了其中的环节，含蓄地笑了，"姚董真是高人，我同意加入。"

"什么什么，什么高人？我怎么还没有明白？"苏先卉急了，她怎么可能比齐全慢一步跟上姚常委的思路，这可不行，她必须比齐全快一步才行。

"别急，别急。"连城一拉苏先卉的胳膊，笑道，"你遇事太急，一急，思路就是一条奔流的河流，只知道勇往直前不知道迂回，要不要让我告诉你姚董的妙计？"

"快说快说。"苏先卉急不可耐地摇晃连城的胳膊，"说得慢了，小心我削你。"

连城翻了翻白眼："姚董知道他的计划肯定会受到包端杰的百般阻挠，所以一方面在正面成立未来之星项目部，表面上邀请齐少、你还有段见加入；另一方面，在暗中也采取迂回的手法，明面上让段见加盟，其实是想让段见暗度陈仓，让包端杰策反段见，让段见以双面间谍的身份加入包端杰的阵营之中。包端杰不知道的是，他认为段见被他成功拉拢了过去，其实他不过是中了姚董的瞒天过海之计。"

"真的呀？"苏先卉不敢相信连城的推断，"段见怎么会这么听姚董的话？他可是一个没有原则没有底线的人。"

"因为段见有把柄在我的手中，同时，我还对他许以重利，所以他在有利可图并且还不被揭穿隐私的前提下，肯定会乖乖和我合作了，哈哈。"姚常委仰天大笑，笑过之后一拍连城的肩膀，"连城，你现在越来越成熟了，居然完全猜中了我的布局，而且也比以前更有眼光了，可以真正地委以重任了。"

"谢谢姚董。"连城顺势就上，"估计在短时间内，我可以狐假虎威以姚董代言人自居了。"

如果连城到现在还想不明白姚常委为什么不顾齐全和苏先卉的反对而坚持让段见加入，他就太没有智慧了，而且从上次陈占天围攻他们之时段见立场暧昧的表现也可以看出，段见和陈占天明着是一伙，其实还是暗中保持了距离。

"你本来就是我的代言人。"姚常委见胜利在望，心情大好，"苏总，给个准话，到底加不加入？"

"真要加入？"苏先卉一脸呆萌的表情问连城，"会不会上当受骗？会不会被人卖了还要帮人数钱？"

众人大笑，都知道苏先卉是故意拿连城取乐。连城却假装不知，一本正经地说道："肯定要加入了，有我在，你不会上当受骗。就算万一掉坑里了也没事，还有我可以垫背。"

"你太瘦，垫背都嫌你硌得疼。"苏先卉咯咯一笑，见姚常委和齐全都在等她的答复，她小手一挥，"好吧，我也加入。"

谁能想到，在业内轰动一时的重大联合，会在这样轻松愉快的氛围之下达成共识，外人怎么也想象不到，促成如此重大合作的幕后推手，居然只是一个名不见经传的小人物连城。

今天的连城是一个笑话，明天的他，也许会成为神话。

连城带头鼓掌，掌声大作，热烈而持久。

"先别高兴得太早了，我还有别的问题……"苏先卉不是不会说话，而是故意为之，"包端杰不但有陈占天相助，还有段见——好吧，姑且当段见是一个坏人中的好人——还有陈于祥，陈于祥老奸巨猾，不好对付。"

"不用担心陈占天，我来说服他。"齐全微微一笑，他说是说服，其实心中已经有主意，如果陈占天执迷不悟，非要在连城和未来之星项目上和他对立，他会不择手段地击垮陈占天。

上次陈占天对连城痛下杀手的举动，让他耿耿于怀，正想找陈占天的麻烦。

"这样吧齐少，我们一人出一半，吞并了陈占天的公司算了。如果他不愿意被吞并的话，我们就恶意收购好了。"苏先卉一想起陈占天对连城所做的一切就恨得牙根直痒，正好她也看中了陈占天公司的运营模式还算有可取之处，吞并之后成为子公司也不错。

齐全笑了笑没有说话，其实是默认了苏先卉的提议，他也研究过陈占天的公司，吞并的话，也算是一笔合算的生意。既能出气又有利益，何乐而不为？

"陈于祥是你的手下，你还不能约束他？"连城故意岔开了陈占天的话题，装傻问了一个很白痴的问题。

"他在工作时间之外以个人身份拿个人的资金去加入包端杰的阵营，我怎么约束他？我就是他妈，也不能什么事情都管着他，是吧？"苏先卉很是不满地白了连城一眼，"睡了几天睡傻了吧？"

"不只是陈于祥，还有胡书扬。"姚常委面有忧色，"陈占天就算不足为虑，陈于祥和胡书扬也比较难对付。不过我会再想想办法，肯定可以找到解决的途径。"

一个月后，夏天已经很热烈了，花红柳绿，短裙长裙齐飞，一派繁荣的景象。

安度公司也伴随着越来越火热的气候，进入了盛季。

先是甄剑和罗亦调入了项目部，成了连城的手下，随后不久，在包端杰的提议下，以木恩为主要负责人的另一个未来之星项目部二组也正式成立了。包端杰的理由很充分，让两个小组各展神通各尽其能，分别拿出方案，看最后哪个方案好就实施哪个方案。

姚常委同意了，尽管他也知道包端杰的反击策略是先把水搅浑，然后浑水摸鱼，谁摸到算谁的，但他没有理由拒绝。

二组成立后，木恩加班加点地追赶进度，在短短两周之内就拿出了全新的方案。新方案提出和陈于祥、胡书扬、陈占天以及段见合作，并针对连城方案中的不足给予了批评，认为和齐全、苏先卉合作等于引狼入室，最终有可能会被齐全或是苏先卉吞并。

两套方案拿到董事会上讨论时，姚常委支持连城的方案，包端杰支持木恩的方案，几名董事也各有立场，最终没有达成一致意见。

公司上下都从两个小组的设立中嗅到了浓重的战争气息，人心惶惶，不知道到底该站在哪一方。

在忙乱的一个多月里，苏先卉也不知道是忙着公司内部事务的整顿，还是又有什么别的想法，她和连城的联系又中断了。一开始连城还以为她是真的忙于工作，后来他打过几次电话给她，听到她客气而漠然的声音，他就知道苏先卉又有意疏远他了，他也就没再打扰她，尽管他很想知道到底是怎么了。

到底什么时候会有一个最终结果出来呢？连城也知道有时候许多事情不受控制，就连姚常委也左右不了事情的进度，现在包端杰一方有四人加入，段见、陈占天、陈于祥和胡书扬，而姚常委一方有两人加入，齐全和苏先卉，尽管从实力上讲，姚常委一方占优，但在董事会里，支持包端杰的声音更多一些，虽然姚常委是董事长，也是最大股东，但他没有绝对控股权。

事情在僵持中艰难地等待一个转机的时刻。

半个月后，一件似乎无关紧要的小事的发生，意外地打破了僵局——莫莉辞职了。

莫莉的辞职，出乎所有人的意料。都以为和连城关系不错的莫莉虽然没有调入项目一组——木恩的二组成立之后，连城的小组就更名为项目一组——但也是早晚的事情，而且从近来莫莉埋头工作低调得好像不存在一样的做派就可以看出，她应该是在等待机会。

谁能想到，她竟然辞职了。

包括连城在内的许多人都竭力挽留莫莉，甚至连姚常委都亲自出面了，还是没有留住莫莉毅然决然要离去的决心。

走的时候，连城为她送别。

"怎么突然就辞职了？"连城帮莫莉抱着箱子，陪她下楼。

"我想了很久，一直下不了决心，今天终于下定了决心，有时候不对自己狠一些不行。我坚持我的坚持，你随意你的随意，这样就好，各自安好。"莫莉人淡如菊，穿了一身碎花连衣裙的她，就如夏天的一株凤尾竹。

莫莉的声音虽然轻柔，眼神中流露出来的却是坚决，连城是何等细心的人，只看了一眼就知道他劝不回莫莉了，只好说道："以后去哪里？"

"回老家。"莫莉双手交叉朝前一伸，长长地出了一口气，"在北京待够了，想回到老家青山绿水的怀抱里，当一个老师或是一个图书馆管理员，安安静静地过属于自己的生活。"

连城黯然神伤，他愧疚地说道："对不起，莫莉，我不是因为你的短暂

事业与爱情双收

婚史才……"

"不用说了，我明白。"莫莉阻止了连城继续说下去，"我说过我想通了也看开了，许多事情可以学得来，比如你的成功；许多事情勉强不来，比如感情。谢谢你一直以来对我的照顾，要走了，有一件事情我想和你说一声，对不起，连城，这段时间我找了苏先卉好几次，想说服她放弃你……"

怪不得最近苏先卉对他的态度疏远了许多，原来是因莫莉之故，连城不知道该说什么，从莫莉的角度来说，她的做法无可厚非，她是为了爱情放手一搏。但站在他和苏先卉的立场来说，莫莉的做法又是无事生非。

立场不同，看待问题的角度就不同。

"如果你和苏先卉之间不会因为我的阻挠而最终走到了一起，才说明你们是真爱。如果你们因为我的阻挠而分开了，也是好事，说明你们的感情基础不够牢固。"莫莉似乎放下了心头的巨石一样，到了楼下，从连城手中接过了箱子，"就送到这里吧，再见了连城，也许不会再见了……"

说话间，莫莉朝连城挥动了右手，灵巧的手指在阳光下如跳跃的精灵，随后她一转身就消失在了人群之中。

连城站在原地半晌不动，怅然若失。

让人万万没有想到的是，莫莉辞职的第二天，陈占天突然宣布退出包端杰的同盟，打了包端杰一个措手不及。

包端杰全力挽留陈占天。

陈占天一脸苦相："包总，你就别再难为我了，我也不想退出，可是我的公司被人恶意收购了，我现在自身难保，你自求多福吧。"

自从上次KTV事件之后，陈占天一直提心吊胆了许多天，以为齐全和苏先卉放过他了，不会再找他的麻烦，他也知道以齐全和苏先卉的为人，不会找人修理他一顿。但如果真的出手的话，会比修理他难受多了。

正当他以为逃过一难时，突然就有迹象表明有人要恶意收购他的公司。他自然不想放弃自己辛苦创立的公司，况且恶意收购又让他损失巨大，但他不管怎么抵抗却总有一种无处使力的感觉。难道是齐全对他出手了？

366

后来一打听，他可吓得不轻，不仅齐全对他出手了，还有苏先卉——齐全和苏先卉联手向他出手了。当然，苏先卉动用的不是她公司的力量（她只是公司的CEO，是管理者而不是所有者），而是苏言之的力量。

不用说齐苏二人联手了，单是齐全或苏先卉任何一人想要置他于死地，都不在话下，现在二人联手，不言而喻，他除了死路一条，别无选择了。

想当初还牛气哄哄地想赶连城离开北京，现在倒好，连城好好的一点儿事情也没有，他却被逼上了绝路……陈占天除了懊悔不该惹了连城，束手无策。

最后陈占天只好向齐全和苏先卉求饶，并且提出愿意配合二人的收购。见陈占天认输服软了，本着得饶人处且饶人的善意，齐全和苏先卉经过协商，最后给了陈占天一个不高不低的收购价格。

陈占天只好同意了，不同意也没有办法。

卖掉公司后，陈占天离开了北京，出国了，到底去了哪里，就没人知道了。

陈占天的退出，就如推倒了第一张多米诺骨牌，紧接着，段见也宣布退出了。

段见的退出，更是出乎包端杰的意外，包端杰原以为他最信任的人就是段见，没想到，段见不但没有坚持到最后，还在他因为陈占天退出而信心动摇的时候，给了他当头一棒。

更让他受不了的是，段见退出也就算了，临走之时还得意扬扬地告诉他，他所有的商业机密以及策略，段见都一五一十地告诉了姚常委。

包端杰险些没被段见气得脑出血。

陈占天和段见走了之后，包端杰失去了半壁江山，向来不肯认输的他，认为还有陈于祥和胡书扬为他保驾护航，他还没有到山穷水尽的最后一刻，还有胜利的希望。

然而，兵败如山倒，几天后，陈于祥也退出了。

"对不起了，包总，我也是没有办法，家里总是闹，闹得我心力交瘁，再不退出，我怕我就直接进医院了。"陈于祥一脸疲惫，他也不知道为什么

范雯突然提出要求他与妻子离婚，他一向是一个好男人形象，怎么可能离婚再娶范雯？

可是范雯不依不饶，威胁他说如果他不离婚娶她，她就让他身败名裂。他以为范雯只是说说而已，就为范雯买了房子和车子，以为可以安抚范雯。不料范雯房子车子照收不误，收下后，竟然跑到了他的家里和他的老婆开诚布公地谈判了……

事情就闹大了。

陈于祥焦头烂额，别说没有精力帮助包端杰了，连日常的工作都应付不了，他请了病假，打算处理好了范雯的事情再去上班。谁知范雯去了家里还不算，还闹到了公司。

陈于祥没脸再在公司干下去了，向董事会提交了辞呈，董事会批准了他的辞职。

陈于祥的退出，让包端杰最后仅有的一丝信心彻底丧失，他不等胡书扬主动提出退出，直接就解散了项目二组。项目二组的解散，宣告了包端杰的失败。

包端杰在和姚常委经过一番深谈之后，最终做出了转让手中全部股权退出安度公司的决定，姚常委稍表挽留之意后，最终尊重了包端杰的决定。包端杰一走，木恩也随后辞职了。

包端杰手中的股份被齐全和苏先卉购入，二人分别成为安度公司的第二和第三大股东。成为安度公司的股东之后，未来之星项目的合作就更顺理成章了。

不过为了公司更好地发展，未来之星项目正式成立之后，又由姚常委、齐全和苏先卉三家联合出资成立了一家新公司，新公司名字叫趋势，连城不但持有新公司的原始股，还担任了新公司的副总裁。

连城的飞速进步，终于让他成了神话。

甄剑和罗亦也都当上了总监。

同时和齐全越走越近的杜京宴，也成功地和齐全合作了一个项目。

终　章

秋天是北京最美的季节，趋势公司成立以来第一次大型招聘会在国际饭店举行，招聘会由连城亲自主持。

参加饭局的都是通过了笔试和面试的精英，饭局过后，将会决定谁最终可以成为趋势公司的骨干。

在甄剑和罗亦的陪同下，连城暗中观察了众多应聘者在饭局上的表现。每个应聘者都被按着数字编号，连城就以数字为代号点评。

"5号不行，他从来没有对任何一名服务员表示过感谢，在服务员为他倒水的时候，他也没正眼看服务员一眼。"连城手中拿着一张表格，直接为5号画上了叉号。

"可是5号是学霸，笔试成绩是第一名。"罗亦为5号打抱不平。

"生活中全是面试，没有笔试。"连城还是pass了5号。

"4号也不行……"注意到了4号在饭桌上的表现，连城皱眉说道，"4号不但反复催促服务员，态度很不友善，动辄就要叫经理投诉，而且吃饭时他手机响了，本应出于对同桌人的尊重到一边打电话，他却边吃边打了十几分钟的电话，而且声音很大，这是非常失礼的行为。"

"这个确实失礼，我双手赞成pass。"甄剑也注意到了4号的问题。

"11号用筷子在餐桌上乱找，乱扒拉菜、挑拣菜，别人夹菜的时候也不知道让一下，还要跨过别人去夹菜。不吃的时候，又把筷子插在饭菜上……"连城一口气细说了11号的各种不足，"如果让他代表公司去和客户谈判，会让客户认为他太没教养而看轻我们公司。"

"12号也不行。"连城摇了摇头，"他不但在席间打嗝不知道掩饰，最要命的是打喷嚏时不知道扭头并且用餐巾掩口，太讨人嫌了。而且你看他吐出

事业与爱情双收

的鱼刺、骨头、菜渣，直接吐到桌面上，而不是用纸巾包起来……"

"如果他们早一些认识连哥就不会犯这么低级的错误了……"甄剑也深深地摇了摇头，"回头我告诉他们落选的原因，希望他们可以吸取教训，以后有所长进。人生需要拥有四种人才能成功——高人指点，贵人相助，友人欣赏，对手督促——我很庆幸有连哥这样的高人指点。"

连城一拍甄剑的肩膀："行了，少拍马屁，赶紧脚踏实地地干活去。"

饭局结束时，甄剑当场宣布了最终结果，许多人不服，认为因饭桌上的一点儿失礼而把他们淘汰，是小题大做。

连城站在台上，发表了他上任以来的第一次讲话。

"我不长篇大论，只说一个道理，听不听得进去在你们。当你可以放下面子赚钱的时候，说明你已经懂事了；当你用钱换回你的面子的时候，说明你已经成功了；当你用面子可以赚钱的时候，说明你已经是个人物了；而当你一直停留在喝酒、吹牛、睡懒觉，什么也不懂还装懂，只爱所谓的面子的时候，说明你这辈子也就这样了！

"什么样的人才能成功？第一种，忍常人不能忍。第二种，做别人不愿做。第三种，想别人不曾想。结论：非常之人，才能干非常之事！"

落选之中不服气的人，现在也服气了，默默地思索着连城的话。

一周后。

趋势公司经过初期的忙乱之后，渐渐进入了平稳期，走向了正规之路，前景一片大好。连城坐在副总裁的办公室里，俯视楼下来来往往的人群，心中涌动的是大展宏图的豪情。

事业是成功了，可是爱情呢？连城想起远去的莫莉以及和段见越走越近的罗亦——没错，谁也没有想到的是，阴差阳错之下，罗亦居然吸引了段见，让段见对她有了感觉，甚至就连卫非非和杜京宴也有了开始的迹象，他和苏先卉的关系却还处在冰冻期。

也不知道莫莉到底和苏先卉说了些什么，让苏先卉总是无法下定决心和他在一起。